KB106950

한일 고전문학 속 비일상 체험과 일상성 회복

— 파괴된 인륜, 문학적 아노미 —

한일 고전문학 속 비일상 체험과 일상성 회복
— 파괴된 인륜, 문학적 아노미 —

초 판 인 쇄	2017년 08월 18일	
초 판 발 행	2017년 08월 24일	
저 자	정형·윤채근·조혜란·요시노 미즈에·박일용·이시이 마사미·고운기	
	김정숙·정병설·고지마 나오코·스에키 후미히코·김경희	
발 행 인	윤석현	
발 행 처	제이앤씨	
책 임 편 집	최인노	
등 록 번 호	제7-220호	
우 편 주 소	서울시 도봉구 우이천로 353 성주빌딩 3층	
대 표 전 화	02) 992 / 3253	
전 송	02) 991 / 1285	
홈 페 이 지	http://jncbms.co.kr	
전 자 우 편	jncbook@hanmail.net	

ⓒ 정형·윤채근 외, 2017. Printed in KOREA

ISBN 979-11-5917-084-3   93830   정가 25,000원

한일 고전문학 속
비일상 체험과 일상성 회복

— 파괴된 인륜, 문학적 아노미 —

정 형·윤채근 외 공저

제이앤씨
Publishing Company

단국대학교 일본연구소 학술총서 07로 간행하는 본서는 전체 세 권의 총서 가운데 두 번째 권으로서 지난 2016년도에 한국과 일본 고전연구자들 간에 이뤄졌던 2차년도 공동 연구의 성과 및 이 주제에 부합하는 공동연구원들의 논문으로 꾸며졌다. 첫 번째 총서 서문에서도 밝힌 바 있지만 이번 총서의 간행경위와 그간의 연구 성과에 관해 간단히 보고말씀 드리면 다음과 같다.

단국대학교 일본연구소는 단순히 일본 관련 인문학 연구를 집적하는 것에 머물지 않고 한국 인문학과의 비교 연구를 추진해 이를 특화시키고자 특별한 노력을 경주해 왔다. 이와 같은 한일 문화 비교 연구는 일본학 관련 학술단체 가운데 본 연구소만이 거의 유일하게 전문화시키고 있다고 자부한다. 본 총서는 그러한 연구소의 지향에 따라 2014년도에 일본연구소 내에 결성된 한일공동연구 기획팀에 의해 첫 출발을 보게 되었다.

한국과 일본은 정치 경제 문화 등 다방면에서 밀접한 관련을 맺고 있으며 애와 증을 포함한 상생의 운명체로 연결되어 있어 결코 서로를 무시할 수 없는 불가분의 위치를 지니고 있다. 이에 따라 인문학을 비롯한 수많은 문화교류가 빈번하게 이어져 온 것도 사실이다.

하지만 놀랍게도 양국의 고전문학 전공자들은 상대방의 연구 현황에 대해 너무나 무지하며 심지어 서로 몰라도 된다고 하는 기이한 나태함에 안주해 왔다. 설령 고전문학 방면의 교류가 있었다고 해도 이는 일회성 행사나 개인적 학문 탐구의 영역을 벗어나지 못했다. 이러한 문제의식에서 출발한 한일공동연구 기획팀은 한국과 일본의 고전연구자들을 하나의 인문학적 고민 위에 회집해 학문적으로 충돌시키고 그 결과를 책으로 출판해보자는 생각에 이르게 되었다.

이와 같은 한일공동연구 기획을 구체적으로 실현하기 위해 본 연구소는 2014년도 한국연구재단 인문사회학분야 일반공동연구지원사업에 〈한일 고전문학 속 비일상 체험과 일상성 회복〉이라는 한일국제콜로키엄 형식의 연구 과제로 응모하였고 치열한 과제 경쟁률 속에서 다행스럽게도 우리의 연구기획은 3년간 과제로 선정되었고, 현재 연구과제과 진행 중에 있다.

3년 연구과제의 성과로 나오게 되는 이번 두 번째 책은 2차년도 연구주제인 '파괴된 인륜, 문학적 아노미'와 관련한 한국과 일본 연구자들의 논문들을 수록하였다. 일 년 동안 총 여섯 차례의 콜로키엄과 한 차례의 국제학술심포지엄을 개최했고 콜로키엄에는 동일한 소주제를 가지고 한국과 일본의 고전연구자가 주제발표를 했다. 또한 1년간의 총괄 연구를 행한 국제학술심포지엄에서는 한국과 일본의 대표적인 연구자가 참가해 양국 고전문학 속에 드러나 있는 '파괴된 인륜, 문학적 아노미'에 관해 종합적인 토론을 진행한 바 있다.

이하, 수록논문을 간략히 소개해보면 다음과 같다.

조혜란 선생의 '한국고전문학에 나타난 불륜의 사랑'은 조선시대에 사용된 '불륜'의 용례에 주목하여 조선시대의 불륜 및 소설에서 재현된 협의의 불륜에 대해 검토하고 있으며, 시대가 변함에 따라 불륜의 양상에도 변화가 생겼음을 도출해 내고 있다.

요시노 미즈에 선생의 '일본고전문학에 나타난 불륜의 사랑-『겐지 이야기』와『도와즈가타리』를 중심으로-'는『겐지 이야기』와 그 영향을 받은『도와즈가타리』에 보이는 불륜의 사랑이 각 작품 안에서 인간의 집착으로 나타나고 있음을 실증적으로 분석하고 있다.

박일용 선생의 '한국 고전문학에 나타난 人鬼交驩-〈桃花女 鼻荊郎)의 政治·神話的 함의를 중심으로-'는『삼국유사』의 〈도화녀 비형랑〉에 내포된 현실적 의미를 해석하고, 이 이야기의 사료적 의미 및 상징적 의미를 구체화함과 동시에 신라 왕실의 왕통 계승의 변화 양상을 조망하고 있다.

이시이 마사미 선생의 '오토기조시御伽草子에 보이는 이류혼인담異類婚姻譚-문학연구와 옛날이야기 연구의 접점으로-'는 일본의 민속학과 국문학에서 말하는 이류혼인담에 대해 개괄적으로 설명하고, 중세의 시대상을 나타내주는 작품으로 오토기조시『우라시마타로浦島太郎』를 들고 있으며, 이류혼인담의 세계적인 비교연구의 필요성을 강조하고 있다.

고운기 선생의 '파괴와 복원의 변증-『삼국유사』와 13세기 고려의 문학적 再構-'는 13세기 고려의 사회적·문화적 특수성을 반영한 텍스트로서의『삼국유사』를 세 가지 역사적 사건을 들어 고찰하고 있다.

김정숙 선생의 '한문현토체 소설『신단공안神斷公案』으로 보는 범죄서사의 상업화'는 중국 공안소설의 번안인『신단공안』에 범죄서사가 등장한 배경에 대해 살펴보고, 이 작품의 상업소설적 면모와 통속작가로서의 면모를 분석하고 있다.

정형 선생의 '사이카쿠西鶴의 우키요조시浮世草子에서 본 자연-본조이십불효本朝二十不孝의 천天의 용례를 중심으로-'는『본조이십불효』의 '천'에 담긴 작가의 자연에 관한 인식과 '천'의 용례가 지닌 작품구조 안에서의 수사법적 의미를 살펴보고 있다.

정병설 선생의 '조선시대 차별과 적대의 이해를 위한 시론-『구운몽』을 중심으로-'는 한국에서의 차별과 적대의 연원을 전근대에서 찾아보기 위해『구운몽』에 나타난 차별적 시선을 분석하고 있다. 또한, 유교가 통치의 덕목으로 인仁을 강조하지만, 구조 속에서는 차별과 억압을 내포하고 있음을 논하고 있다.

고지마 나오코 선생의 '헤이안 왕조의 '이에家'와 여성-가구야 공주에서 우키후네까지-'는 일본 헤이안 시대에 가문이나 여성에 대한 규범이 어떠한 것이었는가, 또한 모노가타리物語가 그 규범에 관련된 인식을 어떻게 나타낼 수 있었는가를 실증적으로 고찰하고 있다.

스에키 후미히코 선생의 '일본근세사상의 합리와 비합리'는「현顯」과「명冥」이라고 하는 용어를 도입하여 일본 근세에 있어서 합리와 비합리를 논하고 있으며, 근대적 사고가 아닌 비합리적이고 현세초월적인 사상을 크게 전개시키고 있음을 구체화한 논문이다.

윤채근 선생의 '『剪燈新話』의 惡鬼와 超越의 倫理-「牡丹燈記」를

중심으로-'는『剪燈新話』에 등장한 여주인공인 符麗卿이 동아시아 중에서도 특히 일본에서 인기를 끈 원인을 인류의 보편적 욕망의 실체를 용감하게 대변하고 있기 때문으로 분석하고, 이를 주이상스 Jouissance라는 관점에서 고찰하고 있다.

김경희 선생의 '『우게쓰 이야기雨月物語』의 문학적 주술과 욕망 서사-「뱀 여인의 애욕蛇性の婬」을 중심으로-'는 작품 속에 장치된 문학적 주술에 대한 분석과 욕망 서사 구조의 검출을 통해 인간의 욕망의 본질에 대해 실증적으로 탐구하고 있다.

단국대학교 일본연구소의 한일공동연구 기획총서는 2018년까지 총 세 권으로 완간될 예정이다. 그러나 연구소가 추구해온 한일 공동연구의 대의는 변함없이 추구될 것이며 후속되는 사업으로 계승될 것이다. 강호제현의 애정 어린 충고와 격려를 부탁드리는 바이다. 아울러 이번 총서간행의 기반이 된 연구 과제를 적극 지원해 준 한국연구재단에 심심한 감사의 마음을 전함과 더불어 총서간행의 실무를 맡아준 단국대학교 일본연구소 전임연구원 홍성준 박사께도 고마움을 전하고자 한다.

2017년 8월 24일

공저자
단국대학교 일본연구소장 **정   형**
한일공동연구책임자 **윤채근**

9

| 차 례 |

제2부 | 문학적 아노미

11

제1부

파괴된 인류

한일 고전문학 속 비일상 체험과 일상성 회복

― 파괴된 인륜, 문학적 아노미 ―

한국고전문학에 나타난 불륜의 사랑

조 혜 란

1 서론

부적절한 혼외관계, 즉 불륜은 비난 혹은 비판의 대상이 되기 십상이다. 그런데 이 같은 현실에서의 반응과는 달리 어떤 소설이나 영화 등에서는 불륜이 오히려 진지하게 다뤄지곤 한다. 시간을 거슬러 올라가 조선시대의 성 담론은 오늘날보다 훨씬 더 엄격한 기준을 요구했던 것으로 보이고, 여성의 성에 대해서는 보다 더 철저한 통제와 감시가 가해졌다. 이 같은 조선시대에도 불륜을 진지하게 다루

15

는 소설 작품들이 있었을까?

본고의 목표는 한국고전문학, 그 중에서도 소설에 나타난 불륜에 대해 고찰하는 것이다. 조선시대의 불륜에 대해 살피기 위해 우선 조선시대에 사용된 '불륜不倫'이라는 단어의 용례에 주목하였다. 그 결과, 오늘날에는 불륜이란 단어가 결혼했거나 파트너가 있는 남녀의 외도를 가리킬 때 사용되지만 실상 조선시대 '불륜'의 쓰임은 지금과는 그 양상이 조금 달랐다는 사실을 확인할 수 있었다. 이러한 정황을 암시하듯 오늘날 국어사전에서도 '불륜'을 찾으면 '부절적한 혼외관계'에 앞서 일차적 의미로 '사람으로서의 지켜야 할 도리를 벗어남'이라는 설명이 제시되어 있다.

다시 조선시대로 돌아가 보자. 조선시대의 실록이나 문집 등에서 '불륜'을 찾아보면, '명실이 상부하지 않다名實不倫', '말이 너무도 맞지 않다네言何太不倫', '인목대비를 서궁에 유폐시키는 불륜不倫을 저질렀으니', '복창군 정과 복평군 연 형제가 궁중에 무상 출입하면서 궁녀 상업·귀례와 불륜不倫의 관계를 맺어 오다가'[1] 등의 사례들이 나타난다. 앞의 두 예는 '서로 맞지 않는다'[2]는 의미로 사용된 경우이며, 뒤의 두 예는 인간의 도리에 맞지 않는 경우에 속하는 예라 하겠다. 이 경우 남녀 사이의 일에 해당하는 것은 세 번째 경우인데, 결혼 여부와는 무관하게 제도상으로 금지되어 있는 궁녀와 관계를 맺

---

1 이 예들은 한국고전번역원 사이트에서 '불륜'이라는 단어로 검색한 결과이며, 차례대로 〈계곡집〉〈고봉집〉〈선조실록〉〈숙종실록〉에서 예로 든 것이다.
http://db.itkc.or.kr/index.jsp?bizName=MK
2 『대한화사전大漢和辭典』의 정의도 이와 유사하여 불륜不倫은 '유類가 서로 맞지 않은 것, 인간의 도리에 맞지 않는 것'으로 설명되어 있다.

었다는 것이 더 우선되는 문제이므로 이 역시 오늘날의 쓰임과는 거리가 있다. 즉 조선시대의 불륜이란 강상의 윤리를 범하는 경우, 제도와 그 적용의 예가 맞지 않는 경우, 신분 제도를 범하는 경우 등에 해당한다.

불륜이라는 단어가 오늘날과 같은 협의의 의미로 굳어지게 된 것은 일부일처제가 시행[3]된 이후의 일일 것으로 보인다. 본고의 관심은 조선시대 소설에 나타난 불륜을 고찰하는 것이므로 일단 조선시대에 실제 사용된 불륜의 용례를 염두에 두면서 이 문제에 접근할 것이다. 이를 위해 본고는 조선시대의 불륜에 대한 소설적 형상화를 살피고 그 중에서도 협의의 불륜과 관련한 방향으로 논의의 초점을 맞춰보고자 한다.

 '불륜'과 '간통'

1) 조선시대의 불륜 사례

조선시대에 불륜이라 일컬어졌던 것들 중 그 사례가 '인간의 도리를 벗어난, 즉 강상綱常을 범한' 경우에 해당하면 이는 죄가 되었다.

---

3 1894년 갑오경장 때 첩 제도를 폐지한 것으로 미루어 조선에서 일부일처제가 도입된 것은 그 이후의 일이라고 하겠다. 물론 이것은 제도의 시작만을 의미하는 것이고 첩을 두는 일이 사라진 것은 이보다도 훨씬 후대인 1960년대 이후로 알려져 있다.

조선시대에 범죄에 해당하는 불륜은 크게 두 가지로 나눠볼 수 있다. 하나는 자식이 부모를 해하는 경우이고 다른 하나는 부적절한 남녀 관계였다.

전자의 경우로는 아들이 아버지를 살해한 사건이 보이는데, 중종 대 밀양에서 박군효朴君孝가 아버지 머리를 난타하여 죽인 사건, 세종 대 김화金禾가 아버지를 죽인 사건 등이 여기에 속한다. 이 일로 밀양은 부府에서 현縣으로 강등 당했고, 김화에게는 능지처참형[4]이 내려졌다. 자식이 부모에게 해를 가한 경우는 궁중에서도 치명적인 두 가지 사건이 있었는데 하나는 광해군이 인목대비를 폐한 일이고, 다른 하나는 사도세자가 영조에게 도전하려던 일이었다. 인목대비 폐위는 결국 인조반정의 빌미가 되어 광해군은 쫓겨났고, 사도세자는 아버지에 의해 뒤주에 갇혀 죽임을 당하게 된다. 부모에게 해를 가한 자식의 문제는 물론 부모 자식 간이라는 천륜의 문제도 있겠으나 수직적 질서에 위해를 가한 데 대한 처벌이기도 하다.

남녀 문제에 있어서도 수직적 질서인 신분 질서를 중시하는 시각은 여전히 작동되었다. 조선시대 남녀 사이의 불륜[5]은 단지 혼인한 남녀가 혼외 관계를 시도했는가에 따라 판단되지 않았다. 상층 여

---

4 송기호 「패륜과 불륜」, 『문화 예술』 54권 7호, 2006, 82쪽. 박군효와 두 명의 동생들은 옥에 가두기도 전에 죽었기에 연관된 관리들에게 책임을 묻고 밀양을 강등하기로 한 것이다. 이 내용은 〈중종실록〉, 12년 12월 28일자 기사 참조.

5 조선시대의 불륜 사건에는 동성애도 포함되었으나 남녀 관계에 비해 빈도수가 현저하게 낮게 기록되었으며 조선시대 소설에서도 동성애를 형상화하는 경우는 드물어 소설에서 불륜을 검토하는 것이 목적인 이 논의에서는 제외하도록 한다.

성이 하층 남성과 관계를 맺었을 때는 이혼녀이든 과부이든 관계없이 다 벌을 받았다. 과부인 양반 여성이 하층 남성과 관계 맺었을 때[6], 이혼녀[7]에 해당하는 어우동於宇同이나 유감동兪甘同 등이 여러 명의 남성들과 관계를 맺었을 때에도 중형을 받았다[8]. 어우동이나 유감동[9]은 단지 하층 남성과의 문제만이 아니라 종친을 포함한 친인척으로 얽힌 남성들과도 관계를 맺었기에 더 문제적인 사례가 되었다. 조선시대에도 이 같은 남녀 사이의 불륜 사건은 지속적으로 일어났다.

그런데 오늘날 지칭하는 협의의 불륜은 일부일처제를 전제로 했을 때 비롯하는 개념이다[10]. 이런 까닭에 이 같은 불륜은 조선시대

---

6 양녕대군의 첩의 딸 구지仇之는 권덕영權德榮이라는 양반 남성에게 시집갔다. 남편 사후 사노私奴인 천례天禮와 관계를 맺어 딸을 낳았는데 이 일이 드러나 결국 천례는 고문으로 죽고 구지는 사사를 당한 사건이 있다. 〈성종실록〉, 6년 12월 22일부터 28일까지의 기록에는 계속 이 일과 관련한 기사들이 실려 있으며, 성종 20년 3월 7일 왕이 이구지에게 사약을 내린 기사가 실려 있다.

7 성종실록에 의하면 어우동은 남편에게 버림받은 아내로 기록되었는데, 이는 이혼 당한 여성에 해당하므로 이혼녀라는 표현을 사용하였다.

8 조선시대 간통한 여성에 대한 형벌로 사형까지는 적용하지 않았다. 어우동의 경우에도 성종은 사형을 주장하였고 신하들은 오히려 사형이 법에 위배되는 결정이라면서 이견을 보였지만 결국 왕의 뜻에 따랐다. 어우동의 형벌에 대한 논의로는 정해은 「조선전기 어우동 사건에 대한 재검토」, 『역사연구』 17, 역사학연구소, 2007; 김대홍 「조선시대 어우동 음풍 사건의 전모와 당시의 법적 논의」, 『법사학연구』 44, 한국법사학회, 2011.

9 유감동의 사건은 세종실록 18년 4월 20일자에, 어우동은 성종실록 11년 6월 13일, 10월 18일 등에 수록되어 있다. 이 기록들에는 단지 유감동, 어우동만이 아니라 다른 여러 경우의 불륜 사건들이 보고되어 있다.

10 서구의 경우, 사랑이라는 감정과 상대방에 대한 정절을 등가로 간주하는 시각은 18세기부터 널리 퍼지기 시작했으며, 이 무렵 연애결혼이 등장했다고 한다. 그 이전의 결혼은 경제적 결속과 자녀 양육이 토대가 되었다면, 이 무렵부터 성적 매력이 토대가 된 결혼이 대두하였다는 설명이다. 이에 대해서는 게르티 젱어 저, 한미

남성에게는 별 해당 사항이 없어 보인다. 왜냐하면 조선시대에는 남성이 결혼을 했어도 한 여성과만 부부 관계를 유지해야 한다는 규율이 없었기 때문이다. 당시에는 결혼한 남성이라도 혼인 관계를 벗어난 자신의 성적 욕망을 축첩蓄妾이라는 제도를 통해 정당화할 수 있었다[11]. 혼외의 부적절한 관계가 제도화될 수 있는 길이 있었던 것이다. 이에 더하여 양반 남성에게는 외간 여성과의 관계가 오히려 그의 덕을 가늠하게 해 주는 요소로 거론되기도 하고, 또 젊은 양반 남성에게 기방 출입은 경계의 대상이었지만 실상으로는 기녀와의 관계 역시 남아의 '풍류風流'로, 오히려 갖추어야 할 덕목으로 간주되곤 하였다. 중매로 맺어진 부인과의 만남이 가문의 대를 잇는 목적지향적 행위였다면, 기녀와의 관계는 오히려 끌림이나 친밀감 등 연애 감정을 느낄 수 있는 만남이기도 했다. 이 같은 조선의 사회적 조건 속에서 남성은 혼인을 했어도 얼마든지 다른 여성을 만나 성적 욕망을 펼칠 수 있었다. 조광조趙光祖 관련 설화나 〈오유란전烏有蘭傳〉 같은 서사물들은 양반 남성의 성에 대한 당대의 인식 태도를 보여준다[12].

라 역『불륜의 심리학』, 소담출판사, 2009, 105쪽. 사랑과 정절이 동등하게 되면 배타적 관계가 성립되면서 그 밖의 관계는 불륜으로 간주되게 된다. 결혼에서의 배타적 관계는 일부일처제의 형태로 귀결된다.

11 만약 남성 경우라도 그 대상이 친족 범주에 속하거나 혹은 종친인 경우에는 불륜으로 문제가 되었다. 이는 혼외의 남녀 관계를 맺어서라기보다는 강상을 범한 죄와 같은 맥락에서 범죄화하는 것이다.

12 조광조와 관련한 한문 야담이나 〈오유란전〉 같은 한문소설들은 양반 남성의 성에 대한 당대의 인식을 보여준다. 소위 정남(貞男)이라고 불리는 남성 인물들은 이웃 여성의 만남 요구를 거절하거나 혹은 기생과의 유흥을 거절한 채 공부에만 전념하려 한다. 그런데 조광조 설화의 서술자는 역사적 인물 조광조의 죽음에 대해 상대

남편의 이런 만남에 대한 부인의 질투 감정은 기혼 여성에게는 치명적일 수 있는 '투기妬忌'[13]로 간주되었다. 자연스러운 감정의 발로가 이념의 틀로 재단된 것이다. 뿐만 아니라 여성의 경우는 혼인 여부를 떠나 정절이 가장 중요한 덕목이자 목숨 같은 것이 되어 갔다. 실제로 열녀전烈女傳 중에는 정절 모해를 당한 여성들이 자신들의 결백을 증명하기 위해 자살을 선택한 사례가 기록되어 있기도 하다. 혼인한 여성의 경우는 남편이 죽어도 정절에 대한 의무는 지속되었으며, 여성의 정절은 시집 식구들은 물론 마을 공동체의 감시의 시선 하에 놓여야[14] 했다.

조선시대 양반 남성들의 성적 욕망이 불륜으로 간주되는 경우는 기혼의 양반 여성과 관계를 맺은 경우일 것이다[15]. 미혼인 경우는 첩으로 삼을 수 있었고, 기혼의 하층 여성을 마음에 둔 경우라면 이는 불륜으로 크게 문제 삼지는 않았던 것으로 보이기 때문이다[16]. 하층 여성의 경우는 기혼이라 해도 신분상 양반 남성의 성적 요구를 거절

여성의 원한을 사서 죽게 되었다는 해석을 붙이고 〈오유란전〉의 서술자는 여색女色을 멀리하고 바른 태도를 지키겠다는 서생書生을 인생에 대한 통찰이 부족한 사람처럼 그리는 것이다. 조선시대 서사물에서 나타나는 이 같은 서술 태도 역시 자신들의 성적 욕망에 대한 당대 남성들의 허용적 태도가 투사된 예들이다.

13 '투기'는 남편이 부인을 쫓아낼 수 있는 '칠거지악七去之惡' 중 하나에 해당하였다.

14 이시선李時善(1625-1715)의 〈열녀홍씨전烈女洪氏傳〉은 과부인 양반 여성의 섹슈얼리티가 어떻게 감시, 규율되는지를 살펴볼 수 있는 한 예이다. 황수연 「자결을 통해 본 욕망의 문제」, 『한국고전여성문학연구』 16, 한국고전여성문학회, 2008, 432쪽.

15 남성보다 신분이 높은 여성과의 조합은 혼인 여부에 관계없이 불륜으로 간주되었다. 이는 신분의 고하를 범한 경우에 해당하기 때문이다.

16 여종의 경우는 주인 남성의 소유에 해당하기에 강상지죄인 불륜의 범주에 들지 않는다.

하기가 쉽지 않았다. 홍석주洪奭周(1774-1842)의 〈관북열녀전關北烈女傳〉에 등장하는 가난한 하층 여성은 자기 옆에 남편의 시신을 둠으로써 자신의 성적 자결권을 지키려 했고[17], 〈춘향전〉의 춘향은 변사또의 수청 요구를 거절한 대가로 죽음을 각오해야 했다. 하층 여성들이 양반 남성의 잠자리 요구를 거절하겠노라고 마음먹는 순간 그 하층 여성은 극단적 선택을 하거나 목숨을 담보로 한 고난까지도 예상하고 감당해야 했다. 이 두 예는 양반 남성이 남편이나 정인情人이 있는 하층 여성[18]과 혼외 관계를 맺는 것은 사회적으로 용납 가능한 경우였음을 시사해 준다. 이렇듯 남자의 경우는 다양한 시도를 해도 불륜으로 문제 삼지는 않았던 것이다.

2) 간통죄와 여성의 성적 욕망

도덕적 어긋남, 불륜不倫. 혼외의 남녀 관계가 불륜이 되려면 부정했다는 인식이 수반되어야 하는데 조선시대 남성의 경우에는 위와 같은 정황상 그런 인식이 희박하였다. 여색女色이 경계警戒의 대상이기는 하였으나 남성의 경우는 경계境界를 넘어도 부정不貞은 아닌 것

---

17 조선시대 여성은 신분에 상관없이 성적 자기결정권이 보장되지는 않았다. 그러나 상황에 따라 여성의 의도가 읽히는 경우는 있다. 〈관북열녀전〉의 열녀 역시 이렇게 추정 가능한 경우인데, 열녀에게 관심을 보이는 장씨張氏 부자富者가 양반인지 여부는 분명하지 않다. 양반이 아니라 해도 가난한 하층 여성에게 거의 유일한 물질적 토대가 되는 부유한 남성이라면 그에게 단호하게 대처하기는 쉽지 않았을 것이다.

18 춘향이 기생으로 설정되어 있는 이본의 경우라면 변사또의 수청 요구는 더욱 합법한 것이기도 하다.

이며, 이를 대체할 만한 허용적인 다른 개념들이 마련되어 있었기 때문이다[19].

그러므로 조선시대에 남녀의 만남이 불륜으로 지칭되려면, 남성이 아닌 여성이 그 관계에 적극적으로 연루되어 들어가야 한다. 여성의 적극적 의지가 수반된 경우라면, 상층 여성이든 하층 여성이든 구분 없이 모두 불륜으로 문제 삼았다. 여성의 성적 욕망이 곧 불륜 판정의 잣대인 셈인데, 이런 정황으로 미루어 볼 때 오늘날 불륜에 해당하는 조선의 용어는 간통姦通이다.

오늘날의 불륜 개념에 해당하는 전근대 사회의 간통이란 유부녀의 혼외 성관계를 뜻했다. 남편은 논외였다. 이러한 인식은 갑오경장 이후에도 지속되는데, 갑오경장 이후에는 여성의 간통을 문제 삼는 것은 여전한 채 신분에 따른 분별을 제거한 것이 차이라면 차이였다[20]. 간통죄가 여성의 간통 여부로 문제 되던 조선의 접근은 주로 남편의 간통을 문제 삼았던 근대 이후의 간통죄[21] 성립 상황과는 뚜렷하게 구별된다.

간통은 범죄 행위인 강간强姦과, 상호 합의에 따른 화간和姦으로 나뉜다. 그러나 성별에 따른 이중 잣대를 적용했던 조선시대에는 처녀를 강간해도 이를 기화로 혼인 관계에 들어가면 그 강간은 합법이

---

19 〈오유란전〉에서 보듯 남성의 성적 욕망은 풍류 혹은 성장으로 변주된다. 그리고 이는 남성동성사회적 연대 혹은 공모와도 관련되어 있다.

20 전근대 사회의 간통에 대해서는 홍나래 「간통 소재 설화의 연구」, 이화여대 박사학위청구논문, 2010, 10-11쪽.

21 근대에 들어 간통죄는 주로 남편의 바람, 혼외관계를 문제 삼았는데, 간통죄는 2015년 2월에 폐지되었다.

되었다[2223]. 여성의 주장은 무시된 채 대다수 남성의 강간이 화간으로 간주되기도 하였던 것이다. 앞에서도 언급했듯 간통죄는 기혼 여성이 혼외의 성 관계를 맺는 경우에 성립하였다. 이런 사정이 반영되듯 혼외 관계를 암시하는 단어 역시 '샛서방'이 대세를 이룬다. 연구자에 의해 '불안한 사랑'이라고 명명된 조선시대 불륜 관계를 나타내는 다른 단어로는 '남의 님'[24]을 들 수 있겠다. '남의 님'은 샛서방보다는 젠더중립적인 단어이기는 하다. 그러나 '남의 님'과 '샛서방' 중에서 단어로서 확실하게 자리매김한 경우는 여성의 입장을 전제로 한 '샛서방'이다.

어휘에서도 드러나는 이런 정황은 조선시대 소설에도 반영되어 남녀 사이의 불륜, 간통 사건은 여성 인물의 적극적인 성적 욕망을 그리면서 전개된다. 조선시대의 맥락에 밀착해 들어가기 위해 본고는 간통이라는 프리즘을 통해 조선시대 소설에 나타난 남녀의 불륜 서사를 고찰하고자 한다.

---

22 성호 이익은 강간 여부 판단에 대해 문제를 인식하고 당대의 흐름에 대해 이의를 제기하였다. 그는 '여자가 거절하는데 남자가 겁간하려 하는 것은 이미 강간'이라고 주장하면서 남자의 폭력 이후에 일어나는 일에 대해서는 '족히 말할 것이 없다'고 하여 논의할 필요도 없이 강간으로 간주해야 한다고 주장하였다. 이 기사는 이익『성호사설』, 16권, 인사문(人事門), '강간(强姦)' 조 참조.

23 조선시대 남녀 간의 섹슈얼리티의 관계가 남성 중심적으로 왜곡된 정황에 대한 자세한 논의는 최기숙「'관계성'으로서의 섹슈얼리티; 성, 사랑, 권력-18·19세기 야담집 소재 '강간'과 '간통' 담론을 중심으로」, 『여성문학연구』10, 한국여성문학학회, 2003 참고.

24 '샛서방'에 대해서는 이수곤『조선 후기의 탈중세적 징후들』, 서강대출판부, 2014, 140-143쪽; '남의 님'에 대해서는 김홍규『근대의 특권화를 넘어서』, 창비, 2013, 42-46쪽.

조선시대 소설에 나타난 불륜 양상

1) 광의의 불륜과 조선시대 소설

조선시대 소설에서 등장하는 남녀의 불륜 사건을 검토하기 전에 당대 소설에서 등장하는 불륜 전반에 대해 살펴보도록 한다. 우선 어휘 차원을 보자. 조선시대에는 목판 인쇄본인 방각본과 더불어 대하소설 분량에 해당하는 국문장편소설들이 활발하게 유통되었다. 그런데 소설 속에서도 불륜이라는 단어를 직접 사용하는 경우는 흔치 않다[25]. 강상을 범하는 죄를 지은 경우에라도 그렇다. 또한 간통이라는 단어 역시 찾아보기 어렵다. 조선시대 소설에서는 '불륜'이나 '간통'과 같은 직접적 표현보다는 '강상을 범한 죄'나 '간부奸婦', '음심淫心', '음행淫行'과 같은 단어들을 사용하거나 장면을 묘사하는 방식을 통해 간통의 기미나 현장을 서술하는 경향이 있다.

사건 차원을 보면, 드물기는 하지만 앞에서 언급한 천륜을 범하는 사건이 서술된 경우가 있기는 하다. 대개의 조선시대 소설에서 주인공은 효성이 있는 인물들이다. 백행百行의 근본으로 효를 강조하는 조선 상황에서 불효해 가지고서는 긍정적 주인공이 되기 어렵다. 오

---

[25] 국문장편소설의 대표적 하위장르인 삼대록계 국문장편소설의 어휘를 다 검토해도 불륜이라는 단어는 찾아보기 어렵다. 〈범문정공충절언행록〉에서 '불륜'이라는 단어가 사용되었던 것으로 기억하는데 이때의 불륜은 남녀의 혼외 관계와는 거리가 먼 강상을 범한 경우를 가리켰던 것으로 기억한다.

히려 효성이 지극해서 평범한 아버지와의 갈등을 초래할 지경이다[26]. 물론 주변 인물의 경우에는 부모에게 효성을 다하지는 않는 아들들이 등장하기도 한다. 그러나 효성이 지극하지 않았다고 하여 '강상의 죄를 범했다'는 표현이 등장하지는 않는다.

조선시대 소설에서 아들이 아버지를 향해 칼을 휘두르는 장면이 나올까 싶지만, 나온다. 삼대록계 국문장편소설 중 하나인 〈현몽쌍룡기〉에는 아버지에게 칼을 휘두르고 아버지를 죽이고자 자객을 고용하는 아들의 이야기가 나온다. 패륜아 양세는 궁극적으로는 주인공 집안을 더욱 빛내 주는 역할을 하는 인물이지만, 사건 내용이 아버지에 대한 살해 시도였다는 점에서 충격적이다. 더구나 아버지 양임은 부정적 인물형에 속하지 않으며 주인공 집안과 혼인 관계에 들어가는 상층 귀족이기에 더욱 그러하다. 그러나 이런 양임도 가문의 유지를 위해 아들 양세를 독살시킬 계획을 세우기도 한다[27]. 이 작품에는 부자 관계에 문제가 있는 또 한 쌍의 아들과 아버지가 등장하는데 이 경우 아들은 효성이 지극한 반면 아버지가 소인형小人型에 속한다. 후자의 아버지 역시 아들이 자신을 죽이려 했다는 오해를 한다. 이때 의심의 근거는 단 한 가지, 칼을 든 인물이 아들 방에서 나왔다는 사실에 근거해서이다. 이 작품의 부자 관계는 불륜의 극을 오가는, 그러나 영조와 사도세자의 경우처럼 현실에서도 존재하는

26 가치관의 차이와 더불어 지극한 효성으로 인해 아버지와 갈등이 커지는 경우로는 〈유효공선행록〉의 유연이나 〈보은기우록〉의 위연청을 들 수 있다.
27 〈현몽쌍룡기〉의 부친 살해 음모 및 아들 독살 음모는 조혜란 「악행惡行의 서사화 방식과 진지성의 문제」, 『한국고전연구』 23집, 한국고전연구학회, 2011, 371-372쪽, 375-380쪽.

설정이다.

그러나 조선시대 소설에서 이 같은 극단적 불륜 사건을 형상화하는 경우는 드물다. 효성 지극한 자식들이 더 많이 등장한다. 그러나 더 빈번하게 다뤄지는 것은 남녀 간의 만남이고, 그 중에서도 통속적 흥미를 돋우는 것은 남녀 간의 불륜 사건일 것이다. 그러므로 조선시대 소설의 경우에도 협의의 불륜, 간통에 초점을 맞춰 살피도록 한다.

2) 간통: 조선시대 소설에 형상화된 협의의 불륜

(1) 욕망만 강조되는 반동형 여성 인물

조선시대 소설에는 남녀의 애정을 다룬 작품들이 매우 많다. 그러나 남녀 주인공들이 불륜 관계에서 자신들의 애정을 키워나가는 경우는 찾아보기 어렵다. 애정소설의 대표격이라 할 수 있는 애정전기의 초현실 내지 환상적 사랑 이야기에서도 불륜은 등장하지 않는다. 〈금오신화金鰲新話〉는 귀신이 되었든 인간이 되었든 남녀는 모두 혼인 전의 인물들이었고, 〈주생전周生傳〉 경우는 남성 주도적인 애정서사인 데다가 상대방 여성이 기녀이거나 혹은 귀족 처자라도 혼인을 약속한 사이가 되었기 때문에 또 불륜에서 빗겨간다. 진사와 수성궁 소속 궁녀가 사랑하게 되는 〈운영전雲英傳〉 경우가 조선적 불륜에 해당할 터인데, 이때의 불륜이란 신분상 불가능한 만남에서 기인하는 것으로, 수양대군의 재산으로 간주되는 궁녀를 소유권자인 수양대군과 일정한 절차를 밟지 않고 범한 데서 비롯하는 불륜이다. 소설 속에서는 그 관계로 말미암아 목숨까지 걸지만 오늘날 불륜 개념에 비춰본다면 김진사와 운영의 사랑은 불륜이 아니다. 불륜은커녕 지 지받아 마땅한 인간 해방의 욕망[28]인 것이다.

조선시대 소설에서 인상적인 불륜, 여성의 간통 사건이 등장하는 작품으로는 김만중金萬重(1637-1692)의 〈사씨남정기謝氏南征記〉를 들 수 있다. 〈사씨남정기〉의 교채란은 유연수의 첩이 되었다가 본부인 인 사씨를 내쫓고 정실이 된 인물이다. 그녀는 남편이 있는데도 동 청, 냉진과 관계를 맺고 나중에는 기생이 되어 남성들과의 성적 유 희를 즐긴 인물로 그려진다. 이 작품에서 교채란은 악인으로 서술되 는데 그 이유는 그녀가 지니고 있는 물질적 욕망, 성적 욕망에서 찾 을 수 있다. 무엇보다 자신의 여성적 매력을 발산하고 강한 성적 욕 망을 충족시키고자 하는 여성 인물은 조선의 간통 요건에 잘 부합하 는 인물형이라 하겠다. 유연수가 살아 있음에도 불구하고 외간 남자 와의 성적 유희를 즐기는 교채란의 간통은 바로 가부장 유연수의 권 위에 대한 도발이자 위협이기도 하다. 유연수와 혼인했지만 외간 남 자들과의 성적 관계도 마다하지 않았던 교채란은 조선이 기억하는 간통 서사의 주인공이면서, 가부장제 혈통의 순수성을 위협하였기 에 악인형 여성 인물의 전형이 되었다.

---

28 〈운영전〉이 조선적 불륜에 해당한다는 기술은 〈운영전〉의 김진사와 운영의 사랑 이 협의의 불륜에 해당한다는 의미가 아니라, 신분상 사랑할 수 없는 궁녀의 사랑 이야기라는 설정 자체가 조선 당대로 치면 광의의 불륜에 해당한다는 의미이다. 그러므로 〈운영전〉이 조선 당대에 불륜 서사로 향유되었다고 주장하는 것 역시 아 니다. 〈운영전〉을 자유를 향한 인간 욕망으로 읽는 한 가지 예로는 정길수 「〈운영 전〉의 메시지」, 『고소설연구』 28집, 한국고소설학회, 2009 참조.

(2) 불륜의 이유가 서술되는 비중 있는 여성 인물

이 같은 이유로 조선시대 소설에서 성적 욕망이 강한 여성들은 악인형 인물 쪽으로 배치된다[29]. 신분이 높은 여성 인물 중에도 남편의 냉대로 인한 어려움을 견디지 못하고 간통, 불륜을 저지르는 인물들이 등장하는 작품들이 있다. 이런 인물들은 방각본 소설보다는 국문장편소설에서 발견된다. 예를 들어 〈천수석泉水石〉, 〈임씨삼대록林氏三代錄〉 같은 작품들이 그렇다. 〈천수석〉의 이초혜와 〈임씨삼대록〉의 옥선군주는 모두 상층 신분의 여성들이며, 자신들이 먼저 어떤 남성을 보고 좋아하여 배우자로 선택하고 성적 결합을 꿈꾼다는 점에서 공통점이 있는 인물들이다. 문제는 그녀들의 이런 성향으로 인해 상대방 남성들은 그녀들을 매우 꺼리며 돌아보지도 않는다는 것이다.

우선 〈천수석〉의 이초혜 경우를 보자. 그녀는 우연히 위보형을 보고 반하는데 위보형은 이런 이초혜의 눈길을 음행 가득하다고 여긴다. 매파들에게 사기 당해 간옥지와 결혼하게 된 이초혜는 남편 간옥지가 자신을 무시한다고 여겨 외할아버지 곽국구 집에서 지내며 별거하고, 이 즈음 위보형이 과거 급제를 하고 유가를 하다가 곽국구 집에서 술을 마시고 잠이 든다. 잠든 위보형을 발견한 이초혜는

---

29 물론 성적 욕망을 드러낸 여성 중에서 악인형으로 그려지지 않은 여성인물도 있기는 하다. 국문장편소설의 효시로 일컬어지는 〈소현성록〉에 등장하는 소교영이라는 인물이 그러하다. 그녀는 규율이 엄격한 소씨 집안의 둘째딸이지만 과부가 된 이후 수절하지 못 하고 상처喪妻한 평민 남성과 정을 통했고, 결국 어머니 양부인에게 이 사실이 탄로가 나서 어머니로부터 독주를 받아 마시고 죽어간 인물이다. 이 경우 역시 신분이 낮은 남성과 정을 통했다는 점에서는 문제적이나 이 관계는 혼인한 상태에서 혼외의 관계를 시도한 것이 아니라 둘 다 배우자가 죽은 후에 만났기에 협의의 불륜에 해당하는 사건은 아니라 하겠다.

29

성적 충동을 느끼며 흐트러진 위보형에게 다가가 얼굴을 비비고 손을 만지며 껴안는다. 이 소설은 성애적 장면의 묘사가 자세하여 독자들의 엿보기 욕망을 충족시킨다. 결국 이초혜는 간옥지에게 '탐음貪淫'으로 이혼을 당하고, 황제를 유혹하여 권력을 잡은 이후에도 위보형을 향해 지속적으로 구애하지만 거절당한다. 결국 이초혜는 잡혀 죽음을 맞이하는데 최후진술의 순간에도 위보형에 대한 마음을 쏟아낸다. 이초혜는 음심 가득한 여성으로 낙인 찍혔지만 한 남자를 향한 첫사랑을 그대로 간직하고 있었던 여성이었다.

〈임씨삼대록〉의 등장인물인 옥선군주의 경우도 비슷하다. 그녀 역시 임창흥을 한 번 보고 반하여 상사병이 나고 아버지를 졸라 첩이 된다. 임창흥은 여성이 먼저 혼인 의사를 냈다는 점 때문에 그녀를 '남자를 좋아하는 음녀'로 여기며 돌아보지도 않는다. 원하는 남성과 혼인은 했지만 외로움에 지친 옥선군주는 정실부인을 내쫓기 위한 갖은 악행을 도모하다가 결국 양왕과 불륜 관계에 빠져들고 후에는 숱한 오랑캐 군사들의 음욕을 채워주고 온갖 불륜을 즐기다가 융국의 왕비가 된 후 중원을 치고자 대군을 이끌고 온다. 이때 적군의 장수가 너무 아름다운데, 보니 그는 임창흥이었다. 순간 옥선군주는 틈을 보이고 차마 못 죽이는데 '패륜한 음녀'를 징치하려던 임창흥은 그 틈을 놓치지 않고 그녀를 사로잡아 압송한 후, 토막 내어 죽이고 효시하였다. 임창흥에 대한 원망이 명나라를 쳐들어가는 것으로 귀결되었지만 결정적인 순간 그녀는 임창흥을 공격하지 못했다.

국문장편소설 중 두 작품을 예로 들었다. 〈천수석〉은 늦어도 18세기 초에는 창작되었을 것으로 추정[30]되는 작품이고, 〈임씨삼대록〉은

1776년 이전에 창작되었을 것으로 추정[31]되는 작품이다. 이 두 작품의 불륜 서술은 구체적 묘사로 장면화를 시도하거나 혹은 다수의 불륜 사례를 열거하는 방식으로 강조하는 등 17세기에 창작된 〈사씨남정기〉에 비해 불륜에 대한 서술이 구체적이며 확대되었다는 특징을 보인다. 그런데 불륜과 관련하여 교채란 경우와 이 두 여성 인물에 대한 서술에는 한 가지 차이가 보인다. 그것은 바로 여성 인물의 감정적 결핍, 외로움에 대한 충분한 서술 유무이다. 물론 이 차이는 각기 김만중이라는 작가의 의도와, 국문장편소설이라는 장르의 특성에서 연유된 것일 수 있다.

그러나 이보다 중요한 것은 국문장편의 경우 여성의 불륜을 묘사하면서도 그녀가 왜 그런 행동을 저지르게 되는지 그 경위가 자세하게 서술된다는 점이다. 그녀들은 성적 욕망을 발현하지만 이 성적 욕망은 원래 남편을 향했던 것이고 친밀감을 향한 갈구였던 것이다. 두 여성 모두 징치 당해 마땅한 악인형 인물로 그려지지만, 그 악의 시작, 불륜의 시작에는 사랑하는 남성의 외면이 자리한다. 〈사씨남정기〉의 교채란이 유연수의 첩이 된 까닭은 유연수를 사모해서가 아니라 유부劉府의 풍요를 누리기 위해서이다. 이런 교채란은 유연수의 자식도 낳았지만, 남편을 좋아해서 상사병을 앓다가 혼인에 이른 〈천수석〉, 〈임씨삼대록〉의 이초혜나 옥선군주는 남편의 눈길조차 받기 어려운 지경에 처했던 것이다[32].

30 김정숙「조선후기 대하소설의 서사구조-〈천수석〉과 〈화산선계록〉을 중심으로」, 『반교어문연구』 34, 반교어문학회, 2013, 184쪽.
31 최수현「〈임씨삼대록〉 여성인물 연구」, 이화여대 박사학위청구논문, 2010, 2쪽.

　불륜을 저지른 여성 인물이 처단 당하는 것은 조선 당대 규방의 교양물로 권장되었다던 국문장편소설의 특성 상 불가피한 선택이 었을 수 있다. 그러나 위에서 언급한 두 여성 인물의 서사, 그 인생 유전에서는 사랑 받지 못하는 여성의 형편 역시 언급된다. 규방 여성의 여가를 위한 독서물이자 당대 규범을 내재한 교양물이었던 국문장편소설은 유교적인 이상적 여성상과 대조를 이루도록 하기 위해 악녀들을 그려내었고, 그 과정에서 당대 가부장제가 여성에게 작동하는 방식을 보여주었다. 이 두 작품은, 〈소현성록〉의 화부인처럼 거세가 덜 된, 그래서 가부장제의 승인을 받지 못 하는 기센 부인 정도로는 살 수도 있었을 것 같은 여성인물들이 불륜의 한복판에서 처단 당하게 된 애초의 원인에 여성이 남녀관계를 주도하는 것을 용납하지 않았던 당대 가부장제의 규범이 작동하고 있었음을 보여 준다.

32　본고에서는 국문장편소설 중 두 편만을 대상으로 여성의 불륜 정황이 드러나는 사례에 대해 서술하였다. 국문장편소설의 방대한 규모를 생각해 본다면, 이는 순전히 연구자의 과문함에서 기인하는 선택인 것이며, 그러기에 이 두 작품으로 성급한 일반화를 시도하는 것은 무리일 수도 있으리라 생각한다. 방증 자료가 될 만한 기록이나 작품들은 꾸준히 보충되어야만 할 것이다. 그런데 문학 작품을 논할 때, 작품의 수가 반드시 의미를 보장하는 유일한 변수만은 아니리라고 생각하며, 비록 빈도 수는 적더라도 형상화되는 것 자체가 신호이거나 의미일 수 있는 경우도 있다. 그것이 비록 악인형 여성 인물을 주조해 나가는 과정이었다고 할지라도 조선시대 소설에서 상층 여성 혹은 여성의 성적 욕망을 서사화하면서 단지 그 욕망 자체만을 조명하는 것이 아니라 그 여성 인물이 그렇게 될 수밖에 없었던 과정도 그려내고 있다는 것은 그 자체만으로도 주목할 만하다고 여겨진다. 왜냐하면 이는 단지 여성 독자의 흥미 유발을 위한 서사 기법 상의 문제만이 아니라 여성의 정감 자체에 접근하려는 시도인 것이며, 여성 욕망의 내밀한 구조에 대한 이해라는 점에서 접근해야 할 문제일 것으로 보이기 때문이다.

(3) 불륜을 주도하는 여성 주인공

앞에서 언급했던 불륜의 주인공들은 모두 악인형 여성인물에 속한다. 그런데 19세기에 이르면 악인형 인물이 아니며, 반동 인물이거나 주변 인물도 아니면서, 불륜을 주도하는 여성 주인공이 등장한다. 더구나 그녀들의 불륜은 그녀들이 남자를 좋아하는 음녀들이어서 저지르는 행동이 아니다. 그녀들은 〈절화기담折花奇談〉의 순매와 〈포의교집布衣交集〉의 초옥이다.

〈절화기담〉은 남화산인이 1809년에 지었을 것으로 추정되는 한문소설이고, 〈포의교집〉은 적어도 1866년 이후, 19세기 후반에 창작되었을 것으로 추정되는 한문소설[33]이다. 두 작품은 19세기 서울의 시정세태 및 당시 서울의 도시적 유흥의 분위기를 잘 전달하고 있다는 특징이 있다[34]. 이 같은 특징을 배경으로 젊고 아름다운 하층 여성 순매와 초옥의 서사가 펼쳐진다. 유부녀인 순매와 초옥은 각기 유부남인 남성을 만나고 일정 기간 그 관계를 지속한다. 순매가 만나는 이생은 '재자(才子)'인데 문장 재주가 자못 있다고는 하나 과거 시험 준비를 열심히 한다는 이야기는 없다. 그는 한량에 가까운 인물이다. 초옥의 상대인 이생은 양반 남성이다. 그는 과거 시험 준비를 위해

---

33 이하 〈절화기담〉과 〈포의교집〉에 대한 설명은 김경미·조혜란(역주) 『19세기 서울의 사랑』, 여이연, 2003, 7-28쪽 내용에서 인용한 것이다.

34 한문소설 〈절화기담〉과 〈포의교집〉의 주독자는 물론 남성이었을 가능성이 높다. 그런데 독자가 남성이라고 해서 그 작품 역시 남성중심적 가치관을 내재하고 있으리라는 보장은 없다. 이 두 작품은 표기문자 상 남성 독자가 우세했을 것으로 짐작되나 작품의 내용에서 〈오유란전〉이나 일부 성 소화 작품에서 보이는 남성동성사회적인 요소는 찾아보기 어렵다. 이에 대한 변증은 차후의 작업으로 남긴다.

산사(山寺)에 올라가기도 하지만 정작 공부에 전념하지는 않는 별 볼 일 없는 선비이다.

① 〈절화기담〉의 불륜

이러한 양반 남성과 하층 여성의 만남이 양반 남성의 특권이나 풍류가 아니라 간통, 불륜이 되는 이유는 하층 여성 역시 이 혼외 관계에 적극적 의지를 보이기 때문이다. 〈절화기담〉의 경우 표면적으로는 남성 주인공인 이생이 이 관계에 더 적극적인 것처럼 보인다[35]. 그런데 이 관계가 지속되는 것은 이생이 포기하려 할 즈음에는 순매가 다음 만남에 대한 기대를 갖도록 유도하기 때문이다. 이생과의 불륜 관계는 기실 순매 쪽에서도 필요한 것이었다.

"제 팔자가 기구하고 험해서 남편이란 자가 착하지 않습니다. 명색이 부부지, 사실 원수지요. 말만 하면 어긋나고, 움직일라 치면 헐뜯기만 합니다. 부부라면 신의를 중히 여기고 사랑하는 마음이 도타워야 된다는 걸 모르는 바 아니에요. 그런데 마침 이런 때 낭군께서 또 틈을 타서 이런 만남을 도모하시니, 한 가닥 살아보려는 마음조차 깨끗이 사라져 버리는군요.……지금이라도 부부로서의 의리를 끊고 정을 베어내어 옛사람을 버리고 새사람을 따르고 싶답니다. 그러나 염탐하고 막는 자들이 있고 담장에는 엿듣는 귀가 있으니, 진정 마음을 어쩔 수

---

35 이생은 순매를 못 만나자 말라서 죽겠다고 할 정도로 적극적인 태도를 보인다. 〈절화기담〉의 이생과 순매의 관계에 대한 정리는 조혜란 「19세기 애정소설의 새로운 양상 고찰」, 『국어국문학』 135, 국어국문학회, 2003, 285-287쪽 참고.

가 없는 형국이에요."[36]

　유부녀인 순매가 이생을 만나는 이유는 바로 폭력적인 남편 때문이었다. 순매에게 이생과의 만남은 답답한 일상에 숨통을 틔워 주는 호흡과도 같은 역할을 했을 것으로 보인다. 순매와 이생이 첫 만남에서 육체적 결합에 이르기까지는 2년 여의 시간이 소요된다. 이생에게 이 시간이 학수고대의 시간이었다면, 순매에게는 향유의 시간이었을 것으로 보인다.

　한량인 이생에게 순매는 시작부터 성적 대상이었다. 그런데 인격적 사랑에 대한 요구가 아닌 유희적 사랑이라는 점에서는 순매도 마찬가지이다. 왜냐하면 순매가 이생과의 만남을 유지했던 것도 이생이라는 특정한 혹은 특별한 개인과의 애정 자체가 목적이라기보다는 폭력적 남편과 살아가는 그녀의 삶에 숨통을 틔워주는 방편으로서의 의미가 우선할 것으로 보이기 때문이다. 순매는 남편을 떠날 마음까지는 없었던 것이다. 위 예문의 말을 들은 이생은 순매에게 초가집 한 채를 제공하겠다고 하는데 순매는 '부부의 정은 실로 잊을 수도 없고 의리는 진실로 저버리기 어려우니, 이승에서의 기박한 운명도 어쩔 수 없는 것'이라면서 '저승에서나마 남은 원을 이루는 것이 저의 소망'이라고 대답한다. 거절이다. 순매는 남편에게로 돌아간다. 그녀에게 이생은 스쳐 보내는 바람인 것이며, 이생만이 아니라 순매도 바람을 피운 것이다. 그런데 이 작품에서는 불륜을 저

지른 순매가 징치 당하지 않는다. 이 작품의 서술자는 더 이상 여성의 정절을 문제 삼지 않는다. 〈절화기담〉이 여성 섹슈얼리티를 다루는 독특한 지점이 있다면 바로 이 지점이 아닐까 싶다. 순매가 하층 여성이기는 하나 이 작품에서는 여성의 성에 대한 이데올로기적 접근이 보이지 않는다.

② 〈포의지교〉의 불륜

〈포의교집〉의 불륜 관계는 초옥의 적극적 태도에 의해 유지된다. 마흔 넘도록 과거 준비를 한다며 고향에 아내를 두고 서울로 상경하여 장진사 댁에 우거하는 이생은 얼굴도, 문장 재주도 볼품없는 가난한 서생이다. 초옥은 비록 하층 여성이었지만 빼어난 미인인 데다가 남영위궁의 시녀였을 때 배운 한문 교양으로 인해 지적인 면모로는 이생을 압도할 정도이다. 물론 이생도 초옥에게 관심이 있었지만 적극적인 태도로 임하지는 못한다. 초옥이 보낸 한시를 제대로 해석했는지 아리송했기 때문인데, 보다 근본적인 원인은 자신감 부족에서 기인하는 것으로 보인다. 자신보다 젊거나 가진 것이 많은 남성들이 초옥에게 관심을 보이자 이생은 그리하라고 한다.

중약이 먼저 물었다. "양파는 잘 있겠지요?" "그렇다네." "이번에 가면 제가 반드시 양파를 차지하겠다고 이미 깊이 다짐했습니다." "행랑에 있는 물건이니 뭐가 어려울 게 있겠나?" 이생이 중약과 헤어지고 나서 혼자 생각했다. '중약은 집도 부자고 나이도 어린 데다가 재주와 얼굴도 그만하니, 소망을 이루기에 족하지. 필경 중약의 차지

가 되고 말겠군.'[37]

장중약은 장진사의 조카이다. 이생 자신도 초옥을 영영 내줄 마음이 있는 것은 결코 아니지만 자신보다 젊고 부유하고 재주와 얼굴을 갖춘 중약과 겨룰 자신이 없었다. 그는 초옥이 중약 차지가 될 것으로 예상한다. 이러한 이생의 태도는 그가 초옥을 어떻게 생각하는지를 보여준다. 이후 장사선이 이생을 떠보는 장면이 이어지는데 이때에도 이생은 초옥에 대해 자신이 없다. 그러니 대답 역시 소극적이다. '길가의 우물이니 혼자 마실 수는 없다'거나 '본디 내 물건이 아니었다'면서 초연한 척하나 속으로는 조바심을 낸다. 이 같은 대답은 그의 진심이 아니라 짐짓 부리는 허세임을 알 수 있다.

이생은 초옥이 왜 자신을 좋아하는지 이해하지 못 한다[38]. 이런 이생과는 달리 사실 초옥은 이후 남편에게 불륜 사실을 들켜 이생과의 만남이 어려워지자 수차례에 걸쳐 자살을 기도할 정도로 이생과의 관계에 열렬하다[39]. 초옥은 이생에게 전인격적 관계를 기대하며 이 관계가 지속되기를 희구한다. 유부녀임에도 불구하고 초옥은 이생

37 김경미·조혜란(역주), 174쪽.
38 초옥이 이생을 좋아하게 된 가장 중요한 이유는 그가 나이 많고 못 생기고 가난한 서생이기 때문이다. 이런 조건이어야만 포의지교가 가능할 것이기에 그녀는 이생을 적극적으로 선택한 것이다. 물론 이생은 그녀의 이 같은 태도를 짐작하지도 못 한다. 초옥이 보여주는 이 같은 태도에 대해서 윤채근은 모든 조건을 초월하려는 의지의 실현, 이생에게 무엇인가를 줌으로써 팔루스를 획득하고 그와 동등한 남성-사람이 되고자 하는 의지로 읽었다. 윤채근 「〈포의교집〉에 나타난 근대적 욕망 구조」, 『청람어문교육』 35, 청람어문교육학회, 2007, 232-237쪽.
39 초옥의 인물 형상에 대해서는 조혜란 「〈포의교집〉 여성 주인공 초옥에 대한 연구」, 『한국고전여성문학연구』 3, 한국고전여성문학회, 2001 참고.

에게 전폭적이고 저돌적으로 투신해 간다. 초옥은 순매와는 다른 태도로 불륜에 임했던 것이다.

흥미로운 것은 이때 시아버지가 보이는 태도이다. 불륜남인 것을 알고도 시아버지는 며느리의 회복을 위해 이생과의 만남을 허락한다. 물론 이생이 양반이기도 하지만 양반에 비해 하층 계층의 경우에는 정절에 대한 요구가 덜 했던 사정을 반영하는 것으로 보인다. 그래서인지 초옥은 정절에 대해 새로운 해석을 내놓는다. 이생의 마음이 자기와는 다르다는 것을 알게 된 초옥은 그를 떠난다. 이후 민비가례 때 여령女伶으로 뽑혔다가 화옥이라는 기생을 만나게 되는데 그 기생은 초옥에게 '시골의 보잘것없는 선비와 몰래 사귀면서 스스로 정절 있는 행동이라고 여기는 것이 옳은'지를 묻는다. 물론 당대의 통념에 기대어 '그르다'는 것을 전제로 한 질문이다. 이에 대해 초옥은 조선시대의 성 도덕 틀을 벗어나는 대답을 한다.

> "해와 달이 비록 이지러진다 해도 밝음에 무슨 손상이 되며, 강과 바다가 비록 탁해진다 해도 넓이에 무슨 해가 됩니까? 저의 언행이 비록 칭찬받기에는 부족하지만 또한 정절에 무슨 해가 되겠습니까? 뜻을 변치 않는 까닭에 그 행동이 비록 동떨어진다 해도 본래의 뜻을 이을 수 있고, 말이 이치에 어긋나지 않는 까닭에 섬기는 바가 비록 그르다 해도 또한 하늘의 도를 어기지는 않았습니다.……"국화의 빼어남은 서리가 내린 후에야 알고, 매화 향기는 눈이 내린 뒤에야 알 수 있지요. 이는 비록 그 열매가 없다 해도 또한 그 절개를 잃지 않기 때문에 그런 것이지요……지금 내 행동을 죄주는 자가 없을 수 없고, 나를 알아주

는 자도 없을 수 없겠지요.[40]"

초옥은 자신은 당대의 성 규범을 범했기에 온전하다는 평은 못 듣겠지만 뜻을 지켰기에 자신의 정절은 온전하다는 인식을 보여준다. 그녀는 형식이 아니라 뜻, 내용을 취했던 것이다. 그녀의 뜻은 당대의 규범을 넘어서 있는 것이다. 그녀가 원하는 것은 포의지교를 얻는 것이었는데 당대의 성 규범을 따르느라 포의지교는커녕 대화도 통하지 않는 남편과의 관계를 유지하는 것은 자신을 속이는 것이고, 남편과의 형식적 관계는 궁극적으로 남편 또한 속이는 일에 다름 아닌 것이다. 이런 까닭에 자신의 행동에 대해 남들은 불륜이라며 비난하겠지만 알아주는 자도 있을 것이라는 답변의 마무리는 그녀 자신의 당당함과 떳떳함을 엿보게 해 준다. 초옥의 이 대답은 그 관계가 공소한 것일지라도 부부라는 관계를 맺었기 때문에 정절을 지키는 것이 아니라 오히려 이생을 통해 형식과 내용을 상부하게 하였기에 정절에 해 될 것이 없겠노라는 주장이다. 그런 초옥은 형식적인 남편을 포기했고, 또 허상이었던 사랑도 끝낸다. 초옥은 남편에 대한 애정 유무와는 아무런 상관도 없이 지켜지던 열烈, 정절 이데올로기를 내면화했던 당대의 여성들과는 대칭적 지점에 서 있다.

40 김경미·조혜란(역주), 202-204쪽.

4 결론: 불륜이 유의미할 때

본고는 조선시대의 불륜 및 소설에서 재현된 협의의 불륜에 대해 검토하였다. 그 결과, 여성의 성적 욕망, 여성이 자신이 원하는 남성을 선택하여 주도권을 발휘하는 것 등은 여전히 여성형 악인의 표지로 작동하지만 18세기가 지나면서 국문장편소설에서는 여성의 불륜을 서술하는 태도에 변화가 생기는 것을 발견할 수 있었다. 해당 여성 인물에게 결혼이란 대를 잇기 위한 행위보다는 남편과 친밀감을 나누기 위한 것이었으며, 이 같은 필요가 충족되지 않았을 때 불륜을 저지르는 것으로 그려졌다.

19세기 한문소설인 〈절화기담〉, 〈포의교집〉에 이르면 간통, 여성의 불륜에 대한 서술 태도가 달라진다. 두 작품의 서술자는 불륜을 주도적으로 소화하는 여성 주인공들을 그려내고, 그녀들의 불륜 이유에는 남편도 포함된다는 것을 명확하게 서술한다. 그녀들의 불륜은 그녀들의 강한 성욕, 음심 때문이 아닌 것이다.

또 그녀들은 자신들의 섹슈얼리티를 긍정한다. 이는 남성들이 즐기는 음담에서 남성들의 섹슈얼리티에 대해서는 언급하지 않는 것과 비교된다. 19세기 소설의 특징으로 인간의 성적 욕망에 대한 긍정을 꼽는데 이때 〈북상기北廂記〉, 〈백상루기百祥樓記〉[41]와 더불어 〈절

---

41 〈북상기〉와 〈백상루기〉는 한문희곡에 해당한다. 〈북상기〉의 창작 연대는 1840년 이전, 조금 더 좁혀보자면 1838년에 지어졌을 것으로 추정하며, 〈백상루기〉의 창작 연대는 1792년 이후로 추정한다. 〈북상기〉와 〈백상루기〉의 창작 연대에 대해서

화기담〉과 〈포의교집〉도 함께 거론된다. 그러나 공히 한문으로 쓰였고 〈서상기〉나 〈금병매〉 같은 중국 음사소설의 영향을 받았으며 남녀의 성적 본능에 대해 솔직하다고 하여 이 네 작품이 동질적이라고 하기는 어렵다. 61세 양반 남성과 18세 기녀의 성희를 노골적으로 묘사하는 〈북상기〉나, 독서한 지 20년 된 서생과 16살 기녀의 성희를 비유적 표현으로 그려내는 〈백상루기〉에서 기녀들은 남성 시선에 의해 대상화된 성으로 등장한다[42]. 반면 앞에서도 언급했듯 〈절화기담〉과 〈포의교집〉에서는 여성을 객체화하거나 여성의 성을 대상화하는 서술 태도를 찾아보기 어렵다. 바로 이 점에서 두 작품은 남성 동성사회적 읽을거리[43]와의 차별적 지점을 확보한다.

는 순서대로 안대회 「19세기 희곡 〈북상기〉 연구」, 『고전문학연구』 33, 한국고전문학회, 2008, 411-412쪽; 정우봉 「미발굴 한문희곡 〈백상루기〉 연구」, 『한국한문학연구』 41, 한국한문학회, 2008, 311쪽.

42 물론 양반 남성과 나이 어린 기녀의 관계를 묘사하는 〈북상기〉나 〈백상루기〉는 조선시대의 불륜에 해당하는 서사는 아니다. 그런데 양반 남성의 풍류로 볼 수 있는 이 두 작품에는 포르노그래피적 욕망이 전면화되어 있다. 여기에서의 기생은 인물의 속내나 형편이 잘 드러나지는 않으며 기생의 직능적 측면에 충실한 평면적 캐릭터에 가깝다.

43 한문소설인 〈절화기담〉이나 〈포의교집〉의 독자들 중에는 남성 지식인들이 상당수 있었으리라 추정된다. 더군다나 젊고 예쁜 하층 유부녀의 불륜 서사이고 그 주변 남성들에게서 호시탐탐 그녀를 매매해 보고자 하는 욕망들이 감지된다면 지식인 남성 독자들의 파적거리가 되기에 안성맞춤하였을 것이다. 그러나 작품과 독자가 이런 구도 하에 놓여 있다고 해서 다 남성 동성사회적 읽을거리가 되는 것은 아니다. 남성 동성사회적 연대에서는 여성들은 도구화되거나 서사 도중에 사라져 버리고 궁극적으로는 남성들끼리의 인정과 공모를 통한 연대, 성장 등이 추구된다. 서사에서 여성들을 비인격적으로 대우하는 장면들이 등장한다 해도 〈절화기담〉이나 〈포의교집〉은 궁극적으로 여성 주체의 의지를 조명한다. 이 두 작품의 여성 주인공들은 〈오유란전〉의 오유란처럼 남성인물들에 의해 소모되고 마는 인물들이 아니다. 순매나 초옥은 남성인물들이 자기네들 마음대로 처리해 버릴 수 없는 인물들로 그려진다. 이렇게 그려지는 것은 물론 서술자의 선택이다. 이 두 작품의 서술자는 여성 주인공들을 남성들의 성적 대상으로만 그리지 않았다. 이 지점이

순매는 일탈을 감행하는 여성 주인공이고, 초옥은 개인 윤리를 세우는 인물이다. 두 여성들은 모두 이데올로기에 강박되어 있지 않다. 정절 이데올로기를 내면화하지도 않았다. 이는 그들이 하층 여성이었다는 점과 유관할 것이다. 양반 여성들과는 달리 하층 여성들은 당대 도덕률이나 정절 이념에 대해 느슨하게 연관되어 있었을 것이기에 불륜에 대한 감행도 그만큼 가능했을 것이다. 여성인물은 적극적이고, 남성 주인공들도 그녀들에게 힘을 행사하거나 일방적으로 행동하지 않는다. 이 작품에서 폭력적인 인물은 오히려 남편들이다. 일부종사一夫從死는 기혼 여성이 남편에 대해 지켜야 할 도리로 일컬어졌으나 정절 이념을 내면화하지 않았다면 이 또한 회의 가능한 것이었다. 그녀들의 불륜 선택은 폭력적 남편과의 불행한 결혼 생활의 탈출구였으며, 자신의 고유한 성향을 발현 가능하게 하는 유일한 기제였다.

누구에게나 삶은 일회적이다. 순매와 초옥은 소위 인간의 도리와 나에 대한 도리 사이에서 고민했을지도 모른다. 개인이 자신의 일회적 인생에 대해 책임을 지는 방법에는 다양한 경우의 수들이 있을 수 있으며, 순매나 초옥에게는 불륜도 그 가능성 중의 하나였던 것이다. 개인과 도덕률이 상충할 때, 특히 초옥의 경우는 주어진 인간의 도리로, 도덕률로 자신의 인생을 속박하지 않았다. 기득권 없는 하층 여성은 상대적으로 잃을 것도 적었기에 세상의 비난을 감당하는 방향의 선택을 한 것이다.

바로 두 작품이 남성 동성사회적 읽을거리와 차별화되는 지점이라 하겠다.

예나 지금이나 불륜은 비난의 대상이다. 그러나 간혹 설득력을 얻거나 유의미한 불륜의 서사도 있다. 불륜은 도덕을 넘어서는 욕망의 문제이다. 금기가 아직 효력을 발휘하는 순매 경우는 비밀리에 그 욕망을 실현하고자 했다. 그러나 초옥처럼 불륜을 불륜이라 생각하지 않는 떳떳함을 보이는 인물도 있다. 그녀는 당대의 도덕관념이 제시하는 금기를 넘어섰고, 서술자는 금기를 넘어서는 그녀의 욕망을 인준한다. 기실 금기의 내용은 소통 불가능한 폭력적 남편이었다. 초옥에게 강상윤리나, 부인의 도리에서 비롯하는 금기는 오히려 금기 자체가 극복 대상인 셈이다.

조선시대는 여성의 불륜만을 문제 삼았기에 조선시대의 불륜은 여성의 욕망을 문제 삼는 구도를 형성한다. 〈절화기담〉과 〈포의교집〉은 19세기 조선의 유교 사회가 여성의 불륜을 재현해 내는 한 가지 방식을 보여준다. 불륜을 행한 여성들이 그로 인한 징치를 당하지 않고 삶을 이어간다는 두 작품의 결구는 하층 여성의 성에 대한, 또 도덕률에 대한 당대인들의 인식의 한 면을 보여준다.

본고는 한국고전소설에 나타난 불륜 서사의 큰 특징들을 검토하는 논의로 마무리가 되었다. 그런데 조선시대에 불륜을 다룬 소설은 조선시대의 성 풍속사를 배경으로 한 서사이므로 이에 대해 심도 있게 연구하기 위해서는 더 많은 수의 소설 작품들은 물론, 소설 이외의 다른 자료들도 포괄하여 연구할 필요가 있다. 뿐만 아니라 본고에서 대상으로 삼은 작품들 역시 불륜이라는 제재 중심적 접근이라는 점에서 한계가 있다. 장르마다의 서사 관습이 있기에 같은 불륜을 다루고 있더라도 성性 소화笑話와 전기소설傳奇小說은 그 의미가 다를 수 있고, 유통의 방식 역시 달랐던 한글 방각본이나 한문단편들 혹은 소위 규방소설들도 각 장르의 고유한 특징들을 고려하면서 의미를 읽어낸다면 보다 심층적인 접근이 가능할 것이다. 이런 까닭으로 불륜이 양각화된 몇몇 작품들을 대상으로 조선시대 소설에 나타난 불륜의 전개 양상과 의미에 대해 고찰한 본고는 시론적 성격을 지닌다. 본고의 의미 도출은 해당 작품의 경우로 한정하며, 보다 충분한 검토와 의미 천착은 추후의 과제로 남긴다.

일본고전문학에 나타난 불륜의 사랑
—『겐지 이야기』와 『도와즈가타리』를 중심으로—

| 요시노 미즈에

머리말

이번 테마는 '불륜 및 외도·살인·동반자살'인데, 이 글에서는 일본고전문학에 나타난 '불륜의 사랑'에 대해 이야기하려고 한다. 헤이안平安 시대부터 가마쿠라鎌倉 시대에 걸쳐 귀족사회를 무대로 한 모노가타리物語·일기문학에는 현대의 '불륜의 사랑'에 해당될 법한 이야기가 많이 있지만, 살인이나 동반자살에 관한 이야기는 별로 보이지 않는다. 사랑해서는 안 될 상대를 사랑해 버린 내용은 독자에게 환영받지만, 사랑의 감정이 엉켜서 상대방을 죽이거나, 동반자살 하거나 하는 이야기는 귀족사회를 무대로 한 사랑 이야기에는 어울리지 않았을 것이다.

에도江戸 시대 지카마쓰 몬자에몬近松門左衛門이 동반자살을 테마로 한 닌교조루리人形浄瑠璃를 열 한 편이나 쓴 것은 잘 알려져 있다. 『소네자키 숲의 정사曾根崎心中』나 『아미지마의 동반자살心中天網島』이 대표적으로 현재도 자주 상연되는 작품들이다. 이러한 동반자살은 연인 사이 혹은 부부 간에서 일어난다. 현대에서 '동반자살'이라고 하면 '부모와 자식의 동반자살', '어느 일가의 동반자살'처럼 가족에 대해서도 사용되지만, '신주心中'라는 용어는 본래는 서로 사랑하는 남녀가 상대방에게 자신의 진심을 증거로 보여준다는 것을 의미하고, 결국 그것이 서로 사랑하는 남녀가 합의하에 함께 죽는 것을 의미하게 되었다. 서로 사랑함에도 불구하고 부모의 반대에 부딪히거나 금전상의 문제가 있거나 해서 궁지에 몰린 남녀가 동반자살이라는 길을 선택하는 것이다. 에도 시대에는 동반자살이 유행했기 때문에 신주라는 말은 1722년 막부에 의해 그 사용이 금지될 정도가 되었다. 특히 유녀와 손님의 동반자살이 많았다. 또한 지카마쓰 몬자에몬은 불륜의 사랑을 의심받는 아내와 상대편 남자를 남편이 찾아내어 살해하는 내용의 『호리카와 나미노 쓰쓰미堀河波鼓』라는 작품을 썼는데 이것도 실제 있었던 사건에 바탕을 두고 있다.

헤이안 시대 작품에는 현대로 치면 '불륜의 사랑'에 해당하는 이야기가 자주 등장한다. 예를 들면 현존인물이었던 아리와라노 나리

히라在原業平가 여러 여성들과 끝없이 사랑을 나누는『이세 이야기伊勢物語』에는 그가 천황의 황후와 사랑을 한다는 이야기가 나온다. 또한 여기서 언급할『겐지 이야기源氏物語』에서도 불륜의 사랑이 중요한 의미를 갖는다.

마찬가지로 헤이안 시대 사랑 이야기인『요루노네자메夜の寝覚』는 주인공 여성이 언니의 약혼자와 관계를 갖고, 언니가 결혼한 후에 사실은 자신의 상대가 언니의 남편이었다는 사실을 깨닫고 고뇌하지만 둘의 관계는 계속된다고 하는 스토리이다.『요루노네자메』와 비슷한 시기에 성립한『사고로모 이야기狭衣物語』의 남자 주인공은 마치 남매처럼 자란 겐지노미야源氏の宮라는 여성을 향해 이루어질 수 없는 사랑을 하지만 둘은 맺어지지 못하고, 그것을 대신하듯이 남자 주인공은 여러 여성과의 사이에서 연애편력을 거듭한다는 이야기이다. 연애편력 중에는 동궁東宮의 여어女御와 마음을 통한다고 하는 이야기 등도 아무렇지도 않게 포함되어 있다.

좀 더 후대에는『하마마쓰추나곤 이야기浜松中納言物語』라는 이색적인 이야기가 있다. 이 이야기에서는 주인공이 돌아가신 아버지가 당나라의 황태자로 환생했다는 꿈을 꾸고, 그를 만나기 위해 당나라로 가서 거기서 그 황태자의 어머니인 황후와 사랑을 한다. 이런 것도 국경을 넘은 불륜의 사랑이라고 해야 하겠지만, 두 인물 모두에게 죄책감은 그려져 있지 않다. 이처럼 귀족사회를 무대로 한 사랑이야기에는 불륜의 사랑이 종종 이야기의 중심에 놓여 있는데, 현대와 같이 '불륜의 사랑은 부도덕한 사랑'이라고 간주되었는지 어떤지에 대한 판단은 신중해야 할 것이다.

일본을 대표하는 고전문학작품인『겐지 이야기』는 다채로운 사
랑 이야기를 담고 있다고 알려져 있다. 그 중에서도 큰 의미를 갖는
것은 주인공 히카루겐지光源氏와 후지쓰보藤壷의 사랑이다. 후지쓰
보는 히카루겐지의 아버지 기리쓰보 천황桐壷帝의 황후인데, 겐지
와 후지쓰보의 사이에 비밀의 아이가 태어나 그 아이가 천황(레이
제이 천황冷泉帝)으로 즉위한다는 것이니, 이렇게 위험한 불륜의 사
랑 이야기는 달리 없다고 해도 좋겠다. 이 경우 불륜의 사랑은 단순
히 천황의 황후와 정을 통했다고 하는 것뿐만 아니라, 황통을 어지
럽힌다는 중대한 금기를 범하는 일이 된다. 그럼에도 불구하고 이
사랑 이야기는 독자의 공감을 얻어 왔다. 이 작품이 쓰여진 당시 궁
정 귀족들도 히카루겐지와 후지쓰보의 사랑을 비난하거나 하지는
않았다.

이 외에도『겐지 이야기』에서 잘 알려져 있는 불륜의 사랑으로는
가시와기柏木와 온나산노미야女三宮의 사랑이 있다. 히카루겐지가
40세가 되어서 맞이한 나이 어린 아내 온나산노미야(형 스자쿠인朱
雀院의 황녀)는 히카루겐지의 아들 유기리夕霧의 절친한 친구 가시와
기柏木와 정을 통하고, 그의 아들 가오루薫를 낳는다. 히카루겐지는
우연히 둘의 관계를 알게 되고, 아내 온나산노미야가 임신한 아이
가 자신의 아이가 아님을 깨닫는데, 그것을 마음 속에 숨긴 채 태어
난 가오루를 자신의 아이로 키울 것을 결의한다. 가시와기는 온나
산노미야와의 관계를 히카루겐지에게 들킨 것을 알고는 이제까지
자신을 총애해 준 히카루겐지로부터 미움을 받게 된다면 귀족사회
에서 더 이상 살아갈 수 없다는 생각에 자신을 옭아맨다. 그리고 병

상에 누워 온나산노미야를 향한 끊을 수 없는 그리움 속에서 죽는다. 가시와기와 온나산노미야의 불륜의 사랑의 결과 태어난 가오루는 히카루겐지 사후에도 계속 전개되는 이야기에서 중요한 역할을 하게 된다.

히카루겐지의 입장에서 보면 불륜의 사랑으로 태어난 아이가 본래는 천황이 될 리가 없음에도 불구하고 천황(레이제이 천황)으로 즉위한다. 그리고 기리쓰보 천황과 후지쓰보가 모두 죽은 후에, 형이라고 생각해 온 히카루겐지가 자신의 진짜 아버지임을 알게 된 레이제이 천황의 배려에 의해 히카루겐지는 준태상천황(퇴위한 천황과 같은 대우를 받음)이 된다. 친모의 집안이 별로 권세가 높지 않았던 탓에 황위계승권을 잃어버린 '겐지'(천황의 피를 받은 귀족)가 된 히카루겐지는 최종적으로는 불륜의 사랑으로 영화榮華를 획득하게 되는 것이다. 불륜의 사랑이 최종적으로 히카루겐지의 영화를 향한 길을 열어준다는 스토리는 현대인에게는 기이한 인상을 줄 것이다. 그러나 현대의 『겐지 이야기』 연구에서는 금지된 사랑을 하는 것이야말로 히카루겐지가 고대적 영웅상의 계보를 잇는 증명이라고 해석되고 있다.

이에 비해 가시와기는 불륜의 사랑을 히카루겐지에게 들킨 공포로 스스로를 옭아매고, 태어난 아이의 얼굴을 보지도 못한 채 죽는다는 비극적인 결말을 맞는다. 이쪽의 불륜의 사랑의 결말이 현대인에게는 이해하기 쉬울 것이다.

가시와기와 온나산노미야의 비극적 사랑을 모방한 듯이 그려져 있는 것이 『도와즈가타리とはずがたり』의 아리아케노쓰기有明の月와 니

조二条의 사랑이다.[1] 『도와즈가타리』는 가마쿠라 시대 말기(13세기)에 니조라는 궁정여인이 쓴 자전적인 작품이다. 니조는 무라카미村上 천황의 핏줄을 잇는 겐지 출신의 여성으로 고후카쿠사인後深草院('인'은 퇴위한 천황, 상황)의 총애를 받았다. 그녀는 상류귀족이지만 고후카쿠사인의 정식의 후비后妃는 아니었다.

『도와즈가타리』의 성립은 가마쿠라에 수립된 무사의 막부로 권력이 이동한 시대이다. 교토의 궁정은 존속되었지만 황위계승 때조차 가마쿠라 막부의 의향을 물어야 할 정도였다. 동아시아에서는 몽골민족의 원나라가 영토를 확장했던 시대이다. 1274년, 1281년 두 번에 걸쳐 원군은 일본 침략을 꾀한다. '원구元寇'라고 불린 이 침략은 『도와즈가타리』의 작자가 17세, 24세 때의 일이다. 이 공격에 고려군이 가세했었던 점은 일본에도 잘 알려져 있다.

『도와즈가타리』 전반부에는 니조가 14살 때에 고후카쿠사인의 총애를 받게 된 일, 그 후에 체험한 '유키노아케보노雪の曙', '아리아케노쓰키'라고 이름 붙여진 여러 남성들과의 연애관계가 그려져 있다. 작품의 후반부는 고후카쿠사인의 황후의 질투로 궁정에서 쫓겨난 니조가 출가한 후 전국을 여행하는 여행기가 되어 있다.

니조와 유키노아케보노나 아리아케노쓰키와의 사랑도 현재로 보면 불륜의 사랑에 해당하겠다. 다만, 이 사랑이 불륜의 사랑과 같은

---

1 『겐지 이야기』와 『도와즈가타리』의 관련에 대해서는 이하의 논문에서 논하였다. 졸고 「『源氏物語』が『とはずがたり』にもたらしたもの」 『源氏物語煌くことばの世界』, 翰林書房, 2004, 558-581쪽. 졸고 「「執着の恋の系譜─『とはずがたり』の『源氏物語』柏木受容を通して─」 『国語と国文学』 93(4), 東京大学国語国文学会, 2016, 35-52쪽.

죄책감을 동반하거나 사회적인 제재를 받는 일이었는지는 의문이다. 왜냐하면 이 시대에는 현대에서 말하는 것 같은 불륜의 사랑이라는 개념 자체가 없었다고 생각되기 때문이다. 헤이안 시대에서 가마쿠라 시대에 걸친 궁정에서의 남녀관계에 대해서는 뒤에서 이야기할 예정이지만, 천황이 총애하는 여성이 다른 남성과 관계를 가져도 그렇게 엄격하게 처벌받는 일은 없었다고 생각된다. 이것은 조선시대의 궁정과는 다른 점이다. 하물며 니조는 고후카쿠사인의 정식의 후비가 아니므로 다른 남성과의 사랑은 비교적 자유로웠다고 생각된다. 그럼에도 불구하고 작품 속에서 아리아케노쓰키와 니조의 사랑은 비극적 결말로 이어지는 사랑으로서 중요한 의미를 부여받고 있다. 거기에는 『겐지 이야기』의 가시와기와 온나산노미야의 사랑 이야기를 인용하면서, 허용되지 않는 사랑의 끝에 아리아케노쓰키가 죽어버린 것처럼 묘사하려고 한 작자의 의도가 작용하고 있기 때문이다.

본고에서는 우선 불륜의 사랑을 나타내는 말에 대해 검토한 후에, 불륜의 사랑이 사회적으로 어떻게 인식되어 왔는지 그 역사적인 변천을 소개하고, 관련하여 『겐지 이야기』의 가시와기와 온나산노미야의 사랑과 『도와즈가타리』의 아리아케노쓰키와 니조의 사랑을 중심으로 고전문학에 그려진 불륜의 사랑의 특징에 대해서 고찰하려고 한다.

불륜·밀통·간통

결혼한 남녀가 결혼 상대 이외의 이성과 연애관계가 될 때 현대에는 '불륜'이라는 말을 사용하는 경우가 일반적이다. 본고에서는 혼란을 피하기 위해서 '불륜의 사랑'이라는 용어로 통일하지만, 현재 일본에서는 '불륜'만으로도 '불륜의 사랑'을 의미한다. 비슷한 의미의 다른 말로 '간통', '밀통'이 있지만 이 두 말은 현대에서는 일반적으로는 사용되지 않는다. 결혼 전 남녀의 연애가 자유로워진 현대 일본에서도 결혼 후의 연애에 대해서는 비판을 받고 사회적인 제재를 받는 일이 많다. 연예인이나 정치가 등 유명인의 불륜은 남녀 모두 비난을 받게 되는 것이다.

우선 이 '불륜'이라는 말이 일본에서는 언제부터 사용되게 되었고 어떤 의미의 말인지 확인해 두고 싶다. '불륜'은 본래 '윤리에 반한다, 부도덕하다'라는 의미로 20세기 초엽부터 사용하게 된 말이다. 한편, 한자어 '불륜'은 '순서가 맞지 않다'라는 의미로 현재 일본에서 사용하고 있는 '불륜'과는 그 의미가 다르다. 현대 일본에서 '불륜'이라는 말로부터 연상되는 것은 '결혼한 남녀의 도리에 어긋난 연애'라는 의미로 '도덕에 반한다'라는 넓은 의미의 '부도덕'과는 구별된다.

이하에 '불륜'이라는 말이 문학작품에 나타난 초기의 용례를 제시해 본다.[2] 구니기다 돗포国木田独歩나 다카무라 고타로高村光太郎 작품에서의 용례는 '부도덕'이라는 넓은 의미로 사용되고 있다. 다야마가타이田山花袋 소설의 용례에서는 '불륜의 사랑'이라는 표현이 사용되고 있음을 알 수 있다. 이것이 '불륜' 즉 '결혼한 남녀의 도리에 어긋난 연애'가 된 것은 1980년대의 일인 것 같다.

* 구니기다 돗포『정직한 사람正直者』(1903):
  왜 아버지가 그러한 <u>불륜</u>의 일을 했는지 이유는 모릅니다
* 다야마 가타이『아내妻』25 (1908~09):
  <u>불륜의 사랑</u>을 소재로 한 하이제의 단편소설에 심취해 있었다
* 다카무라 고타로『도정道程』(1914) 퇴폐자:
  퇴폐한 사람이 "나는 정말로 <u>불륜</u>한 자포자기의 심정을 끌어안고"

두 번째에 예로 든 '밀통'은 마스다 시게오增田繁夫의 조사에 의하면[3] 빠르게는 『곤키權記』(헤이안 시대 중기 10~11세기의 귀족 후지와라 유키나리藤原行成가 쓴 한문일기)에 용례가 보인다. 이 시대는 현대에서 말하는 '불륜' 외에도 부모의 허가 없이 연애하는 일 등을 가리켰다. '밀통'은 사회적인 승인을 받지 않은 남녀관계를 지칭하는 말이었다. 아래가 그 용례이다.[4]

---

2 小学館国語辞典編集部編集『日本国語大辞典』, 小学館, 2006, JapanKnowledge, http://japanknowledge.com (検索日 2016.2.28)
3 増田繁夫「密通·不倫という男女関係」『平安貴族の結婚·愛情·性愛』, 青簡社, 2009, 162쪽.
4 小学館国語辞典編集部編集『日本国語大辞典』, 小学館, 2006, JapanKnowledge, http://japanknowledge.com (検索日 2016.2.28)

* 『아즈마카가미吾妻鏡』겐닌建仁 2년(1202) 8월15일: 이 여자는 평소 고군古郡의 사에몬노조 야스타다左衛門尉保忠와 밀통하여 비익조, 연리지의 인연을 맺었다
* 『구칸쇼愚管抄』(1220) 6·고토바後鳥羽: 성장하여 매일처럼 입궐하던 때에 또한 조도지니이浄土寺二位와 밀통을 했다는 소문이 돌았다
* 하나시본噺本『시카타바나시私可多噺』(1671) 5·14: 이 밀통의 남자는 그 여자를 데리고 달아난 자일 것이다
* 조루리『호리카와 나미노쓰쓰미堀川波鼓』(1706년경) 중권: 이 분의 아내는 북 연주자 교토의 미야지宮地 미나모토 우에몬源右衛門과 밀통하여

1742년에 완성된 법전 '공사법 규칙公事方御定書' 속에도 불륜을 행한 아내와 그 상대방에 대한 처벌을 규정한 조문에 '밀통의 남녀密通之男女'라는 표현이 사용되고 있으니, 이 말이 오랜 세월 사용되어 왔음을 알 수 있다. 메이지明治 시대에도 '밀통'이라는 말의 용례가 보이지만 그 후에는 별로 사용되지 않게 되었다.

현대에 '밀통'이라는 말은 일상적으로 사용되고 있는데『겐지 이야기』의 불륜의 사랑을 현대의 연구자가 논할 때에는 '밀통'이라는 표현을 사용하는 경우가 많다. '불륜'이라는 말은 상당히 현대적인 이미지를 갖고 있어서 헤이안 시대의 궁정의 남녀관계에 어울리지 않는다고 여겨지기 때문일 것이다.

세 번째의 '간통'은 9세기의 법률『영의해令義解』의 조문에 그 용례

가 보이고 혼인 밖의 남녀관계를 가리키는 말이었다. 그러나 그 후에는 '밀통', '밀회'가 주로 사용되게 되어 별로 사용되지 않게 되었다. 그럼에도 불구하고 지금은 '밀통' 보다도 '간통'이라는 말 쪽이 알려져 있는데, 근대의 형법 조문에 '간통죄'가 존재했었기 때문이다. 1880년에 공포된 구형법 353조에는 결혼한 여성이 '간통'한 경우, 그 여성과 상대 남성을 6개월 이상 2년 이하의 금고형에 처한다는 조문이 있고, 이것은 1907년에 교부된 형법 183조에도 계승되었다. 1947년 이 조문이 개정되기까지 일본에서는 '간통죄'가 존재했다. 2015년 한국에서 위헌판정을 받은 간통죄는 결혼한 남녀 모두에게 적용되었던 것이지만, 일본의 경우 여성에게만 적용되었기 때문에, 남녀평등의 원칙에 반한다고 해서 전후에는 그 폐지가 큰 과제가 되어 있었던 것이다.

간통죄가 배경에 있음을 염두에 두면 잘 이해되는 근대문학작품의 하나로 나쓰메 소세키夏目漱石의『그 후それから』가 있다. 이 작품에서는 주인공 다이스케代助가 친구의 아내인 미치요三千代에게 애정을 고백하고, 미치요도 같은 마음임을 확인한다. 다이스케와 미치요는 일전에 서로 마음이 있으면서도 그것을 서로 말하지 못한 채, 미치요는 다이스케의 친구와 결혼한 것이었다. 미치요 부부 사이가 원만하지 못하여 그녀가 괴로워하고 있음을 안 다이스케는 미치요를 향한 마음이 깊어져 간다. 다이스케가 애정을 고백한 후, 미치요는 그 마음을 받아들여 그에게 "요전부터 만일의 일이 있으면 죽겠다는 각오를 하고 있는 걸요."라고 말하고 다이스케에게 "히라오카 군平岡君(미치요의 남편)은 전혀 눈치를 채지 못한 것일까요"라고 묻자 "눈

55

치를 챘을지도 모르지요. 하지만 나도 배짱이 두둑하니 괜찮아요. 왜냐면 언제 죽음을 당해도 좋은걸요"라고 대답한다. 불륜의 사랑은 현재와는 비교할 수 없을 정도로 엄격한 제재를 받았다는 사실을 염두에 두면 둘이 이렇게까지 궁지에 몰린 기분이 되는 것도 잘 이해할 수 있겠다.

이상과 같이 '불륜의 사랑'은 시대에 따라 '밀통', '밀회', '간통', '불륜'이라고 불리고 무가사회가 된 이후 1945년 패전에 이르기까지 엄격한 사회적 제재를 받아 온 것이다. 이들 단어의 역사적 변천을 정리하면 다음과 같다.

> 불륜: 20세기부터 사용되게 된 말. 본래는 '윤리에 반하다'라는 의미. 현대에는 남녀를 불문하고 '불륜의 사랑'이라는 의미로 일반적으로 사용되고 있다.
>
> 밀통: 10세기부터 사용되었다. 본래는 사회적인 승인을 받지 않은 남녀관계를 가리키는 말. 에도 시대의 법전에서 아내의 '불륜의 사랑'의 의미로 사용되었다.
>
> 간통: 9세기부터 사용되었다. 본래는 사회적 승인을 얻지 않은 남녀관계를 지칭하는 말. 메이지 시대 형법에서 아내의 '불륜의 사랑'의 의미로 사용되었다.

불륜의 사랑에 대한 사회적 제재

『겐지 이야기』가 쓰여진 헤이안 시대에 현대의 '불륜의 사랑'에 해당하는 것은 '밀통'이라고 불렸다. '밀통'은 혼인 밖의 연애를 포함해 넓게는 사회적으로 승인을 얻지 못하는 남녀관계를 가리키는 말이다. 그러나 『겐지 이야기』가 쓰여진 헤이안 시대에는 결혼한 남녀의 연애는 그렇게 부도덕한 것이라고 생각되지 않았다. 귀족 남성은 결혼해도 복수의 아내를 가질 수 있었기 때문에 아내 이외의 여성과 관계를 맺는 것은 폭넓게 용인되었다. 또한 귀족여성의 경우도 결혼 후에 남편 이외의 남성과 연애를 하는 것이 후세만큼 죄악시 되었던 것도 아니다. 현재의 형법에 해당하는 율律의 규정에서는 다른 사람의 아내와 관계한 자에게는 1년 반의 징역형이 부과되게 되어있지만, 아내 쪽에 형벌이 부과되는 일은 없었다. 1년 반의 징역형도 실제로 집행되었는지 여부는 불명확하고 불륜의 사랑은 그렇게 부도덕한 일이라고는 생각되지 않았던 듯하다.

귀족의 결혼의 경우, 남편이 처가에 '다니는' 형태를 취하고 있었기 때문에 아이가 태어나면 친정에서 자라는 경우가 많았다. 남계중심의 가족제도가 확립되지 않았기 때문에 혈통 계승이라는 관점에서 불륜의 사랑이 엄격하게 제재되는 일은 없었던 것이다.

또한 중류귀족 여성의 경우에는 궁정이나 상류귀족의 저택에서 뇨보女房로 일하는 경우가 많고, 남성과 접하는 기회가 많았기 때문에 연애에 관해서는 자유도가 높았다. 당시 궁정의 후궁에는 남성귀족이 자유롭게 출입할 수 있었다. 천황의 후비를 모시는 뇨보들에게 남성이 다가가는 장면은 이야기 중에도 자주 나온다. 뇨보로 일하는 여성의 경우, 여러 남성과 교제하고 점차 상대를 바꾸거나, 각각의 남자의 아이를 출산하는 등, 남녀관계는 상당히 유동적이었다.

천황의 후비라고 해도 천황이 죽은 후에 다른 남자와 결혼하는 일도 있었다. 유교의 영향이 강한 이후의 무가사회나 조선시대의 궁정 등에 비하면, 남녀관계에 대해서는 비교적 자유로웠다고 생각된다. 따라서 천황의 아내가 가령 다른 남성과 연애를 하는 일이 있다고 해도 처벌받는 일은 없었다.

이처럼 『겐지 이야기』 시대에는 불륜의 사랑이 현대만큼 사회적인 제재를 받지 않지 않았음에도 불구하고 왜 『겐지 이야기』는 불륜의 사랑을 반복해서 묘사한 것일까. 이 점에 대해서는 후술하기로 하고 우선 불륜의 사랑에 대한 사회적 제재에 관해 확인해 두자.

헤이안 시대에는 불륜의 사랑에 대해 관용적이었다고는 해도 시대가 지나고 무가사회가 되면 불륜의 사랑은 사회적 제재를 받게 된다. 이 경우 제재를 받는 것은 아내의 불륜의 사랑의 경우이다. 장군이나 다이묘大名 등 신분이 높은 남성은 측실을 두는 일이 가능했고 정실이나 측실 이외의 신분이 낮은 여성과 관계를 가지고 아이를 낳게 하는 일도 있었다. 불륜의 사랑이 사회적인 제재를 받게 된 이유에 대해 마스다 시게오는 "무가사회는 완고한 부계가족제를 기반으로 했기 때문에 아내가 남편 이외의 남성의 아이를 낳으면 그 가족의 재산이나 여러 권리가 가족 이외의 다른 혈통의 아이에 의해 침해받는다고 꺼려했기 때문일 것이다"[5]라고 하며 가족제도의 변화와 결부시켜서 논의하고 있다. 수긍할 만한 의견이다. 불륜의 사랑은 태어난 아이의 혈통을 애매하게 하고 이에제도家制度를 뒤흔드는 것으로 강한 비난을 받게 되었다.

더욱 시대가 흘러 에도 시대가 되면 불륜의 사랑을 한 아내와 그 상대에 대해 엄한 벌을 부과하게 된 것이 잘 알려져 있다. 이것을 표현하는 말이 '메가타키우치妻敵討'이다. '메가타키'란 아내의 불륜의 사랑의 상대를 가리키는 말로 남편은 그를 죽여도 좋다고 되어 있었다. 더욱이 아내의 사랑의 상대뿐만 아니라 남편을 배신한 아내도 죽여도 좋다는 관념이 퍼져 있었다. 역사학자 가쓰마타 시즈오에 의하면 이러한 관념은 가마쿠라 시대(12~14세기)부터 존재했는데, 전국戰國 시대(15~16세기)에 들어와 전국 다이묘가 영지 지배를 위해 발포한 법률 속에서 확립되었다고 한다.[6] 귀족사회와 무가사회는 사회적 규범이 달랐던 것이다.

'메가타키우치'의 관념은 에도시대에 들어와서도 계승되어 제8대 장군 도쿠가와 요시무네德川吉宗의 시대, 1742년에 성립한 법률 '공사법 규칙'에는 "밀통한 남녀를 남편이 죽이는 것은 분명한 증거가 있으면 괜찮다"라고 규정되어 있다. 에도 시대에 메가타키우치가 행해진 실례는 역사학자 우지이에 미키토가 저서『불의밀통』에서 소개하고 있다.[7] 메가타키우치가 행해진 것은 주로 무사 집안으로 무사로서의 면목을 지키기 위해라는 것이 그 이유였다.

---

5 增田繁夫「密通・不倫という男女関係」,『平安貴族の結婚・愛情・性愛』, 2009, 160-161쪽.
6 勝俣鎮夫『戦国法成立史論』, 東京大学出版会, 1979, 1-279쪽.
7 氏家幹人『不義密通─禁じられた恋の江戸─』, 講談社, 1996, 1-290쪽.

불륜의 사랑에 대한 사회적인 제재가 엄격해진 배경에는 무가사회에서 부계로 계승되는 가족제도가 확립되고 아이의 혈통의 문제가 중요해졌다는 점이 관련있다. 가문의 혈통을 어지럽히는 행위를 남편이 허락한다면 무사로서의 면목(세상 사람들에 대한 체면이나 명예)이 성립하지 않기 때문이다.

이에제도에 근거한 아내의 불륜의 사랑에 대한 엄한 처벌은 근대국가가 성립 이후에도 형법의 '간통죄'로 이어진 것은 앞에서 말한 대로이다. 패전 후 국회에서 논의를 거쳐 1947년에 형법의 '간통죄' 폐지가 결정되었다.

따라서 현재는 불륜의 사랑이 법률로 처벌받는 경우는 없지만 사회적 제재를 받는 일은 많다. 간통죄가 존재했던 시대와 다른 점은 남녀 모두 사회적 제재를 받는다는 점이다. 무가사회가 성립하고부터 근대에 이르기까지 처벌의 대상이 되는 것은 아내의 불륜의 사랑으로 남편이 불륜의 사랑을 해도 처벌받는 일은 없었다. 남편은 여러 여성을 아내로 하거나 애인으로 삼는 일이 가능했기 때문이다.

그러나 전후가 되어 일부일처제가 확립되고부터는 남편도 정조를 지켜야 한다는 사고방식이 널리 퍼지게 되었다. 불륜의 사랑이 문제가 된 이유도 아이의 혈통 문제로부터 부부의 애정이나 성의의 문제로 옮겨 갔다. 매스컴을 떠들썩하게 하는 불륜 문제도 남성 유명인의 경우가 많다. 남성국회의원의 불륜이 문제가 되어 의원직을 어쩔 수 없이 사퇴하게 된 것도 일부일처제가 확립된 현대이기 때문에 있는 일이라고 하겠다.

『겐지 이야기』의 불륜의 사랑

처음에 말했듯이『겐지 이야기』속에는 현대로 말하면 불륜의 사
랑에 해당하는 사랑이 그려져 있다. 그 중에서도 특히 중요한 의미
를 갖는 것은 히카루겐지와 후지쓰보의 사랑, 가시와기와 온나산노
미야의 사랑이다. 이 두 불륜의 사랑은 둘다 작품에서 중요한 의미
를 갖지만 그 방향성은 다르다. 히카루겐지와 후지쓰보의 사랑은 결
과적으로 히카루겐지에게 영화를 부여한다는 점에서 그를 고대적
영웅으로 높이는 작용을 한다. 이에 비해 가시와기와 온나산노미야
의 경우는 불모의 사랑으로 가시와기는 마지막까지 온나산노미야
에게 집착한 채 비극적인 죽음을 맞이한다. 이러한 불륜의 사랑은
인간 집착의 문제를 명확히 한다. 본고에서는 특히 가시와기와 온나
산노미야의 사랑에 초점을 맞추고 싶다.

대신가大臣家에 태어난 가시와기는 황녀(천황의 딸)를 아내로 맞
고 싶다는 소망을 가지고 스자쿠인(히카루겐지의 형)이 애지중지하
던 온나산노미야의 강가降嫁를 바라고 있었다. 스자쿠인은 가시와기
를 사위 후보로 올리기는 하지만 아직 젊고 지위가 높지 않다는 것
을 이유로 배다른 동생인 히카루겐지를 사위로 삼기로 결정한다. 히
카루겐지에게는 무라사키노우에紫の上라는 사랑하는 아내가 있었지
만 그녀의 신분은 온나산노미야에 비해 뒤떨어지기 때문에 온나산
노미야를 정처로 맞아들이게 하는 것에는 문제가 없었다. 히카루겐
지는 처음에는 무라사키노우에의 심정을 배려해서 이 결혼 제의를

거절했지만 형 스자쿠인의 강한 요청이 있고 또 온나산노미야가 후지쓰보의 핏줄을 잇고 있는 점도 있어(온나산노미야의 친모와 후지쓰보는 배다른 자매 관계이다) 결국은 받아들인다. 그리고 히카루겐지와 무라사키노우에가 함께 사는 저택에 온나산노미야가 와서 살게 되었다.

가시와기는 온나산노미야가 히카루겐지의 정처가 된 후에도 그녀를 향한 마음을 억제하지 못하고 그녀를 향한 마음은 깊어져 간다. 그리고 히카루겐지가 병든 무라사키노우에의 옆에 꼬박 붙어 있을 때, 가시와기는 온나산노미야의 방에 몰래 숨어든다. 애초에는 온나산노미야에게 자신의 마음을 전하기만 하고 돌아가려고 생각했던 가시와기는 그녀가 상상했던 것만큼 다가가기 어려운 여성이 아님을 알고는 관계를 맺어 버린다. 그 후에도 그녀는 가시와기를 거부하지 못하고 둘의 관계는 비밀리에 계속되게 된다. 결국 그녀는 가시와기의 아이를 임신하는데 히카루겐지는 자신의 아이를 임신했다고 생각하며 기뻐한다.

온나산노미야의 부주의로 가시와기가 그녀에게 보낸 편지를 발견한 히카루겐지는 둘의 관계를 알게 되고 온나산노미야 배 속의 아이가 자신의 아이가 아님을 알게 된다. 이 때 히카루겐지의 심리를 상세히 그린 부분은 그 시대에 불륜의 사랑이 어떻게 인식되었는지를 알 수 있는 단서가 된다.

히카루겐지는 우선 '천황의 아내라도 별로 총애받지 못하는 경우에는 다가오는 남자에게 마음이 끌리는 일도 있으니, 그런 경우에는 동정할 여지가 있다'고 생각한다. 천황의 황후가 불륜의 사랑을 하

는 예로는『이세 이야기』에 그려진 아리와라노 나리히라와 세이와
천황清和天皇의 황후였던 후지와라 다카코藤原高子와의 사랑을 예로
들 수 있는데 이것은 사실史實인지 아닌지 불명확하다. 또『사고로모
이야기』에는 주인공이 황태자의 여어와 마음을 통하는 장면이 나오
는데 이런 것들도 아주 가볍게 처리되어 있다. 천황의 아내들과의
불륜의 사랑조차 있어서는 안 될 중대한 과실이라고는 생각되지 않
았던 것이다.

히카루겐지는 천황의 아내들의 불륜의 사랑과 비교하면서 '내 경
우는 무라사키노우에라는 소중한 아내가 있음에도 불구하고 온나
산노미야를 아내로서 정중하게 대우하고 있는데, 그녀가 가시와기
같은 젊은 남자에게 마음을 준다는 일은 있을 수 없다'고 생각한다.
이러한 분노를 느끼면서도 일전에 자신도 똑같은 일을 한 셈이니 가
시와기를 마냥 비난할 수는 없다고 고쳐 생각하기도 한다. 이러한
히카루겐지의 심정은 다음과 같이 서술되어 있다.

> 돌아가신 아버님도 나와 후지쓰보 님의 관계를 알면서 모르는 얼굴
> 을 하고 계셨던 것일까. 생각해보면 그 때의 일이야말로 정말로 두렵
> 고 있어서는 안 되는 잘못이었다고 자기자신의 예를 떠올려보니 '사랑
> 의 깊은 산길로 들어가 버린 사람을 비난할 수도 없겠구나'하는 심정
> 이 든다. (와카나 하권④255)[8]

---

8 『겐지 이야기』의 원문은 秋山虔·阿部秋生·今井源衛·鈴木日出男校 注·訳『源氏物
語』, 新編日本古典文学全集20-25, 小学館, 1995에 의하며, 권명·소학관본의 권수·
페이지를 표시한다.

한편 불륜의 사랑의 당사자인 가시와기와 온나산노미야의 심정은 어떠했을까. 히카루겐지에게 자신들 사이가 알려졌음을 안 가시와기는 한여름인데도 불구하고 '몸이 얼어붙는 심정'이 되었다고 쓰여 있다. 그러나 동시에 불륜의 사랑의 죄에 대해서는 '그렇게 중대한 죄에는 해당하지 않는다고 해도 내 몸이 파멸해 버릴 것 같은 심정이 들어서'라고 생각하고 있다. 즉 온나산노미야를 향한 사랑은 사회적인 제재를 받는 것은 아니지만 히카루겐지처럼 높은 지위에 있고 이제까지 자신을 보살펴 준 사람으로부터 배척 받는다면 귀족사회에서 살아갈 수 없다는 인식이다. 가시와기를 옭아맨 것은 불륜의 사랑에 대한 일반적인 죄책감이나 사회적 제재가 아니라 히카루겐지의 신분이 높은 아내를 빼앗았다는 생각, 또 사회적 위치가 높은 히카루겐지로부터 자신이 버림받을지도 모른다는 공포였다고 말할 수 있을 것이다. 히카루겐지야말로 귀족사회의 중심이고 그러한 히카루겐지에게 미움을 받으면 귀족사회에서 살아갈 수 없다고 가시와기는 생각한 것이다. 그러한 점에서 가시와기의 사랑은 불륜의 사랑으로 일반화할 수 없는 고유의 의미를 갖는다. 『겐지 이야기』는 불륜의 사랑이 허용되었던 시대에 가시와기의 사랑을 통해 '불륜의 사랑 때문에 목숨을 잃는 이야기'라는 새로운 이야기 형태를 만들어 내었다고 할 수 있다.

또 한 명의 당사자인 온나산노미야는 가시와기의 사랑을 받아들였다고는 말하기 어렵다. 그의 그녀에 대한 마음은 일방적인 것으로 그녀는 피해자라고도 할 수 있다. 그러나 히카루겐지뿐만 아니라 후세의 독자들까지 온나산노미야를 비난하는 것은 그녀가 신분에 어울리는 품격을 지니지 못하고 그를 거부하지 않았다는 점에 있다. 온나산노미야는 가시와기의 아이를 임신했음을 알았을 때 히카루 겐지와 얼굴을 맞대는 것을 주저하는데, 심각한 죄책감을 느낀 것은 아니다. 가시와기와의 사이를 남편이 알아버렸다는 것을 뇨보로부터 들은 후에도 다만 눈물을 흘릴 뿐으로, 그 후에도 히카루겐지의 태도가 차가워진 것을 한탄하기는 하지만 심각하게 고민하는 장면은 없다. 이 경우 불륜의 사랑은 가시와기의 고뇌에 초점이 맞추어져 있는 것이다.

가시와기는 마지막까지 온나산노미야를 향한 집착을 끊지 못한 채 생을 마감한다. 병상에 누운 가시와기는 다음과 같이 생각한다.

> 누구라도 천년의 소나무처럼 장수하지 못하는 세상에 언제까지나 머무를 수는 없는 법이니, 이렇게 그녀가 조금이라도 생각해 주실 때에 죽어버려서, 사소한 한탄을 해주시는 분이 있는 것을 마음의 지표로 삼아 살아 온 날들의 증거로 해야지. 무리하게 오래 살면 있어서는 안 될 소문도 나고 나도 그녀도 평온하게 지낼 수는 없는 혼란스러운 일이 생길지도 모르니. 그것보다도 나에 관해서 무례하다고 생각하시는 분(히카루겐지)도 그렇다고는 해도 용서해 주시겠지. 모든 일은 죽을 때쯤에는 사라지는 법임을. 그 일 외에는 살아오면서 큰 잘못도 하지 않았으니 이제까지 살아오면서 가까이서 돌보아주신 분(히카루겐지)도 불쌍하게 생각해 주시겠지. (가시와기④290)

이렇게 가시와기는 자신의 죽음만이 온나산노미야의 동정과 히카루겐지의 용서를 받을 수 있는 수단이라고 생각한다. 불륜의 사랑이 그렇게까지 심각한 고뇌를 이끌어내는 것은 히카루겐지의 존재가 거대하기 때문이었다. 그리고 이러한 가시와기의 사랑은 비극적인 불륜의 사랑으로서 이후의 『도와즈가타리』에 큰 영향을 주게 된다.

5 『도와즈가타리』의 불륜의 사랑

『겐지 이야기』의 가시와기와 온나산노미야의 불륜의 사랑을 모방하여 쓰여진 것이 『도와즈가타리』의 불륜의 사랑이다. 이 사랑 또한 신분이 높은 남성의 '아내'를 빼앗은 남성의 죽음으로 끝난다.

『도와즈가타리』의 작자인 고후카쿠사인 니조는 무라카미 겐지(무라카미 천황의 혈맥을 잇는 귀족) 출신으로 어릴 때부터 고후카쿠사인의 어소御所에서 천황을 모시고, 열네 살 때 고후카쿠사인의 총애를 받게 된다. 그녀는 상류귀족 출신이지만 고후카쿠사인의 정식의 후비가 된 것이 아니라, 한 명의 뇨보로서 총애를 받게 된 실정이다. 따라서 그녀는 고후카쿠사인 이외의 남성과 연애를 해도 처벌받을 가능성은 없었다.

그녀는 고후카쿠사인의 총애를 받게 되고 나서도 작중에서 '유키노아케보노'라고 이름붙여진 상류귀족과 연인관계가 되고 비밀리에 여자아이를 출산한다. '유키노아케보노'란 이후 태정대신이 되고 높은 지위까지 오르고 가인歌人으로서 유명한 사이온지 사네카네西園寺実兼일 것으로 추정되고 있다. 사네카네의 아버지 쪽의 숙모는 고사가인後嵯峨院의 황후로 고후카쿠사인과 가메야마亀山 천황의 어머니이다. 또 한 명의 숙모는 고후카쿠사인의 황후였다. 또 사네카네의 여동생은 고후카쿠사인의 남동생인 가메야마 천황의 황후였다. 이처럼 사이온지 가문은 천황가와 관계가 깊고 사네카네 자신도 근신으로서 고후카쿠사인을 모시고 있었다.

그녀는 이 관계가 고후카쿠사인에게 알려질 것을 두려워했는데 둘 사이의 흔들리는 마음은 다음과 같이 표현되어 있다. 이 때는 그녀가 유키노아케보노의 아이를 출산하고 그 이전에 낳은 고후카쿠사인의 황자가 세 살로 죽은 시점이다. 니조가 열일곱 무렵의 일이다.

유키노아케보노와의 관계가 익숙해져가자 그가 돌아가는 아침에는 그 여운 속의 그리움으로 다시 침상에서 눈물을 흘리고, 그를 기다리는 저녁에는 깊어져 가는 종소리에 내 눈물의 흐느낌을 더하고, 그를 기다려 만난 후에는 세상에 소문이 나지 않을까 다시 걱정한다. 친정에 있을 때는 고후카쿠사인의 모습을 그리워하고, 곁에서 모실 때에는 인이 또 다른 여자와 밤을 보내시는 것을 원망하고, 나에게 멀어지시는 것을 슬퍼한다. (1권261)[9]

9 『도와즈가타리』의 원문은 이와나미 출판의 신일본고전문학대계에 의하며 권수·페이지를 표시한다.

　이러한 불륜의 사랑은 고후카쿠사인에게 비밀인 채 계속 진행된 듯이 쓰여 있는데 실제로는 고후카쿠사인이 일찍이 알고 묵인했다는 설도 있다. 그녀는 고후카쿠사인의 정식의 후비가 아니라 어디까지나 뇨보의 한 명으로서 그를 모시는 입장이었기 때문에, 그러한 여성이 다른 남성과 관계를 가졌다고 해도, 큰 죄를 지었다고는 생각되지 않았을 것이기 때문이다. 오히려 여기서는 이 사랑이 불륜의 사랑인 것처럼 그녀의 고뇌와 애잔함을 강조하고 있다는 사실에 주목하고 싶다.

　니조가 열여덟 살 때 그녀는 '아리아케노쓰키'라고 이름 붙여진 고승高僧으로부터 사랑의 고백을 받는다. '아리아케노쓰키'가 누구인지에 대해서는 몇 가지 설이 있는데 현재로서는 고후카쿠사인의 배다른 남동생인 사다히토性助 법친황法親王(출가한 황자)이라고 추정되고 있다. 그는 고사가인의 여섯 째 황자로 태어났는데 열한 살 때 출가해서 닌나지仁和寺에서 수행했다. 기도승으로 고후카쿠사인 어소에 부름을 받는 일도 많았던 아리아케노쓰키는 그러한 기회에 이전부터 마음을 품었던 니조를 방으로 불러내어 관계를 갖는다. 처음에는 그를 소원하게 생각했던 니조도 보내오는 와카에 담긴 열정적인 마음 등을 알게 되고, 그의 애정을 받아들일 마음이 된다. 그러나 아리아케노쓰키의 그녀에 대한 집착이 도를 넘어감에 따라 다시 원망스러운 감정이 생겨나서 니조는 그를 멀리한다. 아리아케노쓰키는 고후카쿠사인과는 배다른 남동생이 되는데, 형과 동생 양쪽과 관계를 맺는다는 점에 대해 그녀는 별로 죄책감을 느끼고 있지 않다.

　또한 아리아케노쓰키도 여성과 관계를 가지면 안 된다는 불교의 계율을 깼다는 죄의식은 가졌지만, 형이 총애하는 여성을 빼앗았다는 죄의식은 느끼지 않고 있다. 다음 인용문은 아리아케노쓰키가 니조를 향한 집착을 끊기 위해 쓴 기청문起請文(신불에게 맹세를 하는 글)의 일부이다. 이 기청문은 니조에게 보내지는데 그녀는 평범치 않은 내용에 두려워져서 그것을 그에게 반송해버렸다.

> 어떤 마魔가 끼여서인지. 부질없는 일이지만 요즘 이 년여 동안 밤이면 밤마다 그대의 모습을 그리워하며 눈물로 소매를 적시고 있소. 본존을 향해 경전을 펼칠 때마다 먼저 그대의 말을 떠올리고 호마단護摩壇 위에 그대의 편지를 올려놓고 경전으로 삼아 등잔 불빛으로 펼쳐 마음을 달래오. (중략)
>
> 더 이상 이승에서는 편지를 보내거나 당신과 말을 주고받으려는 생각을 접기로 했소. 그러면서도 윤회로 생애를 거듭해도 마음으로는 당신을 잊을 수 없으리니 나는 정말로 삼악도(지옥·아귀·축생)에 떨어질 거 같소이다. 그러니까 이런 원망이 다할 때가 있을 리 없겠지요. 금강계金剛界와 태장계胎藏界의 예비 수행 이래, 성불하기 위한 권정灌頂 의식에 이르기까지 하나하나의 수행법, 대승경전 독경, 승려가 지켜야 할 계율에 이르기까지 일생동안 해 온 수행은 모두 삼악도에 가기 위한 바탕이 되겠지요. 이 법력의 힘으로 이번 생은 길고 허망하더라도 내세에는 악도에 함께 태어나오. (2권88)

아리아케노쓰키는 니조에 대한 집착의 결과, 사후에 함께 악도에 다시 태어나고 싶다고까지 생각한다. 불도수행은 본래 자기 자신과 타자가 극락왕생하기 위해 행하는 것인데, 그 법력을 니조와 함께 악도에 다시 태어나기 위해서 쓰겠다는 것이다. 그러나 형이 총애하는 여성을 빼앗은 것에 대한 죄의식에 대해서는 한 마디 언급도 없다. 계율을 깬 것에 대한 두려움은 있지만 불륜의 사랑을 했다고는 생각하지 않기 때문이다. 이것은 니조가 고후카쿠사인의 정식의 후비가 아니라는 점과 관련이 있을 것이다.

이렇게 오싹할만한 기청문 때문에 두 사람의 관계는 끊어졌지만 결국 둘의 관계는 고후카쿠사인에게 알려지게 된다. 고후카쿠사인이 아리아케노쓰키가 니조에게 연심을 호소하는 것을 우연히 듣고 둘 사이의 사랑을 알게 된 것이다. 고후카쿠사인이 묻자 니조는 그때까지의 경위를 모두 이야기하는데, 고후카쿠사인은 둘의 관계를 갈라놓기는커녕 '전세로부터의 기이한 인연인가보다'라고 하며 니조에게 아리아케노쓰키의 망집을 풀어주어야 한다고 진언한다. 또 아리아케노쓰키에게도 '그렇다고는 해도 넓게 사물의 도리를 구하고 깊게 배운 바, 남녀 간의 일이란 죄가 아닐세. 피할 수 없는 전세로부터의 인연이야말로 인간의 힘으로는 어쩔 수 없는 일이네'(3권 124)라고 말하고, 니조에 대한 집착은 전세로부터 정해져 있었던 것으로 옛날에도 비슷한 예가 많으니 어쩔 수 없는 일이라고 말한다.

그 후 고후카쿠사인의 묵인 하에 두 명의 사이가 계속되어 니조는 아리아케노쓰키의 아이를 낳는다. 태어난 아이는 고후카쿠사인이 총애하는 다른 여성이 사산했기 때문에 그 여성이 낳은 아이로 하여 맡긴다. 니조의 출산 후, 아리아케노쓰키는 빈번하게 그녀를 방문하지만 그때쯤 전염병이 유행하게 된 것도 있어, 아직 젊은 연령에도

불구하고 그는 사후의 일을 언급하게 된다. 다음 장면은 아리아케노
쓰키가 니조에게 내세의 바람을 이야기하는 장면이다.

> 내세에 어떻게 태어나더라도 그대와 만날 수만 있다면 좋겠소. 그
> 어떤 최고의 극락정토에서도 함께 살지 않는다면 원망스러울 테니 그
> 어떤 초가집의 침상이라도 그대와 함께 할 수 있기를. (3권140)

앞에서 인용한 장면에도 아리아케노쓰키는 삼악도에 떨어져도
니조와 재회하고 싶다고 소망했다. 아리아케노쓰키는 자신의 사랑
을 사후에도 계속하고 싶다고 생각한다. 게다가 아리아케노쓰키는
자신이 서사한 대승경을 유골이 화장될 때에 장작과 함께 태워줄 것
을 부탁한다. 다음과 같은 이유에서였다.

> 아니요, 역시 그대와의 사랑의 길에 미련이 남으니 다시 한 번 인간
> 으로서 생을 받고 싶다고 결심하고, 정해진 이치로 죽음을 맞이한다면
> <u>허망하게 하늘로 오르는 재의 연기가 되더라도 또한 당신 곁을 떠나지</u>
> <u>않으리.</u> (3권141)

아리아케노쓰키가 죽음으로 깊게 경도되어 갈 무렵, 『겐지 이야
기』의 가시와기와 온나산노미야의 사랑을 둘러싼 표현이 반복되어
인용되어 있다. 예를 들면 앞서 인용한 장면의 밑줄 친 부분은 가시
와기가 죽을 때에 온나산노미야에게 보낸 와카 '정처도 없이 하늘의
연기되어 오르더라도 사랑하는 당신 곁 떠나지 않으리오'를 인용한

것으로 여러 주석이 지적하는 바이다. 이 가시와기의 와카는 '죽어서 화장터의 재가 된 후에도 사랑하는 사람의 곁을 떠나지 않을 것이다'라는 의미로 사후에 극락왕생의 가능성이 없어지더라도 온나산노미야 곁에 있고 싶다는 가시와기의 심한 집착을 표현한 것이다. 아리아케노쓰키의 때이른 죽음은 유행병이 원인이지만 『겐지 이야기』의 인용으로 아리아케노쓰키가 니조에게 집착한 나머지 상사병으로 죽었다는 듯이 표현되어 있다.

『도와즈가타리』에서는 아리아케노쓰키와 니조의 사랑이 가시와기와 온나산노미야의 사랑과 겹쳐져서 남성의 죽음에 의해서 끝을 맞이하게 되는 비극적인 불륜의 사랑처럼 그려져 있다. 가시와기와 온나산노미야의 사랑이 비극적인 불륜의 사랑의 원형이 되어 그것이 『도와즈가타리』에 답습되고 있는 것이다.

고후카쿠사인은 이미 퇴위한 천황으로 정식의 아내가 아닌 니조가 황자를 출산해도 그 아이가 황위를 계승할 가능성은 없다. 니조가 다른 남성과 관계를 맺어도 실제로는 별로 문제가 되지 않았을 것이라고 생각된다. 물론 고후카쿠사인도 남성으로서 아리아케노쓰키에게 질투를 느끼거나 하기는 하지만, 남동생이 자신이 총애하는 여성과 관계를 맺은 것을 비난하지는 않는다.

아리아케노쓰키와의 관계가 계속되던 무렵, 니조는 고후카쿠사인의 동복 남동생인 가메야마인으로부터 유혹을 받고 관계를 맺는다. 고후카쿠사인과 가메야마인이 어머니 대궁의 병문안을 갔을 때의 일이었다. 밤에 둘이 자고 있는 방에 니조를 불러 가메야마인은 형에게 니조에 대한 소망을 이야기한다. 고후카쿠사인이 잠든 것을

보고 가메야마인은 니조를 데리고 간다. 새벽이 되어 가메야마인이
형 옆에 돌아오자 고후카쿠사인은 눈을 뜬다. 그것이 다음 장면이다.

동틀 무렵이 되자 가메야마인이 고후카쿠사인의 곁에 돌아오셔서
고후카쿠사인을 깨우시자 그제서야 눈을 뜨셨다. 고후카쿠사인께서
"잠들어 버려 옆에서 자던 니조도 도망쳐 버렸구나"하고 말씀하시자
"방금 전까지 여기 있었습니다"라는 가메야마인의 말씀에 너무 두려
웠지만 지은 죄도 없으니 그저 이해해 주시기를 바라며 모시고 있었는
데 (3권135)

'지은 죄도 없으니'는 『겐지 이야기』의 히카루겐지의 와카 '세상
의 모든 신들도 불쌍하게 생각하실 듯 그렇다고 할만한 지은 죄도
없는 몸'을 인용한 것이다. 니조는 가메야마인과의 관계는 고후카쿠
사인도 용인한 것이므로 죄는 아니라고 생각하고 있다. 아리아케노
쓰키의 경우도 가메야마인의 경우도 니조의 상대가 자신의 남동생
이지만 고후카쿠사인은 그 관계를 용인하고 있다. 이러한 관계가 고
후카쿠사인의 주변에서 있었던 특유의 일인지 당시의 궁정에서 일
반적이었는지는 명확하지 않지만 현재와는 윤리관이 달랐던 것은
분명하다. 『도와즈가타리』에 그려진 니조와 여러 남성들의 관계는
현대에서는 불륜의 사랑처럼 보이지만, 당시의 궁정에서는 도덕적
으로 비난을 받을 정도의 관계라고는 생각되지 않았다. 오히려 고후
카쿠사인이 근신이나 남동생에게 자신이 총애하는 여성을 선물처
럼 준 것이 아닌가라는 해석도 가능하다.

『도와즈가타리』의 작자는 아리아케노쓰키와 자신의 관계를『겐지 이야기』의 가시와기와 온나산노미야에 겹쳐 놓는 것에 의해서 남성의 죽음으로 끝나는 비극적인 불륜의 사랑 이야기로 그려낸 것이다.

겐지(천황의 피를 이은 귀족) 출신인 니조는 스스로『겐지 이야기』의 세계를 연기하고 작자 나름의 새로운『겐지 이야기』를 만들어 낸 것이다.

6 나가며

헤이안 시대부터 가마쿠라 시대에 걸친 궁정사회에서 '불륜의 사랑'은 그 정도로 엄격한 사회적 제재를 받는 일은 없었다. 무가사회에서는 부계사회의 확립과 함께 아이의 혈통 문제가 중요해지고 특히 여성의 '불륜의 사랑'은 법률로 엄하게 처벌되게 되었다. 연애가 자유로워진 현대에 '불륜의 사랑'은 남녀 모두 비난받는 경우가 많다.

궁정사회에서 '불륜의 사랑'이 별로 엄격한 사회적 제재를 받는 일이 없던 시대에『겐지 이야기』는 '불륜의 사랑'을 이야기의 핵심에 놓았다. 그러나 그 의미는 크게 달랐다. 히카루겐지와 후지쓰보의 사랑은 둘에게 심각한 고뇌를 안겨주지만 결과적으로는 히카루겐지를 '준태상천황'이라는 높은 위치로 오르게 하는 것으로 그에게 영화를 가져다주었다. 한편 가시와기와 온나산노미야의 사랑은 가시와기의 파멸로 끝나 비극적인 사랑의 전형이 된다. 또한 극락왕생의 가능성을 스스로 닫고 온나산노미야를 집착한 채 죽는 가시와기는 인간의 집착 문제에 대한 물음을 독자에게 던지는 역할을 한다.

이러한 가시와기와 온나산노미야의 사랑을 모방해서 그려지는 것이 『도와즈가타리』의 아리아케노쓰키와 니조의 사랑이다. 두 사람의 사랑은 아리아케노쓰키의 죽음으로 끝나는 비극적인 사랑으로 작품 속에서 중요한 역할을 하고 있다. 게다가 가시와기의 사랑을 둘러싼 이야기를 통해 초점화되는 인간의 집착 문제가 승려를 주역으로 함에 따라 보다 깊이와 무게를 더하여 그려지고 있다고 볼 수 있겠다.

┃ 번역 : 이부용(한국외국어대학교)

제3장

한국 고전문학에 나타난 人鬼交驩
―〈桃花女 鼻荊郎〉의 政治·神話的 함의를 중심으로―

박 일 용

1 머리말 – 문제의 제기

『三國遺事』紀異에 수록된 〈도화녀 비형랑〉은 眞智王과 관련된 역사적 사실, 초현실적인 還魂交驩 형식을 지닌 眞智王과 桃花女의 관계와 鼻荊의 출산 과정, 귀신들과 놀면서 眞平王의 요구에 따라 귀신들을 부리고 통제하였다는 비형의 행적, 비형이 眞智王의 魂生子라는 사실을 환기시키는 帖詞를 붙여 귀신을 쫓았다는 逐鬼 풍속을 소개하는 내용으로 구성되어 있다.

여기서 비형이 眞智王의 魂과 사람인 桃花女 사이에서 출생했다는 이야기, 그리고 비형이 진평왕의 뜻에 따라 귀신들을 부렸다는 이야기는 경험적 사고 영역을 벗어난 奇異談으로서, 현실 세계의 문제와는 거리가 멀어 보인다. 그런데 〈도화녀 비형랑〉에서는 이러한 초현실적 사건이 신라 中古期 정치사의 핵심 인물이었던 眞智王 및 眞平王과의 관계 속에서 전개된다. 더구나 이 이야기는 "御國四年 政亂荒淫 國人廢之"라는 신라 중고기의 중요한 정치적 사건 기사 직후에 소개된다.

그래서 역사학계에서는 鼻荊을 『삼국사기』에 金春秋의 아버지로 기록된 '龍春(一作龍樹)' 또는 '龍春을 상징하는 존재'로 보는 한편, 〈도화녀 비형랑〉에 등장하는 "御國四年 政亂荒淫 國人廢之"라는 기사를 근거로, 銅輪系와 舍輪系의 정치적 대립으로 眞智王이 폐위되고 眞平王이 즉위하였다고 해석하는 경향을 보여 왔다. 『삼국유사』 〈도화녀 비형랑〉의 기록을 근거로 신라 중고기 정치사를 동륜계와 사륜계 사이의 왕권 갈등의 전개 과정으로 해석하는 흐름을 형성하게 된 것이다.[1] 한편, 국문학 연구자들은 이러한 역사학계의 해석을 받아들이면서, 비형의 경계인으로서 성격, 비형과 두두리 신앙의 관계, 비형 집단과 桃木 신앙의 관계, 비형과 진지왕의 관계 등을 다양한 관점에서 해석하였다.[2]

---

1 金杜珍 「新羅 眞平王代 初期의 政治改革-三國遺事 所載 桃花女·鼻荊郞條의 分析을 中心으로-」, 『진단학보』69, 1990, 17-38쪽; 김기흥 「도화녀 비형랑 설화의 역사적 진실」, 『한국사론』41·42, 서울대 국사과, 1999, 131-159쪽; 김덕원 「眞智王의 즉위에 대한 재검토」, 『백산학보』63, 백산학회, 2002, 211-236쪽; 김민혜 「桃花女·鼻荊郞說話를 통해 본 新羅 六部統合過程」, 한국교원대 대학원 석사학위논문, 2007, 1-41쪽; 문아름 「〈도화녀 비형랑〉조의 서사구조와 의미 연구」, 한양대 석사학위논문, 2012, 1-68쪽.

2 김성룡 「비형 이야기에 나타난 귀신 이야기의 구성 원리」, 『선청어문』제24집, 서울대 국어교육과, 1996, 377-410쪽; 김홍철 「桃花女鼻荊郞說話考」, 『교육과학연

진지왕의 還魂生子談은 경험적 논리로는 납득하기 어려운 초현실적 이야기이다. 그런데 그간의 연구에서는 진지왕의 還魂生子談을 역사 해석의 근거로 활용하면서도 그것의 사료적 의미를 진지하게 따지지는 않았다. 그것이 비형의 출생 과정을 신비화하기 위해 차용한 단순한 신화적 意匠이라 생각하면서, 그것을 빌어 政亂荒淫했다는 진지왕에 대한 평가를 반증하려 한 기술자의 의도에만 초점을 맞추었기 때문이다.

그러나, 〈도화녀 비형랑〉의 기술자가 진지왕의 還魂生子談 형식을 빌어 政亂荒淫하다는 진지왕에 대한 평가를 반증하려 했다는 것은, 진지왕의 還魂生子談이 역설적으로 政亂荒淫하다고 비판되던 진지왕의 부정적 행위를 감추기 위해 각색된 것이라는 걸 뜻하는 것이라 해석할 수가 있다. 그리고 경험적 논리로는 납득이 되지 않는 비형의 출생 과정과 혈통 다시 말해 비형이 진지왕의 魂生子라는 사실을 강조한다는 것은, 역설적으로 당대의 정치 현실에서는 비형이 진지왕의 魂生子라는 사실을 받아들이지 않으려는 입장이 존재했다는 걸 뜻하는 것이라 할 수 있다.[3]

구』제11집 제3호, 청주대 교육문제연구소, 1998, 57-74쪽; 이완형 「도화녀 비형랑 조의 제의극적 성격 시고」, 『한국문학논총』제16집, 한국문학회, 1995, 163-180쪽; 강은해 「도화녀 비형랑 설화에 나타난 두두리 신앙의 지역화와 진지왕계 복권신화적 기능」, 『어문학』제120집, 한국어문학회, 2013, 111-139쪽; 엄기영 「三國遺事 桃花女鼻荊郎의 신화적 특징과 그 의미」, 『한국문화연구』25, 2013, 37-60쪽; 권도경 「도화녀(桃花女) 비형랑(鼻荊郎) 텍스트의 적층구조와 진지왕·도화녀·비형랑 관련 설화의 결합원리」, 『한민족어문학』66집, 2014, 187-220쪽.

3 진위 논란이 있는 박창화본 『화랑세기』에서는 비형, 용춘, 용수가 별개의 인물로 이야기되는 한편, 비형은 용춘과 용수의 서제로서 진지왕의 아들로 이야기되고 있다. 그리고 진지왕이 미실과의 약속과 달리 미실을 멀리하고 황음하였다는 이유로 진흥왕비 사도부인과 미실에 의해 폐위되었다고 기록되고 있다. 신재홍 역주 『화랑세기』, 보고사, 2009, 78쪽.

기실 〈도화녀 비형랑〉의 서두에 소개된 "御國四年 政亂荒淫 國人廢之"라는 기록은 중고기 신라 정치사의 격랑에 대한 보고라 할 수 있다. 그런데도 『삼국사기』에는 그와 관련한 기록이 나타나지 않고, 『삼국유사』의 〈도화녀 비형랑〉에만 나타난다. 이러한 사실은 진지왕의 폐위 사실이 진지왕계인 김춘추가 왕위에 오른 뒤에는 공식적인 역사 기록에서 소거되었음을 뜻하는 것이라 유추할 수 있다.

그렇다면 〈도화녀 비형랑〉의 내용은 진지왕의 폐위 사실이 공식적인 역사에서 소거되기 이전 단계의 기록이라는 걸 짐작할 수 있다. 〈도화녀 비형랑〉에서는, 還魂生子談 형식을 빌어와 "政亂荒淫"했다는 진지왕의 폐위 사유를 반증함으로써, 진지왕계 왕통의 정당성을 입증하려 하기 때문이다. 이는 〈도화녀 비형랑〉이 "政亂荒淫 國人廢之"라는 신라 왕실의 정치적 상처가 공식 역사에서 소거되기 전, 신라 왕실의 정치적 상흔을 봉합하기 위해 기술된 것임을 뜻한다. 이렇게 본다면 〈도화녀 비형랑〉에 등장하는 진지왕의 還魂交驩 生子談은 "政亂荒淫 國人廢之"라는 신라 중고기의 정치적 사건의 실제적 의미, 그리고 진지왕 이후 동륜계로 이어지던 왕통이 무열왕 이후 다시 진지왕계로 복원된 신라의 정치사적 흐름의 의미를 해석할 수 있는 시금석에 해당한다고 할 수 있다. 眞智王의 還魂交驩 生子談 속에는 진지왕의 폐위 이유뿐 아니라 그것을 부정하려는 정치 세력의 의도 또한 내장되어 있다고 해석할 수 있기 때문이다.

이러한 생각에서 본고에서는 먼저 〈도화녀 비형랑〉에 설정된 진지왕의 還魂交驩談에 내포된 현실적 의미를 해석해보기로 한다. 이를 통해 폐위의 근거로 지칭된 이른바 진왕의 "政亂荒淫"의 실상을 추적할 수 있을 것으로 생각되기 때문이다.

다음으로는 진지왕의 魂生子로서 鬼神들을 부렸다는 비형의 성격 및 이른바 鬼神으로 지칭된 존재들의 성격, 그리고 〈心火繞塔〉에 등장하는 志鬼, 〈良志使錫〉의 양지 등 비형이나 길달처럼 鬼神으로 분류할 수 있는 인물들의 모습을 살펴보기로 한다. 이러한 분석을 통해 〈도화녀 비형랑〉의 사료적 의미 및 상징적 의미를 구체화할 수 있을 것으로 생각하기 때문이다.

마지막으로 조심스럽지만 이러한 분석을 바탕으로 신라 중고기 왕위 계승과 관련된 정치사의 문제를 가늠해보고자 한다. 이를 통해 신라 중고기와 하고기의 시대 구분 근거로서 신라 왕실의 왕통 계승의 변화 양상을 지금과는 다른 각도에서 조망할 수 있을 것으로 기대하기 때문이다.

2 정치적 상징으로서 還魂生子談의 내포적 의미

〈도화녀 비형랑〉에서는 폐위되어 죽은 眞智王이 魂으로 귀환하여 生前에 욕망하던 도화녀와 交驩한 후에 鼻荊을 낳았다고 한다.[4] 이러

---

4 第二十五舍輪王 諡眞智大王 姓金氏 妃起烏公之女·知刀夫人 大建八年丙申卽位(古本云 十一年己亥 誤矣) 御國四年 政亂荒淫 國人廢之 前此 沙梁部之庶女 姿容艶美 時號桃花娘 王聞而召致宮中 欲幸之 女曰 女之所守 不事二夫 有夫而適他 雖萬乘之威 終不奪也 王曰 殺之何 女曰 寧斬于市 有願靡他 王戲曰 無夫則可乎 曰可 王放而遣之 是年 王見廢而崩 後三年 其夫亦死 浹旬忽夜中 王如平昔 來於女房曰 汝昔有諾 今無汝夫 可乎 女

한 진지왕의 還魂交驩生子談은 초현실적 존재가 인간을 탄생시킨다
는 점에서 건국신화 주인공의 탄생담과 유사하다. 한편, 〈도화녀 비
형랑〉의 기술자는 진지왕과 도화녀의 還魂交驩과 비형의 출생 장면
을 '도화녀의 집에 칠일 동안 머물렀는데 항상 오색구름이 집을 덮
었고 향기가 방안에 가득했다(留御七日, 常有五色雲覆屋, 香氣滿室)'
고 하는가 하면, 도화녀가 비형을 출산하는 장면이 '천지가 진동을
했다月滿將産, 天地振動'고 기술한다. 이러한 사실은 〈도화녀 비형랑〉이
신화적 구조를 빌어와 진지왕과 도화녀의 관계를 정당화하는 한편,
비형의 출생을 신비화하려는 서사물이라는 걸 뜻한다.

건국신화에서 주인공의 초월적인 부계 혈통은 새로운 국가 이념
의 신성 상징이다. 그러므로 건국신화에서 주인공의 신성한 혈통과
신이한 출생 형식은 새로운 국가 질서가 뿌리를 내리는 과정을 상징
하는 것으로, 국가의 신성과 권위를 대변한다. 그런데, 〈도화녀 비형
랑〉에서는 주인공의 부계 혈통으로 폐위되었다가 魂의 형식으로 귀
환한 진지왕이 설정된다. 이는 건국신화에서와 달리 〈도화녀 비형
랑〉에 설정된 초현실적 혈통은 진지왕을 중심으로 한 특정 정치 세
력의 정파적 이념의 상징이라는 걸 뜻한다.

그러므로 〈도화녀 비형랑〉의 내용은 정치적 입장에 따라 달리 읽혀
질 수가 있다. 예컨대, 『신증동국여지승람』에서는 비형의 탄생 과정이
"열흘 뒤의 밤에 임금이 평상시처럼 그녀의 방에 와서 이르기를, 네가

不輕諾 告於父母 父母曰 君王之教 何以避之 以其女入於房 留御七日 常有五色雲覆屋
香氣滿室 七日後忽然無蹤 女因而有娠 月滿將産 天地振動 産得一男.

전날 허락한 바 있는데, 이제 남편이 없으니 되겠구나 하고, 7일 동안 머물러 있다가 홀연 보이지 않았다. 여자가 드디어 임신하여 아들을 낳았으니, 이름이 비형鼻荊이다"처럼[5] 진지왕의 환혼교환 과정 및 비형의 출생을 신비화한 대목을 삭제하고 있다.[6] 진지왕의 환혼 생자담을 신비화 하려는 기술자의 태도를 받아들이지 않은 것이다.

〈도화녀 비형랑〉에 설정된 진지왕의 환혼 생자담은 이처럼 그것을 바라보는 정치적 입장에 따라 그 의미가 달리 해석될 수 있으며, 내용 자체도 달리 받아들여질 수가 있다. 진지왕의 행태를 政亂荒淫으로 규정하는 입장에서 보는 경우, 還魂交驩談은 진지왕의 행위를 미화하기 위해 허구적으로 윤색한 이야기로 인식될 수가 있는 것이다.

예컨대, 〈도화녀 비형랑〉에서는 진지왕이 도화녀의 미색을 탐하여 궁중으로 불러서 그녀의 의향을 물었지만 남편이 있기 때문에 그 요구를 받아들일 수 없다고 하자 그녀를 돌려보냈다고 한다. 그리고 그녀의 남편이 죽은 지 3년이 된 진지왕이 魂의 형태로 나타나서 약속대로 성 관계를 맺게 되었다고 한다. 그러나, 진지왕의 행위를 '황음'으로 규정하려는 입장에서 본다면, 이러한 기술 내용이 진지왕이

---

5 三國遺事 眞智王聞 沙梁部桃花娘之美 召致宮中 欲幸之 娘曰 妾有夫雖死靡他 王戲曰 殺之何 女曰 寧斬于市 有願靡他 王戲曰 無夫則可乎 曰可 王放而遣之 是年王薨 後二年 娘夫亦死 浹旬夜 王如平生 到女室曰 汝昔有諾 今無夫可乎 留御七日 忽然不見 女遂有娠生子 名曰鼻荊 -중략-此東京豆豆里之始 今廢.

6 『신증동국여지승람』의 기술자가 "五色雲覆屋, 香氣滿室"이라는 신이 현상은 받아들이지 않으면서도, 〈도화녀 비형랑〉의 나머지를 받아들인 것은 그것을 '두두리 신앙'이라는 민속 신앙의 연원으로 보았기 때문이다. 두두리 신앙을 가진 신앙 공동체의 입장에서라면, 진지왕과 도화녀의 還魂交驩이라는 초현실적 사건 그리고 그에 따른 비형이라는 신이한 존재의 출생을 진실로 받아들였을 것이라 본 것이다.

군왕으로서 부부 관계를 지키려는 백성의 뜻을 무시하지 않았다는 걸 보여줌으로써 "荒淫"했다는 진지왕에 대한 평가를 반증하기 위해 가공한 허구라 의심할 수도 있을 것이다.

한편, 〈도화녀 비형랑〉의 기술자는 진지왕의 도화녀와의 交驩 시점이 도화녀의 남편이 죽은 지 10일 후라고 적시한다. 이를 통해 진지왕이 남편이 있는 여인과 관계를 맺은 것이 아니라는 사실을 부각시키는 동시에, 비형이 도화녀 남편의 아들이 아니라 진지왕의 아들이라는 사실을 입증하려 한 것이다. 이러한 사실은 기술자가 비형의 혈통에 대해 제기되었던 의심을 염두에 두면서 이 대목을 기술했다는 걸 뜻한다.

도화녀의 남편이 죽은 10일 후에 진지왕과 도화녀가 '還魂交驩'을 했다는 기술자의 언술은, 형식적으로는 비형의 혈통을 확증할 수 있는 것처럼 보이지만 실제적으로는 의미가 없는 진술이라 할 수 있다. 인간의 회임과 출산 기간의 확인은 정밀한 의학적 계산을 통해서만 확인할 수 있는 것으로서, 개략적인 회임 시기 계산에서 10일이라는 기간은 얼마든지 가변적일 수 있기 때문이다. 그런데도 10일이라는 기간을 구체적으로 적시하여 비형의 혈통을 강조하려 했다는 것은, 역설적으로 기술자가 그렇게라도 비형의 혈통을 입증할 필요가 있었다는 걸 뜻한다.

한편, 진지왕이 도화녀를 궁중으로 불러서 성관계를 맺으려다가 도화녀의 뜻에 따라 돌려보낸 후 남편이 죽은 지 10일이 지나지 않아 귀신의 형태로 나타나서 도화녀를 범했다는 기술 역시 표면적 의도와는 달리 진지왕의 성적 탐욕에 대한 상징으로서 그의 "荒淫"을 입증하는 사례로 읽혀질 수가 있다. 비록, 도화녀의 약속 이행과 부모의 허락이라는 형식적 절차를 거치는 것으로 그려지지만, 남편 사후 10일 후에 나타나 남편을 잃은 여인과 성 관계를 갖는다는 것은 남편을 잃은 여인의 입장을 고려하지 않은 탐학한 행위로 규정될 수도 있기 때문이다.

그렇다면, 진지왕의 죽음과 魂으로의 귀환이라는 상징을 經驗的 事實 차원의 이야기로 환원한다면 어떠한 모습일까. 이를 이해하기 위해 '죽음'이라는 개념을 따져볼 필요가 있다. 통상적으로 '죽음'은 생물학적으로 목숨이 끊어지는 걸 뜻하는 것으로 이해된다. 그러나, 내포를 넓혀서 생각한다면 사회적 차원의 목숨이 끊어지는 것 역시 '죽음'의 범주에 포함시킬 수 있을 것이다. 더욱이 오늘날과 다른 전제 왕권 사회에서 군왕이 타의에 의해 왕권을 박탈당하는 사태가 벌어진다면 그것이 '죽음'으로 인식되었을 것이라 유추할 수 있다.

이렇게 본다면, 진지왕은 폐위라는 사회적 죽음과 생물학적 죽음이라는 두 가지의 죽음을 맞이했는데, 그 두 죽음 사이에 시차가 있었던 것이 아닐까 유추할 수 있다. 폐위되어 사회적으로는 죽음을 맞이했지만 아직 생물학적 죽음은 맞지 않은 상태에서 이루어진 진지왕과 도화녀의 관계를 還魂 형식으로 윤색한 것이라 유추할 수 있다. 그 경우 혼으로 귀환한 진지왕의 형상은 폐위된 뒤에도 그러한 사회적 현실을 받아들이지 못하는 진지왕의 억압된 욕망을 뜻하는 것이며,[7] '군왕의 가르침을 어찌 피할 수 있겠느냐君王之敎 何以避之'고 이야기했다는 도화녀 부모의 말은 '폐위되었지만 군왕이

었던 존재의 명을 어찌 피할 수 있겠냐'라는 뜻으로 이해할 수 있을
것이다.

이렇게 보면, 진지왕의 환혼교환담은 그것이 어떤 성격을 지닌 텍
스트인가를 근본적으로 따져볼 필요가 있는 서사물임을 알 수 있다.
'진지왕이 사량부 서녀인 도화녀의 미모에 대한 소문을 듣고 궁으로
불러 범하려 했다沙梁部之庶女, 姿容艷美, 時號桃花娘 王聞而召致宮中, 欲幸之'
그리고, 도화랑이 '남편이 있으니 받아들일 수 없다고 말하자 왕이
놀리면서 죽어도 그러한가라고 하자, 그녀가 거리에서 목이 베어져
도 받아들이지 않겠다고 답하였다. 그러자 왕이 남편이 없다면 어떠
한가 묻자 가하다고 답하니 왕이 보내주었다娘曰 有夫雖死靡他, 王戲曰, 殺
之何. 女曰, 寧斬于市, 有願靡他. 王戲曰, 無夫則可乎. 曰, 可. 王放而遣之'는 기술 내
용에서 볼 수 있듯이, 도화녀에 대한 진지왕의 태도, 그리고 진지왕
과 도화녀 사이의 대화내용이 구체적이라는 점에서 〈도화녀 비형랑〉
의 기술 내용은 사실처럼 보인다.

그러나, 진지왕과 도화녀 사이에 이루어진 대화는 누구도 그 사실
여부를 확인할 수 없는 私的인 내용이다. 그리고, 그것은 기실 도화
녀의 남편에 대한 가부장제적 烈, 그리고 그것을 인정한 진지왕의 군
왕으로서의 합리적 의식을 부각시키기 위한 문학적 수식으로서, 가
부장제적 틀을 통해 진지왕과 도화녀의 관계를 그리려는 기술자의

---

7 현전『花郞世紀』에서는『殿君列記』라는 책을 인용하면서 '진지왕이 폐위된 뒤 유
 궁에서 삼년간 지내다가 붕하였다金輪王以荒亂見廢 居幽宮三年而崩'고 기술하고 있다.
 본고에서는『花郞世紀』를 인정하지 않는 사학계의 주류적 흐름을 받아들이지만,
 진지왕의 환혼교구를 상징차원으로 받아들여 진지왕이 폐위된 후 바로 죽은 것이
 아니라 유추한 것이다. 신재홍 역주 앞의 책, 78쪽.

이념적 태도를 반영한 것이다. 이렇게 보면 여기서 事實로서의 사료적 신빙성을 갖는 내용은 '진지왕이 사량부 서녀인 도화녀의 미모에 대한 소문을 듣고 궁으로 불러 범하려 했다沙梁部之庶女, 姿容艶美, 時號桃花娘 王聞而召致宮中, 欲幸之'는 정도뿐이라 할 수 있다.

사실이든 아니든 나머지 내용은 당대 현실에서는 사실로 받아들여지기 어려운 것으로서, 비형의 출산을 정당화하려는 의도 아래 덧붙여진 것이라 이해될 수 있는 반면, 신라 사회의 혈족 관계 그리고 성 풍속이 어떠했는지에 따라 달라질 수도 있지만, 군왕이 남편이 있는 여인의 미색을 탐하여 궁으로 불렀다는 사실은 정치적 논란이 될 수 있는 사건이라 할 수 있다. 그렇다면 도화녀를 궁으로 부른 진지왕의 탐욕적 행위가 "政亂荒淫 國人廢之"라는 〈도화녀 비형랑〉 서두의 기록과 관계된 것이고, 〈도화녀 비형랑〉에 기술된 나머지 내용은 "政亂荒淫"으로 규정된 진지왕의 행위를 정당화하기 위해 허구적으로 분식한 것이라 유추할 수 있다.

기실 "政亂荒淫 國人廢之"라는 기록은 국가적 政變과 관련된 것으로서 논란의 여지가 많은 내용이다. 이렇게 중대한 사실이 정사인 『삼국사기』에 등장하지 않는 걸 보면 그것의 진실성에 대해 의심을 가질 수도 있기 때문이다. 그러면서도, 비형의 출생을 신비화하려는 〈도화녀 비형랑〉의 기술 시각을 고려하면, 이처럼 중대한 사실을 조작하여 이야기한 것이라 단정하기도 쉽지는 않다. 그러므로, 삼국사기에 이러한 내용이 나타나지 않는 현상을 진지왕계의 왕위 계승을 정당화하려는 후대 신라 왕실의 시각이 반영되어 이후의 역사적 기록에서 이와 같은 내용이 삭제된 것이 아닌가 유추할 수밖에

87

없다.

이렇게 보면 〈도화녀 비형랑〉에 보고된 진지왕의 환혼 생자담은 진지왕의 폐위 사실이 공식적 역사 기록에서 사라지기 이전 단계의 현상을 반영한 것으로서, 도화녀를 궁으로 불러 관계를 갖고 비형을 출산한 진지왕의 행위를 정당화하기 위해 마련된 것이라 유추할 수 있다. 그렇다면, 도화녀라는 남편이 있는 사량부 庶女의 미색을 탐하여 궁으로 불러 관계를 갖고 비형이라는 인물을 탄생시킨 진지왕의 행위가 과연 "政亂荒淫 國人廢之"에 상응할만한 '荒淫'으로 비판될 수 있는 행위였을까 하는 것이 문제이다.

비슷한 사건으로 炤知麻立干과 碧花라는 여인 사이의 사건을 들 수 있다. 『삼국사기』에는 炤知麻立干이 즉위 22년 9월에 捺已郡을 순행하다 波路라는 사람의 딸 碧花를 궁으로 데려와 별실에 두고 관계를 맺어 아들을 낳았으며, 같은 해 11월에 죽은 것으로 보고되고 있다.[8] 이렇게 碧花를 궁으로 데려와 관계를 맺은 후 죽었다는 소지왕의 모습은 남편이 있는 桃花를 궁으로 불렀다가 자신과 도화의 남편이 죽은 후 魂으로 돌아와 桃花와 관계를 맺었으며, 政亂荒淫하여 국인으로부터 폐위되어 죽었다는 진지왕의 모습과 흡사하다.

사실 여부에 논란이 있기는 하지만, 炤知麻立干과 관련된 『삼국유사』의 〈射金匣〉 설화에서 분수승과 함께 죽음을 당했던 궁주가 왕비 또는 소지왕의 왕후인 선혜라는 후대의 기록들이 있으며,[9] 炤知麻立

---

8 『삼국사기』신라 본기, 炤知 麻立干.

9 內殿焚修僧與王妃潛通者也 妃與僧皆伏誅.『삼국사절요』권5, 戊辰條; 內殿焚修僧與王妃潛通者也 妃與僧皆伏誅.『동국통감』권4, 戊辰條); 鷄林誅其妃善兮夫人 妃與僧潛

干 사후 왕후였던 선혜의 오라비이자 炤知麻立干의 육촌이면서 나이가 많은 지도로 갈문왕이 왕위에 올랐다는 사실을 고려한다면, 炤知麻立干과 벽화의 관계와 炤知麻立干의 갑작스런 죽음 사이의 연관을 배제하기 어려울 것이다. 이러한 炤知麻立干의 모습은 『삼국사기』에 즉위 4년 만에 갑작스럽게 죽은 것으로 기록되고, 『삼국유사』에는 폐위되어 갑작스럽게 죽음을 맞은 후 魂으로 나타나 도화녀와 관계를 맺는 것으로 이야기된 진지왕의 모습과 유사하다.[10]

『삼국유사』 왕력편에서는 소지마립간이 죽은 뒤 왕위를 이어받은 지증마립간 까지를 上古 시기로 구분하고, 이후 법흥왕부터를 中古 시기로 구분하는 한편, 진지왕의 죽음 후 진평왕과 그의 딸 선덕여왕, 조카 진덕여왕 까지를 中古 聖骨 시기로 그리고 이후 무열왕부터를 下古 眞骨 시기로 구분하고 있다. 이러한 시기 구분의 명확한 의미는 역사학계에서 구명해야 할 과제이지만, 그것이 왕위 계승 질서의 위기 및 새로운 왕통의 성립과 관련된 것이라는 것 정도는 기록 내용만으로도 유추할 수 있다. 그리고 그러한 왕위 계승 질서의 위기가 소지 마립간과 碧花의 관계, 그리고 진지왕과 桃花의 관계 형태로 표출된 것이 아닌가 하는 추정을 할 수 있다.

소지마립간이나 진지왕은 사후에 왕위 계승이 직계로 이어지지 않는다. 소지마립간이 碧花와 관계를 맺은 뒤 몇 달 뒤에 죽고, 訥祗

通故也.『동사강목』권제이하, 戊辰條.

10 김수미 「신라 炤知王代의 牧民官 천거와 정치 세력의 변화」, 『歷史學硏究』41, 2011, 1-29쪽; 조한정 「신라 소지왕대의 정치적 변동: 사금갑설화를 중심으로」, 『한국학연구』27, 2012, 297-306쪽.

麻立干의 아우인 其報 갈문왕의 아들로서 소지 마립간과는 육촌이고 소지마립간의 妃인 其報 갈문왕의 딸 선혜 부인의 오라비인 智訂 마립간이 64세의 나이로 왕위를 이어받는다. 비슷하게 진지왕과 도화녀의 관계 어름에 진지왕이 죽고 銅輪의 아들 진평왕이 즉위를 하고 최초의 여왕인 선덕여왕, 그리고 진덕 여왕이 즉위를 한 후, 진지왕의 손자로 이야기되는 무열왕이 즉위를 한다. 이를 보면, 소지마립간과 碧花의 관계를 매개로 奈勿 마립간의 아들들인 訥祇 마립간계와 其報 갈문왕계 사이에 얽혀 있던 왕권 계승 문제가 표면화되었으며, 도화녀와 진지왕의 관계를 매개로 사륜계와 동륜계 사이의 복잡한 왕위 계승 문제가 표면화된 것이 아닌가 유추할 수 있다. 직계의 왕위 계승이 어려운 상황에서 벌어진 그들의 일탈적 남녀 관계는, 대립적인 정치 세력에게 왕위 계승 질서를 위협하는 "政亂荒淫" 행위로 규정될 수 있었을 것이기 때문이다.[11]

물론, 이렇게 소지왕이나 진지왕의 남녀 문제와 죽음을 곧바로 연결시키는 것이 조심스럽기는 하다. 그러면서도 同姓이나 朴 昔 金 등 특정 씨족 집단 간의 婚姻을 통해 왕실 혈통의 순수성을 유지하려했던 신라 왕실의 혼속을 보면, 왕의 남녀 문제가 단순한 성적 욕망 충족 차원을 넘어 왕위 계승의 혈통적 관행을 위협하는 상황과 결합될 경우 커다란 정치적 논란을 불러 일으켰을 것이라는 추정이 무리로 여겨지지는 않는다.

沙梁部의 庶女로 지칭된 桃花女와 관련된 세력이 어떠한 집단이었

---

11 조한정, 같은 인용.

는지는 두두리 집단과 관련이 있다는 사실 이외는 아직 확실한 것은 없다. 그렇지만 그 집단이 두두리 신앙이라는 민속의 주체라는 사실만을 감안하더라도, 그들이 쉽게 무시해 버리기 어려운 정치적 의미를 지녔던 집단이라는 것만은 알 수 있다. 더욱이 桃花女가 출산한 鼻荊이 王家藪에 있던 두두리 집단과 연관이 있는 존재라는 기록을 보면, 沙梁部의 庶女로 지칭된 桃花女는 왕실 권력에서는 배제되어 있었지만 왕실과는 어느 정도 연관이 있는 집단의 인물이라 추측할 수 있다. 그렇기 때문에 桃花女 및 그녀가 출산한 鼻荊이 왕실로 진입하는 경우 폐쇄적인 왕실 권력 구도 및 왕위 계승 문제에 중대한 영향을 미칠 수 있는 상황이었다고 유추할 수 있다.

3 비형의 정체성과 경계 넘기

〈도화녀 비형랑〉에서는 鼻荊과 관련하여, 1) 비형이 진지왕과 도화녀 사이에서 인귀교환 형식을 통해 출생했다, 2) 진평왕이 이를 기이하게 여겨 비형을 궁에 데려다 기른 후 15세에 집사벼슬을 제수했다, 3) 비형이 밤이면 월성 서쪽 황천 기슭에 가서 귀신들과 놀다 왔다, 4) 진평왕의 명으로 귀신을 부려 귀교를 놓았다, 5) 길달을 추천하여 임종의 嗣子가 되게 하고 흥륜사 문루를 짓게 했는데, 길달이 흥륜사 문루에서 자다가 여우가 되어 도망치려 하자 귀신들을 시켜 잡아 죽였다, 6) 사람들이 비형이 진지왕의 아들임을 밝히는 帖詞를 붙여 귀

신을 쫓았다는 사실들을 소개한다.[12]

이렇게 〈도화녀 비형랑〉에서 鼻荊은 사람이면서도 귀신처럼 그려진다. 그는 桃花女라는 여인이 낳은 아들로서 眞平王에 의해 궁에서 길러진 뒤 執事 벼슬을 제수 받은 존재이니 사람이라 할 수 있다. 그런데, 진지왕의 魂이 낳은 아들이고, 밤에는 荒川 기슭으로 날아가 귀신들과 어울려 놀았으며, 귀신을 부렸다는 걸 보면 보면 귀신이라 할 수도 있다. 이러한 鼻荊의 정체를 이해하기 위해 귀신으로서 인간 세계에 출현한 吉達의 모습과 비형의 모습을 비교해볼 필요가 있다.

귀신이었던 吉達은 비형의 추천으로 인간 세계에 출현하여 진평왕으로부터 집사 벼슬을 받아 국정을 보좌하였다고 한다. 그렇다면 인간세계에 출현하여 국정을 보좌한 길달은 사람일까 귀신일까. 길달이 비형의 추천으로 집사 벼슬을 제수받고 국정을 보좌했다는 사실만으로는 그가 귀신인가 사람인가를 구분할 수 있는 정보가 부족하다. 여기서 길달이 角干 林宗의 嗣子가 되었다는 보고를 주목할 필요가 있다.

신분사회에서 부계나 모계의 신분은 한 인간의 신분을 결정하는 전제 조건이다. 그런데, 혼외 관계를 통해 출생한 경우 출생자가 모

---

12 女因而有娠 月滿將産 天地振動 産得一男 名曰鼻荊 眞平大王聞其殊異 收養宮中 年至十五 授差執事 每夜逃去遠遊 王使勇士五十人守之 每飛過月城 西去荒川岸上(在京城西) 率鬼遊遊 勇士伏林中窺伺 鬼衆聞諸寺曉鐘各散 郎亦歸矣 軍士以事來奏 王召鼻荊曰 汝領鬼遊 信乎 郎曰 然 王曰 然則 汝使鬼衆 成橋於神元寺北渠(一作神衆寺誤 一云荒川東深渠) 荊奉勅 使其徒鍊石 成大橋於一夜 故名鬼橋 王又問 鬼衆之中 有出現人間 輔朝政者乎 曰有吉達者 可輔國政 王曰 與來 翌日荊與俱見 賜爵執事 果忠直無雙 時 角干林宗無子 王勅爲嗣子 林宗命吉達創樓門於興輪寺南 每夜去宿其門上 故名吉達門 一日吉達變狐而遁去 荊使鬼捉而殺之 故其衆聞鼻荊之名 怖畏而走 時人 作詞曰 聖帝魂生子 鼻荊郎室亭 飛馳諸鬼衆 此處莫留停 鄕俗帖此詞以辟鬼.

계 신분은 명확하지만 부계의 신분은 명확하지가 않게 된다. 그 경우 신분이 모호해져서 사회 활동에 제약을 받을 수밖에 없을 것이다. 이렇게 볼 때, 길달이 임종의 嗣子가 되었다는 사실은 그가 부계 혈통을 인정받지 못한 존재였었다는 걸 뜻하는 것이라 유추할 수 있다. 그리고 길달이 부계 혈통을 획득했다는 사실은 인간 세계에 출현하여 활동할 수 있는 신분적 조건을 획득한 것을 뜻한다고 해석할 수 있다. 鬼神이었던 길달이 임종의 嗣子가 됨으로써 비로소 사람이 된 것이다.[13]

인간은 부친이 없이는 태어날 수 없는 존재이다. 그러나, 혼외 출생처럼 부계 혈통을 인정받지 못하는 경우는 부친이 존재하지만 부친이 없는 것이나 다름없는 상황에 처하게 된다. 〈도화녀 비형랑〉에서 鬼神으로 지칭된 존재들은 이렇게 부계 혈통을 인정받지 못하여 지배 권력에서 배제된 그림자 같은 존재들을 뜻하는 것이 아닌가 유추할 수 있다. 이러한 기준으로 볼 때, 도화녀의 혼외자인 비형은 귀신의 부류일 수밖에 없다. 그리고 진지왕의 魂生子라는 비형의 출생 조건은 애초 그가 지배 체계 내에서 활동할 수 있는 신분적 조건을 결여한 존재라는 걸 뜻하는 것이라 해석할 수 있다.[14]

---

13 〈도화녀 비형랑〉에서는 길달이 진평왕의 명으로 인간 세계에 출현하여 왕정을 보좌한 후에 임종의 嗣子가 된 것으로 기록되어 있어서, 길달의 부계 혈통과 인간 세계 출현의 인과적 순서가 뒤바뀌어 나타난다. 그러나, 길달의 출현과 왕정 보좌는 일단 그러한 업무를 지속적으로 수행할 수 있는 능력이 있는지에 대한 시험적 성격을 지닌 것에 해당하고, 부계 혈통 획득은 그러한 활동을 온전하게 할 수 있는 바탕을 제공해준 것이라 본다면, 이러한 해석이 큰 무리라고는 생각지 않는다.
14 만일 이 시기 신라가 부계적 사회였다면 비형이 신분적 조건을 획득하기 위해서는 진지왕 또는 도화녀 남편의 집단으로부터 비형의 혈통을 인정받아야 할 것이다.

그렇다면, 여느 鬼神과 鼻荊은 어떻게 다를까. 〈도화녀 비형랑〉의 말미에서 기술자는 귀신들이 비형을 두려워하는 이유가 비형이 여우로 변한 吉達을 잡아 죽였기 때문이라 설명한다. 그리고 그 뒤 사람들이 "성제의 혼이 나으신 아들, 비형의 집이로다, 날뛰는 잡귀들아 이곳에 머물지 말아라聖帝魂生子 鼻荊郎室亭 飛馳諸鬼衆 此處莫留停"라는 내용의 帖詞를 붙여 귀신을 쫓는 풍습이 생겼다고 설명한다. 鼻荊 자신도 귀신이면서 귀신을 쫓는 존재로 인식되었다는 것이다. 그리고 그렇게 귀신을 쫓는 존재로 인식된 이유가 비형이 귀신을 시켜 吉達을 잡아 죽였기 때문이라고 한다.

그런데 이 帖詞에서는 귀신들이 비형을 무서워하게 된 직접적인 원인 대신, 비형이 聖帝인 진지왕의 혼이 낳은 아들이라는 사실만을 거론하는 걸 주목할 필요가 있다. 귀신들이 비형을 무서워하는 실제 이유와 귀신들을 쫓았다는 첩사의 내용 사이에 간극이 나타난 것이다. 이 첩사와 그 앞에 소개한 비형의 출생과 활동에 대한 이야기가 발화 주체 및 발화 위치가 다른 것이다. 이 첩사는 축귀 풍속을 받아들인 당대 민간인의 위치에서 발화된 것이다. 그리고 첩사 내의 "聖帝魂生子"란 표현은 비형의 출생 과정에 대한 기술자의 서술 내용과

그런데, 진지왕의 혈족 집단이든 도화녀 남편의 혈족 집단이든 도화녀가 남편이 죽은 후 10일 뒤에 진지왕의 혼과 관계를 맺어 출산한 비형을 자신들의 혈족 구성원으로 받아들이기는 어려웠을 것이다. 당시의 사회가 모계사회였다 할지라도 상황은 마찬가지이다. 모계적 사회에서는 여성이 결혼을 통해 받아들인 남성의 혈통을 이은 존재를 자신의 혈족으로 인정할 것이기 때문이다. 비형이 스스로를 진지왕의 魂生子라고 내세운다는 것은 도화녀의 혈족 집단에서 비형을 도화녀 남편의 아들로 받아들이지 않았으며, 진지왕을 도화녀의 남편으로 받아들일 수 없는 상황이었다는 걸 뜻한다고 해석할 수 있다.

는 별개로 진지왕 또는 비형에 대한 당대 또는 후대인의 시각을 반
영한 것이다.

즉, '날뛰는 잡귀들아 이곳에 머물지 말아라 飛馳諸鬼衆 此處莫留停'는
逐鬼 帖詞의 후반 내용은 귀신들에게 취했던 비형의 태도를 환기한
것이라 할 수 있다. 사람들은 鬼神들에게 자신 역시 귀신이면서도 진
지왕의 혼생자를 자임하면서 진평왕의 뜻을 거역하는 귀신들을 잡
아 죽인 비형의 태도를 환기시켜, 귀신들에게 왕의 뜻을 거역할 생
각을 하지 못하게 한 것이다.[15]

이처럼 "聖帝魂生子"란 표현을 〈도화녀 비형랑〉의 서사 문맥에서
분리시켜 읽어보면, 그것이 비형의 진지왕에 대한 태도 그리고 이러
한 비형의 태도에 대한 후대인들의 인식을 반영한 것임을 알 수 있
다. 그러므로 "魂生子"라는 말이 진지왕의 還魂生子談에서 비롯된 것
이 아니라, 역으로 귀신이면서도 스스로를 진지왕의 "魂生子"로 인
식하는 비형의 태도 및 비형에 대한 당대나 후대인들의 인식을 바탕
으로 진지왕의 還魂生子談 형식이 나타난 것이 아닌가 유추할 수도
있다.

이를 보면, 〈도화녀 비형랑〉에 그려진 鼻荊은 권력의 정점에 있는
진평왕의 비호를 받으면서 鬼神 집단으로부터 스스로를 분리시켜
귀신으로서의 자기 정체성을 부정한 존재라 할 수 있다. 물론 鼻荊이

---

15 이렇게 보면 鼻荊 첩사를 붙여 축귀를 했다는 축귀 풍속은, 鬼神으로 간주된 특정
　사회집단을 왕을 중심으로 하는 지배 권력에 대립적인 존재들로 보았던 鼻荊 시대
　의 사회적 상황이, 鬼神의 개념이 오늘날과 같이 초현실적 존재를 지칭하는 상황
　으로 바뀌면서 일반적인 축귀 풍속으로 자리 잡게 된 것이 아닌가 유추할 수 있다.

부계 혈통을 인정받지 못해 당대 지배질서에서 소외된 존재로서의 鬼神인 한, 당대 지배 권력을 대표하는 진평왕과 鼻荊은 근본적으로 는 갈등적 관계일 수밖에 없었을 것이다. 眞平王이 鼻荊을 궁에서 기르면서 병사들로 하여금 그를 지키게 했다는 것은 이를 뜻한다. 그러나 眞平王이 비형을 데려다 궁에서 기르는 한편 그에게 집사 벼슬을 제수했다는 것은, 진평왕이 비형으로 대변되는 불만 세력을 견제하면서도 한편으로는 지배 체제 안으로 끌어들이려 했다는 걸 뜻한다.

비형은 그러한 진평왕의 의도를 받아들여 자신이 眞智王의 魂生子임을 내세워 자기 정체성을 부정하고, 귀신 무리를 지배 체제 안으로 흡수하거나 통제하는 역할을 자임한 것이다. 진평왕이 '神元寺 북쪽 도랑 또는 荒川 동쪽의 도랑에 다리를 놓게 하니成橋於神元寺北渠 一作神衆寺誤 一云荒川東深渠' 비형이 '돌을 다듬어 하룻밤 만에 鬼橋를 놓았다荊奉勅 使其徒鍊石 成大橋於一夜'는 것은 이를 뜻한다. 비형이 귀신들을 동원했다는 것은 그가 지배 체제 밖의 귀신 세력을 체제 안으로 끌어들이려는 진평왕의 의도를 실천했다는 걸 뜻한다. 그리고 그가 귀신들을 시켜 鬼橋를 놓았다는 것은 귀신들의 토착적 신앙 체계의 상징으로서 신원사와 인간 세계 사이의 소통의 통로를 마련했다는 걸 뜻한다.

한편, 吉達이 비형의 추천을 받아 진평왕으로부터 집사 벼슬을 제수받고 왕정을 보좌하였다는 것은 귀신 세력을 끌어들이려는 진평왕의 의도가 좀 더 구체적으로 실현되었다는 걸 뜻한다. 또한 길달이 진평왕의 명에 따라 興輪寺 門樓를 지었다는 것은 귀신 무리의 토착적 신앙체계가 불교로 흡수되는 과정을 보여준 것이라 할 수 있다. 흥륜사는 異次頓의 순교를 빌미로 토착 종교의 성지로 추정되는 天鏡林 자리에 창건한 절로서 초기 불교의 정치 사상적 의미를 상징적으로 보여주는 절이다. 진평왕은 이러한 흥륜사 문루 건설을 귀신인 길달에게 맡김으로써 토착 신앙을 불교로 개조하여 왕권을 강화하려는 정치적 의도를 드러낸 것이다.

한편, 길달은 자신이 지은 흥륜사의 문루에서 매일 잠을 잤는데, 끝내는 여우로 변하여 도망을 가다가 비형의 명을 받은 귀신들에게 잡혀 찢겨 죽었다고 한다. 길달이 이렇게 흥륜사 문루에서 잠을 잤다每夜去宿其門上는 건 그가 낮으로 상징화된 지배 권력의 불교와 밤으로 상징화된 귀신들의 신앙체계의 경계에서 고민을 했다는 뜻이다. 그러다가 자신이 택했던 지배 권력의 신앙 체계인 불교를 버리고 귀신의 세계로 돌아가려 하다가 지배 체제의 대리자인 비형에게 잡혀 죽은 것이다.

비형은 귀신들을 부려 귀교를 놓았으며, 길달을 추천하여 흥륜사 문루를 건설하게 한 존재이다. 귀신이면서도 진평왕의 정치적 의도를 배경으로 인간 세계에 자신의 존재 기반을 확보한 뒤, 진평왕의 使者 역할을 자임하면서 귀신들을 지배질서 안으로 끌어들인 것이다. 그리고 다시 달아나려는 길달을 잡아 죽임으로써 지배 체제에 반하는 태도를 취하면 가차 없이 죽이겠다는 강력한 경고를 귀신들에게 보낸 것이다. 귀신들이 비형의 이름만 들어도 두려워하며 도망갔다故其衆聞鼻荊之名怖畏而走는 것은 이를 뜻한다.

『신증동국여지승람』古蹟條에는 鬼橋를 설명하면서〈도화녀 비형

97

랑) 이야기를 소개한 뒤 '경주의 풍속에 지금도 이 첩사를 문에 붙여
서 귀신을 쫓는데, 이것이 東京 豆豆里의 시초라'고 기술한다. 또 王
家藪를 소개하면서 그곳이 慶州 사람들이 木郎을 제사지내던 곳이라
설명하고 '목랑은 속칭 豆豆里라고 하는데 鼻荊이 있은 이후로 세속
에서는 두두리 섬기기를 매우 성대하게 하였다'고 기술하고 있다.

　선행 연구들에서 거듭 지적되었듯이 이들 기록을 통해 鼻荊이 '이
른바' 두두리 신앙과 관련된 '두두리' 또는 '목랑'으로 지칭된 집단
의 일원이라 추정할 수 있다. '두두리 두두을 또는 목랑은 오늘날의
도깨비와 같은 뜻의 말로 그 어원은 절굿공이 즉 杵에서 비롯하며,
두드리는 동작에 의한 명명'이라 한다. 그리고 '木郎은 망치 메의 고
어인 mələ 또는 mula의 한자 표기인 동시에 절굿공이의 남성 상징
으로서 나무로 된 男丁이란 뜻도 부가하여 그와 같은 표기를 한 것'
이라 한다.[16] 이렇게 보면 두두리로서의 비형은 나무, 망치 등을 다
루는 장인 집단과 관계가 있는 존재라 유추할 수 있다.

　한편 荊은 형나무, 또는 형나무로 만든 매질하는 몽둥이用荊木製之
鞭杖라는 뜻을 지닌 글자이다. 그리고 鼻는 코 또는 코를 꿰다는 뜻을
지닌 글자이다. 이를 보면 鼻荊의 荊은 망치 메 절굿공이 몽둥이 등
두드리는 도구 또는 그것을 사용하여 사람을 두드리기도 하는 두두
리 집단과 관련된 존재를 뜻하는 말이고, 鼻는 코가 꿰여 남의 부림
을 받는 존재를 뜻하는 말로 해석할 수 있다. 鼻荊이란 이름은 〈도화
녀 비형랑〉에서 자신 역시 鬼神이면서도 당대 권력의 정점인 진평왕

16　박은용「木根攷」,『한국전통문화연구』2집, 효성여대 전통문화연구소, 1986, 53-64쪽.

의 부림을 받아 귀신들을 부려 鬼橋를 놓거나, 진평왕의 부림을 받아 길달을 잡아 죽였다는 비형의 모습을 뜻하는 것이다. 그리고 두두리 로서의 자기 정체성을 부정하고 자신을 진지왕의 환생자로 자부하 면서, 진평왕으로 대변되는 왕실의 권력에 스스로를 구속시켜 지배 체제 내에서 자기 위치를 확보해 나가려는 모습을 뜻한다고 해석할 수 있다.

『화랑세기』의 기술처럼 鼻荊과 龍春 龍樹를 각기 다른 존재로 볼 수도 있겠지만, 진지왕이 폐위되고 진평왕이 왕이 된 뒤 용춘 또는 용수와 진평왕 또는 선덕여왕과의 관계를 볼 때, 용춘 또는 용수의 존재는 〈도화녀 비형랑〉에 설정된 비형의 형상과 겹쳐 보인다. 진평 왕은 재위 44년에 龍樹를 내성 사신으로 임명하였으며, 51년에는 대 장군으로 임명하여 고구려 낭비성을 공격하게 하였다. 이러한 용수 의 모습은 진평왕에 의해 집사 벼슬을 제수 받았다는 비형의 모습과 흡사하다.

또, 선덕여왕이 慈藏法師의 건의를 받아들여 백제에서 아비지라는 장인을 초청하여 돌과 나무를 경영하여 황룡사 구층탑을 건설할 때 小匠 이백인을 이끌고 幹蠱했다는 용춘 혹은 용수의 모습은 진평왕 의 명을 받아 귀신들을 부려서 鬼橋를 건설한 비형의 모습과 髣髴하 다.[17] 幹蠱란 말은 주역 山風 蠱괘의 효사에 나오는 幹父之蠱, 또는 幹

---

[17] 善德王議於群臣, 群臣曰, 請工匠於百濟, 然後方可. 乃以寶帛請於百濟. 匠名阿非知, 受 命而來, 經營木石, 伊干龍春(一作龍樹)幹蠱, 率小匠二百人. 初立刹柱之日, 匠夢本國百 濟滅亡之狀, 匠乃心疑停手, 忽大地震動, 晦冥之中, 有一老僧一壯士, 自金殿門出, 乃立 其柱, 僧與壯士皆隱不現. 匠於是改悔, 畢成其塔.

母之蠱에서 따온 말로서 아버지 또는 어머니의 뜻을 주간하여 다스린다는 뜻인데, 여기서는 幹王之蠱로서 小匠 이백인을 이끌고 황룡사 구층탑을 건설하려는 선덕여왕의 뜻을 주간했다는 뜻으로 쓰인 것이다. 그런데, 여기서 蠱라는 글자가 내포하는 폐단이라는 뜻을 고려한다면, 두두리로서 왕의 뜻을 받들어 어쩔 수 없이 황룡사 구층탑 건설을 주간할 수밖에 없는 용춘의 입장을 고려해서 이러한 표현을 한 것이라 해석할 수 있다.

이렇게 幹父之蠱, 幹母之蠱 또는 幹王之蠱를 할 수 밖에 없었던 용춘 또는 용수의 태도는 〈도화녀 비형랑〉에 그려진 鼻荊의 형상과 일치하는 것이다. 이러한 幹王之蠱의 태도를 바탕으로 용춘 또는 용수는 진평왕의 딸인 천명공주를 아내로 맞아들일 수 있었던 것이다.

이렇게 보면 〈도화녀 비형랑〉에서 비형 등의 집단을 지칭하는 말로 사용된 '鬼'라는 용어는 도깨비의 뜻으로 사용된 '두두리'라는 용어와 맥락을 같이하는 것임을 일 수 있다. 鬼라는 한자 용어가 그들을 지배 질서에서 소외시킨 지배집단의 의식이 투영된 것이라면, '두두리'라는 한글 용어는 장인으로서의 그들의 기능적 특성과 민속적 신앙 대상으로 자리 잡은 후의 그들의 기능적 특성에 대한 이해가 결합된 것이라 할 수 있다.

이러한 사실은 '鼻荊이 있은 이후로 세속에서는 두두리 섬기기를 매우 성대하게 하였다'는 동국여지승람의 기록을 통해 확인할 수 있다. 그리고 이 기록은 부계 혈통을 인정받지 못하여 지배질서로부터 소외받은 장인집단인 鬼들을 흡수하여 신앙체계의 통일을 이루고 왕권의 안정을 이루려 했던 진평왕과 선덕여왕의 정치적 노력에 부응하여, 鬼神 집단의 통제자 역할을 자임했던 비형에 의해 鬼神 집단이 지배 질서 안으로 흡수되면서 나타난 그들에 대한 민속신앙의 배태 양상을 기술한 것이라 이해할 수 있다.

4 또 다른 '두두리'의 형상 良志와 志鬼

『신증동국여지승람』佛宇條에는 靈廟寺를 소개하면서 '이 절터는 본래 큰 못이었는데 豆豆里에 사는 여러 사람들이 하룻밤 사이에 메우고 드디어 이 불전을 세웠다'는 속설이 전한다고 설명하고 있다. 한편,『삼국유사』義解의 〈良志使錫〉에서는 良志가 靈廟寺의 丈六尊佛을 만들었다고 소개된다. 良志가 입정에 들어 법심의 경지에서 흙을 주물러서 영묘사의 장육존불을 만드니其塑靈廟之丈六也, 自入定以正受所對爲揉式 성안의 모든 사람들이 다투어 진흙을 날랐으며故傾城士女爭運泥土, 진흙을 나르면서 〈風謠〉를 불렀다고 한다.

그런데, 삼국유사의 기술자는 양지가 祖上과 出身地가 불분명한데未詳祖考鄕邑, 바랑을 건 錫杖을 시주할 집으로 날아가게 하고 바랑이 가득 차면 그것이 저절로 날아오게 할 수 있는 신이한 능력을 지닌 인물로서, 여러 절의 불상을 조성하고 편액을 썼다고 소개한다. 그리고 재주가 온전하고 덕이 가득 찼는데可謂才全德充 그 큰 덕을 末技에 숨긴 사람而以大方隱於末技者也이라 평하고 있다. 여기서 祖上과 出身地가 불분명하다未詳祖考鄕邑는 양지에 대한 소개는 그의 신분이 미천하였다는 통상적인 의미의 표현이라 볼 수도 있지만, '두두리'라는 그의 사회적 신분과 연관지어 이해할 수도 있다.

신라에서 성씨가 사용된 것은 6세기 중반인 진흥왕 때인 것으로 보고되고 있다. 그러나 이 시기까지도 왕실에서 특수한 경우에 사용되었으며, 眞興王 碑에 등장하는 인명에 성씨가 사용되지 않은 것처럼 일반적으로는 혈족집단과 거주지역 명이 후대의 성씨의 기능을 담당하였다.[18] 良志의 성이 소개되지 않는 것은 이러한 당대 성씨 사용의 현실이 반영된 것이라 할 수 있다. 그러면서도 기술자가 특별히 그에 대해 "未詳祖考鄕邑"이라고 특기한 것은 그가 한미한 계층이기 때문이기도 하지만, 애초 그가 부계 혈통을 인정받지 못해서 "祖考鄕邑"을 특정할 수 없는 "鬼神" 즉 두두리 집단에 속하는 존재이기 때문이라 생각할 수도 있다.

한편, 박은용 교수는 『삼국유사』의 〈良志使錫〉과 〈密本摧邪〉에 나오는 錫杖이 자력으로 齋費를 거두어 오고 요괴를 퇴치하는 신통력을 지닌 것으로서 도깨비 방방이와 비슷하다는 사실, 절굿공이나 도리깨 등 손때가 묻은 것이 도깨비로 변하는 것과 중의 손때가 묻은 것이 도깨비처럼 신통력을 부린다는 사실, 그리고 密敎에서 석장을 보살로 부르는 것과도 상통하다고 지적하면서, 몽고어에서 'duldui'로 그리고 만주어에서는 'duduri'로 표기되는 석장의 고형은 'dulduri'로 추정되는데, 이를 보면 〈양지사석〉에 나오는 석장이 豆豆里 또는 豆豆乙과 무관한 것이 아니라 추정하였다.[19]

---

18 이순근 「신라시대 성씨 취득과 그 의미」, 『한국사론』 6, 서울대국사과, 1980, 4-46쪽.

『증동국여지승람』과『삼국유사』에서 두두리나 良志가 만들었다고 이야기하는 대상이 온전히 일치하지는 않는다. 그렇기 때문에 良志와 두두리를 동일 존재라 확언하기는 어렵다. 그럼에도 불구하고, 『삼국유사』에서 조성 주체인 良志가 조상과 출생지가 미상이며, 재주와 덕을 末技에 숨어사는 존재라고 평한 것, 그리고 〈양지사석〉의 錫杖이 두두리와 연관된 것이라는 박은용 교수의 추정 등을 고려하면, 良志는『신증동국여지승람』에서 말한 '두두리' 출신의 인물로서, 〈도화녀 비형랑〉에서 귀신으로 지칭된 부류의 하나가 아닌가 추측할 수 있다.

그렇다면, 성중의 사녀들이 흙을 나르면서 불렀다는 〈風謠〉도 기실 이들 영묘사 창건의 주역으로 참여한 양지가 공사에 참여한 두두리 집단을 염두에 두면서 창작하여 부르게 했던 것이, 불사에 참여한 일반 민중의 노래로 확산된 것이 아닌가 추측할 수 있다.

'來如來如來如 來如哀反多羅 哀反多矣徒良 功德修叱如良來如'로 표기된 풍요의 세세한 해독에서는 이론이 있다.[20] 그러나 그간의 해독 성과를 종합하면, '오다 오다 오다/ 오다 설움 많더라/ 설움 많은 무리들 공덕 닦으러 오다' 정도로 정리될 수 있을 것이다.

이렇게 해독된 〈풍요〉는 '후대에 방아를 찧거나 부역을 할 때春相役

---

19 박은용, 앞의 주석.

20 그러나 다수의 학자들은 "來如"를 "오다"로 해독하고, "哀反 多羅"는 '서럽더라' 또는 '설움 많다'의 뜻으로 해석하였는데, '설움 많은 곳이더라'라는 뜻으로 해석하는 연구자도 있다. 그리고 "哀反多矣徒良"는 해독에서는 차이가 있지만 대체로 '서름 많은 무리여'라는 뜻으로 해석하여 왔다. 그리고 "功德修叱如良來如"는 대체로 '공덕 닦으러 오다'라는 뜻으로 해석해 왔다.

作 불렀다'는 설명에 초점을 맞추면서 이 노래가 민요적인 노래에서 기원한 노래로서 〈양지사석〉에 소개된 〈풍요〉의 가사는 일연이거나 그 이전의 어떤 불승이 양지를 가탁하여 변개시킨 것이라 설명하는 학자들이 있는가 하면,[21] 대다수의 학자들은 〈풍요〉의 작자를 양지로 보면서 '인간이 사는 이 서러운 곳에 인간이 태어난 것이 공덕 닦으러 온 것이라는 고승 양지의 인간의 삶에 대한 보편적인 깨우침을 노래한 것'이 노동요로 전이되었다고 해석을 하기도 하여,[22] 연구자에 따라 창작자 향유자 그리고 의미에 대한 해석의 편차가 크다.

그런데, 그간의 연구에서는 '哀反多羅'의 '多羅'라는 말을 향찰 표기로만 보면서 불교적 관점에서 본 견해는 제기되지 않았다. 불교에서 '多羅'는 'Tara'의 음차 표기로 관세음보살의 배우자로서 관세음보살과 마찬가지로 사람들을 '彼岸의 세계로 건너가도록 도와주는' 자비와 구원의 여성 신격을 지칭하는 말로 쓰인다.[23] 이렇게 보면 '哀反'은 '慈悲'를 뜻하는 말로서 "哀反多羅'는 '자비로운 타라 보살님'으로 해석되어 '來如來如來如 來如哀反多羅'는 '오다 오다 오다/ 오다 자비로운 타라 보살님' 정도로 해석을 할 수 있지 않을까 생각한다, 그렇다면 '哀反多矣徒良 功德修叱如良來如'는 보살을 노래한 1, 2

---

21 지헌영「풍요에 관한 제문제」,『국어국문학』41, 1968, 144쪽; 유종국「풍요론」,『국어국문학』103, 56-59쪽; 양희철「문어의 향가 풍요」,『삼국유사 향가 연구』, 태학사 1997, 341-348쪽.

22 신재홍『향가의 해석』, 집문당, 2000, 176-181쪽.

23 물론, 양지가 활동하던 선덕여왕 시기에 이 多羅에 대한 인식이 있었을까 하는 의문을 제기할 수도 있다. 그러나,『삼국유사』신주편〈密本摧邪〉에 선덕여왕의 질병을 밀본이 물리쳤다는 내용이 나오는 걸 보면 이 시기 밀교가 전래되면서 多羅 보살에 대한 인식 또한 전래되었을 것으로 추정할 수 있다.

행에 대한 대구로서 '설움 많은 무리들은 공덕 닦으러 오다' 정도로 해석할 수 있지 않을까 한다.

이렇게 보면 〈양지사석〉에서는 양지가 영묘사에서 靈廟丈六三尊을 조성했다고 보고하고 있는데, 선덕여왕은 토착신앙인 여신 신앙과 불교 신앙을 접합시키면서, 丈六尊佛의 협시불로 多羅 보살을 조성한 것이 아닌가 추정할 수 있다. 그리고 토착적 여신 신앙을 숭배하던 두두리 집단과 두두리 출신인 양지를 동원하여 그들이 숭배하는 聖母, 多羅菩薩의 화신으로서 자신의 모습을 드러내기 위해 장육존불의 협시불을 조성하게 한 것이 아닌가 추측할 수도 있다.

이러한 점을 고려하면, 양지가 덕과 재주를 지녔으면서도 그것을 숨기고 살 수밖에 없는 '두두리' 집단의 출생 조건을 염두에 두면서 이 노래를 지었으며, 이 노래가 靈廟寺 丈六三尊을 조상하는 불사에 동참한 두두리들에 의해 불려지면서, 노동에 참여한 민중들에게 전파되어 노동요 형태로 수용된 것이 아닌가 생각된다.

錫杖 끝에 바랑을 매달면 석장이 스스로 날아가 시주를 받아온다고 기술된 良志의 神異莫測한 재주는 양지의 큰 덕을 상징하는 것이라 해석할 수 있다. 양지 스스로 탁발에 나서지 않더라도 그의 덕에 감화된 사람들이 자발적으로 시주를 했다는 걸 영험담 형태로 표현한 것이다. 이러한 양지의 모습은 뛰어난 능력을 인정받아 眞平王에게 추천되어 흥륜사의 문루를 짓고 그곳에서 기거하다 도망하려 했던 吉達의 모습과는 겹치면서도 한편으로는 어긋난다. 양지는 길달과 달리 스스로 두두리로서 자기 정체성을 유지하면서도 불교를 받아들여 자기 집단의 신앙과 보편 신앙으로서 불교를 융합시키려 한

105

것이다.

두두리 집단의 일원으로 추정되면서도 良志와는 상반된 모습을 보이는 또 하나의 인물로, 『殊異傳』逸文 가운데 〈心火繞塔〉에 등장하는 志鬼를 들 수 있다. 志鬼는 이름을 통해 그가 실제의 귀신은 아니면서 귀신으로 분류되는 존재라는 걸 천명하는 존재이다. 이를 통해 그가 〈도화녀 비형랑〉에 등장하는 귀신 무리와 동류라는 걸 짐작할 수 있다. 한편, 정체성에 대한 타자적 시각의 투사라는 점에서 볼 때 志鬼라는 이름은 良志라는 이름과 대척적이다. 志鬼가 鬼로서의 신분적 차별에 대한 반항적 태도가 투영된 이름이라면, 良志는 그러한 반항적 태도를 초월한 모습이 투영된 이름이라 할 수 있다.

志鬼는 선덕여왕을 사모하다가 병이 들었으나, 靈廟寺에서 기다리라는 왕의 말을 듣고 영묘사 탑 아래서 잠이 들었다가, 잠든 사이 왕이 팔찌를 벗어 가슴에 얹어놓고 돌아간 걸 알고 心火가 나와 자신의 몸 또는 탑을 두르면서 火鬼로 변했다는 인물이다. 선덕여왕은 이렇게 火鬼로 변한 志鬼를 쫓기 위해 술사에게 '지귀의 마음 속의 불은 자기 몸을 태우고 화신으로 변했으니 푸른 바다 밖으로 옮겨서 보지도 말고 친하지도 말아라志鬼心中火 燒身變火神 流移滄海外 不見不相親'라는 呪詞를 짓게 했으며, 사람들은 이 주사를 벽에 붙여 火災를 막았다고 한다.

여왕을 연모하던 남성이 사랑을 이루지 못하자 火鬼로 변했다는 志鬼 이야기는 환상적 기이담처럼 느껴진다. 그러나 志鬼를 吉達과 같은 鬼神의 무리로 보는 경우 이야기의 의미를 좀 더 구체적으로 이해할 수 있다. 이름에 언표된 대로 志鬼는 鬼라는 자신의 신분적 차별상을 자각하는 존재이면서도, 선덕여왕에 대한 이룰 수 없는 욕망을 가진 존재이다. 이러한 지귀의 욕망은 志鬼의 존재 조건에 내재된 火鬼적 속성을 보여주는 매개항이라 할 수 있다. 그가 탑 아래서 잠이 들든 들지 않았든 선덕여왕에 대한 연모로 상징화된 그의 욕망은 이루어질 수 없는 것이기 때문이다.

선덕여왕에 대한 지귀의 욕망을 眞智王의 魂生子를 자칭하는 鼻荊과 진평왕의 또 다른 딸인 천명공주와의 관계에 대조해 보면, 그 욕망의 절절함과 안타까움을 생생하게 느낄 수 있다. 『삼국사기』에는 진지왕의 아들인 용춘 또는 용수가 진흥왕의 딸인 천명과 결혼을 하여 춘추를 낳은 것으로 이야기되고 있다. 그런데, 만일 비형을 용춘으로 비정할 수 있다면 선덕여왕과 지귀 사이의 관계와는 달리 그들은 鬼神으로서의 비형의 신분적 한계를 뛰어 넘어 결혼을 하였다고 할 수 있다. 이렇게 보면 천명 공주는 선덕여왕과 달리 귀신인 비형과 결혼을 하였기 때문에 진평왕의 同母弟 國飯 葛文王의 딸로서 부계 혈통이 다른 진덕여왕에게 왕위를 넘길 수밖에 없었다고 추측할 수도 있다.

이렇게 보면, 志鬼의 선덕여왕에 대한 욕망은 비형처럼 자신의 혈통이 고귀하다고 생각하지만 현실 세계에서는 인정받지 못한 귀신으로서 두두리 집단의 일원이, 자신들의 신앙 체계인 성모신앙과 불교를 융합하여 정치적 이념을 실현하려 했던 선덕여왕에 대해 가졌던 이룰 수 없는 환상이 아니었던가 추측할 수 있다.

'靈廟寺' '靈妙寺' 등 여러 표기를 보이는 靈廟寺는 그 위치가 오늘날 흥륜사라는 이름을 붙인 절터에 있었던 것으로 비정되기도 하고, 선도산 기슭에 있었을 것으로 추정되기도 한다.[24] 그리고 영묘사는

처음에는 선덕여왕의 영험하고 神妙한 능력을 드러내기 위한 절이
라는 뜻에서 靈妙寺로 불렀으나, 선도산 기슭에 있는 중대 왕실의 혼
령들을 모시는 사당으로 기능이 바뀌면서 이름이 靈廟寺로 바뀌었
던 것으로 추정되기도 하고, 알영을 중심으로 한 건국 시조를 제향
하여 선덕여왕이 최초의 여왕으로서 자신의 정통성을 내세우려 창
건한 절로 비정되기 한다.[25]

이렇듯 논의가 분분하지만 靈廟寺라는 사찰명을 보면, 이 절이 여
왕으로서 자신의 정통성을 내세우기 위해 그것을 강화시킬 수 있는
왕실의 혼령을 모신 사찰로서 불교와 토착 신앙을 교합하여 왕권을
강화시키려는 의도에서 창건한 절임은 짐작할 수 있다. 그런데, 선
덕여왕이 영묘사의 玉門池에서 개구리가 우는 걸 듣고 女根谷에 매
복을 시켜 백제군을 물리쳤다는 〈知幾三事〉 설화를 보면, 영묘사에
玉門池라는 못이 있었다는 걸 알 수 있다. 이렇게 사찰 안에 출산을
뜻하는 못이 있었다는 것은 그 곳이 출산과 관련된 여성적 신격을
모신 곳임을 암시하는 것으로서, 이 절에 모신 신격이 혁거세와 알
영을 배태시킨 선도성모를 모신 것을 뜻하는 것이 아닌가 추측할
수 있다.

『삼국사기』 선덕왕 즉위 조에는 진평왕이 세상을 떠나고 아들이

24 이근직 「신라 흥륜사 위치관련 기사 검토」, 『신라문화』20, 2002, 79-97쪽; 박홍국
「와전자료를 통한 영묘사지와 흥륜사지의 위치 비정」, 『신라문화』20, 2002, 197-230쪽.

25 정연식 「모량牟梁, 잠훼岑喙의 뜻과 귀교鬼橋의 위치」, 『인문논총』30, 서울여대인문
과학연구소, 2016, 207-254쪽; 김선주 「신라 선덕왕과 영묘사」, 『한국고대사연구』
71, 2013, 281-316쪽; 이근직 「신라 흥륜사 위치관련 기사 검토」, 『신라문화』20, 2002,
79-97쪽.

없자 나라 사람들이 덕만을 왕으로 세웠다는 정황을 전하면서 그에게 '聖祖皇姑'의 칭호를 올렸다는 기록이 있다. 이를 보면 선덕여왕이 첫 여왕으로서 스스로를 혁거세와 알영을 출산하여 나라의 기틀을 마련한 선도성모와 동일시하면서 선도성모를 배향한 것이 아닌가 추측할 수 있다.

한편, 영묘사 건설에 '두두리' 집단이 연관되었다는 속설은 두두리 집단이 부계가 명확하지 않은 혁거세나 알영을 출생한 여성 신격인 선도 성모를 숭앙하는 집단으로서, 선도성모를 배향하는 영묘사 건설에 이들 집단이 자발적으로 참여했던 것을 지칭하는 것이 아닌가 추측할 수 있다. 이렇게 보면, 선덕여왕에 대한 志鬼의 연모는 선덕여왕의 聖母 信仰과 靈廟寺 그리고 두두리 집단의 사회적 조건 및 성모 신앙이라는 교집합을 바탕으로 한 여왕에 대한 환상적 꿈의 표현이라 해석할 수 있다.

그리고, 志鬼에게 영묘사에서 향을 올리러 가는 길에 만나자고 한 선덕여왕의 약속은, 영묘사라는 절을 지어 토착적 성모신앙과 불교를 통합하려는 그녀의 정치 이념을 상징화한 것이라 해석할 수 있다. 그러나, 선덕여왕의 정치적 이념과 신앙체계는 어디까지나 이념적 지향에 해당하는 것으로서, 현실적 제약을 넘어서 사랑의 행위로 구체화될 수는 있는 것은 아니다.

이렇게 보면, 영묘사에서의 만남이라는 선덕여왕의 지귀와의 약속은 자신의 정치적 이념을 매개로 志鬼라는 이름으로 표상된 그의 욕망을 해체하려는 것이라 할 수 있다. 그런데, 선덕여왕의 약속이 자신의 욕망을 해소시켜 주려는 것이라고 착각한 志鬼는 선덕여왕을 기다리다 잠들고, 선덕여왕의 흔적을 통해 자신의 욕망이 해소될 수 없는 것임을 깨닫게 된 것이다. 그리하여 鬼로서의 자신의 욕망이 지귀 자신의 몸, 나아가서 선덕여왕 자신의 이념적 상징인 영묘사의 탑을 태울 수밖에 없는 것임을 확인하고, 火鬼 형태로 자신의 본 모습을 드러낸 것이다.

선덕여왕이 '지귀의 마음 속의 불은 자기 몸을 태우고 화신으로 변했으니 푸른 바다 밖으로 옮겨서 보지도 말고 친하지도 말아라志鬼心中火 燒身變火神 流移滄海外 不見不相親'라는 주사를 지어 지귀를 추방한 것은, 이렇게 해소될 수 없는 지귀의 사회적 욕망의 본질과 여왕이라는 자신의 위치 그리고 최초의 여왕으로서 자신이 지향하고 있는 정치적 이념 및 신앙 체계와의 거리를 파악하고 있었기 때문이라 할 수 있다.

5   맺음말 – 진지왕의 환혼생자담의 정치사적 의미

鼻荊에 대한 기록은 고려시대의 史書 가운데 『삼국사기』에는 나타나지 않고 오로지 삼국유사 〈도화녀 비형랑〉에만 나타난다. 그리고, 『삼국사기』나 『삼국유사』에서는 무열왕 김춘추를 龍春의 아들이라고 하면서 "一云龍樹" 또는 "一作龍樹"라는 주를 붙이고 있다.[26] 한편,

---

26 그러나 伊湌 龍樹를 內省私臣을 시켰다고 하여 용수라는 이름을 내세우면서 주를

『삼국유사』왕력편 그리고『삼국사기』무열왕조에는 태종 무열왕의 아버지는 진지왕의 아들 용춘 각간 문흥 갈문왕의 아들眞智王之子 龍春 角干 文興葛文王이며, 어머니는 천명부인으로 시호는 문진태후이며 진평왕의 딸天明夫人 謚文眞太后 眞平王之女이라고 소개된다. 또,『삼국유사』에서는 聖骨男盡하였기 때문에 선덕이 왕위에 올랐다고 하며, 삼국사기에서는 혁거세부터 진덕까지를 성골이라 하고 무열왕 이후를 진골이라 한다고 기술하고 있다.

그런데, 진위 논란이 있는 현전『花郞世紀』에는 龍樹와 龍春 그리고 鼻荊을 각기 다른 인물로 기술해 놓고 있으며 鼻荊을 용수와 용춘의 庶弟라고 밝히고 있다.[27] 그리고 용수가 죽자 그의 처였던 천명공주와 그들 사이에서 태어난 김춘추를 용춘이 자신의 아내와 아들로 받아들였다고 기술한다.[28] 이러한『花郞世紀』의 기술은 이른바『삼국유사』의 "聖骨男盡"이라는 기사 그리고 무열왕 이후를 진골로 불렀다는『삼국사기』의 기사와 상충되는 것이다. 설혹 폐위된 진지왕의 아들이라 할지라도 선덕여왕이 남편으로 삼았으며, 진평왕의 또다른 딸인 천명공주를 아내로 삼았을 정도라면 용수나 용춘의 골품이 유지되었을 것이기 때문이다.

그런데,『花郞世紀』의 기술을 배척하고『삼국사기』나『삼국유사』의 기록만을 받아들인다 하더라도, 이 시기 왕위 계승 양상에 대한 기존의 설명에는 여전히 의문이 남는다. 진평왕 원년 8월 기사에는

달지 않은 삼국사기 진평왕 44년의 기록 같은 경우도 있다.
27 신재홍 역주 앞의 책, 78쪽.
28 같은 책, 82쪽.

진평왕이 母弟 즉 同腹 아우인 伯飯을 眞正 葛文王으로 그리고 國飯을 眞安 갈문왕으로 봉했다封母弟伯飯爲眞正葛文王, 國飯爲眞安葛文王는 기사가 나온다. 이를 보면 진평왕의 모친 萬呼夫人은 동륜에게서 진평왕을 낳은 후 다른 남자와의 관계에서 伯飯과 國飯을 낳았다고 할 수 있다. 진덕여왕은 동륜의 혈통이 아닌 것이다. 그렇다면 왜 진평왕의 딸로 소개된 천명부인이 왕위에 오르지 않고 부계가 다른 勝曼 즉 진덕여왕이 왕위를 계승했을까.

한편, 용춘이 진지왕의 아들이라는『삼국유사』나『삼국사기』의 기술이 사실이라면 선덕이나 진덕과 같은 여왕들이 왕위를 계승하고 용춘이 왕위를 계승하지 못했을까 하는 의문이 생긴다. 역사학계에서는 그것이 왕위 계승을 둘러싼 동륜계와 사륜계의 정치적 갈등 때문이라 설명한다. 그리고 선덕여왕 즉위 직전에 일어나 龍春과 舒玄 또는 武力에 의해 진압되었던 柒宿, 石品의 난이나, 진덕여왕 즉위 직전에 일어나 金庾信에 의해 진압된 毗曇, 廉宗의 난 등이 여왕의 즉위에 대한 구 귀족 세력의 반발로 인해 야기된 것으로서, 신귀족 세력인 용춘 서현 또는 유신 등에 의해 진압된 것이라고 설명하기도 한다. 이를 통해 사륜계 세력이 구 귀족 세력의 반발을 제압함으로써 동륜계 세력의 집권 상황에서 정치적 기반을 확장해 나갔다는 것이다.

그러나, 만일 진골 귀족 세력이 여왕의 왕위 계승을 반대하여女主不能善理 난을 일으켰으며 진지왕이 동륜계 세력에 의해 폐위가 된 것이 사실이라면, 사륜계와 진골 귀족이 연합하여 여왕들의 즉위를 막았을 것이라 추측할 수 있다. 그리고 그 경우 진지왕의 아들이라 기술되는 용춘, 그리고 김춘추가 왕위에 오르는 것이 타당할 것이다. 그런데도, 칠숙 석품의 반란을 사륜계인 용춘과 가야계인 서현이 중심이 되어 막았으며, 비담 염종의 반란을 사륜계인 춘추와 가장 밀접한 관계였던 김유신이 막았다는 것은 납득이 되지 않는다. 왕위 계승을 주장해야 할 사륜계 세력이 오히려 동륜계 여왕의 즉위를 도왔다는 설명이 논리적으로 모순되기 때문이다.

이를 보면 진지왕의 아들이며 김춘추의 아버지로 기술되고 있는 용춘이 왕위를 계승할 수 없는 결정적인 문제를 안고 있는 존재이며, 김춘추 또한 아버지의 문제로 인해 왕위를 계승하기 어려웠던 존재가 아니었던가 하는 추측을 할 수 있다.

이러한 사실은 김춘추가 왕위에 오르는 과정에 대한 기술을 통해서도 짐작할 수 있다. 진덕왕이 서거하자 군신들이 이찬 알천공에게 섭정하기를 청하자 '알천공이 노신은 덕행이라 칭할만한 것이 없지만 지금 춘추공만큼 덕망이 높고 무거운 사람이 없으니 실로 세상을 구제할 영웅입니다라고 말하여 마침내 왕으로 받들어 모시었다及眞德薨 群臣請閼川伊湌攝政 閼川固讓曰 臣老矣 無德行可稱 今之德望崇重 莫若春秋公 實可謂濟世英傑矣 遂奉爲王'고 기술하고 있다. 알천의 혈통과 정치적 입장이 구체적으로 어떠한 것이었는지는 알 길이 없다. 그러나 그가 선덕이나 진덕이 왕위를 계승할 때 왕위 계승에서 배제된 것을 보면 동륜이나 사륜의 혈통과는 무관한 존재임만은 분명해 보인다. 그런데도, 여기서는 閼川에게 왕통이 넘어가려다가, 그의 사양에 따라 김춘추에게 왕통이 넘어간 것으로 기술되고 있다.

만일, 진지왕-김용춘-김춘추로 이어지는 혈통에 대한 기술 내용이 사실이고, 역사학계의 해석처럼 칠숙 석품의 난이나 비담 염종의 난을 용춘이나 유신처럼 사륜계와 입장을 같이하는 세력이 진압한 것이 사실이라면, 진덕왕 사후 군신들이 이찬 알천에게 섭정할 것을 권유하고 알천이 춘추를 추천하자 세 번 사양하다 왕위를 받아들이는 상황이 연출되는 대신, 당연히 춘추가 왕위를 계승하는 상황이 일어났을 것이라 추측할 수 있다. 그런데도, 이렇게 김춘추가 알천을 경유하여 왕위를 계승한 걸 보면 김춘추는 왕위 계승에서 배척될 수밖에 없는 결정적 사유를 안고 있었던 것이 아닌가 추측할 수밖에 없다.

〈도화녀 비형랑〉에서 비형은 환혼교환 형식을 빌어 진지왕과 사량부 서녀 도화녀 사이에서 출생한 것으로 이야기되고 있다. 만일 비형과 용춘을 동일한 인물로 본다면, 그가 진지왕의 혈통이 분명하다 할지라도 왕위 계승에서 배척될 수밖에 없는 존재였으며, 아들 김춘추 또한 그러한 존재였다고 할 수 있다. 나아가 비형이 도화녀의 혼외자로서 혈통이 모호한 존재로 인식되었다면 그는 물론 그의 아들인 김춘추는 아예 왕위 계승 대상으로 고려될 수 없는 존재였을 것이다. 그런데도, 새로운 왕실 권력의 개편을 필요로 하는 무력, 서현, 유신을 거치면서 오랜 기간에 걸쳐 부상해온 가야계 세력과의 연합을 통해 용춘에서 김춘추로 이어지는 새로운 혈통이 왕권을 잡은 것이 아닌가 유추할 수 있는 것이다.

荒川과 鬼橋의 위치에 논란이 있기는 하지만 한 연구 보고에 따르면 '荒川은 牟梁川이며 그곳에 놓인 鬼橋는 지금의 孝峴橋 자리에 있었던 神元橋의 별명으로 추정된다'고 한다. 귀교 주위에는 무열왕릉과 김인문묘와 진지왕릉이 있는데, 이 곳은 모두 仙桃山 기슭이다.[29] 이러한 무열왕계 왕들의 능묘의 분포와 그들의 혼령을 모시는 사찰의 존재 등으로 미루어 그들은 진지왕 이후 독자적인 왕통을 내세우며 신성화 작업을 해왔던 것을 짐작할 수 있다. 그리고 이러한 작업은 단순히 동륜계와 사륜계라는 왕실 내부의 갈등을 반영한 것으로만 해석하기에는 그 규모와 범주가 통념을 넘어서는 것이라 생각된다. 또한, 신라인들이 진덕여왕 이전까지를 성골로 보고 무열왕 이후를 진골로 보았다는『삼국사기』의 기술을 두고, 신라 골품제에 대해 여러 견해가 제기되었으면서도 아직도 만족할만한 해석이 나오지 않은 걸 보면, 이 기술이 단순한 골품의 차이를 지적하는 차원을 넘어 무열왕 이후 새로운 왕통이 성립한 것을 지적한 것이라 해석할 수 있는 여지를 제시한 것이라 할 수 있다.

이렇게 볼 때, 이러한 신성화 작업은 혈통적 한계를 넘어서기 위해 스스로를 진지왕의 魂生子로 자부한 비형의 정체성 의식, 그리고 자신에게 부과된 현실적 경계를 넘어서기 위해 진평왕을 대리하여 동류인 鬼神 집단을 억압 통제한 비형의 자기 부정 행위의 연장이라 할 수 있다. 스스로를 진지왕의 魂生子로 인식한 비형의 의식이 〈도화녀 비형랑〉에 그려진 眞智王의 還魂生子라는 신화적 상징을 창출했으며, 그것을 事實로 전환시키려는 비형의 경계 넘기 행위가 象徵을 史實로 전환시킨 것이라 해석할 수 있을 것이다.

한편, 이러한 신성화 작업의 이면에는 모계 혈통의 신성을 강조하

---

29 정연식 앞의 논문, 207-253쪽.

기 위한 선도성모 신앙이 자리 잡고 있었던 것이 아닌가 추정된다.
무열왕계 왕들의 능묘가 선도산 자락에 위치한 것은, 그들이 모계
혈통의 신성성을 내세울 수밖에 없는 鬼神의 무리 즉 두두리 집단과
연관된 존재이기 때문이라 생각된다.[30]

---

30 본고에서는 〈도화녀 비형랑〉의 중요한 또다른 축인 도화녀에 대한 자세한 분석은
   하지 않았다. 도화녀가 성모신앙과 깊은 관계가 있는 존재로서, 신라의 성모신앙
   과 두두리 집단 그리고 진지왕계 집단 사이의 관계 속에서 도화녀의 성격을 좀더
   구체적으로 밝힐 필요가 있다고 생각했기 때문이다. 그래서 별도의 논문 형식으
   로 이 문제를 다루려고 한다.

오토기조시御伽草子에 보이는
이류혼인담異類婚姻譚
−문학연구와 옛날이야기 연구의 접점으로−

❙ 이시이 마사미

 문학연구자 이치코 데이지의 「괴혼담」의 인식

이치코 데이지市古貞次는 「이류혼인담異類求婚譚」이라는 용어를 사용하지 않았지만, 오토기조시御伽草子의 분류에 「이류혼인담」을 정립시킨 것은 이치코의 『중세소설의 연구』(東京大学出版会, 1995)이다. 이치코는 작품의 소재나 내용을 바탕으로 「공가公家소설」·「승려(종교)소설」·「무가武家소설」·「서민소설」·「이국異国소설」·「이류異類소설」로 분류했다. 이류소설은 「조수충어鳥獣虫魚, 기물器物과 같은

117

이류가 등장한다」는 특징이 있으며, 그 외의 분류는 「사람을 그리고 있다」고 했다.

이류소설에 대해서 「이류소설이라는 것은 간단히 이야기하면 인간 이외의 생물·무생물을 주인공으로 하고 이것을 의인화한 것이어야 한다. 인간이 본 초목·조수鳥獸 등을 객관적으로 그린 것이 아니라, 초목·조수 등을 인간처럼 생각하여 인간성을 부여하고, 인간처럼 행동하게끔 한 시도이다. 이와 같은 의인소설은 어느 나라든지 고대에 존재했지만, 일본의 경우는 고대부터 중세에 이르기까지 의인화가 다시 성행하게 된 사실이 있다. 중세는 신생기新生期였지만, 동시에 복고적復古的인 시대이기도 했으며, 고대에 주로 그려졌던 의인화가 중세에 다시 활발히 그려지게 되었다[1]고 설명하고 있다.

그런 가운데 이류소설을 「괴혼담怪婚談」과 「순수한 이류물」로 나누고, 「괴혼담」에 대해서는 「괴혼담이란 인간과 이류와의 결혼담이다. 이류가 인간과 관계를 맺고 있으며, 이류와 인간과의 교섭을 그리고 있어 순수한 이류물은 아니다. 만일 결혼에 중점을 두지 않고 이류변화를 인간이 퇴치하는 이야기라고 한다면, 괴물퇴치 무용담이 되는 것이다. (중략) 이렇게 괴물퇴치담에도 전술한 바와 같이 괴혼설화가 얽히게 되는 경우가 많지만, 여기에서는 그러한 무적武的 요소가 비교적 적고 인간과 이류와의 교분을 중심으로 한 소설을 다루고자 한다. 이러한 괴혼담은 이류가 남자인지 여자인지에 따라서

1　市古貞次『中世小説の研究』, 東京大学出版会, 1995, 347쪽.

두 가지로 나눌 수 있겠지만, 여기에는 새·짐승·생선·곤충 소위 말하는 사생四生과 초목의 5가지로 나누어 생각해 보고자 한다[2]」라고 기술하고 있다.

이 정의에 따르면 본고에서 사용하려고 하는 이류혼인담은 괴혼담에 해당한다. 이를 「괴물퇴치 무용담」과 표리表裏의 관계로서 받아들였다는 점이 중요한데, 「이류가 남자인지 여자인지에 따라 두 가지로 나눌 수 있을 것이다」라고 하면서, 괴혼담을 이류의 남녀 차에 의해서 분류하여 이류 사위異類壻와 이류 부인異類女房으로 분류하는 것은 주저하고 생물의 분류에 따라 구분 지으려 하였다. 이하 생물적 차이에 의한 5분류에 맞춰 작품을 구분지어 보면 다음과 같다[3]. 이 분류는 괴혼담이라는 명칭과 대응하고 있으며, 괴이의 성질은 이류의 남녀 차이보다도 이류의 생물에 의한 차이가 크다고 생각하고 있는 것이 아닐까?

---

2 市古貞次, 위의 책, 352쪽.
3 市古貞次, 앞의 책, 362쪽.

		(이류)	(인간)
새	학 이야기鶴の草子	암컷 학	남자
	별본 학 이야기別本鶴の草紙	암컷 학	남자
	기러기 이야기雁の草子	수컷 기러기	여자
짐승	여우 이야기狐の草子	암컷 여우	남자
	고와타 여우木幡狐	암컷 여우	남자
	다마미즈 이야기玉水物語	수컷 여우	여자
	다마모 이야기玉藻草紙 괴물퇴치담	암컷 여우	남자
	후지부쿠로 이야기藤袋草子 괴물퇴치담	수컷 원숭이	여자
	쥐 이야기鼠草子	수컷 쥐	여자
	쥐 이야기鼠の草紙	수컷 쥐	여자
조개	대합조개 이야기蛤の草子 외국물	암컷 대합조개	남자
벌레	우라시마타로浦島太郎 이향물異郷物	암컷 거북이	남자
	지장당 이야기地蔵堂草紙	암컷 뱀	남자
	아메와카히코 이야기天稚彦物語 이향물	수컷 뱀(아메와카히코)	여자
초목	벚꽃 매화 이야기桜梅の草紙	암 벚꽃, 매화	남자
	가자시 공주かざしの姫	수 국화	여자

이들 작품을 검토한 결과 다음과 같은 것을 지적하고 있다.

　　괴혼담을 통해서 명백히 인정할 수 있는 것 중 하나는 이류와 인간과의 사랑이나 교분이 결코 오래 지속되지 않고 파국으로 끝난다는 점이다. 따라서 이러한 것들 중 어떤 것은 비련둔세담悲恋遁世談의 형태를 취하게 된다. 즉 여우의 경우에는 개, 쥐의 경우에는 고양이라는 식

의 다루기 어려운 상대나 원수의 출현에 의해 그들의 행복은 바로 파괴된다. 혹은 아가씨가 황후가 되기 위해 궁중에 들어가는 이야기(「다마미즈 이야기」), 시간의 제약(「기러기 이야기」의 기러기 귀환, 「가자시 공주」의 국화로의 변신), 화신化身의 목적 달성(「학 이야기」의 보은, 「대합조개 이야기」의 효자의 입신출세)와 같은 여러 사정 때문에 둘 사이는 찢어지게 된다. 여기에서 상대上代의 신혼神婚 내지 괴혼 설화와 중세의 그것과의 차이를 인정할 수 있을 것이다. 중세 사람은 이러한 괴혼담을 앞서 이야기 했듯이 즐겨 만들고, 즐겨 읽었다. 그러나 부자연스러움을 느끼지 않을 수 없었고, 그 합리화가 파국의 형태로 나타나게 된 것이었다. 그 때문에 영원한 관계를 맺기 위해서는, 그리고 이야기를 대단원으로 끝맺기 위해서는 「학 이야기」에서처럼 일단 헤어져서 인간으로 다시 태어나야 했다. 「해녀 이야기あま物語」의 해녀나 「기부네노 혼지貴船の本地」의 용왕의 딸과 같이 학은 다마쓰루 공주玉鶴姬라는 귀족 공주로 다시 태어나는 것이다[4].

본래 이 괴혼담이라는 말은 『일본국어대사전日本国語大辞典 제2판』에 실려 있지 않은 이치코가 만든 단어이다. 이치코는 「부자연스러움을 느끼지 않을 수 없다」는 전제가 깔려 있기 때문에 괴혼담이라는 단어를 사용해야만 했을 것이다. 그렇지만 「부자연스러움」이라고 단정 짓고 괴혼담이라고 부르는 점에서 이치코의 근대적 합리주의를 엿볼 수 있다고 생각한다. 도쿠다 가즈오德田和夫편 『오토기조

---

4 市古貞次, 앞의 책, 361-362쪽.

시 사전お伽草子事典』(東京堂出版, 2002)에는 「괴혼담怪婚談」이 그대로 쓰이거나 「괴혼담怪婚譚」이라고 다르게 쓰이거나 하여 이치코의 영향이 남겨져 있지만, 역시 「이류혼인담」이라고 부르는 것이 일반적이다.

민속학자 야나기타 구니오와 세키 게이고의 「이류혼인담」

이번 테마인 인귀교환, 즉 이류혼인담을 생각함에 있어 일본에서의 이 학술용어의 연원淵源을 살펴보면, 민속학자 야나기타 구니오柳田国男의『모모타로의 탄생桃太郎の誕生』(三省堂, 1933)에 다다른다. 이것은 야나기타가 본격적인 옛날이야기 연구에 접어드는 발단이 된 연구서이며, 특히 「작은 아이小さ子」를 둘러싼 신앙을 명확히 한 것으로 알려져 있다. 야나기타가 서양의 옛날이야기를 의식하며 이를 썼다는 것을 여러 곳에서 엿볼 수가 있는데, 그 가운데 다음과 같은 한 구절을 볼 수 있다.

서양에도 널리 알려져 있는 이류구혼담(예: 미녀와 야수La Belle et la bete), 즉 인간의 미녀 또는 미남과 조수초목鳥獸草木 등과 같이 사람이 아닌 것들이 연緣을 맺은 옛날이야기 등은 일본 한 나라에 있어서도 상당한 변화와 발달을 하여, 더구나 그 경로를 지금도 대략적으로 알 수 있다. 예를 들어 어린 자가 웃으며 듣는 원숭이 데릴사위猿聟入의 익

살맞은 이야기부터 멀게는 미와산三輪山 하시하카箸墓 전설과 줄거리
의 흐름을 알 수 있는 경건한 어떤 오래된 집안의 옛날이야기까지, 실
로 그 진화의 십 수개의 중간 단계가 땅을 접하여 동시에 병존倂存하고
있는 것이다[5].

여기에서는 「이류구혼담」이라고 부르고 있는데, 「인간의 미녀 또
는 미남과 조수초목 등과 같이 사람이 아닌 것들이 연을 맺은 옛날
이야기」라는 정의로 보면, 이류혼인담을 뜻함은 명백하다. 더구나
「서양에도 널리 알려져 있는」이라고 수식하는 것으로 봐서 이 개념
은 서양의 연구에서 도입했음이 틀림없다. 하지만 거기에는 서양의
연구에 대한 통렬한 비판이 있어, 「일본 한 나라에 있어서도 상당한
변화와 발달을 하여, 더구나 그 경로를 지금도 대략적으로 알 수 있
다」는 자부심이 있었다. 그 때에 「원숭이 데릴사위」부터 「미와산 하
시하카 전설」과 「오래된 집안의 옛날이야기」까지 이어진다고 보고
있다. 주목할 점은 「원숭이 데릴사위」, 「뱀 데릴사위蛇聟入」와 같은
이야기형태의 작은 변화를 보는 것이 아니라, 이류혼인담의 계보를
다이내믹하게 다루고자 했던 점이다.

그러나 이 「이류구혼담」은 학술용어로 정착하지는 못했다. 머지
않아 「더 확실한 증거는 살짝 엿보지 말라는 훈계를 깨는 조条에 있
다. 이것은 아주 오래되고 보편적인 이류혼인담의 요소라고도 할 수
있는 부분인데, 그것 역시 시대에 따라 변화하고 있다[6]」, 「대화大話

---

5 柳田国男『桃太郎の誕生』, 三省堂, 1993, 246쪽.

(민간 설화의 일종으로 공상적이고 과장된 이야기-역자 주)의 계통인 천상天上 데릴사위聟入의 일화一話 중에 천인天人이 감춘 우의羽衣를 발견하여 그것을 입고 하늘로 돌아간 후부터 천 마리의 황소를 흙에 묻고 손톱을 뿌리니 손톱덩굴이 자라서 하늘에 닿아 그것을 사다리로 삼아 올라갔다고 말하거나, 또는 긴 대나무가 자라서 하늘의 쌀 창고를 뚫고 그것이 관이 되어 저택에 쌀의 산이 생겼다고 말하는 것은, 오래되고 세계적인 이류혼인담의 일본에서의 근세식近世式 변화였다[7].(『옛날이야기와 문학昔話と文学』(創元社, 1938)과 같이 「이류혼인담」의 용어가 정착하게 된다.

이윽고 야나기타 구니오는 『일본 옛날이야기 명휘日本昔話名彙』(일본방송협회, 1948)를 감수하는 입장에서 간행하였다. 이는 독자적인 옛날이야기의 타입 인덱스Type Index이며, 「완형完形 옛날이야기」, 「파생 옛날이야기」의 두 분류로 나누어 일본의 옛날이야기의 전체상全體像을 나타냈다. 그 중에는 이류혼인담의 분류는 없고 「천인부인天人女房」, 「학부인鶴女房」, 「여우부인狐女房」, 「물고기부인魚女房」, 「용궁부인竜宮女房」, 「뱀부인蛇女房」나 「뱀 데릴사위」, 「원숭이 데릴사위」가 완형 옛날이야기의 「행복한 혼인幸福なる婚姻」에 볼 수 있다. 그러나 「이웃의 네타로隣の寝太郎」, 「야마다 시라타키山田白滝」, 「난제 사위難題聟」가 들어 있듯이 「행복한 혼인」이야말로 분류의 지표이며, 이류異類라는 요소는 이차적二次的인 것에 지나지 않고 이류혼인담은 그

---

6 柳田国男 『昔話と文学』, 創元社, 1938, 367쪽.

7 柳田国男, 위의 책, 389쪽.

속에 포함되어져 있다. 오히려 이류혼인담은 파국은 맞는데 그것을 알면서도 「행복한」이라는 말로 수식한 점이 주목된다. 그곳에 보이는 차이에는 옛날이야기가 신화의 후손末裔이라는 인식이 작용하고 있음이 틀림없다.

그에 반해 옛날이야기의 국제적인 비교연구를 지향한 세키 게이고関敬吾의 『일본 옛날이야기집성日本昔話集成』(角川書店, 1950-1958)은 국제적인 AT분류를 바탕으로 한 옛날이야기의 타입 인덱스이며, 「동물 옛날이야기」, 「본격 옛날이야기本格昔話」, 「소화笑話」의 3분류를 가지고 일본의 옛날이야기를 세계 속에 위치시켰다. 야나기타와 같이 「혼인」을 두지만, 그것을 「혼인·미녀와 야수婚姻·美女と獸」, 「혼인·이류부인婚姻·異類女房」, 「혼인·난제사위婚姻·難題聟」로 나누어, 「미녀와 야수」, 「이류부인」에 이류혼인담을 정리하여 넣고, 앞서 말한 「이웃의 네타로」, 「야마다 시라타키」, 「난제사위」는 「난제사위」로 포함시켰다. 야나기타가 붙인 「행복한」이라는 수식어가 삭제된 것은 신화와는 별도로 옛날이야기 그 자체를 고려하였기 때문이 틀림없다.

우선 「혼인·미녀와 야수」는 「이 장에는 Beauty and the Beast라고 불리는 한 무리의 혼인담을 모은다. 인간 여성과 이류 남성의 혼인을 주제로 삼은 것이다. 이 계통의 옛날이야기의 분류는 세계적이며 역사적으로도 오래되었다」고 말한다. 그리고 「뱀 데릴사위 저환형苧環型 / 수걸형水乞型 / 갓파데릴사위형河童聟入型」, 「도깨비 데릴사위鬼聟入」, 「원숭이 데릴사위猿聟入」, 「개구리의 보은蛙報恩 / 게의 보은蟹報恩」, 「기러기의 알鴻の卵」, 「개 데릴사위犬聟入」, 「거미 데릴사위蜘蛛聟

入」, 「잠신蠶神과 말/누에의 유래」, 「나무요정 데릴사위木魂聟入」를 들고 있다. 또한 「혼인·이류부인」은 「이 장에는 이류 여성과 남성의 혼인을 주제로 삼은 것을 통합한다. 아르네Aarne가 Supernatural wife로 분류한 것을 말한다. 우리나라의 이야기의 많은 부분은 보은담報恩譚의 형식을 띠고 있다」고 말한다. 그리고 「뱀부인」, 「개구리부인」, 「대합조개부인蛤女房」, 「물고기부인」, 「용궁부인」, 「학부인」, 「여우부인 청이형聽耳型 / 일인부인형一人女房型 / 이인부인형二人女房型」, 「고양이부인猫女房」, 「천인부인」, 「피리 부는 사위笛吹聟」를 들고 있다.

그 후, 세키 게이고는 그 후에 일본 각지에서 녹취조사에 의해 급격히 수가 늘어난 자료를 포함시켜 『일본 옛날이야기집성』을 증보, 개정한 『일본 옛날이야기대성日本昔話大成』(角川書店, 1978-80)을 간행한다. 「혼인·미녀와 야수」의 명칭은 「혼인·이류사위婚姻·異類聟」로 바꾸고 「이 장에는 동물 및 초자연적인 것과 인간 여성의 혼인을 주제로 삼은 이야기를 한데 모은다. 그 기본 요건은 이류는 낮에는 본래의 모습을 하고 밤에는 인간의 모습을 한다. 양자兩者 간에는 혼인 또는 이에 걸맞은 성적 관계에 의해 맺어진다. 양자의 결합은 일정一定의 규범을 지키는 것에 의해 성립한다. 이 원칙과는 거리가 먼 것도 있으나 여기서는 굳이 수정하지는 않는다」고 해설하였다. 또한 「혼인·이류부인」의 명칭은 그대로이고 「이 장에서는 이류부인담을 한데 모은다. 이들 이야기의 공통점은 혼인관계는 일정의 규범을 지키는 것에 의해 성립되고 지속되는데, 이류의 강력한 요청에도 불구하고 인간남성에 의해 그 규범은 깨어지고 혼인관계는 파국에 이른다. 이 점은 이류사위에서도 언급된다. 서구의 많은 연구자가 이러한 우리의 전승을 멜리진Melusine 전설로 본다」 등과 같이 해설했다. 어느 쪽도『일본 옛날이야기집성』보다 깊이 있게 해설되어 있지만, 서양의 연구 성과를 직접 가져오는 태도는 한발 물러선 것으로 보인다. 한편『일본 옛날이야기대성』에서는 「뱀 데릴사위・저환형(AT425A; AT433A)」과 같이 AT번호와의 대조를 철저히 한 점이 확인된다.

이렇게 야나기타 구니오와 세키 게이고의 민속학에 바탕을 둔 옛날이야기 연구가 「이류혼인담」의 이야기 구조 속에 「이류데릴사위」, 「이류부인」이라는 술어를 정착시켰음에도 불구하고, 이치코 데이지는 이것으로부터 진중한 거리를 둔 것으로 보인다. 앞서 제시한 표에서 확인했듯이 새・짐승・조개・벌레・초목이라는 생물의 속성을 첫째로 고려하였으며, 그것을 이해함에 있어서도 그 속성에 중점이 두고 있다고 볼 수 있다. 그러나 이류와 인간 각각의 성별이 나타나 있고 그 분류를 무시하는 것은 아니다. 이러한 점을 고려하면 앞서 제시한 표는 「이류데릴사위」와 「이류부인」의 분류로 바꿀 수도 있고, 그렇게 하는 것이 통시적通時的으로도 공시적共時的으로도 오토기조시를 정착시키기 쉽게 만드는 것이라 생각된다.

3 복수複数의 화형話型이 교차하는 『우라시마타로』의 사례

8세기『니혼쇼키日本書紀』・『후도키風土記』・『만요슈万葉集』이래 문헌으로서 이어져 내려온 「우라시마타로浦島太郎」 설화는 오토기조시의 이류혼인담 중에서도 확고한 위치를 점하고 있다. 오토기조시의 이류부인담의 사례로 다루어 보겠지만, 이야기의 내용을 분석해 보면 그렇게 단순하지 않으며 복수의 화형이 교차한 시점에서 본 작품이 탄생되었음을 알 수 있다.

시부카와판渋川版 『우라시마타로』를 보면, 첫 부분에 단고 지방丹後の国(현 교토부京都府 북부-역자 주)에서 어부로서 부모를 봉양하던 우라시마타로가 에시마ゑしま 해변에서 낚은 거북이를 바다에 풀어주는 장면이 있다. 그 때 타로는 「자네, 생명이 있는 것 중에서도 학은 천년 거북이는 만년이라고 하여 목숨이 영원한 법이다. 지금 당장 여기에서 생명을 잃게 되는 것은 안쓰럽기 때문에 구해주겠다. 항상 이 은혜를 기억해야 한다」라고 말한다. 「학은 천년, 거북이는 만년」이라는 표현은 속담으로서 학과 거북이의 수명이 긴 것을 나타낸다. 타로 자신의 의지를 뛰어넘어 이 표현은 본 이야기의 결말과 호응하는 복선으로 되어 있어 주도면밀히 구조화되어 있다. 「은혜」도 주목해야 되는 표현으로 생명을 구해준 것을 잊지 않도록 다짐해 둔다. 「이 은혜를 기억해야 한다」는 「보은恩返し」을 강요한 것이라고까지는 말하기 어렵지만, 결과적으로는 그것을 요구한 셈이다. 『우라시마타로』는 타로가 거북이를 풀어주는 「방생담放生譚」과 거북이가 타로에게 은혜를 갚은 「보은담報恩譚」이 교차한 이야기로 읽을 수 있다.

그 다음 날 타로는 작은 배를 타고 있는 미인을 만나게 되고, 미인으로부터 「지금 한 사람과 만났어요. 이 세상에는 없는 (소중한) 인연이에요」라고 설득 당한다. 신비로운 인연이 「연緣」인데, 두 사람은

전생으로부터 이어진 깊은 인연이 있다. 타로는 이 미인을 고향까지 배웅하는데, 거기에서도 미인은 「하나의 나무 그늘에 함께 머물고, 하나의 강에서 함께 노를 젓는 것도 모두 다른 생의 인연이 아니겠어요」라고 말하며 부부의 인연을 맺으려고 한다. 결혼한 두 사람이 사이좋게 지낸 것은 「해로동혈偕老同穴」・「비익조比翼鳥」・「연리지連理枝」・「원앙지계鴛鴦の契り」의 정형구定型句로 표현되어 있다. 이윽고 그곳이 용궁성이라는 것이 밝혀지는데 이러한 이향에서는 보통의 남녀관계가 역전되어 여성이 적극적이고 남성은 소극적으로 그려져 있다. 옛날이야기의 이류부인담에 보이는 「쫓아 다니는 부인」의 경우도 그러하듯 이향의 여성은 지상의 가치관에 얽매이지 않고 적극적이다.

부인은 용궁성의 사방사계四方四季의 정원을 보여주고, 타로는 쾌락과 영화栄華의 생활을 즐기고 머지않아 3년이 흘렀다. 타로는 「고향에 계신 부모를 버리고 잠시 떠나와 3년을 보냈더니 부모가 걱정되었고, 만나고 나니 마음이 편해졌다」라고 한다. 타로는 부모를 봉양했지만 3년 동안 방기放棄했다는 양심의 가책이 있었다. 타로가 귀향을 원하는 부분에는 「효자담」의 화형이 들어있다. 부인은 이것이 영원한 헤어짐이 될 것이라 생각하고 「저는 이 용궁성의 거북이인데 에시마 해변에서 당신이 목숨을 구해주셔서 그 은혜를 갚기 위해 이렇게 부부가 된 것입니다」라고 한다. 부인은 자신의 본래의 모습을 고백하고 타로에게 「이 은혜를 기억해야한다」라고 말한 것에 대한 보답이라고 말했다. 부인은 거북이로 이 이야기는 이류부인담이 되지만, 그 배경에 「보은담」의 화형이 삽입되어 있는 것이다. 그러나타로는 부인이 이류라는 그녀의 본래의 모습을 듣고도 놀라지 않는다. 이치코는 「괴혼담」이라고 했지만, 적어도 인물들로부터 그러한 인식은 찾아볼 수 없다.

부인은 타로에게 「절대로 이 상자를 열지 마십시오」라고 하며 유품으로 아름다운 상자를 건네고, 타로는 이 상자를 갖고 고향으로 돌아간다. 이 이야기는 용궁성에 갔다 돌아오는 전형적인 이향방문담이 되는 것이다. 그렇게 보면 이 『우라시마타로』는 이향방문담 속에 이향혼인담이 포함되어 있다고 봐도 될 것이다. 그러나 고향에 돌아온 타로는 80세 정도의 노인에게서 「우라시마는 벌써 700년 전의 일이라고 전해져 오고 있다」는 이야기를 듣게 되고 오래된 무덤과 석탑이 본인의 묘지라는 것을 알게 된다. 용궁성의 3년은 지상地上의 700년에 상응하며 용궁성은 불노불사不老不死의 선경仙境이었던 것이다.

타로는 「거북이가 준 상자를 절대로 열어보지 말라고 했지만 이제는 하는 수 없다. 열어보자」며 상자를 열었고 바로 노인이 됐다. 「이 우라시마의 세월을 거북이의 배려로 상자 안에 넣어두었다. 그래서 700년에 이르는 세월을 유지할 수 있었다」라고 설명한 대로 상장 속에 봉인한 것은 타로의 700년의 수명이었다. 옛날이야기에서는 「보지 말아야 할 금기」를 깨면 부부는 결별하게 되는데, 타로와 부인은 이미 이별했기 때문에 전후가 뒤바뀌어 있지만 이 경우에도 예외는 아니고 이류혼인담의 조건에 들어맞는다.

그렇지만 다른 점은 상기의 내용 다음에 중세에 만들어진 오토기조시의 화형이 보인다는 점이다. 첫 번째는 타로가 그 후 학이 되어 거북이와 함께 호라이산蓬萊山에서 논다고 하는 점이다. 부부의 이별은 「전생담」에 따라 「역시 경사스러운 사례는 학과 거북이라고 말하라」라고 하듯이 학과 거북이의 길례吉例로 바꾸어 말할 수 있다. 이 것은 서두에서 타로가 거북이를 풀어줄 때 「학은 천년 거북이는 만년, 목숨이 영원하다」라고 말한 것과 대응한다. 학은 1,000년의 수명이 있기 때문에 700년이 경과해도 더 살 수 있다고 하는 합리화가 보인다. 이 경우는 장수 동물로 다시 태어나는 것에 의해 비극적인 이별은 행복한 결말로 전환된다.

두 번째는 그 후 우라시마타로는 단고 지방의 우라시마 묘진浦島の明神으로 나타나고 거북이도 동일한 장소에 신으로 나타나서 부부의 묘진이 되어 중생을 제도濟度했다고 결말을 맺는다는 점이다. 이것이 전설화되어 교토부京都府 요사군与謝郡 이네초伊根町의 우라宇良 신사에서는 우라시마타로를 모시고 있다. 『우라시마타로』는 「본지담本地譚」에 의해 신사의 연기緣起로 다시금 자리 잡게 되었다. 이야기의 마지막은 「경사스러운 좋은 징조다」라고 결말을 맺고 있으며, 이 이야기를 역시 길례로서 강조하고 있다.

오토기조시 중에서 가장 잘 알려진 『우라시마타로』는 단순한 「이류혼인담」이 아니고, 거기에는 「방생담」·「보은담」, 그리고 「이향방문담」이 더해져 「전생담」·「본지담」이라는 틀로서 구성되어져 있는 것을 알 수 있다. 『우라시마타로』에 한하지 않고 이것은 기층문화에 있는 전승에 불교사상과 신선神仙사상을 더한 결과인 것으로 알려져 있다. 이치코 데이지는 「우라시마타로」를 「괴혼담」이라고 하고 있지만, 이야기의 내부는 그렇게 단순하지 않고, 여러 개의 화형을 합쳐서 한 편의 이야기로 만들어낸 것이다. 그것은 단지 구승口承의 「우라시마타로」를 기록한 것이 아니라 중세시대에 걸맞은 이야기로 변용되었다는 것을 의미한다.

 ## 4 비극적 이별과 마주보는 오토기조시의 이류뷰인담의 위상

이치코 데이지의 분류와의 비교에서 생각해봐야 할 것은 세키 게이고의 『옛날이야기의 역사昔話の歴史』(至文堂, 1966)일 것이다. 여기에서는 「이족혼인담異族婚姻譚」이라고 부르지만, 그 중 「이족부인담異族女房譚」에 관한 고찰에서는 이족 여성의 향토鄕土(태어나고 자란 곳-역자 주)에 따라 다음과 같이 분류하고 있다.

① **바다海** 해저에서 나타난 이족 여성은 일본 고전승古伝承에서는 악어·상어·용 등이지만, 현재의 전승에서는 생선·대합조개·뱀·개구리가 많고, 중국·조선도 거의 같은 양상이며, 수륙양서水陸両棲의 파충류나 용왕의 딸과 같은 상상속의 여성이다. 뱀은 다른 민족에게 있어서는 그 서식시가 바위틈이나 땅속이다. 일본에서도 그러한 경향이 있지만 물과의 관계가 깊다.

② **육지陸** 인간과 마찬가지로 지상 혹은 숲을 서식지로 하는 동물이다. 그 종류는 곰·사슴·개·늑대·여우이다. 일본의 옛날이야기에서는 대부분이 여우이고 그 외의 동물은 매우 적다.

③ **천공天空** 하늘이 향토인 여성은 날개로서 인간 세계에 출현하는

백조·학·산새·소리개 또는 상상속의 여성인 천녀天女이다. 하늘의 여성은 용의 여성과 성격·기능이 종종 공통적이다[8].

이 책에서는 각각을 「해신의 처녀海神の乙女」·「숲의 처녀杜の乙女」·「하늘의 처녀天津乙女」라고 명명命名하고 소상한 분석을 했지만, 지면관계상 이족 남성과의 결혼까지는 쓰지 못하고 생애만을 다루었다. 그렇지만 이것은 세키 게이고의 이류혼인담 연구의 도달점이라 볼 수 있으며, 그 결말을 다음과 같이 정리하고 있다.

이족부인담은 모두 부부관계가 파국으로 끝나지만, ① 아이가 탄생하고 그 아이가 일족一族의 시조始祖가 되는 시조·탄생형始祖·誕生型, ② 이족의 여성을 제신으로 모시는 수호신형氏神型, ③ 단순한 이별형離別型, ④ 결혼으로 여성이 부富를 가져오는 치부형致富型, ⑤ 양녀(양자)가 되어 양친을 유복하게 하는 양녀형養女型, ⑥ 제3자가 이족 여성을 약탈하고자 남편에게 난제를 제시하는 난제구혼형難題求婚型, ⑦ 행복한 결말로 끝나는 혼인형婚姻型의 7개로 나눌 수 있다. 다소 간의 차이는 있지만, 모든 이족부인담에 이러한 경향이 공통적으로 보인다. 어느 것이 가장 기본적인 형식인가에 대해서는 문제가 남지만, 이 7개의 형태가 동시에 성립하지 않는 한, 무언가의 법칙이 옛날이야기 발전의 배경에 숨겨져 있을 런지도 모른다[9].

---

8 関敬吾『関敬吾著作集2 昔話の歴史』, 同朋舎, 1982, 5-6쪽.
9 関敬吾, 위의 책, 7쪽.

이 지적을 오토기조시의 이류부인담에 적용해 보면 어떨까? 이치코 데이지가 예로 든 이류를 여자라고 하는 것은『학 이야기』·『별본 학 이야기』·『여우 이야기』·『고와타여우』·『다마모 이야기』·『대합조개 이야기』·『우라시마타로』·『지장당 이야기』·『벚꽃·매화 이야기』이다. 앞서 자세히 살펴 본『우라시마타로』는 여기에서 말한 ② 수호신형과 ⑦ 행복한 혼인형에 해당하는 것으로 보인다. 여기에서는 남은 다른 작품에 대해 살펴보겠다.

먼저『학 이야기』와『별본 학 이야기』는 학 부인과의 결혼이다.『별본 학 이야기』는 학을 구한 효부兵部가 부인과 결혼해서 부유해지지만, 지토地頭(장원을 지배, 관리하는 직책-역자 주)의 아들이 효부의 부인을 연모하여 난제를 제시하고, 부인의 원조로 이를 극복한다. 그 후 부인은 효부가 이전에 구해주었던 학이라는 사실을 고백하고, 학으로 변신해 날아가 버린다. 또한『학 이야기』는 학을 구한 재상宰相 겸 우효에노카미右兵衛督가 부인과 결혼해서 부유한 생활을 누리지만, 역시 슈고守護(각 지방의 경비·치안유지를 담당한 직책-역자 주) 미야자키宮崎가 자신의 부인을 흠모하여 빼앗으려하여, 부인의 원조로 격퇴한다. 부인은 남편을 본가의 외딴 마을로 안내하여 환대하고 정체를 밝힌 후 날아가 사라진다. 이 이야기에는 후일담이 있는데, 학은 산조三条 내대신内大臣의 딸로 환생하여 재상과 재회하고 다시 부부의 연을 맺게 된다. 이치코는 이러한 이야기가 옛날이야기로 남아 있다는 점을 지적하고,「전자는 소박하고 향토적이며, 후자는 화려한 표현으로 전기적戦記的 요소를 덧붙여 도시 문학으로 만들어졌다」고 했다. 세키 게이고의 분류로 말하자면, 두 이야기 모두

⑥ 난제구혼형이지만, 『학 이야기』는 인간으로의 환생담을 추가하여 다시 결혼이 성사되었다는 점에서 보면 ⑦ 행복한 혼인형으로 수렴된다고 볼 수 있다.

다음으로 『여우 이야기』・『고와타여우』・『다마모 이야기』는 여우 부인과의 결혼 이야기이다. 『여우 이야기』는 어느 노인 승려가 미인과 관계를 맺고 쾌락의 나날을 보내는데, 어느 날 젊은 승려가 뛰어들어오자 여자는 도망쳤는데 그 정체는 여우였다. 그 때 노인 승려가 있던 곳은 금강정원金剛浄院의 마루 밑이었고 그 모습은 발가벗은 것과 다르지 않았으며 뛰어 들어온 젊은 승려는 지장보살이었다. 파계승破戒僧의 소화笑話로 그려져 있으며, 지장보살이 여우를 쫓아냈기 때문에 이 이야기는 ③ 이별형이라 할 수 있다. 『고와타여우』에서는 암컷 여우 기슈고젠きしゅ御前이 삼품 차관三位の中将과 관계를 맺고 남자아이를 출산하지만 헌상된 개를 두려워한 나머지 고향으로 돌아가는 이야기이다. 귀가한 차관은 기슈고젠이 사라진 것을 알고 한탄하지만, 기슈고젠은 세상을 근심 걱정해 출가하여 젊은 주군의 출세를 멀리서나마 보며 기뻐한다. 이 경우는 아이가 탄생했기 때문에 ① 시조・탄생형이지만 여우의 출가둔세담出家遁世談이기도 하다. 『다마모 이야기』에서는 다마모노마에玉藻の前가 도바인鳥羽院의 총애를 받던 중 도바인이 병에 걸려 아베노 야스나리安倍泰成에게 점을 보게 했는데 그의 병의 원인이 나스노那須野에 사는 800살을 넘긴 여우가 변신한 다마모노마에 때문이라는 것이 밝혀진다. 다이산 후쿤泰山付君(중국 산동성의 산신山神으로 인간의 수명을 관장한다-역자 주)의 제의祭儀를 행하자 다마모노마에는 모습을 감추었고 가미소스케上総

135

介와 미우라노스케三浦介는 여우를 퇴치하라는 도바인의 명령에 따라 여우를 쏘아 죽인다. 가미소스케와 미우라노스케는 귀경하여 퇴치한 여우를 도바인에게 보여드리고 그 유해를 보장宝蔵에 바쳤다. 이것은 음양사의 점술에 의해 여우가 존재할 수 없게 되었기 때문에 굳이 분류하자면 ③ 이별형이 되지만, 이치코는 오히려 이야기의 핵심이 후반부의 괴물퇴치담에 있다고 지적하고 있다. 이들은 괴혼담이라고 부르는 게 적절하다.

『대합조개 이야기』는 대합조개 부인과의 결혼 이야기이다. 효자인 시지라しじら는 아름다운 대합조개를 잡는다. 조개는 갑자기 커지며 금빛에 의해 두 개로 갈라지고 그 속에서 미인이 나타나 시지라와 결혼을 한다. 부인은 베틀로 천을 짜고, 시지라는 관음정토観音浄土에 가서 칠덕보수七徳保寿의 술을 마시고 7,000년의 수명을 손에 넣게 된다. 부인은 관음을 위해 일하는 자로 이별을 고하고 하늘로 날아가고, 시지라는 부유한 삶을 살며 7,000년 째 되는 해에 부처의 지위를 얻고 승천한다. 관음신앙이 기반에 깔려 있지만 효행담·이류부인담·이향방문담·본지담이 합쳐져 있다는 점에서『우라시마타로』와 비슷하다. 그러나『우라시마타로』와 같이 미인의 정체가 거북이였다고 밝히고 있지도 않고, 시지라는 미인의 정체가 처음부터 대합조개라는 것을 알면서 구혼을 받아들인다. 세키 게이고의 분류에 따르면 미인이 짠 천에 의해 관음정토에 가기 때문에 ④ 치부형이라고 할 수 있을 것이다.

『지장당 이야기』는 뱀 부인과의 결혼 이야기이다. 지장당 스님이 미인을 연모하여 부부의 연을 맺고 처갓집을 방문했더니 그곳은 용궁이었다. 스님은 부인의 옷자락이 뱀과 같이 보였기 때문에 귀향을 부탁한다. 원래의 지장당으로 돌아가지만 스님은 비단과 같은 것을 입고 큰 뱀이 되어 있었기 때문에 지장에게 참회를 하자 한밤중에 큰 뱀의 등이 갈라져 기어 나올 수 있었다. 주위에 아는 사람이 없었고 그 사이에 200년의 세월이 흘렀기 때문에 스님은 마음을 다잡아 수행을 해서 왕생往生을 이뤘다. 용궁을 방문하고 돌아온 이향방문담은『우라시마타로』와 비슷하지만 파계승이 공포를 맛 본 이야기라는 점에서『여우 이야기』와 상통한다. 미인은 애욕의 대상이지만 정체는 무서운 뱀이었다는 점에서 괴혼담이라는 명칭이 걸맞지만, 이 스님은 참회하여 왕생을 하고 구원받는다. 이것도 앞선 분류에 따라 ③ 이별형이 될 것이다.

세키 게이고는 옛날이야기의 이류부인담에 대해 7개의 화형을 들어「다소 차이는 있지만 모든 이족부인담에서 이 경향이 공통적으로 보인다」라고 단언하였는데, 이러한 점은 오토기조시의 이류부인담에도 적용시킬 수 있다는 것을 확인하였다. 그렇지만 오토기조시의 경우『우라시마타로』가 그랬던 것처럼 그것만으로는 처리할 수 없는 점이 있어 복수複数의 화형이 교차하는 부분에 개별 작품이 생기는 경우가 있다. 지장신앙이나 관음신앙의 영향이 보이거나 음양도와의 관계도 상정想定되기도 하지만, 그러한 이류부인담으로부터 벗어남으로써 각각의 작품의 독자성이 보이게 된다고 생각된다. 이치코 데이지가「여기에서 상대上代의 신혼神婚 내지 괴혼 설화와 중세의 그것과의 차이를 인정할 수 있을 것이다」라고 기술한 것은 이류부인담에서 말하자면 이와 같은 것일 것이다.

세계적인 비교연구로 본 오토기조시의 이류혼인담

이치코 데이지는「일본의 경우는 고대부터 중세에 이르기까지 의인화가 다시 성행하게 되었다」라고 기술하고 있으며 고대와 중세의 깊은 연결고리를 주시하고 있었다. 과연 지당한 말로서 일본의 오래된 문헌 속에 여러 이류혼인담이 보인다. 이나다 고지稲田浩二 책임편집『일본 옛날이야기통관日本昔話通観 연구편2研究編2 일본의 옛날이야기와 고전日本昔話と古典』(同朋舎, 1998)에 의하면, 8세기의『고지키古事記』에는「뱀 데릴사위－침사형針糸型」의 유화類話로 미와산三輪山 전설(중권), 참고이야기로 니누리야丹塗矢 전설(중권)과 등나무꽃 전설(중권),「용궁부인」·「뱀부인」의 참고이야기로 도요타마비메豊玉毘売 설화(상권)을 지적한다. 12세기의 설화집『곤자쿠모노가타리슈今昔物語集』의 경우,「뱀 데릴사위－침사형」의 참고이야기로 한漢 고조高祖의 탄생담誕生譚(10-2),「뱀 데릴사위－게 보은형」의 유화로 가니마타데라蟹満多寺의 기원(16-16),「개 데릴사위－시조형」의 참고이야기로 기타야마北山의 개와 여성의 혼인담(31-15),「그림모습의 부인－난제형」의 참고이야기로 다케토리竹取 할아버지의 딸의 난제이야기(31-33),「고드름부인」의 참고이야기로 레이제이인冷泉院의 물의 요정 이야기(27-5)를 들고 있다. 각각의 이야기에 통시적인 개별 연구가 있고, 중국이나 한국 문헌과의 비교도 행해지고 있다.

그리고 본 논문에서 살펴본 오토기조시의 이류혼인담에 관한 작품은 다음과 같이 분류할 수 있다.

분류	옛날이야기 타입 인덱스 Type Index	유화 類話	대응화 対応話	참고화 参考話
Ⅲ 이향방문〈용궁〉	74 우라시마타로	11 우라시마타로 12 우라시마의 본지		
Ⅲ 이향방문〈산야국〉	88 부요ふよ의 한 때		2 여우 이야기	
Ⅳ 탄생〈이상탄생〉	124 태양의 자식 - 섬을 만드는 신		2 아메와카미코 雨わかみこ	
Ⅸ 혼인〈이류사위〉	205A 뱀 데릴사위 - 침사형	7 이부키 동자 伊吹童子		17 기러기 이야기
Ⅸ 혼인〈이류사위〉	210A 원숭이 데릴사위 - 출가형	1 후지부쿠로藤袋 이야기		
Ⅸ 혼인〈이류부인〉	216 용궁 데릴사위		3 지장당 이야기	
Ⅸ 혼인〈이류부인〉	217A 그림모습의 부인 - 난제형		2 이카고伊香 이야기	3 기후네きふ ね의 본지
Ⅸ 혼인〈이류부인〉	219 조개부인		1 대합조개 이야기	
Ⅸ 혼인〈이류부인〉	223 달부인	1 범천국梵天國		
Ⅸ 혼인〈이류부인〉	224 뱀부인		1 스즈카鈴鹿 이야기	
Ⅸ 혼인〈이류부인〉	225A 여우부인-이별형	6 고와타木幡 여우		3 다마모젠 玉藻前 이야기
Ⅸ 혼인〈이류부인〉	229A 학부인-이별형			2 대합조개 이야기
Ⅸ 혼인〈이류부인〉	229B 학부인 - 수수께끼 풀이형		1 학 이야기	
Ⅸ 혼인〈이류부인〉	231 나무유령 부인		2 항아리 비碑	
Ⅸ 혼인〈이류부인〉	232 꽃부인		1 가자시かざし 공주	

『우라시마타로』나『여우 이야기』가 「이향방문」에 속하며, 대응화이지만 아메와카미코雨わかみこ는 「탄생」으로 분류된다. 참고화도『기러기 이야기」가 「뱀 데릴사위-침사형」,『대합조개 이야기」가 「학 부인-이별형」이라고 지적되어 있다. 「그림부인-난제형」이 「〈이류부인〉」에 들어가 난제담에서 떨어져 나왔다는 점도 주목된다. 이러한 것들은 혼란이라기보다도 화형이라는 것이 일의적一義的으로 특정지을 수 없기 때문이라고 생각하는 편이 좋을 것이다.

한편, 이나다 고지 책임편집『일본 옛날이야기통관日本昔話通観 연구편1研究編1 일본의 옛날이야기와 몽골인종日本昔話とモンゴロイド』(同朋舍, 1993)에서는 「뱀 데릴사위－침사형」에는 한국 1화話, 조선 3화, 중국·한족 6화, 대만·고사족高砂族 5화, 이누잇Inuit 1화, 파푸아뉴기니 1화, 미크로네시아 3화, 멜라네시아 1화를 들고 있다. 「용궁부인」에는 한국 2화, 중국·한족 5화, 중국·소수민족 7화, 몽골 3화, 대만·고사족 1화, 인도네시아 2화, 미얀마 3화, 인도 1화, 흑해 북부 1화, 코카서스Caucasus 1화, 미국 1화가 인용되어 있다. 그러나 이 분야는 이제 겨우 번역이 되어가는 단계로, 공시적인 연구가 이루어지고 있다고는 말하기 어렵지만 오토기조시도 그러한 관련 속에서 고찰하지 않으면 안 되는 시대에 들어갔다.

이러한 연구를 한층 더 발전시켜야 하는데, 지금 주목하고 싶은 것은 이야기형태별의 비교연구가 아니라, 이야기형태를 넘어선 다이내믹한 비교연구이다. 이 분야에 대해서는 이미 그림 동화 연구자로서 알려져 있는 오자와 도시오小沢俊夫의『세계의 민화世界の民話－사람과 동물의 혼인담ひとと動物の婚姻譚－』(中央公論社, 1974)이 남아

있다. 이류혼인담을 「사람과 동물의 혼인담－동물남편」과 「사람과 동물의 혼인담－동물부인」으로 크게 나누어, 이야기 발단發端 부분의 인간과 동물의 관계에 의해 전자를 「동물이 어떤 일의 대상代償으로서 여성을 요구한다」, 「밤의 방문자」, 「신이 내린 아이」, 후자를 「동물이 여성의 모습을 하고 로 들어오는데, 정체가 알려지자 떠난다」, 「동물이 여성의 모습을 하고 가 되고, 정체가 폭로되자 화를 내며 떠난다」, 「동물이 여성의 모습을 하고 있을 때에 억지로 로 들어온다」로 나뉘어 분석하였다.

특히 흥미로운 것은 일본의 「원숭이 데릴사위」와 프랑스의 「장미」를 비교한 첫머리의 기술이다. 「원숭이 데릴사위－괭이일굼형畑打ち型」은 원숭이가 아버지 대신에 밭일을 하고 세 딸 중 막내가 부인이 되기를 승낙하여 독과 거울을 받아 그것을 이용하여 원숭이를 죽이고 기뻐하며 집으로 돌아갔다는 이야기이다. 원숭이는 인간에 대해 우호적이고 아버지도 약속을 지키기 위해 애쓰는데, 장녀는 「원숭이의 아내 따위 정말 싫어」라고 하고, 차녀는 「누가 원숭이의 아내 따위 되겠어」라며 거절하고, 막내는 처음부터 죽이기로 마음먹는다. 극히 평범한 동물인 원숭이와 결혼하는 것에 대해 일상적 감각에서 오는 혐오감을 볼 수 있다. 「원숭이 데릴사위」라면서 이 이야기는 두 사람은 결혼생활에 임하지 않고 원숭이 살해로 해피엔딩으로 끝난다.

한편 「장미」는, 한 상인이 큰 성의 장미를 꺾자 집에 돌아갔을 때 처음으로 달려든 것을 내놓으라는 소리가 들렸고, 집에 돌아가자 막내딸이 처음으로 달려들었기 때문에 그 딸을 성으로 데려가 두꺼비가 구혼求婚하는 것을 들어주자, 큰 지진이 일어나 마녀魔女의 마법魔

法이 풀려 젊은 왕자가 나타나 두 사람은 결혼식을 올렸다는 이야기이다. 「원숭이 데릴사위」와는 달리 왕자와의 결혼으로 해피엔딩을 맞는다. 이 딸은 「그다지 나쁜 일은 없을 거야」라며 낙관적이고 착한 심성을 지니고 있어, 「원숭이 데릴사위」의 딸과 대조적이다. 왕자는 마녀의 마법 때문에 두꺼비로 변신해 있었는데, 딸이 결혼을 결심하여 해방된 것이다.

즉 이류혼인담이라면서 「장미」에서는 두꺼비는 사실 사람이었다. 딸이 마녀의 마법으로부터 해방시켜준 것으로 인하여 두꺼비는 사람으로 돌아와 딸과 결혼을 한다. 따라서 이 이야기는 실은 이류와 결혼하는 것이 아니라 사람끼리의 결혼인 것이다. 한편 「원숭이 데릴사위」에서 원숭이는 끝까지 원숭이인 채로 끝난다. 딸은 원숭이를 구하고자 하는 마음이 처음부터 없고, 치밀한 계획으로 원숭이를 죽인다. 「원숭이 데릴사위-귀향형」의 경우도 마찬가지이다. 같은 이류혼인담이라고 해도 이러한 차이가 있었던 것이다.

이와 같은 분석을 계속하여 인간과 동물의 관계를 다음과 같은 도식으로 정리하고 있다.

A(고대적 일체관一體觀)를 이어받은 Á(에스키모, 파푸아뉴기니 등의 자연민족)에서는 인간과 동물 사이의 변신은 자연적으로 발생하고, 인간과 동물의 결혼도 이류혼異類婚이라기보다 오히려 동류혼同類婚과 같이 행해진다. B(유럽을 중심으로 한 크리스트교 민족)에서는 변신이란 마술魔術에 의해서만 가능하다고 여겨지며, 인간과 동물의 결혼이라는 것도 본래 인간이면서 마법에 의해 동물의 모습을 하고 있던

자가 인간의 애정에 의하여 마법이
풀려 원래의 인간으로 돌아가서 인
간과 결혼을 한다. C(일본)는 사실은
Á의 동물관動物観을 포함하고 있다.
즉 마법이란 개념을 통하지 않고 변
신한다는 의미로 Á와 같고, 또 동물
그 자체와 인간의 결혼이 다루어지
고 있다는 점에서도 Á와 같다. 그런
데 「원숭이 데릴사위」의 결말에서

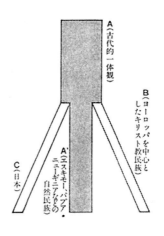

딸이 원숭이를 강에 빠뜨리는 부분이나 「개구리부인」에서 남편이 연
못에 돌을 던지는 부분 등에는 Á와는 다른 동물 거부가 보여 진다. 그
곳에 작용되는 동기는 극히 일상적인 동물과의 결혼은 꺼림칙하다는
감각일 것으로 여겨진다.

그리고 또 한편으로는, 동물을 거부하는 것이 아니라 오히려 사랑
하고 있지만 이류배우자異類配偶者의 정체를 알아버렸기 때문에 그 배
우자가 떠나버리는 경우가 있다. 「학부인」 등이다. 이 관계는 B 안에서
옛날이야기로서가 아니라 전설로서 전해지고 있는 점이 주목된다[10].

오자와는 이러한 자신의 방법에 대해 「대략적으로 내 놓은 것이
하나의 기준이 될 것이다」라며 이류혼인담의 전모全貌가 명확해
지기를 바라고 있다. 이 그림을 보며 본고에서 살펴본 오토기조시

---

10 小沢俊夫『世界の民話—ひとと動物との婚姻譚—』, 中央公論社, 187-189쪽.

의 이류혼인담, 특히 이류부인담을 생각해 보면,「동물에의 거부」
는『다마모 이야기』의 여우 퇴치나『지장당 이야기』의 귀향의 출원
에서 느낄 수 있지만, 대체적으로 희박하다고 말 할 수 있다.『대합
조개 이야기』의 경우에는 미인의 정체가 대합조개라고 인식하면서
결혼하고 있다. 구승의 옛날이야기는 분명 기층基層의 문화를 전하
고 있으며, 오토기조시는 고대부터 현대에 걸친 과도기의 위상을 이
해하는데 있어 중요한 기록임을 알 수 있다.

▌번역 : 김미진(한국외국어대학교)

제5장

파괴와 복원의 변증
—『삼국유사』와 13세기 고려의 문학적 再構—

고 운 기

1 머리말

이 글에서는 13세기 고려의 사회적·문화적 특수성을 반영한 텍스트로서『삼국유사』가 지닌 성격을 찾아보고자 한다. 저자 일연一然 (1206~1289)은 13세기를 살다간 사람이다. 그의 책『삼국유사』에 실린 이야기의 군데군데 나오는 참상은 13세기 고려를 그대로 상상하게 만든다. 그의 시대는 몽골 군사가 지나는 곳마다 잔멸(殘滅)하지 않은 데가 없을 만큼 참혹한 것이었다. 최씨무인정권은 그들의 정권을 지키기 위해 항복하지 않았고, 그것이 사태를 더욱 심각하게 만들었다. 본문에 기술한 '삼국유사에 반영된 시대적 모순'의 시대란 13세기의 그것을 말한다.

그런데 일연은 『삼국유사』를 통해 시대의 아픔이 어디에서 연원하는지 밝히고, 어디에서 희망을 찾아야 하는지 그 해답을 내놓았다. 이야기가 주는 위안과 즐거움이었다.

일연은 참혹의 너머에 있는 희망을 이야기하였다. 이에 대해 필자는 "일연은 이야기하는 제주를 다양하게 지닌 이였다. 정치적이고 역사적인 사건을 이야기 속에 풀어 넣는 비상한 기술을 지니고 있었다."[1]는 전제 아래, 『삼국유사』 안에서 다양한 사례를 찾아 제시해 본 적이 있다. 이를 바탕으로 후속되는 논의가 이 글이다.

그것은 '이야기'라고 하지만 기본적으로 불교적 의의가 구현具顯되어서 가능했다. 불교적 의의란 '변증적 사고방식이 생활에 적용된 알고리즘algorism'이라 정의하고 싶은데, 승려 출신으로서 일연이 지닌 장점을 분석하는 일에 유용有用하리라 생각한다. 그래서 파괴와 복원의 변증이다.

대표적인 사례는 13세기를 기록한 사료史料 곧 『고려사高麗史』, 『고려사절요高麗史節要』 등에서 찾고, 이에 대응하는 『삼국유사』의 이야기를 병렬해 놓았다. 이것이 13세기의 역사적 보편성을 담보擔保하는 데는 미진하겠으나, 일연이 의도한 시대와의 화해를 엿보기에 충분할 것이다.

---

1 고운기 『삼국유사 글쓰기 감각』, 현암사, 2010, 46-47쪽.

빈 것과 찬 것 : 변증적 알고리즘

석지현釋智賢 시인의 노작勞作『선시』앞부분에 청매 인오青梅印悟
(1548~1623)의 시가 실려 있다. 청매는 서산西山 대사의 제자로 이름
을 날렸던 조선 초기의 고승이다.

> 雲盡秋空一鏡圓　구름 다한 가을 하늘은 한 장의 거울이니
> 寒鴉隻去偶成痕　찬 기러기 외로이 가매 그 흔적 남네
> 南陽老子通消息　남양의 저 노인장 이 낌새 알아
> 千里東風不負言　꽃바람 일천리에 두 마음 맞비치네

청매가 쓴 〈원상일점圓相一點〉이라는 제목의 7언절구이다. 석지현
은 옛 공안을 제목 삼아 쓴 시의 해설에서 마조馬祖와 도흠道欽의 일
을 적어 놓고 있다.

마조가 어느 날 일원상一圓相(동그라미)을 그려서 도흠에게 보냈
다. 도흠은 그 동그라미 안에 점 하나 찍어 다시 마조에게 돌려보냈
다. 뒤에 이 소식을 전해들은 남양 혜충南陽慧忠은 '도흠이 마조의 속
임수에 넘어갔다'고 하였다.

잘 알려진 공안이다. 편저자인 석지현은 다른 설명을 더하지 않은
채, '어느 대목이 마조가 도흠을 속인 곳인가 잡아내보라'[2]고 한다.

2　석지현 엮고 옮김『선시』, 현암사, 2013, 64-65쪽.

가을 하늘은 '원상'이요 기러기 한 마리는 '일점'이다. 청매가 이렇듯 원상일점을 그림처럼 그려놓은 두 줄은 알겠다. 그러나 봄바람이 불어 '두 마음 맞비친다'[3]는 말은 무엇인가.

좀 멀리 돌아가 보기로 한다. 두보杜甫의 〈달밤에 집의 아우들을 그리워하며月夜憶舍弟〉를 읽어보자. 그 가운데 절창인 다음 두 줄을 『두시언해杜詩諺解』는 이렇게 번역했다.

> 有弟皆分散　있는 아우들이 다 흩어져 가니
> 無家問死生　집이 죽음과 삶을 물을 데가 없도다

안사安史의 난에 쫓겨 다니며 목숨 부지하기도 힘들던 시절의 두보가 고스란히 드러나는 구절이다. 『두시언해』의 번역자는 축자적인 직역에 충실하였다. 그런데 학생 시절 나는 선생에게서 이런 해설을 들었다. 이 구절은 '유有'와 '무無'의 문법적 성격과 역할을 잘 알아야 한다. 이 글자들이 술어로 쓰이면 뒤에 이어진 글자가 주어이다. 곧 제弟와 가家는 주어로 번역해야 한다. 이것도 큰 주어는 생략된 것이고 작은 주어일 뿐이다. 큰 주어는 시인 자신이다.

3　본문의 不負言에 대한 석지현의 이같은 의역은 절묘하다. 말이 아니라 마음으로 통한다는 뜻이라 받아들인다. 이 시의 해석에 대해 ("구름 걷힌 가을 하늘 한 거울로 둥긋한 속 / 찬 기러기 홀로 가며 흔적 우연 이뤘다"는데 / 남양 땅의 노인만이 소식을 받고 나서 / 천리 밖 봄바람 속 말 뜻을 알았다네.)라는 의견을 이 논문의 심사자가 주었다. '속 말 뜻을 알았다'는 마음으로 통한다는 것과 유사해 보인다. 고견을 주신 데 감사한다.

(나에게는) 다 흩어져 간 아우들만 있고

생사를 물어볼 집은 없으니[4]

『두시언해』의 번역이 나쁘지는 않으나, 시인의 척박한 상황과 심리상태를 제대로 전달받자면, 있고 없고의 변증법적 쓰임에 유의해야 하는 것이다. '흩어져 간 아우들'이라는 사건은 없어야 하는데 있고, '생사를 물어볼 집'은 있어야 하는데 없다.[5] 있고 없음의 이 기막힌 뒤집힘, 거기에 시의 눈[詩眼]이 자리 잡았다. 두보는 유가儒家에 충실한 시인이었으나 사변思辨의 깊은 속에는 불가佛家의 변증도 도사려 보인다.

이제 13세기의 우리 시에서 한 편 뽑아보기로 하겠다. 유자이면서 불자의 세계에 눈을 뜨고 있었던 이규보李奎報(1168~1241)의 〈샘 속의 달을 읊음詠井中月〉이라는 작품이다.

山僧貪月色　산에 사는 저 스님 달빛을 탐내

瓶汲一壺中　물과 함께 한 병 가득 긷고 있소만

到寺方應覺　절에 가선 바야흐로 깨달으리라

瓶傾月亦空　병 기울면 달빛조차 간 데 없음을[6]

4　송준호『우리 한시 살려 읽기』, 새문사, 2006, 32-33쪽.

5　위의 책, 33쪽.

6　번역은 송준호『한국명가한시선 I』, 문헌과해석사, 1999, 251쪽에서 가져왔다. 이 논문의 심사자가, 〈산 스님이 달빛을 갖고 싶어서 / 병으로 떠 동이 속에 담아뒀다만 / 절에 가면 바로 곧 알게 되리라! / 병 기울 제 달도 또한 사라졌던걸.〉이라는 해석을 제시해 주었다. 2행과 4행의 대조가 보다 분명하다. 고견을 주신 데 감사한다.

어렵지 않은 글자만 가지고도 정확히 운을 맞추고, 색즉시공色卽是空 공즉시색空卽是色의 불교 논리를 완벽하게 소화하여 시화한 작품이다.

달빛을 사랑하는 스님이라면 벌써 그것으로 공空의 생애를 충분히 실천한 분이련만, 그조차 욕심이요, 병 속의 가득찬 물을 쏟아내면 달빛 또한 사라지니, 완벽한 공空의 세계를 향한 치열한 싸움이 아닐 수 없다. 절묘한 표현이다. 샘물에 비친 달빛조차 색色의 세계로 여길 정도이니, 인식의 철저함을 넘어 시적 형상화의 수준에도 혀를 내두를 만하다.

이만한 문학세계를 구축한 이규보는 어떤 사람인가. 그는 1168년에 태어났다. 이 해가 의종 22년이었는데, 그로부터 꼭 2년 뒤에 무신난이 터졌다. 집안이 그다지 번성해 보이지 않으나, 그럴수록 글로써 벼슬을 살고 집안을 일으켜야 할 형편에, 태어나자마자 만난 이런 시국의 비상사태는 그에게 결코 유리할 것이 없었다. 한미寒微하기는 하나 그 또한 문인의 한 사람이었기 때문이다.

한 바탕 풍운의 시기가 지난 다음 이규보는 현실적인 길을 찾기로 하였다. 무신정권은 최충헌에 이르러 안정을 찾고 있었다. 최충헌이 이의민을 죽이고 실권을 잡은 것이 1196년, 이규보의 나이 28세 때였다. 이규보는 최충헌의 동향을 유심히 살폈으며, 그에게 자신의 능력을 보여주기 위해 시문을 지어 보냈다. 그런 그를 최충헌이 알아보고 등용한 것은 이규보의 32세 전후로 알려져 있다.

그의 행적이 오늘날까지 처신에서의 논란을 불러일으킨다. 평론가 김현은 다음과 같이 말하였다.

이규보로 대표될 수 있는 무인정권하의 기능적 지식인은 권력에 대한 아부를 유교적 이념으로 호도하며, 그것을 유교적 교양으로 카무플라지한다. 가장 강력한 정권 밑에서 지식인들은 국수주의자가 되어 외적에 대한 항쟁의식을 고취하여 속으로는 권력자에게 시를 써 바치고 입신출세의 길을 간다. 그가 입신출세하는 한, 세계는 여하튼 태평성대다.[7]

한마디로 권력에 아부한 지조 없는 문인이라는 평가이다. 그에 반대되는 자리에 다음과 같은 견해가 있다.

무신정권에서 벼슬을 하는 것을 주저해야 할 이유가 없었다. 기회가 오자 당당하게 나아가서 능력을 발휘할 수 있게 된 것을 자랑으로 여기고, 최씨정권의 문인들 가운데 으뜸가는 위치를 차지했다. 그 점을 두고 이규보를 낮게 평가하려는 견해는 수긍하기 어렵다. 벼슬을 해서 생계를 넉넉하게 하자는 것은 당시에 누구에게나 공통된 바람이었다. 정권에 참여해 역사의 커다란 전환에 기여하고자 한 것이 잘못일 수 없다. 무신난이 중세전기를 파괴한 데서 한 걸음 더 나아가 이규보는 중세후기를 건설하는 방향을 제시했다.[8]

---

7 閔泳珪의 입장은 더 단호하다. 花朝月夕을 읊조리는 그의 시는 '바다 건너 도살로부터 쫓기는 백성들의 아우성 따위는 설혹 그 중에 한두 수 보인다 해도 그저 건성일 뿐, 文字上의 노름 이상의 것이 아니다'는 혹평이 그렇다. 『四川講壇』, 又牛, 1994, 78쪽.

8 조동일『한국문학통사2』(제4판), 지식산업사, 2005, 28쪽.

국문학자 조동일의 평가이다. 사士는 독서하는 자요, 대부大夫는 종정從政하는 자라는 일반적인 규준이 적용되었다. 기용되고 안 되고 문제이지, 기용된 이상 제가 지닌 능력을 발휘한다는 일반론이다. 나아가 학계의 일각에서 나오는, 몽골 항쟁에 강한 영도력이 필요하다는 판단으로 정권에 협조했다고 보는 시각과 궤를 같이 한다.

다시 앞의 시로 돌아가 보자.

병에 긴 물의 찬 것과 빈 것에 따라 달빛이 담기고 사라지는 절묘한 비유는 공색空色의 논리를 시화한 것이라고 하였다. 이는 두보의 시에서 있음과 없음의 착종이 가져다 준 슬픔과 견주게 한다. 물론 두보는 훨씬 현실적인 문제 곧 전쟁과 이산離散으로 야기된 삶의 고통을 노래하고 있다. 처절하다. 이규보가 달을 노래하는 것과 다르다. 하지만 궁극적인 지점에서 두보의 있음과 없음은 이규보의 참과 빔으로 만난다. 이규보 또한 두보 못지않은 전란의 소용돌이 속에서 살다 간 사람이다.

그렇다면 이제 앞서 나온 석지현 시인의 물음에 답해 보자.

원상圓相과 일점一點을 두고 우리는 공과 색에 견줄 수 있다. 그러나 원상인 하늘에도 무엇인가 채워지기도 하고, 일점을 이룬 새는 날아가 버리면 그만이다. 그러니 원상이 곧 공空만은 아니요 일점이 색色만은 아니다. 마조가 그린 동그라미에 점을 찍은 도흠은 뜻을 제대로 파악하지 못한 것이다.

선시禪詩의 해석에 변증법적 방법은 상식적으로 동원된다. 앞서 본 두 편의 시도 예외가 아니다. 공과 색의 정반합을 넉넉히 받아들이고 있다.

여기서 나아가 알고리즘을 적용해 보기로 한다.

알고리즘이란 어떤 문제를 해결하기 위해 명확히 정의된 유한개 有限個의 규칙과 절차의 모임을 말한다.[9] 흔히 아라비아 숫자를 사용하여 연산하는 수순數順이다. 그러나 부여된 문자가 수학적인지 비수학적인지, 또 사람의 손이든지 컴퓨터로 해결하든지 관계없이 적용된다. 오늘날 특히 컴퓨터로 문제를 푸는 경우, 알고리즘을 형식적으로 표현하는 것이 프로그램을 작성하는 데 중요한 요소가 된다.[10]

이를 원용하여 인간의 의식과 무의식, 인지와 불인지를 넘어, 일정한 고리가 있는 일관된 언어로 풀어내는 과정을 만들어 볼 수 있다. 인식에도 판단 과정에 적용되는 알고리즘이 있는 것이다. 그런데 의식과 무의식, 인지와 불인지는 서로 변증적인 관계로 말미암은 상호 및 교호작용의 관계이다. 궁극적으로 우리는 두 세계에 대한 면밀한 통찰과 전략적 응용으로 인간에 대한 엄정한 이해를 얻어낸다. 연산의 수순數順을 응용한 인식의 수순隨順이 동적인 변화를 반영하여 완성하는 체계이다. 나는 이것을 변증적 알고리즘이라 부르고자 한다.

앞서 이규보의 시와 함께 그의 생애를 살펴보았다. 평가는 극단적이었다. 이 같은 극단으로 인간의 전모를 파악하기 어렵다. 여기에

---

9 그러므로 알고리즘은 명확히 정의된 한정된 개수의 규제나 명령의 집합이며, 한정된 규칙을 적용함으로써 문제를 해결하는 것이다.(『인터넷IT용어대사전』, 일진사, 2011).

10 위의 책, 같은 부분.

변증적 사고방식이 생활에 적용된 알고리즘을 가져와 보자. 연기緣起의 원리이기도 하다. '이것이 있음으로 말미암아 저것이 있고, 이것이 생김으로 말미암아 저것이 생긴다'[11]는, 깨달은 석가모니가 내린 미혹의 인과에 대해 주목한다. 바로 상의성相依性이다. 혼란의 시기를 살다간 인간에 대해서일수록 이런 방법론이 필요하다.

시대 또한 그렇다. 13세기 고려의 역사는 변증의 알고리즘으로 풀어내야 한다. 이는 다름 아닌 일연이 『삼국유사』에서 당대當代의 사실을 전대前代의 역사나 설화에 규준規準하여 그린 방법이었다.

3 전쟁과 폐허 그리고 파괴의 13세기

고려의 13세기는 무인정권과 대몽항쟁의 시대로 요약된다. 국내외적으로 터진 두 사건의 공통점은 제재하지 못할 무력武力의 난무였다.

이제 상층부터 하층까지 혼란스러웠던 13세기의 상황을 실제 사건을 통해 살펴보자. 무인정권에 대해서는 여러 역사적인 평가가 가능하나, 최씨정권의 4대주인 최의崔誼의 죽음을 두고 『고려사절요』는 다음과 같이 보았다.

---

11 성철 『百日法門』, 장경각, 1990, 141쪽.

[1] 3월에 유경과 김인준 등이 최의를 죽였다. 의는 나이 젊고 어리석고 약하여 어진 선비를 예우하여 시국 정사를 자문하지 않고, 친하고 믿는 자가 유능柳能·최양백의 무리 같이 모두 가볍고 방정맞고 용렬하고 천한 자들이었다. 그의 외삼촌 거성원발巨成元拔은 의가 총애하는 여종 심경心鏡과 더불어 밖에서는 세력을 부리고 안으로는 참소를 행하였고, 재물을 탐하는 것이 한이 없었다. 그때에 또 해마다 흉년이 들었는데, 창고를 열어서 진휼하지도 않아 이 때문에 크게 인망을 잃었다.[12]

이것은 최의 개인에 대한 평가이다. 그러나 정사政事에 일방적이고 재물을 탐하며 백성을 돌보지 않았다는 점에서는 정권 전체의 문제였다고 해도 지나치지 않다. 무인정권의 폐해는 정권 내의 문제로부터 전반적인 국정농단으로 이어졌던 것이다.

정권의 정통성이나 자신감이 없을 경우 '가볍고 방정맞고 용렬하고 천한 자들'에게 의존할 수밖에 없고, 몽골과의 치열한 전쟁 통에 '여종 심경' 같은 존재가 농단의 핵심에 섰다. 심경을 조종했던 사람은 거성원발인데, 이름조차 남아있지 않은 최항崔沆의 첩이 그의 여동생이었다. 이 여동생이 최의를 낳았기에 권력의 핵심으로 들어갔던 것이다. 농단의 주변에는 이렇듯 자격미달의 전횡자가 넘쳤다. 더욱이 흉년의 진휼 조치 따위는 안중에 없었다. 사실 최의는 나이가 어린 데다 급작스럽게 정권을 이양 받아 정상으로 통치할 수 없

---

12 『고려사절요』, 고종 45년(1258).

155

었다. 아버지 최항 대에 이미 무너지기 시작한 기율을 바로잡기란
처음부터 불가능했다. 결국 김인준 등의 무인에게 살해당하고 최씨
무인정권은 막을 내렸다.

정권의 상층부가 무너진 상황에서 혼란은 아래로 파급되었다. 이
같은 상황은 아래의 사건을 통해 잘 읽을 수 있다.

> [2] 8월에 도적이 무릉武陵을 발굴發掘하니 왕이 예부의 제릉서諸陵
> 署에 명하여 여러 능을 두루 살피게 하였다. 또 도적이 발굴한 것이 5, 6
> 곳이 되므로 곧 중사中使에게 명하여 각기 원찰願刹의 중을 시켜 능을
> 수리하게 하였다. 유사가 여러 능의 능지기를 탄핵하여 파면시키고,
> 능호陵戶의 사람을 먼 곳의 섬으로 귀양보냈다. 이듬해 도적 두서너 사
> 람을 잡아서 목베었다. 무릉은 바로 안종安宗의 능이다.[13]

최씨무인정권의 초기의 사건이다. 굶주리고 성난 백성이 왕릉을
도굴하는 일조차 불사하는 지경에 이르러있다. 무릉의 도굴은 그나
마 힘이 있던 최씨무인정권 초창기이기에 제압이 가능하였다. 수리
후 관리에 좀 더 철저하고 범법자에게 형벌을 내렸다. 그러나 사서
에 이런 기록이 등장하는 것만으로도 기율 붕괴의 조짐을 읽을 수
있다. 더욱이 민간에서 자행되는 약탈이나 도적질은 차마 실록에 옮
길 수 없을 만큼 흔했을 것이다.

게다가 몽골과의 전쟁이 더해진다. 전쟁이 남긴 폐허는, "몽고 군

---

13 『고려사절요』, 희종 4년(1208).

사가 광주廣州·충주·청주 등지로 향하는데, 지나는 곳마다 잔멸殘滅하지 않은 데가 없었다.”[14]는 기록에서 그 일단一端을 읽는다.

전쟁 기간은 최씨무인정권의 집권과 시간이 겹친다. 결사항전이었다. 그러나 ‘유독 고려만은 독립국으로 남아’ 있지만, 이것을 ‘고려가 몽골에 대항할 정도로 강성했기 때문이라고 여긴다면 그것은 어리석은 착각’[15]이라는 견해에 귀를 기울일 필요가 있다. 최씨무인정권은 그들의 정권을 지키기 위해 항복하지 않았던 것이다.

다만 최씨무인정권이 무너지고 고려가 항복한 이후 ‘원나라의 고려에 대한 짝사랑에 가까운 사항들이 비일비재’[16]하다든지, ‘유일한 독립국이자 결혼동맹국’[17]으로 지위를 누렸다는 평가는 재고를 요한다. 물론 충선왕이 원元 세조의 외손자이자 무종과 인종의 즉위에 결정적인 역할을 하면서 심양왕으로 봉해지고, 개부의동삼사開府儀同三司가 되어 막강한 권력을 누렸다는 점은 사실이다. 그러나 이것은 어디까지나 왕실 차원의 일일 뿐이었다. 몽골이 효과적으로 고려를 지배하기 위한 장치에 불과하였다.

일단 한번 뚫리자 연약해진 국경은 한 군데에서 그치지 않았다. “급제 박인朴寅을 보내어 일본에 예물을 가지고 가게 하니, 이때에 왜적이 주·현을 침략하므로 박인을 보내어 강화하였다.”[18]에서 보듯

---

14 『고려사절요』, 고종 18년(1231).
15 김운회『몽골은 왜 고려를 멸망시키지 않나』, 역사의아침, 2015, 31쪽.
16 위의 책, 32쪽.
17 위의 책, 38쪽.
18 『고려사절요』, 고종 14년(1227).

이, 일본 쪽도 문제가 심각해졌다. 특히 일본의 중앙 정부가 억제력을 상실한 상태에 놓이자 변방의 왜인은 늘 한반도로 향했던 것이다.

이런 상황 아래 사회 하층의 민간인은 어떤 삶을 살았는가. 몽골의 본격적인 침략 이후 하층부에서 벌어지는 끔찍한 테러를 다음과 같은 사건을 통해 엿보게 된다.

> [3] 장생서掌牲署 죄수들 가운데 자색이 아름다운 한 여자가 있었는데, 서리署吏가 당직 날 저녁에 강간하려고 하니, 그 여자가 굳게 거절하여 말하기를, "나 역시 대정隊正의 아내인데 어찌 남에게 몸을 맡기겠느냐." 하였다. 서리가 기어이 그를 강간한 뒤에 돼지우리에 가두었더니, 뭇 돼지들이 앞 다투어 그 여자를 물어뜯어 '사람 살리라'고 다급하게 불렀으나, 서리는 거짓으로 그러는 줄 알고 구하지 않고 내버려 두었다. 그 이튿날 밝을 녘에 가보니 다 뜯어 먹고 오직 뼈만 남아 있었다.[19]

나라에서 주관하는 제사에 쓸 가축을 담당한 기관인 장생서에는 사법司法의 기능이 있었던 것으로 보인다. 여자는 대정의 아내라 하였으니, 비록 하급 지휘관이긴 하나 엄연히 감독 공무원의 가족인데, 여자가 죄수임을 빌미로 강간하는 일이 벌어진다. 거기서 끝이 아니다. 강간을 감추려는 목적으로 장생서에서 관리하는 돼지우리에 처넣는다. 돼지에게 뜯어 먹히는 참혹한 테러가 발생한다.

---

19 『고려사절요』, 고종 15년(1228).

이는 물론 매우 특수한 사건이다. 그러나 상층부가 농단을 벌이고 왕릉이 털리는 상황과 조응하여 보면, 관의 통치 지역인 관아에서 벌어진 이 같은 사건이 13세기 고려의 심각한 붕괴 현상을 웅변한다. 관아 바깥의 지역에 대해서는 더 말할 나위 없다.

무인정권의 전횡으로 기율이 무너지고 몽골의 침략으로 폐허가 된 나라 안의 모습은 일연의 다음과 같은 기록으로 증언된다.

[4] 지금 전쟁을 겪은 이래 큰 불상과 두 보살상은 모두 녹아 없어지고, 작은 석가상만이 남아있다.[20]

[5] 조계종의 무의자無衣子 스님이 남긴 시가 있다. "나는 들었네 / 황룡사 탑이 불타던 날 / 번지는 불길 속에서 한 쪽은 / 무간지옥을 보여주더라고"[21]

자료 [4]는 경주 황룡사의 장육존상이 불탄 모습을 전해준다. 일연이 폐허가 된 황룡사를 답사하고 남긴 기록이다. 청동으로 만든 1장 6척의 불상이 흔적 없이 사라진 자리에서 차라리 그의 붓끝은 담담하다. 충격의 역설일까? 일연과 동시대의 승려 무의자의 시를 인용

---

20 『삼국유사』, 「塔像」, (皇龍寺丈六).
21 『삼국유사』, 「塔像」, (前後所將舍利). 이 시의 3~4행에 대해서는 다른 해석이 가능하다. "함께 불난 한 쪽이 / 무간無間한 사이임을 보여준다고." 황룡사 탑이 불탈 때 통도사에 간직한 부처 사리함에 얼룩이 생겼다는 앞의 기록과 연결된다. 탑과 사리함이 무간無間하다는 것이다. 그러나 여기서 필자는 전쟁의 참상을 상징한 사건으로 보고 해석하였다.

한 [5]는 폐허의 상황이 무간지옥無間地獄과 다름없다고 묘사하였다. 더 이상의 표현을 찾지 못하는 탓일 것이다. 무의자는 진각국사眞覺國師 혜심慧諶(1175~1234)이다.

위의 두 자료는 현장의 목격담이거니와, 신라 말의 혼란스러운 시대에 일어난 아래 이야기를 읽다 보면, 13세기의 현실이 구체적으로 오버랩 되는 느낌을 받게 된다.

> [6] 백제의 견훤이 서울을 쳐들어와 성안이 온통 혼란에 빠졌다. 최은함崔殷咸이 아이를 안고 와서, (중략) '관음보살의 힘을 빌려 이 아이를 키워주시고, 우리 부자가 다시 만날 수 있게 해' 달라고 눈물을 쏟으며 강보에 싸서 부처가 앉은자리 아래 감추고 하염없이 돌아보며 갔다.[22]

신라 말 최은함이 아들 최승로를 살리는 이야기의 앞부분이다. 견훤의 침략은 곧 몽골의 침략과 통한다. 본디 이 절의 관음보살에게 빌어 늦게야 아들을 얻은 은함은 위기의 순간에 다시 찾아왔다. 젖도 떼기 전의 아이를 맡긴 곳은 관음보살의 자리 아래다. 제아무리 불심이 깊다하되 무심한 청동 보살에게서 젖이 나오리라 믿은 것은 아니었을 것이다. 실로 별무방법別無方法 끝에 내린 하릴없는 선택지選擇肢였다. 이것이 전쟁이고, 일연에게 13세기의 고려 또한 그렇게 상상되었으리라 보인다.

이제 일연이 『삼국유사』에서 자신의 시대를 과거의 이야기를 통

---

22 『삼국유사』, 「塔像」, 〈三所觀音衆生寺〉에서 요약 인용.

해 어떻게 재구再構해 나가는지 살피고자 한다. 그리고 그것이 불교적 변증이 작용된 극복의 어젠다였음을 설명하기로 한다.

4 『삼국유사』에 반영된 시대적 비극

1) 큰臣 사이의 배신 : 염장/궁파

왕조시대에 군신간의 질서는 한 사회의 기율을 규정한다. 기율의 파괴가 어디에서 기인하든 그것이 미치는 사회적 파장은 지대하다. 13세기의 그러한 상황과 이를 연상시키는『삼국유사』의 이야기를 비교해 보기로 한다.

정중부의 쿠데타가 성공하여 우리 역사상 초유의 무인정권이 성립하지만, 경대승-이의민 등 실권자가 교체되는 20여 년간의 극심한 혼란을 극복하고 정권의 안정기를 이룩한 사람은 최충헌崔忠獻이었다. 1196년의 일이다. 이로부터 최이-최항-최의로 이어지는 4대간을 최씨무인정권이라 부른다.

그러나 강력한 최충헌 정권에게도 도전 세력이 없지 않았다. 그가 가장 큰 위기에 처한 사건이 1211년 말에 벌어진다.

12월에 최충헌이 전주銓注의 일로 수창궁壽昌宮에 나아가서 왕의 앞에 있었는데 조금 후에 왕이 안으로 들어가고 환관이 충헌의 종자에게 속여 말하기를, "왕의 명령이 있어 주식酒食을 내려준다." 하면서 이끌고서 낭무廊廡 사이로 깊이 들어갔다. 조금 후에 중과 속인俗人 10여 명이 병기를 가지고 갑자기 뛰어와서 종자從者 2, 3명을 쳤다. 충헌이 변고가 있음을 알고 창황히 아뢰기를, "주상께서는 신을 구원해 주소서." 하니, 왕은 잠자코 말이 없으며 문을 닫고 들어오게 하지 않았다. 충헌이 어찌할 계책이 없어서 지주사知奏事 방의 장지障紙 사이에 숨어 있으니 한 중이 세 번이나 찾았으나 결국 잡지 못하였다.[23]

여기서 왕은 희종熙宗이다. 최충헌은 집권 당시 명종明宗을 폐하고 신종神宗을 세웠다가 다시 바꾼 왕이 희종이었다. 1204년의 일이다. 이후에 반복되지만 최충헌의 암살 시도에는 승려가 자주 개입되는데, 이는 무인정권이 기존의 불교세력을 축출한 데서 연유한다. 여기서도 '중과 속인俗人 10여 명'이 작당하고 있다. 무엇보다 위중하기로는 왕이 개입되어 있다는 사실이다. 이미 암살 세력과 연락되어 있어서 충헌의 구원 요청을 외면하고 있다.

그러나 최충헌은 몸을 숨겨 겨우 화를 모면했고, 마침 궐내에 있던 김약진金躍珍과 정숙첨鄭叔瞻의 도움으로 안전한 곳으로 옮겨갔다. 김약진이 보복과 함께 왕까지 죽이자고 나섰는데, 충헌은 의외로 차분히 나라꼴을 걱정하며, "뒷세상의 구실이 될까 두렵다. 내가 마땅히 추국推鞫할 것이니 너는 경솔히 가지 말라."고 타일렀다.[24] 물론

---

23 『고려사절요』, 희종 7년(1211) 12월.
24 위와 같은 부분.

사태가 안정된 이후 왕을 폐하여 강화현江華縣으로 옮겼고, 태자를 비롯한 아들과 가까운 일족을 모두 유배시켰다. 다음 왕인 강종康宗은 한남공漢南公 정貞이라는, 족보에서 아주 먼 이였다.[25]

이 사건은 13세기에 벌어진 대표적인 군신 사이의 배신을 보여준다. 어느 시대인들 이런 일이 없지 않았지만, 누란의 위기에 처한 시기의 모반은 권력자 사이의 유혈로 그치지 않는다. 곧 백성의 삶과 직결되는 것이다.

『삼국유사』에서 이 같은 군신 사이의 배신을 보여주는 사건이 궁파의 죽음이다. 궁파는 장보고의 다른 이름이다. 이 사건은 두 가지 층위를 가지고 있다. 먼저 신무왕과 궁파 사이에 벌어진 일이다.

제45대 신무대왕神武大王이 왕자였을 때, 데리고 있던 신하 궁파弓巴에게 말하였다.

"내겐 함께 하늘을 같이하지 못할 원수가 있소. 그대가 나를 위해 제거해 주고 내가 왕위에 오르면, 그대의 딸을 맞아 왕비로 삼겠소."

궁파가 응낙하고, 마음과 힘을 함께 하여 군사를 일으키고 서울을 쳐서, 그 일을 이룩해 냈다. 왕위에 오른 다음 궁파의 딸로 왕비를 삼고자 했으나, 여러 신하들이 극렬히 아뢰었다.

"궁파는 미미한 사람입니다. 왕께서 그 딸을 왕비에 앉게 하시는 것은 옳지 못합니다."

왕은 그 말에 따랐다.

---

25 위와 같은 부분.

그 때 궁파는 청해진淸海鎭에서 군사를 이끌고 있었다. 왕이 말을 어긴 것을 원망하여 반란을 꾀하였다.[26]

신무왕은 궁파와 한 즉위 전의 약속을 지키지 않았다. 왕이 신하를 배신한 것이다. 토사구팽兎死狗烹의 형국에서 신하는 반란을 꾀한다.

그런데 이어지는 이야기에서 궁파는 왕의 위치가 되었다. 두 번째 층위의 이야기이다. 신무왕의 신하 염장閻長이 궁파를 제거하러 나서는 것이다. 당연히 왕은 기꺼이 허락하였다. 염장은 궁파를 만나 자신 또한 왕에게 버림받고 왔노라 말하였다. 궁파를 죽이려는 계책이었다. 같은 경험을 한 궁파를 속이는 데 적당한 방법이었다.

"그대는 무슨 일로 여기에 왔는가?"

"왕에게 거스르는 짓을 했습니다. 장군께 붙어 해코지를 면해보려 할 따름입니다."

"잘 왔군."

궁파는 술을 마시며 즐거이 놀았다. 술이 거나해지자 염장은 궁파의 긴 칼을 뽑아 목을 베어버렸다. 아래 군사들이 놀라고 두려워하면서 모두 땅바닥에 엎드렸다. 염장은 그들을 이끌고 서울에 이르러 왕에게 보고하였다.

"궁파의 목을 베었나이다."

26 『삼국유사』, 「紀異」, 〈閻長 弓巴〉.

왕은 기뻐하며 상으로 아간阿干 벼슬을 내렸다.[27]

궁파는 장군으로서 왕의 위치, 염장은 부하로서 신하의 위치이다. 이 왕과 신하 사이에서도 배신이 난무하였다. 치밀한 계획으로 장군을 죽인 부하의 하층위는 신무왕과 궁파 사이의 상층위와 겹쳐진다. 배신의 왕은 배신당한 신하를 죽이거니와, 이는 희종과 최충헌 사이에 벌어진 배신극의 역전된 상황이다.

일연은 자기 시대의 비극을 신라의 신무왕-궁파-염장의 관계 속에서 상징적으로 설명하고 있다.

2) 버림받는 자식 : 손순/아들

시대의 비극은 부자간의 천륜도 끊어 놓는다. 충忠에 앞서는 유교적 윤리의 덕목이 효孝이거니와, 사회가 한번 혼란에 빠지자 자식의 부모에 대한 효는 물론, 자기를 희생하여 자식을 살리는 부모의 미담 또한 제한적이다. 극한 처지에 몰렸을 때 인륜과 도덕은 힘을 잃는다. 자식을 버리는 비극이 횡행하는 것이다. 먼저 13세기 역사에서 다음과 같은 사례를 보자.

3월에 여러 도의 고을들이 난리를 겪어 피폐해져 삼세三稅 이외의 잡세를 면제하고, 산성과 해도에 들어갔던 여러 도의 고을 사람들을

---

27 위와 같은 부분.

모두 육지로 나오게 하였다. 그때에 공산성公山城에 들어갔던 백성들
은 굶주려 죽은 자가 매우 많아서 늙은이와 어린이가 길가에서 죽었
다. 심지어는 아이를 나무에 붙잡아 매어놓고 가는 자까지 있었다.[28]

1253년에는 몽골의 제4차 침입이, 1254년에는 제5차 침입이 있었
다. 고려는 보호의 명목 아래 백성을 섬과 산성으로 소개疏開하였다.
그러나 이것은 초토화 작전이었다. 원정군을 효과적으로 막을 수 있
는 방법인데, 문제는 소개된 백성이 그 지역에서 생존하기 어려운
매우 열악한 조건을 맞았다는 것이다. 위의 인용에서 보인 바, 1255
년에 입보자入保者를 일단 출륙出陸 시키는데, 공산성에서의 경우 늙
은이와 어린이의 피해는 심각하였다. 이는 물론 공산성만의 일이 아
니었다.

가장 처연하기로는 아이를 나무에 매놓고 떠나버린 부모이다. 아
이는 피난길의 짐이었을 것이다. 우리는 앞서 이와 비슷한 사례를
자료 [6]에서 보았다. 최은함이 아이를 절에 두고 떠나는 장면과 크
게 다르지 않다. 다만 최은함의 행동이 보인 신앙적 차원은 해석의
여지를 다르게 한다.[29]

오히려 『삼국유사』에서 대응할 사례를 찾자면 다음과 같은 이야기
이다. 신라 흥덕왕 때의 손순孫順이 자기 아이를 묻으려는 장면이다.

---

28 『고려사절요』, 고종 42년(1255).
29 이에 대해서는 5장에서 다루고자 한다.

손순에게는 어린 아이가 있었는데, 매번 할머니의 음식을 뺏어 먹는 것이었다. 손순이 이를 곤란하게 여기고 아내더러 말했다.

"아이는 얻을 수 있지만 어머니는 다시 구하기 어렵소. 잡수실 것을 뺏어 버리니, 어머니가 너무 배고파하시는구료. 이 아이를 묻어 어머니가 배부르도록 해야겠소."

그러고서 아이를 업고 취산醉山의 북쪽 교외로 나갔다. 땅을 파다가 돌로 만든 종을 발견했는데, 매우 기이하게 생겼다. 부부가 놀라워하며 잠시 숲 속의 나무 위에 걸어두고 시험 삼아 쳐보니, 소리가 은은하기 그지없었다. 아내가 말했다.

"기이한 물건을 발견했으니, 아마도 아이의 복인가 합니다. 묻어선 안되겠어요."

남편도 그렇다 여기고, 곧 아이와 종을 업고 집으로 돌아왔다.[30]

어머니를 봉양하는 일이 우선인 효자의 마음을 헤아리기 어렵지 않다. 이 이야기가 효선孝善 편에 실린 점을 감안할 필요가 있다. 더욱이 마지막은 해피엔딩이다. 이야기의 핵심은 돌 종에 있다. 이 상징물이 주는 은은한 효과를 생각하며 읽을 필요가 있다. 집에 돌아와 돌 종을 대들보에 달아 쳤더니 기이한 소리가 궁궐까지 들렸는데, 돌로 된 종에서 소리가 나는 것 자체를 현실의 메타포로 읽어야 한다.[31] 그러나 가난한 살림이 가져온 가족의 비극은 엄연하다. 아이를

---

30 『삼국유사』, 「孝善」, 〈孫順埋兒〉.
31 고운기『우리가 정말 알아야 할 삼국유사』, 현암사, 2002, 690-693쪽 참조.

묻어버리려는 시도 자체가 파괴된 가족 관계를 말하는 것이다. 무사히 피난하려고 아이를 나무에 매단 행위와 다를 바 없다.

일연은 손순의 이야기를 『삼국유사』에 실으며 자신의 시대에 벌어지는 비극적인 현실을 은유했으리라 보인다. 다만 이야기는 비극으로 끝나지 않는다. 참혹의 너머에 있는 희망을 이야기하는 일연은 비극 이후의 단계를 설정하는 까닭이다.

3) 피폐한 시대의 부부 : 김현/虎女

혼란한 사회에서 여성의 삶 또한 편안할 수 없었다. 공녀貢女와 같은 정치적인 희생양뿐만 아니라, 전쟁으로 인한 과고寡孤의 이중고를 일반 여성이 안고 있었다. 남편을 잃고 생활기반이 사라진 여성은 자식을 책임질 수 없었다. 거기서 고아가 넘쳐났다. 이제 그 같은 상황을 보여주는 13세기의 구체적인 사례와 『삼국유사』에서의 이야기를 대비해 보자.

여성의 고통스러운 생활상은 좀 더 구조적인 문제에서 출발하였다. 고려시대에는 부부간의 이혼이 흔한 일처럼 말해지고 있으나, 인륜을 넘어 천륜이라 여기는 혼인을 쉽게 깨지는 못하였을 것이고, 오늘날처럼 그렇게 자주 벌어진 일도 아니었다. 그런데 13세기의 혼란한 시기에는 그 사회상을 반영하듯 뜻밖의 이혼 사례가 눈에 띈다.[32]

---

32 이에 대해 고운기 「13세기 여성의 삶과 그 인식」, 『일연과 삼국유사의 시대』, 월인, 2001, 69-96쪽에서 자세히 논한 바 있다. 여기서는 그 가운데 適宜한 예를 두 가지 인용하여 다시 논의하고자 한다.

[7] 왕규王珪는 평장사 계지무季之茂의 딸에게 장가들었다. 그런데 지무의 아들 세연世延이 김보당金甫當의 막내 사위라는 이유로 김보당의 난에 죽었으므로, 이의방李義方은 규도 함께 해치고자 하여 그를 수색하였다. 규는 정중부의 집에 숨어 화를 면하였다. 이때 과부가 된 중부의 딸이 규를 보고는 좋아하여 간통하였다. 규는 마침내 옛 아내를 버렸다.[33]

[8] 나유羅裕는 음직蔭職으로 경선점록사慶仙店錄事가 되었다. 임연林衍이 사사로운 원한으로 유의 장인 조문주趙文柱를 죽이고, 유에게 이혼을 하도록 위협하였으나, 유는 의로서 그것을 거절하였다. (중략) 이때 조사朝士의 아내들이 적의 수중에 떨어진 사람들이 많았으므로 보통 다시 처를 얻었다. 적을 평정한 뒤 혹 돌아온 아내들도 있었으나 모두 받아들이지 않고 버렸다. 유 역시 이미 새 아내를 맞았으나, 먼저 적진으로 쳐들어가 옛 아내를 찾아와서 다시 전처럼 부부생활을 하니, 듣는 사람들이 그를 의롭게 여겼다.[34]

자료 [7]은 무신난이 한창이던 12세기 말의 기록이다. 정중부·김보당·이의방은 무신란 초기의 주요한 멤버들이다. 거기에 왕규가 끼여들어 화를 입고 있는 장면인데, 당대 최고의 실력자였던 정중부의 힘에 의지하여 목숨을 건진 그는 결국 본처를 버리고 중부의 딸과

---

33 『高麗史』 卷101, 「列傳」 卷14, 〈王珪〉.
34 『高麗史』 卷104, 「列傳」 卷17, 〈羅裕〉.

재혼하였다는 것이다. 물론 여기에는 중부의 딸이 남자를 유혹하는 문제적 인물로 그려져 있으나, 그 때문에 치를 왕규의 아내의 희생은 아무 것도 아니게 되고 말았다.

그에 비해 자료 [8]의 나유는 왕규와 정 반대되는 태도를 보이고 있다. 임연은 왕정복고 뒤인 원종元宗 때(1259~1274)에 권력을 잡은 사람이다. 그런 실력자의 요구를 중하급 관리가 거절하기란 쉽지 않았을 것인데, 나유는 의연히 대처하고 있다. 나아가 적진에 빠진 아내를 끝내 구해 와 다시 부부생활을 했다는 데서 더욱 칭찬을 받는다. 그 때는 최씨정권이 망했다고 하나, 아직 삼별초의 남은 세력들과의 싸움이 그치지 않고 있었고, '적의 수중에 떨어진 사람들'이라 함은 바로 그 와중에 벌어진 일련의 싸움에서 붙잡혀 간 여자들을 일컫는다.

자료 [7]은 당시 일반적인 상황을, 자료 [8]은 특이한 상황을 보여준다고 해야 할 것 같다. 죽음이냐 이혼이냐의 선택이라면 어느 쪽이 더 쉬웠을 것인가 대답하기란 간단하다. 왕규는 그런 일반적인 경우를 보여주는 사람이다. 그러나 의로운 경우는 비록 그 숫자가 적어도 특별히 기록할 만한 가치를 지니는 것이어서, 그 예를 쉽게 찾을 수 있는 까닭도 여기서 말미암는다.

다만 누구나 의로운 일이라 하여 그 의지대로 행동할 수 없는 것이 현실이다. 의지와 행동을 일치시키지 못하는 상황에서 나타나는 것이 13세기의 비극적 세계관이었다.

한편, 이와 대응하여 『삼국유사』에서 찾을 수 있는 자료가 김현과 호랑이 처녀의 사랑 이야기이다. 흥륜사의 법당과 탑을 돌며 복을 비는 모임에서 만난 김현과 처녀는 서로 눈이 맞아, 바로 정을 통하며 부부의 연에 버금가는 인연을 맺었다. 그러나 처녀는 산중에 사는 호랑이였다.

김현이 굳이 처녀의 집까지 따라가면서 불행한 일이 벌어지고 말았다.

여자에게는 세 명의 오빠가 있는데, 사람을 해치며 나쁜 일을 많이 저질러 하늘의 징벌을 받게 되었다. 김현은 이 와중에 휘말리게 된 것이다. 사세가 위중해 진 것을 안 호랑이 처녀는 자신을 희생하기로 결심하였다.

"세 분 오빠는 멀리 피하세요. 그러면 제가 나가서 몸 바쳐 대신 벌을 받겠어요."

모두 기뻐하며 머리를 조아리고 꼬리를 떨구며 도망가 버렸다. 여자가 들어가 김현에게 말했다.

"처음에 저는 그대가 제 족속들과 부딪혀 당할 곤욕을 부끄러워하였기에 한사코 막았습니다. 이제 위태로움은 사라졌으니 감히 마음을 털어놓습니다. 천한 계집이 낭군에게야 비록 사람과 짐승으로 나뉘지만, 짝이 되어 하루 저녁 즐거움을 누렸습니다. 뜻 깊이 맺은 부부의 인연만큼이나 소중하지요. 그러나 세 오빠의 나쁜 짓은 이미 하늘이 미워합니다. 일가에게 닥칠 재앙을 제가 감당하려 하는데, 다른 사람에게 죽느니 낭군의 칼끝에 엎어진다면, 그것으로 은덕을 갚는 것이겠지요? 제가 내일 저잣거리에 들어가 처참한 행패를 부리겠지만, 나라 안의 사람 어느 누구도 저를 어떻게 하지 못할 것입니다. 그러면 왕이 반드시 사람을 모아 높은 벼슬을 걸고, 저를 잡으라고 하겠지요. 낭군께서는 겁먹지

마시고 저를 따라 오십시오. 성 북쪽 숲 속에서 기다리겠습니다."

"사람이 사람과 사귀는 것은 누구나 아는 도리이지만, 사람과 짐승이면서 사귐은 정녕 특별한 일이네. 이제 조용해졌으니 진실로 하늘에서 내려 준 다행일세. 차마 어떻게 배필로 맞은 이의 주검을 팔아 한 세상 벼슬이나 얻을 요행을 삼겠나?"

"낭군께선 그런 말씀을 마세요. 이제 저의 목숨은 천명을 누렸고 또한 저의 소원입니다. 낭군에게는 경사스런 일이요, 우리 족속에게는 복이며, 나라 사람들에게는 기쁨입니다. 한번 죽어 다섯 가지 복이 갖춰지니 거스를 수 있겠어요? 다만 저를 위해 절을 짓고 경전을 읽어 좋은 업보로 삼아 주신다면, 낭군의 은혜 이보다 더 큰 것이 없겠나이다."[35]

호랑이 처녀는 자신을 희생하여 위기에 처한 김현을 구하고 오빠들의 징발을 면하게 한다. 하나의 희생이 여러 가지 이득을 가져오는 것을 경사와 복 그리고 기쁨으로 여길 정도이다. 일연은 이 이야기에서 무엇보다 처녀의 이 같은 정신을 높이 샀다. 자료 [7]에서 왕규가 보여준 이기적 행동과는 반대이고, 자료 [8]에서 나유가 보여준 이타적 행동에 가깝다. 물론 김현 역시 사랑하는 이의 죽음으로 자신이 얻을 행운을 부끄럽게 여긴다. 두 사람은 부부의 지고지순한 경지에 이르러 있는 것이다.

일연이 이 이야기 끝에 중국의 고사에서 신도징申都澄의 이야기[36]

---

35 『삼국유사』, 「感通」, 〈金現感虎〉.
36 이 이야기는『太平廣記』에 실려 있는데, 일연은 부분적으로 中略하면서 轉載하였다.

를 가져온 것도 주제의식을 한층 부각시킨다. 호랑이 처녀를 만나 부부의 인연을 맺은 대목은 유사하나, 끝내 부인은 남편과 아이들을 버리고 산중으로 사라지고 말았다. 김현의 아내로서 호랑이 처녀와 는 크게 다르다. 두 이야기를 소개한 뒤 일연이 내린 평설評說이 이어 지거니와, 김현의 아내를 평가한 다음 대목에 주목할 필요가 있다.

> 김현의 호랑이는 어쩔 수 없이 사람들을 해쳤으나, 좋은 처방으로
> 잘 이끌어 주어서 그 사람들을 치료했다. 짐승이라도 인자한 마음 씀
> 이 저와 같으니 이제 사람이면서 짐승만 못한 이들은 어찌하리.[37]

'짐승이라도 인자한 마음 씀'이라든지 '사람이면서 짐승만 못한 이들'이라는 표현이 지닌 의미는 무엇인가. 그것은 곧 피폐한 자신 의 시대를 향해 던지는 메시지이기도 하다.

5 불교적 의의의 구현을 통한 복원

일연은 13세기 고난의 시기와 그 생애를 같이 하였다. 정쟁政爭과 전쟁의 혼란이 가져온 결과였다. 『삼국유사』는 무너진 나라의 폐허 속에 시대의 아픔을 통감痛感한 지식인이 이룩한 무등無等의 텍스트

---

37 위와 같은 부분.

이다. 시대의 아픔이 어디에서 연원하는지 밝히고, 어디에서 희망을 찾아야 하는지 그 해답을 내놓았다. 그것은 이야기가 주는 위안과 즐거움을 통해서였다.

이야기는 불교적 의의가 구현된 것이라 하였다. 나아가 불교적 의의란 변증적 사고방식이 생활에 적용된 알고리즘algorism이라고도 하였다. 알고리즘의 해답은 분명히 나온다. 다만 처음부터 확정된 것은 없다. 어떤 경우이건 상황과 조건에 따라 유동적으로 움직인다. 융통성이라고 할 수 있는 이런 연산은 위기의 상황에서 빛을 발하였다.

고려의 문신사회를 뒤엎은 무신정권은 사회적인 패러다임의 역전을 가져왔다. 그것이 공功일수만은 없었지만, 일연 같은 승려가 불교적 의의를 구현할 바탕을 마련한 것은 다행한 일이었다. 유교적 효孝의 관념과 배치되는 다음과 같은 이야기가 그렇다. 무엇이 진정한 효인지 설명하는 설득력 있는 이야기의 바탕은 불교적 변증의 상황 논리이다.

의상義湘의 십대제자 가운데 한 사람인 진정眞定의 이야기이다.[38]

가난하고 평범했지만 진정은 출가의 뜻을 가지고 있었다. 문제는 홀로 남게 될 늙은 어머니였다. 부역하는 틈틈이 품을 팔아 곡식을 받아다 모시고 있었다. 그런 어머니를 두고 떠날 수 없었던 진정은 어느 날 어떤 계기가 되어 어머니에게 자신의 계획을 말하였다. '효도가 끝나고 나면' 출가하겠다는 뜻이었다.

여기서 어머니와 아들 사이의 줄다리기는 팽팽하다. 본문에서 일

---

38 『삼국유사』, 「孝善」, 〈眞定師孝善雙美〉.

연은 그것을 삼사삼권三辭三勸으로 요약하였다.

아들은 출가를 하되 어머니가 돌아가신 다음에 가겠다고 사양하자, 어머니는 "부처님의 법을 만나기는 어렵고 인생은 짧은데, 효도를 마친 다음이라니? 그건 너무 늦다. 내가 죽기 전에 도를 듣고 깨우쳤다는 소식을 듣는 것만 같지 못하구나. 머뭇거리지 말고 빨리 가거라."[39]고 권하였다. 첫 번째 사양과 권유이다.

아들은 다시 사양하였다. 어머니가 많이 늙어 옆에서 지켜야 하니, 이 일을 놓고 출가란 도리에 맞지 않는다고 말하였다. 여기서 어머니는 다시 권하였다.

> "아니다. 나를 위한다고 출가를 못 하다니. 그건 나를 지옥 구덩이에 빠뜨리는 일이야. 비록 살아서 삼뢰칠정三牢七鼎으로 나를 모신들 어찌 효도라 하겠느냐? 나는 남의 집 문 앞에서 옷과 밥을 빌어도 천수를 누릴 수 있다. 정말 내게 효도를 하려거든 그런 말은 하지 말아라."[40]

두 번째 사양과 권유이다. 어머니의 이 말에서 우리는 불교적 인식이 바탕이 된 특이한 효도관을 보게 된다. 아들은 전형적인 인간의 도리로 사양하였다. 그러나 이에 대해 어머니는 진정한 효도의 의미를 다르게 정의하며 설득하였다. 아들의 선의와는 달리 출가가 늦어지는 것은 효도가 아니라 도리어 지옥 구덩이에 빠뜨리는 결과

---

39 위와 같은 부분.
40 위와 같은 부분.

를 초래한다는 것이다. 어머니에게는 이승의 호사가 중요하지 않다. 봉양이 전형적인 효행이라면 어머니는 이에 반反하여 출가가 효행의 궁극임을 설파하는 것이다. 가난하고 평범한 어머니로되 그렇게 지양된 지점이 있음을 알았다. 이것은 불교적 변증이 그 생활 속에 녹여져 있음을 보여준다.

그럼에도 불구하고 아들은 머뭇거린다. 침통한 생각으로 머리를 떨구고 있었다. 세 번째 사양하는 아들을 두고 마지막으로 권하는 어머니의 행동은 이 이야기의 절정이다.

> 어머니는 벌떡 일어나더니, 쌀독을 뒤집어 쌀 일곱 되를 털어 내 그 자리에서 밥을 짓고는 말했다.
>
> "네가 밥 지어 먹으면서 가느라 늦어질까 오히려 두렵다. 내 보는 눈 앞에서 그 중 하나를 먹고, 나머지 여섯 개를 싸서 서둘러 가거라."[41]

어머니의 세 번째 권유는 말이 아니라 행동이었다. 이만큼 결연한 행동은 확고한 신념 아래 나오는 것이었다. 진정이 의상의 문하에 들어 수행의 모범을 보인 뒷이야기는 후일담이다. 이미 자식에게 출가를 권하는 어머니의 말과 행동에서 보여줄 고갱이는 다 나왔다. 이 같은 삼사삼권三辭三勸의 서사敍事에는 불교적 변증의 알고리즘으로 풀리는 맥락이 있다.

보다 구체적인 위안의 서사에는 관음보살이 등장한다. 중국의 관

---

41 위와 같은 부분.

음신앙이 토착적인 도교신앙과 만나 현세구복으로 흐른 것과 마찬
가지로[42] 신라 또한 여기에 견주어지는 사례를 많이 남기고 있거니
와, 일연은 『삼국유사』에서 이를 적극적으로 받아들이고 있다. 이를
설명하기 위해서는 앞서 보인 자료 [6]을 다시 검토할 필요가 있다.

최은함이 늦은 나이에 중생사의 관음보살에게 지극한 정성으로
빌어서 아들을 얻었다. 아들이 백일도 지나기 전에 견훤의 신라 침
공으로 성안이 온통 혼란에 빠졌다. 그래서 다시 이 절을 찾아 아들
을 금당에 두고 피난 갔다. 여기까지는 앞서 보인 바이다. 이 사실만
으로는 유기遺棄와 다를 바 없는 비극적인 장면이다.

그러나 최은함의 이야기는 반전을 기다리고 있다.

> 보름쯤 지나 적들이 물러가자 와서 찾아보니, 피부가 마치 새로 목
> 욕한 듯, 몸이 반들반들하며, 입 언저리에서는 아직 우유 냄새가 나고
> 있었다. 안고서 돌아와 길렀는데, 자라자 남보다 총명하기 그지없었
> 다. 이 사람이 바로 최승로崔丞魯이다.[43]

사람들은 위기에 처한 아이를 구한 것이 관음보살이라고 믿는다.
'입 언저리에서 나는 우유 냄새'가 그 증거이다.[44]

---

42 中村元 외 편집『岩波佛敎辭典』(제2판), 岩波書店, 2002, 184쪽.

43 『삼국유사』,「塔像」,〈三所觀音衆生寺〉.

44 고운기「문화원형의 의의와 삼국유사」,『한문학보』24집, 우리한문학회, 2011, 19쪽.
관음보살이 아이를 구하는 이야기의 원형은 근래 들어 오세암 전설로도 이어진다.
위의 논문, 19-21쪽 참조.

그러나 이 이야기에서 전쟁의 참상은 13세기 고려를 그대로 상상하게 한다. '아이를 나무에 붙잡아 매어놓고'[45] 가는 자와 '강보에 싸서 부처가 앉은자리 아래 감추고 하염없이 돌아보며'[46] 간 자의 처지가 다를 바 없다. 나무와 부처의 차이만 있을 뿐이다. 한마디로 내분內紛과 전쟁의 와중에서 강간强姦, 유기遺棄, 살인이 횡행하는 시대였다. 폐허였다. 이런 시대와 대응하여 과거의 역사 속에서 전해오는 이야기를 수집하는 일연의 의중에는 폐허를 복구하는 의지가 숨어 있다. 그래서 시대의 아픔이 어디에서 연원하는지 밝히고, 어디에서 희망을 찾아야 하는지 그 해답을 내놓았다는 것이다. 이야기가 주는 위안과 즐거움이었다.

인간성의 상실에 대처하는 대자대비의 염원이 허망虛妄은 아니다. 일연이 목적한 바, 파괴 속에서의 복원은 불교적 의의의 구현으로 나타난다는 말이 이것이다.

---

45 각주 28 참조.
46 각주 22 참조.

제6장

한문현토체 신문소설 『신단공안神斷公案』으로 보는 범죄서사의 상업화

▌김정숙

1 머리말

『신단공안』은 1906년 5월 19일부터 12월 31까지 『황성신문皇城新聞』에 연재된 한문현토체漢文懸吐體 소설로, 전체 7개의 이야기가 190회로 나뉘어 실려 있다[1]. 『신단공안』의 7개 이야기 중에서 1-3화와

---

1 내용 이해를 위해 7회의 제목을 제시하면 다음과 같다. 본고는 이 중에서 남녀간의 불륜으로 인한 살인이라는 범죄서사를 주 논의 대상으로 하기 때문에 제 4회와 7회는 제외하였다.

5-6화는 중국 공안소설公案小說의 번안이 확실하거나 추정되는 이야
기이고, 제 3화의 김봉金鳳 이야기는 전래의 봉이鳳伊 김선달金先達 이
야기를,[2] 제 7화의 어복손魚福孫 이야기는 꾀많은 하인이 어리석은
상전을 속이는 '꾀쟁이 하인' 설화를 토대로 한 것이다.[3]

『신단공안』에 대해서는 전래 설화를 서사화한 제4화와 제7화에
담긴 근대적 성격을 논의하거나[4] 송사소설의 전통에서 『신단공안』
의 장르적 성격을 고찰하거나[5] 작품이 담고 있는 전통적 맥락과 근

제1회: 미인은 마침내 목숨을 버리고 사내는 다시 장가들지 않기로 맹세하다
美人竟拚一命, 貞男誓不再娶
제2회: 늙은 낭군은 유학을 가고 자비로운 관음보살이 꿈에 나타나다
老大郞君遊學, 慈悲觀音托夢
제3회: 자애로운 어머니가 울면서 효녀의 머리를 자르고 악승은 명관의 손에서 벗
어나기 어렵네
慈母泣斷孝女頭, 惡僧難逃明官手
제4회: 인홍은 닭을 상서로운 봉황이라 속이고 낭사는 명관보다 뛰어나네
仁鴻變瑞鳳, 浪士勝明官
제5회: 요사스런 경객은 법회를 열어 간통을 하고 유능한 관리는 관을 대령하고
죄인을 신문하네
妖經客設齋成奸, 能獄吏具棺招供
제6회: 완악한 아이가 사사로운 약속을 지키느라 흉계를 드러내고 명관은 신의 말
을 빌어 나쁜 놈을 잡아가네
踐私約頑童逞凶, 借神語明官捉奸
제7회: 어리석은 생원은 온 집안을 몰아다 용궁에 매장시키고 사악한 종은 누각에
서 자다가 악몽에 놀라 깨네
痴生員驅家葬龍宮, 譬奴兒倚樓驚惡夢

2 심재숙 『근대 계몽기 신작 고소설연구』, 도서출판 월인, 2012, 160-183쪽.
3 정환국 「애국계몽기 한문소설의 현실인식-『어복손전』의 경우」, 『민족문학사연
구』8호, 민족문학사연구소, 1995, 200-220쪽. ; 조상우 「애국계몽기 한문소설〈어
복손전〉연구」, 『국문학논집』18, 단국대, 2002, 287-313쪽 ; 김찬기 「근대계몽기 전
傳 양식의 근대적 성격 -『신단공안』의 제4화와 제7화를 중심으로」, 『상허학보』제
10집, 2003, 13-33쪽.
4 김찬기 앞의 논문
5 정환국 「송사소설訟事小說의 전통과 『신단공안』」, 『한문학보』23, 우리한문학회,

대적 맥락을 분석하여 한국적 근대성의 양상을 살펴보는[6] 등 적지
않은 연구가 있었다.

그간『신단공안』과 관련한 수많은 연구들에서 알 수 있듯이, 이 작
품은 단순한 중국 공안소설의 번안에 그치지 않고 근대 계몽기 한문
소설 형식의 변화와 사회적 의식의 변화를 보여주는, 매우 흥미로운
자료이다. 이 작품에서 주목해야 하는 부분은 다음과 같다.

우선 이 작품은 '한문현토체' 소설로 한문소설의 전통 속에서 이
해해야 한다. "却說 肅宗大王即位十六年에 慶尙道晉州府城內에 一個士
族이 有ᄒ니 姓은 許오 名은 憲이니 年方十八에 眉目이 淸秀ᄒ고 丰神
이 俊雅ᄒ야 軒昂風采를 人皆艶賞ᄒ고 兼且才藝夙成ᄒ야 文詞大噪라"
로 시작하는『신단공안』은 현토가 있다고는 하나 한문 문법에 익숙
하지 않으면 읽을 수 없는 '한문지식인'을 독자층으로 한다. 실제로
『신단공안』에는 서사와 더불어 '계항패사씨桂巷稗史氏'나 '청천자聽泉
子'의 논평이 곳곳에 삽입되어 필기筆記나 전傳에 익숙한 한문 지식인
층의 독서물임을 알 수 있다.

다음으로 제 4, 7회를 제외하면 모두 중국 작품을 거의 그대로 번
안하거나 그 자장 하에 있기 때문에 한중韓中 소설의 비교 문화적 시
각에서 다루어야 한다.『신단공안』제 1-3회는 중국 명대明代의『용
도공안龍圖公案』[7]이라는, 포증을 주인공으로 하는 공안소설과 제 5, 6

2010, 529-556쪽.

6 박소현「과도기의 형식과 근대성- 근대 계몽기 신문연재소설「신단공안」과 형식
의 계보학」,『중국문학』63, 한국중국어문학회, 2010, 125-147쪽.

7 『용도공안』은 일명『포공안包公案』이라고도 불리며, 송나라 포증包拯을 중심인물

회는 청대淸代의 『초각박안경기初刻拍案驚奇』 또는 남송南宋 때 계만영
桂萬榮의 『당음비사棠陰比事』[8]와 깊은 관련이 있다. 공안소설은 기본
적으로 범죄와 그 해결에 초점이 있으니, 『신단공안』도 강간과 살인,
친자살해, 간통, 불륜 등 다양한 범죄 서사를 주 내용으로 한다. 이러
한 자극적 소재는 기본적으로 원작에서 기인하는 것이지만 때론 원
작을 넘어서는 자극적 표현과 장면 묘사를 보이는데, 이는 독자들의
말초적 신경을 자극하기에 충분하다.

　이는 이 작품을 '신문 연재소설'의 맥락에서 파악해야 한다는
마지막 논점과 관계가 있다. 1906년경 이인직李人稙에 의해 창작된
「귀鬼의 성聲」과 「혈血의 누淚」를 비롯하여, 이해조의 수많은 신소
설은 『만세보萬歲報』를 비롯한 『제국신문帝國新聞』, 『매일신보每日申
報』 등의 신문소설로 시작하였다. 이들 신소설은 고전소설의 형식
을 벗어나 새로운 형식과 내용 전개를 보이는데, 그 방향이 반드시
계몽적이거나 근대적인 것은 아니었다. 즉 신문소설이라는 매체
적 특징으로 인하여 흥미위주의 성향을 보이는 작품도 있으니, 이

로 한 명대明代 공안소설이다. 명나라 만력연간萬曆年間(1573-1619)에 저술된 것으
로 작자는 알 수 없다. 현재 전체 10권 100편으로 이루어진 번본繁本과 핵심내용만
간추린 간본簡本이 있다. 『용도공안』은 명대 이전까지의 공안소설에서 내용을 간
추려 구성한 것이다.(김광영 「〈용도공안〉 소고」, 『중국문학』15, 한국중국어문학
회, 1987, 171-183쪽) 본고에서 참고로 한 판본은 동치同治 6년(1867년) 한보루간본
翰寶樓刊本이다.

8 『당음비사』는 남송南宋 때 계만영桂萬榮이 1211년에 전래되던 명판결名判決 144건
을 모은 것이다. 우리나라에는 고려시대에 전래되어 조선시대에 『의옥집疑獄集』,
『절옥귀감折獄龜鑑』과 함께 널리 읽혔다. 일본에는 하야시라잔에 의해 조선판본
『당음비사』 훈점본訓點本이 간행되어 전파되었다.(계만영 『당음비사』, 세창출판
사, 2013, 12-17쪽)

인직의 경우, 계몽적 내용이 중심이었던 「혈의 누」와 달리 두 번째 연재소설인 「귀의 성」에서는 처첩간의 갈등을 다루면서 잔인한 음모와 복수 등 자극적 내용이 주를 이루고 있다. 『신단공안』의 자극적 내용과 표현은 기본적으로 원작에서 기인하는 바가 크나 신문소설로 연재되면서 통속성이 훨씬 더 강화되어 간 것으로 볼 수 있다.

즉 『신단공안』은 한문소설적 전통에, 중국 공안소설의 내용과 신문소설적 특징이 결합되어 형태적으로나 내용 지향적인 면에서 복합적이며 중층적 경향을 보이는 작품이다. 특히 내용면에서 살해와 불륜을 주 내용으로 하면서도 매순간마다 논평자가 개입하여 윤리적 논평을 가하는 부분은 이 시기 신문소설을 읽는 한문 지식인 독자들의 통속적 욕망과 도덕적 관념이 어색하게 타협하고 있는 장면이라고 할 수 있다.

본고에서는 이 시기 『신단공안』에 불륜과 살해의 범죄 서사가 이처럼 자극적으로 등장하게 된 문학적, 사회적 배경을 고찰함과 동시에 작품 분석을 통해 『신단공안』의 작자가 통속적 욕망에 어떻게 부합하고 있는지, 불륜과 살인이라는 범죄 서사를 어떻게 상업화하였는지에 대해 살펴보고자 한다.[9]

---

9 본고에서 대상으로 삼은 자료는 한기형·정환국 역주 『역주 신단공안』, 창비, 2007이며, 원문 및 고신문 자료는 〈http://www.kinds.or.kr/mediagaon/goNewsDirectory.do〉에서 가져왔다.

2 1906년, 신문서사의 발달과 범죄의 공론화

근대 계몽기 신문소설에 대한 연구에 의하면 조선에서 신문이 창간된 이후, 신문에 1897년경부터 서사적 논설이 등장해 활성화되었으며 서사문학과 소설은 점차 '잡보雜報'란의 중요한 양식이 되었다. 특히 1905년-1906년 출간된 신문에는 「향객담화鄕客談話」(1905), 「소경과 앉은뱅이의 문답」(1905), 『거부오해車夫誤解』(1906)와 같은 다분히 정치적 성향의 단형 서사물에서부터 「청루의녀전靑樓義女傳」(1906)이나 「혈의 누」(1906), 「귀의 성」(1906)과 같은 장편서사물에 이르기까지 수백 편의 서사문학이 실려 있다.[10] 즉 『신단공안』이 「황성신문」에 연재되던 1906년은 신문소설이 폭증하던 시기였다고 할 수 있다.

1905년 을사조약 이후 서사물들은 대개 애국, 계몽적 성향의 정치 서사였던 반면 1906년 이후에는 『신단공안』과 같이 번안물 중에서 통속적 범죄 소재를 다루는 작품이 연재되거나, 『혈의 누』처럼 근대 문물에 대한 동경을 담고 전근대 세력을 비판하는 친일적 신소설이 창작되기도 하였다. 특히 1910년 일본에 의해 강제병합을 체결한 이후에는 언론, 출판에 대한 대대적 단속으로 인해 소설은 더 이상 계몽이나 이념을 지향하지 못하고 점차 오락적이고 상업적으로 흐르

---

10 김영민 「19세기 말 이후 20세기 초반 한국의 근대문학 : 서사문학의 전개를 중심으로」, 『국어국문학』149, 2008, 133-157쪽.

게 되었다. 이 시기 소설의 거의 대부분이 신문지상을 통해 연재되었다는 사실은 특히나 이들이 사회적 정치적 영향에서 벗어날 수 없는 생태적 한계를 지니고 있음을 의미한다.

이 시기 신문이 당대인들에게 어떤 의미였는가는 당시 신문 광고란을 통해 짐작할 수 있다. 1906년 『황성신문』의 광고란에는 각종 책과 약 광고 외에 자신의 이름을 개명하고 도장圖章을 바꾼 사실, 입양한 아들이 패악하여 파양罷養한다는 내용, 자신의 아우가 토지 사기를 당했으니 독자들도 조심하라는 내용[11] 등 현대인의 시각으로 보면 별 시답잖은 내용이 '고백告白'이라는 이름으로 실려 있다. 이는 당대인들이 지극히 개인적인 사안일지라도 사회적으로 공론화하고자 하는 욕망을 보여주며, 신문에 의해 사적 사건이 공적으로 영역으로 확대되는 것을 인정하고 있음을 의미한다.

> "본인이 운명이 기구하여 자식없이 홀로 지내다가 당질堂姪인 유석有錫을 양자로 삼았더니, 유석이 방탕한 습관을 멋대로 부려 조금 있던 전답田畓과 가옥까지 술값으로 모조리 탕진하여 외로운 몸을 보존하지 못하게 됐습니다. 뿐만 아니라 그가 말했던 거상居喪과 봉모奉母 등은 모두 꿈속의 일로 치부해 버렸으니 윤리를 없애고 상도常道를 어그러뜨림이 갈수록 더욱 심해지는 까닭에 부득이하여 파양罷養하였으니 내외 국인은 이것을 모두 아셔서 한 푼의 돈이라도 속지 마시기를 앙

---

11 『황성신문』 1906년 5월 24일 "本人의 生家弟得英字大三이가 悖類의게 誘引ᄒ빅되야 逗遛海州府ᄒ야 僞造文劵으로 出債族徵코져ᄒ오니 無論內外國人ᄒ고 見欺치 勿홈. 平山弓位面吳濟英 告白."

망합니다. 홍주 오사면 중촌리 박소사 고백"[12]

이러한 경향은 이 시기 신문에 실린 각종 범죄 관련 기록에서도 확인된다. 1905년 『대한매일신보』의 기사를 분석한 바에 의하면 2월 한 달간 거의 3일에 한 번씩 범죄기사가 실렸다.[13] 늘 일어나는 범죄이지만 이를 지속적으로 신문을 통해 보도함으로써 개인적 사건이 공론화되었으니, 특히 여성에게 행해지던 겁탈과 인신매매의 사건들이 기사화된 것은 그 단적인 예이다.

"남촌 박정동에 일개 청상과부가 있어 여러 달 전에 개가하였는데 그 남편이 오래도록 다른 곳에 나가 돌아오지 않으니 건달 손孫 아무개가 그녀를 겁탈하고 창가娼家에 팔아먹으려고 갖가지로 계획하니 그녀의 노모가 대단히 우려하여 사방으로 간절히 빌고 있다고 하니 이러한 어지러운 무리는 경청警廳에서 별도로 징치함이 당연하다더라."[14]

---

12 『황성신문』 1906년 5월 21일 "本人이 命道崎險ᄒ야 無子孀居之致로 堂姪有錫으로 螟蛉을 삼엇더니 有錫이 浮浪狂敗之習을 恣意ᄒ야 如干田畓과 家舍ᄭ지 酒色之費로 沒數蕩敗ᄒ야 孤草ᄒᆫ몸을 支保치못ᄒ게홀샏더러 渠所謂居喪과 奉母等절을 付之夢外則蔑倫敗常이 去益滋甚故로 不得已罷養ᄒ엿스니 內外國人은 以此知悉ᄒ야 一分錢이라도 見欺치 勿흠을 仰望. 洪州烏史面中村里朴召史 告白."

13 최현주 「신소설의 범죄서사 연구」, 서강대 박사학위논문, 2004, 21-22쪽.

14 『대한매일신보』 1905년 9월 30일 「惡習當禁」(최현주, 앞의 논문, 24쪽 재인용. 해석은 필자) "南村朴井洞에 一箇靑孀이 有ᄒ야 數朔前改嫁ᄒ얏ᄂᆫ디 厥夫가 許久出他未還흠으로 乾達名不知孫哥가 厥女를 勒奪ᄒ야 娼家에 賣食ᄒ랴고 百般做計ᄒ기로 厥女之老母가 大段憂慮ᄒ야 四面懇乞ᄒ다니 此等亂類ᄂᆫ 警廳에셔 別般懲治홈이 當然ᄒ다더라."

살인과 강간, 불륜 등에 관한 범죄 기사는 한편으로는 사회에 대한 반성과 경계를 촉구하지만, 또 한편으로는 그간 은폐되어왔던 영역에 대한 독자들의 속물적 호기심에 쉽게 영합한 것도 사실이다. 이러한 경향은 1930년대 이후 『별건곤別乾坤』 등의 잡지에서 독자들의 흥미를 자극하기 위해 '에로 그로 넌센스'류의 기사들이 넘쳐났던 분위기로 이어지게 된다.

『신단공안』이 중국소설 중에서 주로 강간과 불륜, 살인을 소재로 하는 작품을 번안 대상으로 택한 것[15] 또한 이러한 경향의 일단이라 하겠다. 『신단공안』의 작가가 서 있는 지점이 바로 이 부분이다. 계몽적 담론을 담던 서사가 독서물로서의 흥미를 추구하던 지점, 범죄가 공론화되고 더 나아가 독자의 호기심을 채워주던 바로 그 지점에 자리한다.

---

15 『신단공안』의 제 1-3화는 모두 음탕한 중이 여성을 강간하려고 하다가 살해로 이어지는 것을 내용으로 한다. 『신단공안』의 저자는 소재의 유사성을 위해 『용도공안』 중에서 중의 음욕淫慾과 관련된 내용을 선택하기 위해 『용도공안』의 제 1, 2회 뒤에 제 23화의 「삼보전三寶殿」을 가져온 것으로 보인다. 물론 『용도공안』 제 3, 4회도 남성의 강간치사强姦致死를 소재로 하지만 포공의 꿈에 원혼이 등장하여 이를 계기로 사건을 해결하는 비현실적 방식을 취했다는 점은 다소 현실성이 떨어지기 때문에 선택되지 못한 것은 아닌가 추정한다.

『신단공안』 범죄서사의 상업성과 통속성

1) 자극적 묘사의 확대와 서사의 지연

『신단공안』은 기본적으로 번안소설이지만 그 과정에서 많은 가감이 이루어졌다.[16] 각 편에 따라 차이는 있지만 기본적으로 시공간과 인물이 한국적인 것으로 바뀐 것은 제외하더라도, 그 변화의 양상을 총괄하면 '자극적 묘사의 확대로 인한 서사의 지연'이라고 할 수 있다. 이는 단형單形의 원작을 장회章回의 연재물로 번안하는 과정에서 원작에는 없는 대화나 묘사, 인물 등이 새롭게 첨가된 결과인데, 그 방향이 매우 자극적이고 통속적이다.

예를 들어, 『신단공안』 제3회의 경우, 『용도공안』의 「삼보전三寶殿」을 번안한 것으로, 대강의 줄거리는 원작과 유사하나 세부적인 내용에 첨가된 부분이 많다. 3회에서 일청一淸이라는 중이 과부 김씨를 강간하려다 거절당하자 살해하고 머리를 잘라 도망가는 사건이 일어난다. 범인으로 몰린 최창조崔昌朝가 감옥에 갇히자 효성스런 딸 혜랑蕙娘이 부친을 위해 사라진 머리 대신 자신의 목을 내놓고 그 아내가 딸의 머리를 잘라 관에 바친다. 하지만 관찰사는 그 머리가 새 것임을 의심하여 일청의 범행을 밝혀내게 된다.

---

16 증천부는 『신단공안』 제5회를 『초각박안경기』 권17과 비교하여 개작 시 변이사항에 대해 분석하였다. (曾天富 「韓國小說의 明代擬話本小說 受容의 一考察」, 부산대학교 박사학위논문, 1987, 55-67쪽)

『신단공안』에는 원작에 없는 이삼랑李三郎처럼 새로운 인물을 설정하여 사건 전개에 중요한 역할을 하게 하였고, 문제를 해결해야 할 판관判官이 보신保身을 위해 나쁜 짓을 마다않는 자라고 설정하여 새로운 갈등을 만들어내기도 하였다. 변화의 방향은 원작의 내용을 서사적으로 풍부하게 만든 것이었으니, 그 결과 2,200여자의 단형이었던 「삼보전」이 8,100여자 16화의 이야기로 4배가량 확대되었다.

ⓐ 비록 청상과부인지라 화장하고 단장하는 일에 무심하긴 하지만, 먼지 속이라도 백옥의 빛이 가려지기는 어렵고 더러운 흙 속에서도 황금의 정채가 가려지지 않는 것처럼, 꽃 같은 얼굴과 달 같은 자태는 그 곱기가 비길 데 없고, 수심에 찬 눈썹과 서늘한 머리칼엔 비애와 원한이 서려 있었다. 일청이 간악한 마음을 품은 지가 이미 하루 이틀이 아니었던 터, 아무도 없이 홀로 앉아 있는 낭자의 모습을 보니 어찌 정욕을 붙잡아 맬 수 있었겠는가.[17] (제 3회 중 2화)

ⓑ 저 사악한 화상和尙이 어찌 순순히 물러나겠는가? 외려 나지막한 소리로 위협하는 것이었다. "네가 정녕 내 뜻을 따르지 않는다면…. 나한테 작은 칼이 있으니, 너한테 오늘은 제삿날이 될 게다. 잘 생각해보라니까. 너의 연약한 목덜미가 쇠나 돌도 아닐테니 내 칼을 한 번 내리

---

17 『황성신문』 「신단공안」 1906년 6월 11일 "雖是孀居婦人이 膏沐無情이나 正是塵埃間白玉이 難掩其光이오 糞土中黃金이 莫晦其精이라 花容月態는 艶麗가 無雙ᄒ고 愁眉恨鬢은 哀冤이 分明ᄒ도다 一淸의 包藏奸心이 已非一朝一夕이거던 見此娘子의 無人獨坐ᄒ고 豈肯按住情慾이리오"(이하 번역은 한기형·정환국 역주 『역주 신단공안』, 창비, 2007에 준하고 부분 수정한다.)

치기라도 하면 마치 샘물처럼 검은 피가 솟을 테고 머리가 땅에 떨어질 때면 혼은 이미 하늘로 올라갔을 테지. 잘 생각하여 이 노승의 주린 배도 생각하고 [속세에서 오랜 시간 색념에서 단절된 것을 '주렷다'고 말한다.] 너한테 남아 있는 목숨도 아껴야지."

ⓒ 그러면서 칼을 휘두르며 접근하자, 김씨는 한 차례 소리를 지르려고 하였다. 그러나 소리가 채 나오기도 전에 가련하게도 연약한 목은 마치 파리처럼 맥없이 칼날을 받고 말았다. 흐르는 피가 방안에 가득하고 머리는 바닥으로 툭 떨어졌다. 일청은 문을 밀치고 나가려다 말고 곰곰이 생각하였다. "낭자의 머리칼이 땅에 끌리도록 길고 숱이 많고 검어서 좋으니 가채라도 만들어 다른 사람에게 판다면 값이 쏠쏠한 테고, 게다가 비녀와 귀고리는 가격을 매길 수 없을 정도의 보화렷다! 내 이미 낭자를 죽였으니, 이 머리칼과 귀걸이는 바로 내 것이다 이거지? 내 본래 산 사람을 두려워하지 않는데 하물며 죽은 자를 두려워하랴!"[18](제3회 중 3화)

ⓐ는 중 일청이 김씨의 죽은 남편을 위해 독경讀經을 하러 갔다가

---

18 『황성신문』「신단공안」 1906년 6월 12일 "這惡和尙이 那裏肯出가 反暗喝道ᄒᆞ딕 爾若眞箇是不聽我的힌딕 我有小刀在此ᄒᆞ니 爾今日이 便是絕命日이니 且思且念ᄒᆞ라 爾軟弱項子가 本非鐵石이니 我刀가 一下ᄒᆞ면 黑血이 淋漓에 湧如泉根ᄒᆞ고 頭落在地에 魂去升天ᄒᆞ리니 爾再三思量ᄒᆞ야 念此老僧飢腸 [俗諺謂久斷色念爲飢] ᄒᆞ고 惜爾一箇殘命ᄒᆞ라고 揮刀向前이어늘 金氏가 正要一ᄢᅳᄒᆞ다가 聲未及出ᄒᆞ야 可憐軟喉가 如蠅受刃이라 血流滿房ᄒᆞ고 頭落在地어늘 一淸推門要出이라가 再又思量ᄒᆞ딕 這娘子가 頭髮이 曳地에 濃黑可愛니 制作一髻ᄒᆞ야 賣諸他人이면 價必不尠이오 況又簪珥一件이 又是無價奇貨라 我旣殺死這娘子ᄒᆞ얏스니 此頭髻此簪珥ᄂᆞᆫ 卽是和尙的物子로다 我本不畏生人이어던 豈畏死人이리오"

그녀의 미모에 반해 욕정을 품게 되는 장면이다. 원작에서는 이 부분에 대한 묘사 없이 "마음으로 한번 그녀를 희롱해보려고 하였다心上要調戲她."로 간략하게 제시되어 이후 겁탈시도, 살해 등으로 이어지는 개연성이 부족하다.

ⓑ는 김씨를 겁박하는 장면으로, 『용도공안』 원작에 이 부분은 "일청이 말하기를, 네 진정 따르지 않는다면 여기에 나의 칼이 있다一淸道, 你眞不肯, 我有刀在此."에 불과하다.

ⓒ는 원작에 전혀 없는 내용으로, 일청이 김씨를 죽이는 장면과 머리가 떨어지는 모습이 상세하게 묘사되었다. 일청이 시체의 머리를 잘라가는 장면이 길게 그려져 있는데, 이 부분은 『신단공안』 제3회에서 사건이 비화飛火되는 매우 중요한 장면이다. 또한 일청이 여인을 살해하는 것으로 모자라 시체의 머리칼과 귀걸이까지 탐해 머리를 잘라가는 극악무도한 인물임을 보여주는 것이기도 한데, 원작에 없는 부분이 첨가됨으로써 서사가 보다 탄탄해지기는 했지만 머리를 자르고 피가 낭자한 장면을 반복적으로 제시한 것이나 시체의 머리카락과 패물을 탐하는 일청의 모습은 지나치게 자극적이다. 이러한 경향은 혜랑이 부친을 위해 자신의 목을 내놓기 위해 자살하는 장면에서도 확인되니, 원작에서는 모친이 없는 틈을 타 목을 매어 죽은 것縊死으로 간단히 적었지만 『신단공안』에서는 "눈은 불쑥 튀어나오고 혀는 반 마디 정도 삐져나와 있었으니 두 손으로 목을 졸라 죽었다只見蕙娘이 雙眼突出ᄒᆞ고 舌吐半寸ᄒᆞ되 兩手로 緊扼項子死了라"로 장면화하였다.[19]

대화나 장면 묘사의 확대는 필연적으로 서사의 진행을 지연시키

는 결과를 가져왔다. 『신단공안』은 본격적 신문소설처럼 독자의 호
기심을 끌기 위해 회回를 구분하는 통속적 기법을 일률적으로 사용
하고 있지는 않다.[20] 하지만 위의 『신단공안』 제3회의 경우, 혜랑의
자살 장면을 4화(11화에서 14화까지)로 분절分節하여 서사를 지연시
켰고 한 회의 마지막 부분에 다음 회에 대한 궁금증을 일으키는 방
식을 사용하였다.[21]

『신단공안』이 번안의 대상으로 삼은 작품들은 모두 단형이었기
때문에 내용을 분절하고 배치한 것은 오로지 작가의 몫이며, 이때
대중소설 작가로서의 면모가 십분 발휘된다. 특히 통속성이 강한 작
품일수록 그러한 특성이 잘 드러나는데 『신단공안』 제5회와 6회는
다른 편에 비해 분량도 많고 남녀의 성관계에 대한 노골적 표현이라
든가 불륜을 위해 아들이나 남편을 살해하려고 시도하는 등 매우 자
극적이다. 제5회에서 가장 통속성이 두드러지는 부분이 과부 윤씨
와 중 황경, 그리고 그가 데리고 다니는 두 명의 어린 제자들과의 난

19 『신단공안』이 번안의 과정에서 자극적 장면 묘사를 확대한 경향은 있지만, 한국인
   의 정서에 맞지 않는 자극적 장면은 도리어 삭제한 경우도 많다. 『신단공안』 제5화
   는 『초각박안경기』를 번안한 것으로 원작 자체가 매우 노골적인 성적性的 묘사를
   담고 있다. 그런데 번안하는 과정에서 남성끼리의 동성애同性愛라든가 수위가 높
   은 장면들은 삭제하거나 완화하는 모습을 보인다.
20 신문소설로서 독자의 관심을 끌기 위해 단절斷絶기법을 효과적으로 사용한 작품
   은 1906년의 「혈의 누」이다. 「혈의 누」의 대중소설적 성격에 대해서는 임성래 「신
   문소설의 입장에서 본 〈혈의 누〉」, 『신문소설이란 무엇인가?』, 국학자료원, 1996,
   7-28쪽 참조.
21 "又不勝一倍驚慌ᄒ야 大叫道汝父安寧無事라하나"(10회) "蕙娘이 伏地號哭ᄒ다가
   良久에 擡頭道孃孃아 聽我一句話ᄒ오 黃氏道甚麼話오 但說了어다(11회)" "黃氏回嗔
   作喜道爾有何策고 可使汝父로 生出인된 何事을 不可忍이리오 快快說了하라(12회)"
   각 회의 마지막을 이처럼 서술하여 독자들에게 다음 회에 대한 궁금증을 일으켰다.

교란交에 가까운 관계를 맺는 1화에서 6화인데, 특히 이 부분에 통속적 대중을 의식한 구성이 잘 나타난다. 제 5회의 2화에서 윤씨가 중황경을 보고 음심淫心이 불타올라 꿈속에서 그와 난잡한 관계를 맺는 순간 갑자기 끝을 낸다거나, 3화에서 황경이 윤씨와 사적私的으로 만날 꾀를 생각해 내는 장면에서 이야기를 마감하는 것은 의도적 배치다. 이는 『신단공안』 제 2회에서 대사가 끊어지지도 않았는데 분량상 도중에 회차回次를 나눈다거나 내용은 다 끝났는데 온전히 교훈적 평론을 하기 위해 한 회를 따로 마련하는 등 전혀 독자의 흥미를 크게 고려하지 않았던 것과는 매우 대조적인 태도이다.

2) 평설評說을 통한 소설적 흥미 제고提高

『신단공안』이 독자 대중의 흥미를 위해 높이기 위해 사용하고 있는 것 중의 하나는 소설 진행 도중에 작가의 평評을 빈번하게 첨가하여 해학적 거리를 마련하는 것이다. 『신단공안』에서 작가의 목소리가 등장하는 경우는 크게 두 가지로, 문장 중간에 괄호를 넣어 짧막하게 내용에 대한 간섭을 하는 경우와 또 하나는 '계항패사씨'나 '청천자'가 마치 전傳의 논평자와 같은 역할을 하는 것이다. 이 두 가지 논평은 모두 전통적 한문소설이나 전의 문학적 관습을 이은 것으로, 계항패사씨나 청천자의 논평은 시종 진지하고 이념적인데 비해 문장 중간에 간간이 등장하는 작가의 평설은 인물에 대한 조롱과 해학을 주로 한다. 물론 간단히 내용보충하거나 부연 설명하는 경우도 있지만 평설로 인해 독자들은 소설에 대해 훨씬 더 재미를 느낄 수 있게 된다.[22] 문장 중간에서 간단하게 용어 설명이나 내용 보충하는 경우는 빼고 소설적 흥미를 높이고 있는 예를 보이면 다음과 같다.

① 제5회에서 황경이 윤씨의 망부亡夫를 위로한다는 명분으로 효당孝堂에 암실暗室을 마련하고 외부인을 금지하는 장면

"내가 효당으로 들어가 망혼을 불러낼 테니 너희들은 외문에서 지키고 있다가 외부인이 들여다보지 못하게 하여라. [원래 신혼방엔 사람이 엿보는 것을 금지하는 법]"(제5회 4화)

② 제5회에서 윤씨와 황경이 효당에서 관계를 맺고 난 뒤 서로를 희롱하는 장면

"남편의 수완과 비교해서 무슨 차이가 있었소?" 그러자 윤씨는 "이 더러운 짐승 같으니라구." [그런 넌 추한 금수가 아니더냐.] (제5회 5화)

③ 제6회에서 취저翠姐가 지나가는 장대경張大慶을 만나 희롱하는 장면

---

22 『신단공안』 중에서 문장 중간의 평설이 많이 등장하는 것은 봉이 김선달의 제4회와 어복손 이야기인 제7회이다. 이는 두 이야기가 각각 45화와 70화로, 보통 20화로 구성된 다른 작품들보다 분량이 훨씬 많기 때문이며, 또 한편으로 김선달과 어복손이 양반과 당시 사회를 풍자하는 내용이기에 작가의 풍자적 평설도 증가하였다.

"미친 애의 무모함이란! 진정 무례한 총각이로다. 바라건대 내 방으로 들어가 이 누이의 훈계를 들어야겠는걸." 급기야 이 총각의 손을 잡았다. [훈계를 한답시고 손을 잡았으니 어찌 포복절도하지 않으리오.] …… 그를 끌고 방으로 들어갔다. [이곳은 훈계하고 희롱하기 좋은 장소라.] 이윽고 사립문 가에서 춘정(春情)을 안고 있던 여인과 길에서 노래 부르며 흥취를 돋웠던 사내는 자연스레 입술을 포개었다. [문(吻)자가 망발 중에 망발이로다.] (중략) 취저는 오른손으로 총각의 손을 잡고 왼손으로 뒤 창문을 열고서 밖을 가리키면서 일러준다. [기묘한 풍광이 눈부시게 아름답고 구름과 안개는 종이에 가득하구나.] (제6회 3화)

④ 제6회에서 취저가 건아健兒에게 시집간 뒤 장대경을 잊지 못해 그리워하는 장면

"산해진미가 아름답고 화려한 벽과 비단 창문이 비록 좋다고 한들 뭐하나. 건아를 보기만 하면 근심이 밀려와 가슴이 꽉 막히고 갑자기 두통이 생길 지경이야. 이 집을 떠나 본가로 돌아가 안빈낙도하는 게 외려 편하겠구나. [안빈낙도는 상군자上君子도 어려워하는 것이거늘, 일개 음탕한 여인이 추악한 일에 인용하니 그 가치가 크게 떨어지는 게 아니겠는가? 도道 자가 절도絶倒할 만하구나!] (제6회 10화)

독자들은 제5회, 6회의 통속적 이야기를 재미있게 읽어가다가 이러한 작가의 조롱어린 평설을 통해 또 다시 흥미를 느낀다. 근엄하게 명분名分을 대며 외부인의 출입을 금하라는 황경의 속셈을 작가

와 독자는 뻔히 알고 있기에 영구靈柩가 머무는 공간인 효당을 '신혼방'이라고 조롱하였으며, 윤씨가 교태어린 몸짓으로 황경을 욕하는 모습을 독자와 같은 입장에서 '금수禽獸'라고 욕하였다. 물론 작가의 평설이 반드시 조롱만 있는 것은 아니고 소설의 내용을 부연하여 더욱 풍부하게 만드는 경우도 있지만[23], 제5, 6회는 통속적 내용이 주를 이루기 때문에 소설 속 부정적 인물을 조롱하는 내용이 대부분이다.

한문 문장에 평을 달고 비점批點을 가해 욕하기도 하고 공감하기도 하며 독자의 마음을 들었다났다하는 것은 이미 당대唐代부터 있던 문학관습이다. 명문名文 옆에 권점圈點을 표시하는 것으로 시작했던 초보적 문학비평은, 명말청초明末淸初의 김성탄金聖嘆(?-1661)이 중국의 여러 고전 작품에 비평을 단『성탄육재자서聖嘆六才子書』에서 크게 발달하였다. 김성탄은 여러 사상서에서 소설에 이르기까지 수많은 책들에 전문적 독법이나 문학적 비평을 달았는데 이러한 소설 비평 방식은 조선후기 문인들에게도 영향을 주어「춘향전」의 한문본이라 할 수 있는 19세기『광한루기廣寒樓記』는 김성탄의『서상기西廂記』비평방식을 고스란히 모방하기에 이르렀으며,『광한루기』속 수많은 작가의 평설은 마치 판소리 마당의 광대처럼 조롱과 풍자로 점

---

23 『황성신문』「신단공안」1906년 09월 12일, "黃經이 將且開口抵辯ᄒ랴ᄒ더니 只見那守一喝下에 左右夾棍者가 將棍將打來ᄒ야 一一招出眞情ᄒ니 尹氏在庭下看了에 只得一暗暗叫若라 那守가 隨令官人ᄒ야 走獄中取出癸童來ᄒ니 癸童이 經過庭下ᄒ다가 見得一具新材의 棺木ᄒ고 心裡에 擺着慌了ᄒ야 暗暗地口叫若[尹氏로 暗暗叫苦ᄒ고 癸童도 暗暗叫苦ᄒ니 母的子가 同是叫苦로딕 一個叫苦ᄂᆞᆫ 是爲奸夫的오 一個叫苦ᄂᆞᆫ 是爲自身的니 叫苦 句語ᄂᆞᆫ 同而叫苦之內容은 不同ᄒ고 一個叫苦ᄂᆞᆫ 苦盡得甘ᄒ고 一個叫苦ᄂᆞᆫ 若上夏苦ᄒ니 苦初境은 同而叫苦之結果ᄂᆞᆫ 不同ᄒ니 嗚乎라 母子之間에 一苦一樂이 逈然天壤이로다]"(제5회〈妖經客設齋成奸 能獄吏具棺招供〉20회)

철되어 있다.

『신단공안』의 풍자적 평설은 바로 이러한 전통을 잇는 것이며, 평설을 통해 작가와 독자는 한 편이 되어 등장인물을 조롱하며 쾌감을 느낀다. 비속卑俗한 인물을 논리적으로 비판하지는 않지만 독자 대중은 평설을 통해 감정적 비난을 함으로써 불륜과 살인에 심리적 거리를 취하고 그로써 통속적 안정감을 느끼게 된다.

3) 범죄에 대한 윤리적 단죄와 이념성의 강조

『신단공안』의 통속성은 자극적 소재와 장면 묘사 외에 위에서 지적한 평설의 통속적 안정감도 중요한 요소이다. 비속하고 부정적 내용으로부터 독자들을 안정적으로 분리하여 자신의 현실을 긍정하며 살아갈 수 있도록 하는 것이 통속 대중 소설의 특징이기도 하다.『신단공안』에서 확인할 수 있는 번안의 양상 중 뚜렷한 또 한 가지 특징은 원작에 비해 윤리성과 이념성이 강조되었다는 점이다.

원작인『용도공안』은 범죄 사건의 전개와 해결을 간단하게 기록하는 편이며,『초각박안경기』는『용도공안』에 비해 훨씬 소설적 구성이 복잡하고 통속성이 강화되었지만 역시 사건 자체에 집중한다. 이에 비해『신단공안』은 사건을 해결하는 인물의 성향을 드러내기 위해 원작에 없는 에피소드를 종종 첨가하곤 한다. 예를 들어 제 2회에서 송지환의 아내 이씨는, 게으르고 도박에 빠진 남편에게 학문을 하도록 권하여 10년 만에 진사 급제하게 만드는 현모양처로 그려진다. 이후 송지환은 종종 절에 들어가 독서를 하다가 중 혜명과 친분

197

을 쌓게 되고 송지환의 집에 들른 혜명이 이씨의 미모에 반하여 겁
탈하려 한다. 이씨의 현명함은 사건 전개를 원작과 전혀 다른 방향
으로 이끄는데,『용도공안』「관음보살탁몽觀音菩薩托夢」에서 중에게
겁탈을 당하고 삭발당한 아내 정씨는 울기만 할 뿐 별 역할을 못하
지만,『신단공안』의 이씨는 꾀를 내어 혜명에게 겁탈당할 위기를 모
면했으며 종鐘 안에 갇힌 남편을 죽음으로부터 구해냈고 잡혀 온 다
른 여인 두 명까지 살려냈다. 이 외『신단공안』제3회에는 부친을 감
옥에서 석방시키기 위해 기꺼이 죽음을 택하는 효녀 혜랑의 효심을
드러내기 위해 부친이 병이 들자 두 달 동안 극진히 간호하였다는
에피소드를 1화 전체를 할애하여 강조하였는데, 이는 원작에는 없
는 내용이다.

　원작의 내용을 변형시키면서까지 이러한 내용을 첨가한 것은『신
단공안』을 읽는 독자층의 취향을 고려한 것이라고 할 수 있다. 비록
내용은 원작으로 인해 살인과 불륜을 다루고 있지만 그 안에 효나
여성의 덕성같은 전통적 윤리의식을 강조하여 한문 지식인층의 정
서적 안정을 도모하였다.[24]

　내용첨가를 통해 윤리적 인물을 부각시키는 것보다 작품 속에서
이념성이 보다 직접적으로 드러난 부분은 '계항패사'와 '청천자'의
논평이다.『신단공안』전체 총 39차례 논평자가 등장하는데, 이는 원

24　19세기에서 20세기에는 여성 교육에 대한 관심이 더욱 증가하여 수많은 규훈서規
訓書가 출판되어 부부관계 및 남녀의 역할, 교육자로서의 어머니의 역할을 강조하
였다. 이 시기 출간된 대표적 계녀서戒女書는『여사서女四書』,『현토주해 여자보감女
子寶鑑』,『여사수지女士須知』등이 있다.(황수연「19-20세기 초 규훈서 연구」,『한국
고전여성문학연구』24, 한국고전여성문학회, 2012, 359-386쪽)

작에는 전혀 없이 번안하는 과정에서 새롭게 첨가한 것이다. 작가는 작품 속 간단한 평설의 해학적 어투와 달리 매우 진지한 태도로 인물에 대한 윤리적 비판을 가하는데 내용이 통속적일 수록 비판의 강도도 세다.

청천자가 말한다. "'남자가 지나치게 빠지는 것은 그나마 말할 수 있지만 여자가 지나치게 탐닉하는 것은 말할 만하지 않다'[25]고 하거늘 내가『시경詩經』을 읽다가 여기에 이르러 일찍이 세 번이나 탄식하며 '여자가 탐닉하는 것이 이 정도라면 어찌 여자라 할 수 있겠는가!'라고 생각했다. 지금 윤씨를 보니 어찌 다만 놀아났다고 하겠는가? 미친 것이고 난잡한 것이며, 메추라기처럼 추한 짓이오,[26] 여우처럼 홀리는 것이다. 죽은 남편의 혼령이 있는 자리를 음란한 짓을 하는 곳으로 만들었으니, 아! 그런데도 여전히 사람의 도리로써 논할 수 있단 말인가? 아들 계동癸童이 아니었다면 어찌 들창 밑에서 늙어 죽을 수 있겠는가?"[27]

작품 속 윤씨의 행동은 당연히 비난받을 만한 것이나 청천자가 인용한『시경』의 말처럼 남성은 가능하나 여성은 안된다는 이런 논리

---

25 『시경』「국풍, 맹氓」편이다.

26 『시경』「국풍, 순지분분鶉之奔奔」편으로, 메추라기도 제 짝을 따르는데 위衛나라 선강宣姜이 메추리만도 못한 것을 풍자한 것이다.

27 『황성신문』「신단공안」1906년 08월 24일, "聽泉子曰士之耽也는 猶可說也어니와 女之耽也는 不可說也라ᄒᆞ야늘 余讀詩至此에 未嘗不三歎以爲女耽이 如是ᄒᆞ면 安可 爲女리오ᄒᆞ얏더니 今觀尹氏에 奚徒耽之是云이리오 狂也오 亂也오 鶉之醜也와 狐之 媚라 至以亡夫之魂床으로 作爲行淫之所ᄒᆞ니 嗚乎라 尙可以人道로 論之乎哉아 非 以癸童으로 爲子려면 安能老死於牖下也리오."

는『황성신문』독자층이 지닌 전근대적 사고이다. 게다가 작품 속에서 아들 계동이 모친의 음행淫行을 막기 위해 애를 쓰다가 이를 괘씸하게 여긴 윤씨가 아들을 관에 고소해서 사형에 처해달라고 하게 된 것에 대해서도 아들의 행동은 어머니의 악행을 드러내게 된 결과이기 때문에 올바른 효가 아니라고 한 계항패사의 말이나[28] 『시경』 「개풍凱風」의 일곱 아들처럼 어머니에 대한 자식의 도리를 강조한 청천자의 말[29] 역시 소설 속 극악하기만 한 윤씨의 행동을 볼 때 지나치게 이념만 강조한 것이지만 이는 당시 일반 한문 지식인층의 사고방식이기도 하다.

『신단공안』의 이념성은 제 2회의 마지막 회차인 12화를 서사없이 계항패사와 청천자의 논평으로만 구성한 데서도 잘 드러난다. 앞서 말한 것처럼 제 2회는 작가가 일부러 이씨의 현명함이 부각되도록 원작을 변형시켰는데, 계항패사는 이러한 이씨를 어린 임금을 맡길 만한 군자에 비겼고,[30] 섭정聶政의 누이와 순우공淳于公의 딸처럼 홀

---

28 『황성신문』 「신단공안」 1906년 09월 14일, "桂巷稗史氏曰尹氏之奸惡은 固無足道어니와 惜哉라 癸童이여 憤黃經之自肆ᄒ고 恥其母之不安於室ᄒ야 不能雍容規諫ᄒ고 反觸其母 之怒ᄒ며 至入官庭에 致暢其母之惡ᄒ니 雖其叩頭之情은 藹然是孝이나 前後行車에 似孝非孝者ㅣ多矣니 噫라 豈年淺之故歟아."

29 『황성신문』 「신단공안」 1906년 08월 28일, "聽泉子曰詩云凱風自南으로 吹彼棘心이로다 棘心夭夭어날 母氏劬勞삿다 有子七人호ᄃᆡ 莫慰母心가ᄒ얏스니 嗚乎라 尹氏之子여 或不讀此篇乎아 以七子之母로도 不能安其室ᄒ니 爲七子者ㅣ 安能無怨乎리오만은 但聞七子之如是自責이오 未聞七子之憤恨如何ᄒ니 人之無良을 我以爲母云云도 此亦詩人에 痛怨之辭也로ᄃᆡ 爲子之道ᄂᆞᆫ 但當如七子而已어날 尹氏之子ᄂᆞᆫ 其亦殆甚矣로다 爾雖留心察聽이 나 將奈爾母에 何哉리오."

30 『황성신문』 「신단공안」 1906년 06월 08일, "桂巷稗史氏曰奇哉라 李氏之才여 激成郎君於年長失學之後ᄒ고 全節不辱於虎口不可測之地ᄒ니 使其生爲男子러면 可以托六尺之孤ᄒ고 寄百里之命者ㅣ 非斯人歟아(하략)"

륭한 이씨가 우리나라에서 이름이 전해지지 않는다며 아쉬워했다. 물론 이 작품이 번안인 것을 감안한다면 작가의 이러한 아쉬움은 허구적 설정이긴 하지만 여성에 대한 이러한 시각은 작가가 단지 남성 편향적 입장에만 서 있는 것은 아님을 의미하기도 하다.

이야기가 자극적이고 노골적일수록 논평자의 말에는 전고典故가 많이 인용되고 범죄행위에 대해 윤리적 단죄를 강하게 내린다. 『신단공안』은 공안소설公案小說, 즉 범죄를 해결해 나가는 소설이기에 작품 속에 포함된 판결문에 범죄자에 대한 엄격한 심판이 이루어지기 때문에 논평자의 이와 같은 단죄는 사실 군더더기이며 내용 전개를 방해하는 것이다. 그럼에도 군이 이렇게 많은 논평을 덧붙인 것은 자극적 범죄서사에 익숙하지 않은 독자층의 불안감을 대변한 것이고 윤리적 단죄를 통해 범죄로부터 거리를 두어 안정을 되찾고자 하는 통속적 자기 위로라고 할 수 있다.

4 맺음말

1906년은 가히 신문소설이 폭발적으로 증가하던 때였다. 신소설로 대표되는 여러 작품들에서부터 『신단공안』처럼 중국의 번안작에 전통적 한문 지식층의 이념이 혼합된 작품도 연재되었다. 『신단공안』은 불륜과 살인이라는 범죄서사를 주 내용으로 하여 독자들의 흥미를 높이기 위해 작가의 해학적 평설을 빈번하게 삽입하기도 하고 윤리적 단죄를 하여 극악무도한 범죄로부터 거리를 두기도 한다. 이러한 작가의 태도는 한편으로는 전통적 한문 지식층의 이념을 드러내는 것이기도 하며 또 한편으로는 온갖 범죄를 자극적으로 제시하고 그를 징치함으로써 독자 대중들에게 윤리적 거리를 제공하였다는 점에서 통속적이고 상업적이다.

불륜, 강간, 살해 모의, 시체 훼손 등 자극적 소재를 다루면서도 소설로서 온전히 즐기지 못하고 계속해서 이념과 윤리로 재단하는 작가의 이중적이고도 어정쩡한 태도는 1900년대 초반이라는 전환기에 처한 지식인의 모습이며, 한문현토체 형식에서도 느껴지는 과도기적 양상이다.

하지만 과도기라는 용어에서도 느껴지는 것이지만 관점을 어디에 두느냐에 따라 작품은 전혀 다르게 평가될 수도 있다. 신소설과 근대 소설의 관점에서 볼 때 『신단공안』은 아직 완성되지 않은, 근대적 이념을 아직 받아들이지 못한 작가의 산물이라고 할 수 있겠으나, 전통적 한문소설의 관점에서 볼 때 『신단공안』이 택한 내용과 형식은 상당히 획기적이고 한문소설의 변화 과정을 잘 보여주는 작품이며, 신문에 연재되어 통속화 되어가는 양상을 확인할 수 있는 작품이었다.

제7장

사이카쿠의 불효담에서 보는 자연自然

—『본조이십불효本朝二十不孝』의 '천天'의 용례를 중심으로—

정　형

들어가며

에도시대 즉 근세기[1] 일본인의 자연관에 관한 기존의 연구는 일본, 일본인의 자연관 전체를 통시적으로 조감하는 연구[2]에 일부분으

---

[1] 일본의 경우 도쿠가와 에도막부가 지배했던 봉건시대를 지칭해 근세라는 용어가 정착되어 있지만 한국의 경우는 이 용어가 정착된 공용어라고 보기 어렵다. 본 논고에서는 논고의 연구대상이 일본에 국한되어 있기에 편의상 근세라는 용어를 사용하기로 한다. 일본근세기에 해당하는 우리의 시대구분 용어는 좀 더 깊은 성찰이 필요함을 절감하고 있다.

로 포함되거나, 일본의 문화나 사상연구에서의 부분적 기술, 혹은 일본고전문학작품의 개별적 연구의 일부인 경우가 대부분이다.

본 논고에서 다루고자 하는 이하라 사이카쿠井原西鶴(이하 사이카쿠로 줄임)의 경우, 사이카쿠 소설의 주제가 호색, 치부, 불효, 무도武道인 것에서도 알 수 있듯이 사이카쿠의 우키요조시浮世草子는 당시의 현실을 사실적으로 묘사하는 데 주안이 놓여져 있고, 자연 그 자체가 소설의 주요 모티브[3]가 되기 어렵다는 점에서 사이카쿠의 자연관을 주제로 삼는 논고[4]는 거의 찾아보기 어렵다.

본 고찰은 이상 지적한 바와 같이 지금까지 거의 선행연구가 없는 점에 주목해 '사이카쿠의 불효담에서의 자연'이라 문제를 고찰하고자 한다. 즉 17세기 후반기를 살아간 근세인 사이카쿠에 있어 '자연'이란 어떤 의미를 지니며 자연에 관한 그의 묘사가 작품세계 안에서 '불효' 묘사라는 창작의도와 어떤 관련성을 지니고 있는 지에 관해

2 伊藤俊太郎編『日本人の自然観 縄文から現代科学まで』, 河出書房新社, 1995 등.

3 이에 비해 근세기 대표적인 시인인 바쇼(芭蕉)의 경우 하이쿠라는 장르 성립 자체가 자연이라는 모티브를 근간으로 하고 있고 문예적 성격 또한 이것에 규정된다는 점에서 자연과의 관련성을 다룬 수많은 논고들이 나와 있음은 주지의 사실이다. 이점에서 사이카쿠의 '우키요조시'와는 크게 대조적이라 할 수 있다.

4 松田修「西鶴における自然」, 『国文学解釈と教材の研究』15巻16号, 1970의 고찰이 거의 유일하다. 마쓰다松田씨는 자연에 대한 사이카쿠의 묘사에는 비현실적, 초현실적인 현상을 현실적 세계 속으로 끌어들이는 수법이 사용되고 있다고 지적한다. 인간의 힘이 자연을 정복하는 예를 구체적으로 작품 안에서 제시하고 이는 근세일본의 과학적 실용주의의 세계가 작가의 자연관에 영향을 미친 것이라고 보고 있다. 극히 상식적인 지적이라고 볼 수 있으며, 중국 당 말기 문인화 이래의 자연관조적인 격물치지格物致知의 자연관 즉 존재의 심부로 다가서는 자연에의 인식은 사이카쿠의 묘사에서는 찾아볼 수 없다고 하는 점도 같은 차원의 내용이라고 볼 수 있다. 이 외에 우메하라 다케시梅原猛가〈日本人の自然観〉(科学技術政策研究所, 1989)라는 주제로 행한 연설문이 있는 데, 이 글에서도 헤이안문학과 하이쿠에 관한 언급이 있을 뿐이다.

살펴보고자 하는 것이다.

먼저 사이카쿠의 자연관을 다루기 이전에 그 전제로서 근세기 일본, 일본인의 자연관을 보기로 하자. 주지하고 있는 바와 같이 이른바 한자문명권의 핵심 삼국이라고 할 수 있는 중국, 한국, 일본의 세계관, 자연관의 기저에는 고대 이래 근세기에 이르기까지 주로 중국의 선진문물의 수용과 공유라는 점에서 일정 부분 공통요소를 지녀왔음은 주지의 사실이다. 특히 일본의 경우 중국이나 한반도로부터 전래된 불교와 유교에서의 우주관, 세계관이 고대 이래의 신도적 세계관과 융합되어 있기에 일본의 자연관을 논하는 데 있어서는 용어 사용에 관한 정리가 필요하다. 현재 우리가 자연이라고 부르고 있는 용어는 '자연의 영위' 혹은 '자연의 섭리' 등의 용례에서 알 수 있듯이 인간과 인간을 둘러싼 인위적이고 가공적인 사물을 제외한, 인간에게 물리적, 추상적, 본원적으로 다가오는 모든 지구적, 우주적 세계를 말한다. 그런데 중, 근세기 이래 자연自然이라는 용어는 현대어에서의 '자연nature'의 의미가 아니라 중국고전의 수용과 변용에 의해 "인위에 의하지 않고 존재하는 사물과 현상人為によらず存在する物や現象", "의도함이 없이 저절로 자연스럽게 이루어지는 현상意図することなくおのずからそうなるさま", "하늘로부터 물려받은 성질天から授かった性"[5] 등의 의미로 사용되는 것이 일반적이라고 할 수 있다. 따라서 세계관, 우주관을 상징하는 '자연'이라는 용어는 중세기 이래 에도시대에 이르기까지 '自然'이라는 용어가 아닌 주자학 등의 중국 고전에

---

5 『日本国語大辞典』(小学館), 『角川古語大辞典』 참조.

서 사용되는 천天과 그 파생어인 '천지天地', '천도天道', '천명天命', '천리天理', '천벌天罰' 등의 용어로 대용되었고, 근세기 동아시아의 형이상학적 우주관, 세계관을 설명하는데 주요 키워드로 사용되어 왔다. 즉 일본 근세기에 이르러 중국유학 및 조선주자학의 '이기理気'의 개념에 의해 형성된 도덕적, 관념적인 '천天'과 물리적이고 자연적인 현상으로서의 '천지天地'가 통속적이고 일체적인 관념으로 융합되어 우주관, 세계관, 자연관을 통합적으로 인식하는 '천天'과 그 파생어로 정착되었고, 이러한 용어사용은 근세기의 사상서나 문학작품 등에서 일반화되었다. 17세기 후반기에 창작된 사이카쿠의 문학텍스트에서도 이러한 용어사용이 정착되어 있음은 물론이다.

근세기 동아시아는 기본적으로 농경사회였고 고대 이래 농경사회 속에서 자체적으로 발전되어온 문명과 문화의 토양 위에 중국이나 남방 경유의 서구과학문명이 도래하면서 17세기 실학시대에 접어들게 된다. 특히 근세일본의 경우 불교와 신도의 영향 아래 일본인의 생존방식의 근간이 되는 농업에서의 자연관에는 합리적이고 주체적인 인간의 노력을 중시하면서도 동시에 전통적인 자연관과의 궁극적 일치를 지향하는 사상적 흐름이 정착하게 된다. 이러한 실학의 발전으로 합리적 탐구영역으로서의 자연의 영역이 확대되지만 여전히 인간의 지식으로 해결될 수 없는 수많은 자연현상과 불가사의한 우주적 문제들이 병존하고 있었고 이를 바라보는 근세인[6]

---

6 같은 시기의 동아시아 삼국의 세계관은 앞에서 설명한 바와 같이 기본적으로 중국의 농경문명, 한자문명의 범주 안에 속하면서 상당 부분 공통적 요소를 지니면서 동시에 각 지역에서의 특성적 요소를 내포하고 있다. 삼국의 상이성에 관한 고찰

들의 세계에 대한 시각은 크게 다음 세 가지로 정리될 수 있다.

첫 번째로 당대에 형성되었던 실학적 관점에서 모든 분야에 관해 과학적, 실용적인 탐구를 행하는 이른바 합리주의자들의 시각, 두 번째로 이 세계의 모든 현상을 관념의 영역에서 이해함으로써 인간존재의 근원을 하나의 완성된 체계로 보고자 하는 종교나 사상가들의 시각, 세 번째로 앞의 두 시각만으로 충족되지 못하고 해결되지 못하는 괴기담의 내용으로 충만한 민속세계나 신화의 세계에 대한 경외심을 지니는 민중적 시각이다. 이러한 세 시각이 혼용되고 결합되어 근세기 일본인의 공유하는 자연관, 세계관[7]으로 정착되었다고 볼 수 있다.

사이카쿠의 자연관 내지는 세계관 역시 그가 근세기 일본의 선진지역인 간사이關西에서 활동한 시인이며 소설가였고 사상적으로도 상식인에 가까운 인물이었다는 점에서 앞에서 정리한 근세일본의 자연관 즉 근세적 통속적 합리주의적 세계관, 사상가들의 형이상학적 이상주의적 세계관, 괴기담적 신화적 경외심을 내포하는 민속적 세계관의 혼용적 범주 안에 속해 있었음은 어렵지 않게 짐작할 수 있다. 오히려 사이카쿠는 이 혼용적 세계관의 범주를 그의 창작세계에서 활용함으로써 근세기 당대의 독자들의 흥미와 공감을 획득할

또한 중요한 과제이지만 본고에서는 다루지 않기로 한다.

7 구라치 가쓰나오倉地克直는 그의 저서 『江戸文化をよむ』에서 가이바라 에키켄貝原益軒과 이토 진사이伊藤仁斎의 주자학에 관한 이해와 변용과 자연관에 관해 상술하고, 천(天)에 관한 시각과 상인출신의 사상가 야마가타 반토山片蟠桃는 천의 도덕관념의 세속화와 더불어 근면과 성실의 통속도덕 실천, 자연으로서의 천지에 관한 합리적 인식을 추구해 '대우주론'으로 알려진 합리적 우주관 등을 제시했음을 지적하면서 근세인의 자연관을 알기 쉽게 정리하고 있다. 『江戸文化をよむ』, 吉川弘文館, 2006 참조.

수 있었고 그 이전의 중세적 문학과 비교해 독자적인 문학세계를 구축할 수 있었던 것이라고 볼 수 있다.

따라서 당대인의 혼용적 세계관을 숙지하고 있는 작가가 우키요조시 창작의 세계에서 자연 즉 '천'을 둘러싼 묘사를 통해 혼용적 자연관의 내실을 어떻게 형상화하고 있는 것인지를 밝히는 것이 가장 중요한 핵심과제가 된다. 선행고전문학에 관한 인용과 인용이 지니는 메타포, 권선징악적 언설과 근세기 현실에 관한 작가의 묘사방식 등에 관한 고찰이 필요하며 이를 분석하기 위한 방법으로 자연 즉 '천'이라는 용례가 자주 등장하는『본조이십불효』를 분석 텍스트로 삼고자 한다. 효의 역설정적인 주제로서 '불효'라는 키워드를 내걸고 있는『본조이십불효』에 등장하는 '천' 내지는 '천명'과 같은 파생어 용례 전체를 대상으로 불효담에 내재하는 작가의 자연관과 작품세계 안에서의 수사법적 의미 등을 살펴보고자 하는 것이 본고의 의도이다.

2 『본조이십불효本朝二十不孝』 서문에서의 자연관

1)『본조이십불효』에서의 자연과 천

선행문예인 오토기조시お伽草子『이십사효二十四孝』를 의식한 사이카쿠의 역설정적 발상이 담긴『본조이십불효』는 작품명에서도 드러나고 있는 바와 같이 효의 반대적, 징악적 가치로서 '불효'를 주제로

내걸고 있는 작품이다. 유교의 핵심덕목인 효를 권장하는 교훈문학의 영역 안에서 '불효'라는 반윤리적 행위를 제시하고 권선징악적 결말을 통해 당대의 불효의 실상을 사실적[8]이고 흥미로운 에피소드로 소개하고 있음은 주지의 사실이다.

그리고 이러한 권선징악적 결말 내용에 특히 징악을 행하는 주체로서 등장하게 되는 것이 근세인이 상정하는 자연 즉 '천天'[9]이라는 용어이다. 이에 『본조이십불효』에 등장하는 천 혹은 천의 파생어(천지, 천벌 등)가 들어간 묘사 부분 용례를 추출해 보면 이 작품의 서문에서 2용례, 卷1の2에 2용례, 卷2の1, 卷2の4, 卷3の3, 卷4の1에서 각 1용례, 卷4の3에서 2용례 모두 10용례가 등장한다. 이하 2장에서는 서문에서의 '천天'의 2 용례들의 분석고찰, 3장에서는 본 작품에 등장하는 '천天'의 8 용례의 분석고찰을 통해 일련의 '천'에 담긴 작가의 자연에 관한 인식과 작품구조 안에서의 수사법적 의미를 살펴보기로 한다.

2) 『본조이십불효』 서문 2용례에서의 천天

그 옛날 중국의 맹종은 부모를 위해 눈 속에서 죽순을 찾아냈다고

---

8 불효의 실상을 당대적 현실 그대로 묘사했다는 점에서 사실적이지만 불효의 주체가 권선징악적 결말에 이르는 과정은 불가사의하고 예측 불가능한 하늘(天)의 심판을 받는 경우가 대부분이다.

9 천의 정체성과 관련해 신도의 '가미神, 불교의 부처, 유교의 천天 특히 주자학에서의 이기理気의 주체로서의 천 등을 중심으로 많은 고찰이 있어왔다. 특히 『본조이십불효本朝二十不孝』에서의 천은 신, 불, 유 혼융 형태의 종교적 상징으로 보는 것이 일반적이라고 할 수 있을 것이다.

하는데 지금은 얼마든지 채소가게에서 구입할 수 있고, 왕상이 두꺼운 연못의 얼음을 깨부수어 잡았다고 하는 잉어 또한 지금은 어물전 수조 안에서 얼마든지 볼 수 있다. 자연의 현실적 이치를 뛰어넘어 신불에게 기원하면서까지 효행을 하지 않아도 각자 가업에 충실하고 그 돈으로 필요한 것을 갖춤으로써 효도를 다하는 것이 지금의 삶의 방식이다. 그런데 이런 상식적인 길을 걷는 사람은 적고 이 세상에는 불효의 악인이 많다. 이 세상에서 생명을 받고 태어난 모든 인간들은 효도를 알지 못하면 하늘의 천벌을 벗어날 수 없다. 그 예는 너무나 많아서 여러 지방 이야기들을 들어보니 불효자들이 너무도 생생하게 그 죄를 드러내고 있다. 그렇기에 그런 불효자들의 이야기를 모아서 이렇게 작품으로 출간하는 것은 세상 사람들에게 효를 권하는데 일조가 될 것이다.

雪中の笋、八百屋にあり、鯉魚は魚屋の生船にあり。世に〈天性〉の外、祈らずとも、夫夫の家業をなし、禄を以て万物を調べ、教を尽せる人、常也。此常の人稀にして、悪人多し。生としいける輩、孝なる道をしらずんば，〈天〉の咎を遁るべからず。其例は、諸国見聞するに、不幸の輩，眼前に其罪を顕はす。是を梓にちりばめ、孝にすすむる一助ならんかし。[10]

『본조이십불효』의 서문에 해당하는 상기 인용문에 등장하는 '천' 관련 용례는 2곳 '世に〈天性〉の外'와 '〈天〉の咎を遁るべからず'이다.

---

10 이하 작품 원전은『井原西鶴 2』, 新編日本古典文学全集, 小学館의『本朝二十不孝』에서 인용함.

'天性'은 문자 그대로 '하늘로부터 물려받은 성질'이고 '天'은 '하늘' 혹은 '자연'의 의미로 사용되고 있음을 알 수 있다. 이 두 가지 '천'의 용법은 일차적 의미해독에서 일견 모순적 용어인 것에 주목할 필요가 있다.

오토기조시 『이십사효』[11]나 『몽구蒙求』 등을 통해 일반에게 알려진 중국의 맹종孟宗과 왕상王祥의 고사에 관한 지식을 전제로 하고 있는 상기 서문의 묘사에서 우선 '世に〈天性〉の外'(자연의 현실적 이치를 뛰어넘어)는 "그 옛날 중국의 맹종은 부모를 위해 눈 속에서 죽순을 찾아낸" 행위와 "왕상이 두꺼운 연못의 얼음을 깨부수어 잉어를 잡은" 행위가 바로 '자연의 현실적 이치를 뛰어 넘는' 행위임을 일차적으로 언설하고 있다. 작가는 근세기 당대 일본인들의 자연에 관한 과학적 지知의 기준에 서서 '설중 속의 죽순과 한 겨울 얼음 속의 잉어' 찾기의 지난至難함을 지적하고 있다. 그렇다고 해서 동시에 맹종과 왕상의 효행행위의 실현 가능성 자체를 부정한 것이라고도 볼 수 없다. 이 묘사는 사이카쿠 특유의 복안적複眼的, 다원적多元的 자연관의 일환이라고 볼 수 있다. 작가는 일견 초자연적인 힘에 의해 이루어진 것으로 보이는 맹종과 왕상의 효행을 근세 일본의 현실 안으로 끌어들여 또 다른 근세일본의 인위적 자연을 해학적으로 말하고 있다. '자연의 현실적 이치를 뛰어넘는' 효행을 실현하기 위해서는 초자연적 존재인 신불의 힘이 필요하겠지만 그것보다는 17세기 일본

---

11 맹종고사를 사이카쿠가 삼국지나 오지吳志 등의 한문 원전을 통해 읽었을 가능성도 배제할 수는 없지만 사이카쿠 우키요조시의 작품에 등장하는 여러 묘사들을 고려할 때 오토기조시를 통한 수용의 가능성이 높다고 할 수 있을 것이다.

의 일상세계에 대한 새로운 인식을 제시함으로써 '자연의 현실적 이 치'에 부합하는 효행이 가능하다는 것을 강조한다. 즉 맹종의 죽순-왕상의 잉어와 당시의 전문적 채소가게-어물전과의 대비적 묘사가 그것이다. 새롭게 정착되고 있던 이른바 근세전기 상업자본주의의 현실[12]을 체감하고 있는 작가는 이전 세대에서는 오로지 신불의 힘 에 의존하는 '자연의 현실적 이치를 뛰어넘는' 지난한 효행이 이제 신불의 영역 외에도 가능한 현실이 공존하고 있음을 지적하는 것이 다. 그것은 현실세계에서 가공할 위력을 지니는 '금전' 즉 경제력임 에 다름 아니다. 이런 경제력은 "각자 가업에 충실하고 그 돈으로 필 요한 것을 갖춤"으로서 가능해 진다. 근세일본의 인위적 경제세계인 인위적 자연은 과연 인간의 의지만으로 얼마든지 가능한 현실인가? 이어서 작가는 다시 반전의 언설을 행하고 있다.

"각자 가업에 충실하고 그 돈으로 필요한 것을 갖춤으로써 효도를 다하는 것이 지금의 삶의 방식"이고 바로 이것이 보통 사람의 효행 방식일 터인데 그러한 보통사람은 드물고 불효의 악인이 많다는 것 이다. 그렇다면 '자연의 현실적 이치를 뛰어넘는' 지난한 효행을 상 대화시킨 근세적, 인위적 효행도 현실 세계 안에서 지난至難함을 지 니고 있다고 말하면서, 인위적 현실세계 역시 초자연적, 추상적 신

---

12 근세기 천하의 부엌으로 불리었던 오사카大阪의 농수산물의 집결과 유통에 관한 연구는 이미 다양하게 이루어져 있다. 오사카 거주의 사이카쿠는 규슈 이남 지역 의 물류 유통으로 인해 한 겨울의 죽순과 잉어가 구입가능한 일상 속에 살고 있었 고 그러한 경제현실은 이 작품이 간행되기 전인 17세기 초에 정착되었다. 『日本の 近世 5』, 「商人の活動」, 中央公論社, 1992와 斎藤善之編『新しい近世史3』, 「市場と民間 社会」, 新人物往来社, 1996 참조.

불세계의 자연을 대체할 수 있는 것은 아니라는 인식을 드러내고 있다. 이것은 "그 예는 너무나 많아서 여러 지방 이야기들을 들어보니 불효자들이 너무도 생생하게 그 죄를 드러내고 있다"는 언설에서 더욱 명확해진다. 그리고 서문 말미에서 작가는 현실에서 노력 여하에 따라서 얼마든지 가능한 '인위적 자연'을 행하지 못하는 불효자들은 〈天〉 즉 자연의 천벌[13]을 벗어나기 어려울 것이라는 이상적, 초자연적 현상에의 인식으로 회귀하는 것이다. 자연세계의 제 현상을 직시하는 작가의 인식은 추상적이고 초현실적인 선행고전의 묘사를 근세적 현실 안에서 상대화하면서 다시 이것을 재상대화하고 반전시키는 수사법을 통해 다원적이고 복안적인 자연관을 노출시키고 있다. 사이카쿠 문학이 창출하는 웃음과 해학의 기저에 바로 이러한 자연관이 내재되고 있음을 확인할 수 있다. 이러한 사이카쿠 특유의 자연관은『본조이십불효』의 선행고전인 앞에서 제시한 오토기조시『이십사효』「맹종」[14]에서의 '천'의 용법과의 비교를 통해 확연하게 드러난다.

　맹종은 대나무밭에 가서 찾아보았지만 눈이 많이 쌓인 때라 어떻게 찾을 수 있으리오. 오로지 하늘의 자비를 빌 뿐입니다 라고 기도를 올렸지만 잘 이루어지지 않음을 슬퍼하면서 대나무에 다가가니 갑자기

---

13 이후의 각 작품에서 불효를 행한 주인공들의 결말은 권선징악적인 작품의 틀 안에서 초자연적인 죽음이나 파멸을 맞게 되는 경우가 대부분이다. 당대의 권선징악적인 작품들과 사이카쿠의 작품이 차별화되는 것은 서문에서 드러나고 있는 복안적인 자연관이 내재되어 있다는 점일 것이다.

14 『御伽草紙集』,『二十四孝』, 日本古典文学全集, 小学館.

대지가 열리면서 죽순이 여러 개 솟아나왔다. 맹종은 크게 기뻐하며 바로 죽순을 캐어 집으로 돌아와 맑은 장국으로 만들어 어머니에게 드렸더니 어머니는 이것을 드시고 그대로 병환도 나으셔서 오래 장수를 하셨다. 이것 모두 효행심이 깊은 것을 느끼신 하늘의 자비였다.

孟宗、竹林に行き求むれども、行き深き折なれば、などかたやすく得べき。「ひとへに、天道の御あはれみを頼み奉る」とて、祈りをかけて、おほきに悲しみ、竹に寄り添ひけるところに、にはかに大地開けて、竹の子あまた生ひ出で侍りける。おほきに喜び、すなはち取りて帰り、あつものにつくり、母に与へ侍りければ、母、これを食して、そのまま病もいえて、齢を延べたり。これ、ひとへに、孝行の深き心を感じて、天道より与へ給へり。

맹종은 눈이 많이 쌓인 겨울철이지만 모친을 위해 인위적으로 죽순을 찾아보고 발견되지 않자 바로 '하늘의 자비' 즉 천의 초자연적 현상을 기원한다天道の御あはれみを頼み奉る. 인간의 인위적, 의지적 행동의 한계성에 슬픔을 표시하고 천의 자비를 기원하자 갑작스러운 죽순의 발현이 이루어지는 괴기적怪奇的 상황. 이를 기뻐하는 작품 구조는 인위적 자연세계와 초자연적 천의 세계가 하나의 연결된 세계로 이어지고 있음을 나타내고 있다. 말미에서 이 작품의 결말 내용이 맹종의 효행에 감복한 천의 자비였음을 말하는 작가의 언설은 맹종이 생존하는 현실세계와 천이 존재하는 초현실세계가 동절기 죽림에서 땅이 갈라지고 돌연 죽순이 출현하는 괴기적 자연현상을 통해 하나로 이어지고 있음을 부연하고 있는 것이다.

『본조이십불효』 개별 작품 8용례에서의 천天

앞에서도 언급한 바와 같이『본조이십불효』에서는 천天에 관한 용례가 서문에서의 2용례 외에 卷1の2에 2용례, 卷2の1, 卷2の4, 卷3の3, 卷4の1에서 각 1용례, 卷4の3에서 2용례 등 8용례가 등장한다.

먼저 卷1の2에 등장하는 다음 2용례를 검토해 보기로 한다.

부친에게만 일을 맡기고 자신은 느긋하게 잠만 자고 나팔꽃 핀 것을 제대로 본 적도 없이 아버지 이 세상은 이슬과 같은 덧 없는 목숨입니다. 그렇게 악착같이 살아봐야 부질없는 겁니다 라고 매섭게 쏘아붙이자 천명을 모르는 놈이라고 주변 사람들은 손가락질을 하며 미워했다.

父親に世をかせがせ、おのれは楽寝して、朝顔の花つゐに見た事なく、親仁，世は露の命と、ねめまはして、＜天命＞しらずと、人みな指をさせど、ふかく悪めどままならず。

분타자에몬은 죄를 다 드러냈다. 세상에 유례가 없는 불효자 이야기인데 놀랍게도 천벌이 바로 내려졌다. 정말 근신해야 할 것이다.

文太左衛門か恥を曝させける。世にかゝる不孝のもの、ためしなき物がたり、懼ろしや、忽ちに＜天＞、是を罰し給ふ。慎むべしべし。

권1-2. 대나무 빗자루를 생업으로 하는 일가의 장남 분타자에몬은 27세의 나이임에도 생업은 뒷전으로 한 채, 부모에게 일을 맡기고

자신은 유흥생활에 탐닉. 결국 가업이 기울어 누이동생은 유곽으로
팔려가게 되고 분타자에몬은 그 돈을 갖고 도주해 양친은 충격으로
자살하고 그 유체는 늑대의 밥이 된다. 그리고 양친이 죽었던 자리
를 지나가던 주인공 또한 늑대 밥이 된다는 전형적인 괴기적 불효담
이다.

주인공의 부친 히오케노분스케火桶の文介는 후시미伏見에 거주하는
빗자루 세공을 하는 장인. 작품의 도입부에서 야마시로山城의 후시
미 지역의 유서에 관해 지금은 피폐해 복숭아 산지로 전락했지만 과
거에는 이곳 스미조에墨染가 벚꽃의 명소라고 설명하면서 고긴와카
슈古今和歌集의 고전적[15] 배경을 제시한다. 와카가 읊어진 뒤 이 지역
에서 갑자기 벚꽃이 피어나게 되었다는 헤이안 시대의 와카의 배경
에 자연과 인간세계를 이어주는 초자연적 상상력과 전승의 역사가
있음을 암시하면서, 이어서 과수재배라는 현실적 상황에 의해 복숭
아 산지로 전락된 후시미의 현 상황을 대조적으로 묘사하고 있다.
스미조에의 과거(초자연적 고전세계)와 현재(실존적 현실)를 묘사
하면서 자연세계를 둘러싼 근세인의 다양한 인식이 제시되는 것이
다. 그리고 바로 이어지는 불효담의 시작은 복숭아 산지로 전락한
스미조에의 현실의 연장선에서 부친 분스케의 어려운 가업의 실존
상황이 사실적으로 묘사된다. 그리고 등장하는 장남 분타자에몬의

---

15 스미조에의 한 사찰에 남겨진 전설에 「深草の野辺の桜し心あらば今年ばかりは墨染
めにさけ」(古今和歌集 16 哀傷歌)라는 노래가 읊어진 뒤 이곳의 벚꽃이 피기 시작했
다고 하는 내용이 전해진다.(『井原西鶴2』, 新編日本古典文学全集, 小学館의 『本朝二
十不孝』의 두주 참조)

가업을 외면하는 불효의 실상에 대해 주위사람들의 입을 빌려 등장하는 것이 첫 인용문의 '천명天命'이다. 짧은 삶의 유한성에 대해 분에 맞지 않는 세속적 환락으로 위안 받고자 하는 아들의 불효적 행태에 천명을 떠올리는 것이 바로 근세인의 초자연적, 징악적 발상이다. 자연세계의 유한적 무상성에 인위적 세속적 탐닉으로 대립하는 장남, 그리고 다시 초자연적 상상력을 표현하는 주변의 인물들이 대비적으로 묘사되고 있다. 부모의 생존을 위해 딸이 유곽에 몸을 파는 행위는 서문에서의 맹종과 왕상의 초현실적 효행담과 대비되는 대목으로, 근세일본의 현실세계에서 어느 곳에서나 있을 법한 인위적 효행임과 동시에 맹종과 왕상이 겪었을 효행과정보다 더 세속적 고통을 수반하고 있음은 쉽게 읽혀질 수 있다. 그럼에도 이 인위적 효행은 장남이 누이동생의 매신売身 대금을 가로채고 도주함으로써 불발로 끝날 수밖에 없었고, 이후의 장남의 환락행위는 근세 일본의 유흥문화 범주에서 사실적으로 묘사되고 있음을 알 수 있다. 이 부분까지의 묘사의 양이 작품 전체 대부분을 차지하고 양친이 자살한 곳인 오오카메다니狼谷[16]에서 늑대에게 물려 죽는 주인공에 대한 징벌적이며 괴기적인 결말은 작품 말미 불과 몇 행에서 제시된다. 그리고 "놀랍게도 천벌이 바로 내려졌다懼ろしや、忽ちに(天)、是を罰し給ふ。慎むべしべし"는 언설이 추가됨으로써 권선징악적 불효담이 완성되는 것이다. 초자연적 천에 대한 작가의 괴기적 묘사방식은 세속에서의

---

16 지명에서 알 수 있듯이 늑대가 많이 출몰했다고 전해지는 지역으로 이 지명을 활용하고 있는 작가의 상상력을 엿볼 수 있는 묘사이다.

주인공의 사실적 행태묘사와 대비되면서 권선징악적 작품의 틀에만 안주하는 오토기조시와 차별화되는 자연관을 내포하고 있음을 확인할 수 있다. 주인공의 세속적 불효담을 묘사하는 과정에서 불효가 행해지는 지역인 스미조에墨染의 벚꽃명소로서의 유래를 고긴와카슈古今和歌集의 전통적 자연관이 지니는 초자연적 세계로서 제시하고 이를 주인공의 인위적 불효담을 통해 상대화한 후 다시 초자연적, 괴기적 천의 결말로 작품을 마무리 짓는 구조를 확인할 수 있다.

권2-1은 전설적인 도적 이시카와 고에몬石川五衛門의 불효로 인해 일생 큰 고통을 받는 부친에 관한 묘사가 중심을 이루고 있다. 뱃사공인 부친은 아들의 죄 대신 앙갚음으로 폭행을 당해 전신에 부상을 입고, 고에몬은 여러 가지 악행으로 결국은 붙잡혀 불가마 속에 던져져 죽게 되는데 죽기 직전에도 아들을 밑으로 깔아가며 죽어가는 포악한 행태가 그려지는 불효담이다.

작품의 도입부에 제시되는 "황금가마를 캐낸다는 것은 아무리 효를 해도 지금 세상에 생각할 수 없는 일"이라는 언설은 앞 서문의 예와 마찬가지로 『이십사효』에 등장하는 효자 곽거郭巨가 가난한 모친을 위해 아들을 땅에 파묻으려다 황금 가마솥을 발견한다는 효행담을 환기시키고, 동시에 이 작품의 주인공이 악행으로 인해 불가마솥에서 죽음을 맞는다는 결말을 암시하는 사이카쿠 특유의 함의적 묘사이다.

도입부의 『이십사효』의 초자연적 효행에 관한 환기적 묘사에 이어 다시 근세일본의 세속현실의 일상적 공간 안에서 상대화하는 언설(지금 세상에서 생각할 수 없는 일)로 전환되고, 이어서 재반전되

어 일본고전의 패러디를 통한 자연적 세계의 메타포적 묘사 즉 고에
몬의 부친이 뱃사공으로 등장하는 곳을 묘사하는 '涛波や大津の浦
より'의 마쿠라고토바枕詞, 중국고전의 세계를 환기시키는 두보杜甫의
시를 패러디하는 날씨묘사 '俄に雲となり'와 우타마쿠라歌枕의 '鏡
山'[17]등 초자연과 현실세계를 오가는 작가의 이중적인 레트릭이 두
드러지고 있음을 알 수 있다.

주인공의 악행이 세속현실의 구체적인 예로서 계속되고 이에 대
해 징악적 예조予兆로서 다음과 같은 〈천〉의 용례가 등장한다.

이 같은 일이 점점 심해지기만 하기에 "하늘의 천벌을 받을 것이다,
사람들이 지켜보고 있으니 어떤 일을 당할지 모를 것"이라고 여러 번
주의를 주었지만 오히려 그걸 기화로 현재의 부모를 밧줄로 묶고
此事次第につのれば、〈天〉の咎、世の穿鑿、いかなるうきめにあひつ
らんと、頻に異見するに、却て怨をなし、現在の親に縄をかけ、(巻2の1)

현실세계에서의 고에몬의 악행에 대해 주변인물들이 천벌을 경
고하는 대목은 악행의 극한을 목도하는 근세인에게서 자연스럽게
나올 수 있는 발상이며, 초현실의 세계를 무의식적으로 상정하는 복
안적 발상이라고 할 수 있다. 도적 수괴로 형상화된 고에몬 설화의
전승이 17세기 후반의 현실세계 안에서 사실적으로 재구성되고, 해
학적 삽화와 더불어 초자연적인 현상인 천의 응징이 불가마에 태워

---

17 滋賀県 古来의 우타마쿠라로 알려져 있다.

죽이는 근세시대의 인위적 사법조치를 통해 이루어지는 점이『이십사효』의 초자연적인 묘사와 대비된다고 할 수 있다. 그리고 이러한 인위와 초자연의 조화는 "부친을 밧줄로 묶는 악행을 한 응보로 지금 불구덩이 속에 들어가서 타죽고 있는 것인데 더구나 내세에서는 불구덩이 속에 들어가 귀신이 찢어먹는 안주가 될 것이라며 고에몬을 미워하지 않는 사람이 없었다"[18]라는 말미의 언설은 바로 이러한 당세인들의 천에 관한 복안적 시각을 나타내고 있는 것이다.

권2-4는 부친이 세간을 의식해 4배 이상으로 재산이 있는 것처럼 유언장을 쓰고 죽자 4형제간에 재산분쟁이 일어나고 동생은 형이 재산을 빼돌린 것으로 오해하고 장남을 몰아세운다. 결국 부친의 거짓행위를 자식된 도리로 밝히지 못하고 오해를 받은 채 장남은 자살을 하게 되는 전형적인 형제간의 재산분쟁담이다.

이 불효담의 무대는 현재의 시즈오카静岡가 위치한 스루가駿河 지역. 작품 도입부는 다음과 같이 시작된다.

> 인간은 결국 모두 무상의 연기로 변해버리는 것이다. 어떤 해 후지산에서 불어 내려오는 바람 탓에 감기가 유행하고 많은 사람들이 어려움을 겪은 적이 있었다. 스루가 지역에서도 의사들은 정신없이 돌아다녔지만 그래도 많은 사망자가 나와 집안 유골을 모시는 절을 찾는 사람들이 줄을 이었다. 무상의 죽음은 언제 찾아올지 모르는 것으로 때

---

18 원문은 "親に縄かけし酬い、目前の火宅、なほ又の世は火の車、鬼の引肴になるべしと、これを悪まざるはなし"로 되어 있다.

마침 찾아온 찬 하늘 날씨 속에서도 수의 한 벌만이 이 세상에서 저 세
상으로 가는 여행복이 되는 안타까운 모습들

人はみな、煙の種ふじの山、はげしき風病はやりて、難儀を駿河の
町に、医師隙なく、檀那寺の門を敲き、無常はいつをさだめが足し。
折ふしの寒空にも、経帷子ひとへを浮世の旅衣

　불효담의 주인공의 죽음의 결말을 암시하는 도입부에서도 스루
가 - 후지산 - 연기 - 죽음으로 연상되는 고전세계의 연어緣語적 창작
기법이 제시됨으로써 스루가에서의 단순한 현세적 불효담이 아닌
현세와 내세에 걸친 초자연적 현상이 개재되는 불효담의 묘사를 작
가는 의도하고 있다. 불효담의 구체적 상황은 유산액수를 부풀리는
부친의 허영심, 재산분배를 둘러싸고 장남에게 혐의를 두는 동생들
의 물욕, 억울한 누명을 뒤집어쓰면서도 부친의 허위를 밝히지 못하
는 우직한 장남의 효행적 행동과 자살 등이 세속 세계 안에서 사실
적으로 묘사된다. 이러한 상황에 등장하는 '천'의 작품 내의 용례는
다음과 같다.

　자신 혼자서만 난처한 상황이 되었다. 모두들 다 알고 있는 상태에
서 이런 조치를 취한 것인데 거짓이 없는 자신에게 혐의를 뒤집어씌우
다니 그래도 천벌을 면할 수 있다고 생각하는가

我壱人の迷惑。おのれらも了簡の上にて、此首尾に済し、いつわり
なき某を疑事、〈天命〉遁るべきか。(巻2の4)

'천명'의 용례를 사용함으로써 징악적 결말을 예상시키는 상투적 문구가 등장하는데, 이 결말은 작품 말미에서 죽은 남편이 부인의 꿈에서 나타나 억울함을 호소하는 내용으로 이어진다. '천명'이라는 초자연적 의지는 부인의 꿈夢のうち이라는 현실과 초현실의 접점의 세계에서부터 시작됨을 알 수 있다. 남편의 원한을 갚기 위해 3인의 시동생들을 살해하고 본인은 자살하는 행위, 그리고 남겨진 장남의 아들이 재산을 상속하는 결말을 도식화하면 작품 도입부에서 제시되는 고전적 자연세계 - 유산을 둘러싼 부친과 아들들의 세속적 행위 - 현실과 초현실의 접점에서 행해지는 천의 징벌적 의지와 내용의 제시라고 볼 수 있을 것이다. 괴기담의 전승적 유형의 불효담으로서 당대인들의 초자연적 현상에 관한 인식이 내재되고 있음은 앞서의 타 불효담의 구조와 일치하고 있다.

권3-3은 산속 늪에서 거대한 옻나무를 발견해 부자가 된 우루시야부타유漆屋武太夫가 이를 독차지하려는 욕심에 결국 자신과 아들은 죽게 되었고 도벌의 책임을 추궁당해 집안은 몰락, 거지로 전락한 부인은 시어머니를 구박한 했다는 이유로 아무런 적선도 받지 못한 채 굶어죽는다는 불효담이다.

중세, 근세기 이래의 입신출세담[19]의 유형을 다양한 내러티브 구조로 변화시키고 있는 사이카쿠 특유의 입신출세후 몰락담[20]의 유

---

19 사이카쿠가 의식했던 교훈서로 근세초기 1627년에 간행된 작자미상의 가나조시 『장자長子教』를 들 수 있을 것이다. 가마다야鎌田屋 등 3인의 부호에게 똑똑한 소년이 찾아가 장자가 될 수 있었던 성공비결을 묻는 내용으로 되어 있음은 주지의 사실이다. 절약, 재각才覚, 가업충실 등이 치부의 주요요소로 제시되고 있다. 『近世町人思想』, 日本思想大系, 岩波書店.

형이라고 할 수 있다. 이 상인의 치부과정에는 불법적이고 탐욕적인 옻나무의 채취행위가 있었고 이에 대한 천의 용례는 다음과 같다.

> 세상 사람들처럼 분수에 맞는 의복을 입고 조석의 식사로 제 계절의 고기와 생선을 맛보고 가난한 친척들을 돌보고 아랫사람들을 잘 챙기고 신을 잘 모시고 불도의 길을 명심하고 부모를 즐겁게 해 드리고 타인과의 의리를 잘 지키고 만사에 솔직하고 유복한 것은 천의 은혜가 충만한 사람인 것이다.
>
> 世間にかはらず、其身相応の衣類を着て、朝夕も折ふしの魚鳥を味ひ、貧なる親類を取立、下下を憐、神を祭、仏の道を願ひ、親に楽をあたへ、他人の義理をかかず、万事直にして富貴なるは、〈天〉の恵みふかく、(巻3の3)

모범적인 근세기의 상인상[21]을 제시하고 있는 내용으로 우루시야 부타유는 용례에서 제시되는 상인의 삶과는 거리가 먼 인물임은 말할 것도 없다. 더구나 그의 부인은 시어머니를 구박하는 불효의 며느리로 묘사되고 있는 바, "신을 잘 모시고 불도의 길을 명심하고 부

223

모를 즐겁게 해 드리고 타인과의 의리를 잘 지키고 만사에 솔직하고 유복"하지 못한 사람에게 '천'이 징악적 결말을 내리는 구조를 지니고 있다. 세속적 인위적 삶의 충실과 초자연적 현상에 대한 경외심이 혼재하는 당대인들의 인식이 형상화되어 있음을 확인할 수 있다.

권4-1은 향락에 탐닉해 부모를 괴롭히는 두 남자 진시치甚七와 겐시치源七의 불효담. 유흥비가 떨어지자 몸이 불편한 노인을 납치해 앵벌이에 활용하는 악행을 행하면서 진시치는 노인을 구박했고 겐시치는 부모를 대하는 마음으로 효심을 표한 결과 두 사람의 운명이 바뀐다는 선악대비의 구조이다. 이 두 사람의 행위에 대한 천의 용례는 다음과 같다.

> 하늘은 사람의 진실됨을 살펴보시고 선악을 심판하시는 것일까
> 〈天〉まことを照らし、善悪をとがめ給ふにや。(巻4の1)

천은 과연 선과 악을 구분하여 권선징악의 결말을 보여주는 것일까라는 작가의 언설은 그대로 근세인들의 천과 세속에 대한 복안적 인식일 것이다. 작품 도입부에서 부모를 괴롭히고 유흥에만 탐닉하는 전형적 탕아로 그려지는 두 남자 진시치와 겐시치의 유형은 한 인간의 내면에 공존하는 모순적 자아로서 그 이전의 고전문학 텍스트에서는 발견될 수 없는 실존적 인간상이라고 할 수 있다. 천의 의지에 의해서 모든 것이 결정되는 권선징악적 세계에서 인간의 실존적 현실을 직시하고 이를 다시 천의 초자연적 계시의 결말적 범주로 수렴해가는 사이카쿠의 묘사는 바로 세속과 초자연적 세계의 경계

를 내포하고 있다.

권4-3은 어머니와 사별한 아버지 에노모토 만자에몬榎元万左衛門이 후처를 들이자 정당한(?) 사유 없이 모함하고 괴롭히는 불효를 행해 벼락을 맞아 죽음을 맞는다는 불효담이다. 이 작품에 등장하는 '천' 의 용례는 2용례로 첫 용례가 다음의 묘사이다.

> 아무런 죄가 없는 데 의심을 받는 것처럼 곤란한 일은 없다. 하늘은 진실을 살펴보실 것이지만 의심이 풀리기 전에 몸을 잃게 되기도 하니 참으로 슬픈 일이다.
>
> 曇りなき身を、うたがはるる程、世に迷惑なる事はなし。天まことをて らし給へ共、其時節を待ず、身を失ふも悲し。心の波風たつも、人の 云なしにして、是非なき事有。(巻4の3)

천은 초자연적인 힘으로 진실을 살펴보지만 인간들의 현실 속에 서 바로 징악적 세계가 펼쳐지는 것은 아니라는 작가의 언설은 의미 심장하다. 세속의 현실적이고 인위적인 선과 악의 세태는 대부분 세 속의 논리 안에서 이루어지는 것이 일상다반사이고 선과 악에 대한 진실의 구분은 상대적이고 모호한 것이기에 인간 차원에서 판단하 고 느끼는 것이 그대로 천의 세계의 계시로 이어지는 것이 아니라는 점이다. 실제로 아들의 모함으로 후처는 아버지의 버림을 받아 출가 하게 되고 아들은 후처를 모함한 악행으로 결국 사람들에게 지탄을 받게 되어 도주를 하던 도중, 때 아닌 벼락을 맞아 괴기적이고 징악 적인 결말을 맞는다. 선행 괴기담[22]의 전승적 수용의 형태로 불효의

225

주체인 아들에게는 벼락이 치지 않는 계절에 벼락을 맞아죽는 초자연적이고 징악적인 천벌이 내려지지만, 이 아들의 행위가 과연 정당한(?) 사유가 없는 것인지가 주목해 볼만한 대목이다.

안되었기는 하나 말을 하지 않으면 하늘을 배반하는 것이 된다.
迷惑ながら、いはねば天命を背くなり。(巻4の3)

아버지에게 새어머니가 아들이 자기에게 추파를 던지고 있다고 엉뚱한 모함을 말하는 상황에서 등장하고 있는 위의 천의 용례(천명)는 바로 불효의 당사자인 아들의 입에서 나오는 말이기에 더욱 의미심장하다. 천명의 징악적 대상이 되는 아들이 천명을 운운하고 있는 것이다. 인간의 이면에 있는 비뚤어지고 배타적인 심성 즉 어린 아들로서 생명과도 같은 어머니를 잃은 트라우마, 그리고 아버지가 새어머니를 맞아들이는 데 대한 심리적 반항심과 새어머니에 대한 본능적 증오심이 동시에 묘사되고 있는 것이다. 아들의 철들지 못한 반항심과 불효의 행위, 그리고 작품말미에서 맞게 되는 초자연적 징악의 결말은 사이카쿠의 작품이 단순히 권선징악의 세계를 답습하고 있지 않고 초자연과 자연의 영역을 넘나들며 복안적 시각으로 작품세계를 창출하고 있음을 보여주고 있는 것이다.

---

22 낙뢰에 의해 악인이 사망하는 예는 고대 이래 여러 문헌에서 산견되는데, 특히 어머니를 모함한 유무酉夢이 벼락을 맞는 내용은 헤이안 말기의 불교설화집『宝物集一』에 나온다. (앞의 책『本朝二十不孝』두주 참조)

맺음말

이상 『본조이십불효』에서 등장하는 천天에 관한 용례 즉 서문에서 2용례, 卷1の2에서 2용례, 卷2の1, 卷2の4, 卷3の3, 卷4の1에서 각 1용례, 卷4の3에서 2용례 등 모두 10용례를 중심으로 '천'에 담긴 작가의 자연에 관한 인식과 작품구조 안에서의 수사법적 의미를 살펴보았다.

17세기 중후반 근세일본의 불효의 제상諸相을 사실적으로 묘사하면서 동시에 권선징악적 결말을 내용으로 담고 있는 『본조이십불효』에 내재된 작가의 인식은 앞 서문에서 언급한 근세기 일본인들의 '천'에 관한 세 유형의 세계관 내지는 우주관을 복안적으로 내재시키고 있다. 하나는 17세기 동북아시아의 한자문명권에 도래했던 실학적 세계관인 바, 세속의 차원에서 과학적, 합리적, 실용적 인식으로 자연의 도리와 이치를 생각하는 세계관이다. 그리고 한 편으로 합리적이고 세속적인 세계관만으로는 다 해명이 이루어지지 못하는 우주의 제상諸相에 대해 관념적, 형이상학적 영역으로 이해하고자 하는 사상가적, 도덕가적, 종교가적 세계관, 또 한편으로는 앞의 두 세계관에 외에 신화나 설화 등을 다양하게 내재시키며 창작되어 왔던 문학작품을 통해 전승되어 온 괴기적, 불가사의적 민속세계의 세계관이 그것이다. 사이카쿠는 근세기 이전의 중국의 고전과 헤이안기 이후의 일본고전의 초자연적 세계를 자신의 소설세계 안으로 받아들이면서 이를 다시 근세기 일본이라는 인위의 세계 속에서 상대화시키는 사실적 묘사를 행한다. 선행고전문학이 지니는 초자연적이고 낭만적인 문학의 원초적 요소를 기반으로 근세기의 인지人知의 영역에서 묘사될 수 있는 부세浮世의 사실적인 불효의 행태를 묘사함으로써 선행고전의 초자연적 현상을 상대화하는 흥미를 유발하는 수사법을 제시한다. 그리고 다시 중세의 구태의연한 권선징악적인 묘사방식이 아닌, 근세인의 상상력의 세계 안에서 실존할 수 있고 납득할 수 있는 초자연적인 결말방식을 행하고 있는 것이다. 근세일본 겐로쿠기元祿期의 대표적인 이야기꾼인 사이카쿠는 세 범주의 혼융적 세계관을 '천'이라는 키워드를 통해 해학적인 상상력과 형상화를 통해 허구적으로 새롭게 제시함으로써 불효담이라는 터부적 주제를 하나의 문학작품으로서 흥미롭게 읽힐 수 있는 가능성을 제시하고 있다.

> 이 글은 「사이카쿠西鶴의 우키요조시浮世草子에서 본 자연 -『본조이십불효本朝二十不孝』의 '천天의 용례를 중심으로』-」『日本思想』제24号, 韓国日本思想史学会, 2013을 일부 수정, 보완한 글이다.

제2부

문학적 아노미

한일 고전문학 속 비일상 체험과 일상성 회복

― 파괴된 인륜, 문학적 아노미 ―

조선시대 차별과 적대의 이해를 위한 시론
─『구운몽』을 중심으로─

 머리말

차별과 적대는 한 사람 또는 한 집단이 다른 사람 또는 다른 집단을 대하는 감정과 태도의 일종이다. 차별은 법률적인 개념이기도 하고 도덕적인 개념이기도 한데, 보편적으로 인정되는 개념 정의는 없다는 것이 통설이다.[1] 다만 인종, 종교, 성 등의 차별에 대한 주제는

---

1 스탠포드대학에서 운영하는 세계적으로 널리 통용되는 온라인 철학사전을 참조

현대사회에서 인권과 관련한 가장 중요한 개념일 뿐만 아니라, 그것
이 야기한 혐오와 적대는 인종이나 종교 분쟁 등에서 핵심이 된다는
점에서 중요한 의미가 있다.

차별에는 직접차별도 있지만 간접차별도 있고 조직적 차별도 있고
구조적 차별도 있다. 차별에는 어느 하나 간단히 해명하기 어려운 복
잡한 문제들이 얽혀 있기에, 이 글은 요로要路를 찾아서 거슬러 올라
가는 방법을 취하기로 한다. 차별이 야기한 적대의 최종지점이라고
말해도 과언이 아닐 제노사이드genocide[2]를 출발로 삼아, 차별이 얼마
나 심각한 문제인지 그리고 동시에 그 근원에 대해 논의하고자 한다.
제노사이드의 구체적인 예는 6.25전쟁[3] 시기의 민간인학살이다.

6.25전쟁 민간인학살은 당시에도 극소수 알려졌고, 이후 간헐적
으로 진상공개에 대한 요구가 있었으나, 2005년 12월 대통령직속기

했다. http://plato.stanford.edu/entries/discrimination/ 2015년 8월 30일 개정판.

2 아래에서 학살, 대학살, 제노사이드, 홀로코스트 등의 용어를 사용하는데, 학살과
대학살은 일반적 명사로 사용하는 것이며, 제노사이드는 학술어로 규정된 것을
사용한다. 홀로코스트는 유대인 제노사이드를 특정해서 부르는 용어이다. 6.25전
쟁 민간인학살은 자기-제노사이드로 규정한다.

3 흔히 '한국전쟁'이라는 용어를 사용하고 있으나, 필자는 이것이 부적절한 역사용
어로 생각한다. 미국의 시민전쟁을 남북전쟁 등으로 자기화하여 말하면서, 자국
의 전쟁은 오히려 타자화하여 한국전쟁으로 부르는 것은 적절치 않다고 보기 때문
이다. 역사용어는 당연히 중심과 주체가 있다. 자기 집에서 일어난 일을 남의 집에
서 부르는 대로 부르는 우스꽝스러운 흉내내기는 이제 멈추어야 한다. 이렇게 보
면 전자를 미국전쟁으로 부르고 후자를 차라리 남북전쟁으로 부르는 것이 주체적
이다. 베트남전쟁이야 미국이나 한국이나 모두 그렇게 부를 수 있으며, 베트남은
또 다른 용어를 사용할 수 있지만, 미국을 따라 자국의 전쟁마저 한국전쟁으로 부
르는 일은 옳지 않다. 물론 '6.25동란'은 전쟁 성격에 비추어 볼 때 적절치 않으니,
객관적으로 6.25전쟁으로 부르고자 한다. 전쟁 발발일을 가지고 전쟁을 명명하는
것이 궁색하다고 할 수 있으나 그것이 현실이고 역사다.

구로 설치된 '진실 화해를 위한 과거사 정리 위원회'가 만 오 년 동안 조사하기 전에는 전모를 파악하려는 시도조차 없었다. 이 위원회의 활동이 목적을 완성했다는 이유로 중단된 다음, 이 중대한 문제가 더 조사되지 못하고 답보상태에 머물러 있지만, 최근 십 년 사이 각 지역, 각 방면의 조사와 연구에 의해 전국적인 피해상황의 윤곽이 그려지고 있다.

차별이라는 광범위한 주제를 한 편의 논문에 모두 풀어놓는다는 것은 불가능하다. 여성, 장애인, 성소수자에 대한 차별 외에 이른바 '갑질'과 같은 차별적 태도는 제외하고, 차별의 극단에 놓여 있다고 할 수 있는 제노사이드를 통해 본다고 해도, 그리고 시대를 조선으로 한정해도 마찬가지이다. 이 글은 한국인의 차별과 적대의 근원을 전근대 조선시대 문학작품을 통해 파악하고자 한다. 차별을 드러낼 수 있는 작품은 무수히 많지만, 본고는 시론적으로『구운몽』을 택한다.『구운몽』은 조선시대 문학작품 가운데 가장 넓은 독자층을 지녔을 뿐만 아니라 가장 많은 독자를 가진 작품이라고 말할 수 있다. 또한 내용으로 보면 차별과 적대가 가장 적게 나타날 것으로 예상되는 작품이다. 굳이 차별을 심하게 드러낸 작품이 아니라 거꾸로 화해와 조화의 인간관계로 유명한 작품을 택한 것은 차별이 없다고 생각하는 곳에서 차별을 찾음으로써 차별의 심층을 더욱 잘 드러낼 수 있을 것으로 기대하기 때문이다. 문학에서 차별의 심층을 파악한 다음 그것이 어떤 사상과 현실의 반영물인지 검토하기로 한다. 이런 과정을 통해서 전근대 한국 저변에 흐르는 차별의 기반 그 일단을 살펴볼 수 있으리라 기대한다.

2 제노사이드와 인간관

제노사이드는 인종, 민족, 종교, 이념 등을 이유로 특정 집단을 살해·파괴하는 일을 가리킨다. 제2차 세계대전 때 나치가 오륙백만 명에 이르는 유대인을 가스실 등에서 살해한 흔히 홀로코스트Holocaust로 불리는 사건이 제노사이드의 대표적인 예이다. 근대적 제노사이드의 출발점으로 보는 사건은 19세기 말부터 시작하여 1915년에 정점에 이른 터키의 아르메니아인 학살이다. 이슬람권에 속하는 터키가 기독교를 국교로 삼고 있는 아르메니아인 대부분을 죽음에 이르게 한 사건이다. 사망자는 수십만 명에서 백만 명 혹은 백오십만 명까지 헤아리는데, 학살 이전 인구가 이백만 명 정도였으니 대부분이 죽음의 경계에 이르렀다고 말할 수 있다. 이로부터 최근까지, 그리고 유럽에서 아프리카에서 아시아에서, 수많은 제노사이드가 있었다. 1990년대 초 보스니아에서는 기독교 계통의 세르비아계가 이슬람권의 보스니아계를 '인종청소'한 사건이 있었고, 비슷한 시기 르완다에서는 종족 간 대량학살이 있었다. 아시아에서도 1923년 관동대지진 때 일본인의 조선인 학살이 있었고, 1937년에는 역시 일본인이 중국인 수십만 명을 죽인 남경대학살이 있었다. 이런 이민족, 이종교의 학살뿐만 아니라 자기-제노사이드autogenocide로 불리는 동족 간의 학살도 있다. 대표적인 것이 '킬링필드'로 유명한 1970년대 후반 캄보디아에서 있었던 사건이다. 이념과 정치적 지향의 차이를 구실로 인구의 삼사분의 일에 해당하는 근 이백만에 이르는 사람이 학살했다. 자기-제노사이드로는 이 밖에도 구소련 스탈린 치하에 정치적 반대 세력에 대한 학살이 있었고 중국의 문화대혁명 기간에도 유사한 사건이 있었다. 한국의 6.25전쟁 민간인학살 사건 역시 이런 자기-제노사이드의 하나이다. 대학살의 특징은 엄청난 사람이 죽었는데도 도대체 몇 명이나 학살당했는지 근사치조차 밝힐 수 없고, 또 학살자가 패배하지 않은 경우 진상의 일단도 드러내지 못한다는 것이다. 6.25전쟁 민간인학살도 그렇다.

1950년 6월 25일 인민군의 남침으로 발발한 전쟁으로 서울은 사흘만에 함락되었고 파죽지세로 대전이 넘어갔으며 전선은 곧 낙동강에 고착하였다. 이로부터 같은 해 9월 28일 서울을 되찾기까지, 고작 두어 달에 불과한 기간 동안 남한의 상당 부분이 인민군의 수중에 넘어갔다. 그런데 이 짧은 기간 동안 후퇴하는 국군과 경찰, 그리고 경찰을 보조하던 세력이 이십만 명에 이르는 민간인을 학살했다. 인민군 점령 전에 적에게 동조할 것으로 판단되는 사람들을 미리 제거하려고 한 것이다. 이 시기 대표적인 사건이 이른바 국민보도연맹 학살이다.

국민보도연맹은 1949년 정부 주도로 결성된 좌익 혐의자의 조직이다. 좌익 활동가와 좌익 관련자, 그리고 좌익 동조자 등을 조직적으로 관리하고자 만들었으나, 조직화 과정에서 하부 조직에서 할당된 인원을 채우기 위해 좌익과 무관한 농민들까지 임의로 편입시키기도 했다. 조직의 총원은 정확히 알려지지 않았으나 조직화를 주도한 유명한 사상검사 오제도에 의하면 삼십만 명이 넘는 것으로 전한다. 그런데 전쟁이 발발하여 전세가 불리하자 정부는 우선적으로 이들의 제거를 꾀했고, 거의 칠월 한 달 동안 전국 각지에서 이십만 명에 이르는 국민보도연맹원과 그 주변인들을 죽였다.

6.25전쟁 동안의 민간인 학살은 여기에 그치지 않았다. '진실 화해를 위한 과거사 정리 위원회'에서 조사팀장으로 일했던 신기철은 자신의 책에서,[4] 국방부에서 편찬한『한국전쟁사』등을 인용하여 전쟁 시기 민간인 사망자와 실종자의 수가 이백만 명 정도임을 밝혔다. 이는 군인 희생자의 세 배에 가까운 수치다. 신기철은 민간인 희생자 가운데 대략 백만 명 정도를 학살당한 사람으로 추정하는데, 국민보도연맹 학살 이후, '거창양민학살' 사건 등으로 알려진 빨치산 토벌 과정에 있었던 학살과 인민군 점령 하에서 부역을 했다는 혐의 등으로 처형된 사람들이 포함된다.

백만 명에 이르는 한국인이 학살당한 대사건이 있었는데도 불구하고, 사건의 진상은 오십 년이 넘도록 규명되지 못했다. 학살의 당사자인 이승만 정권에서는 감히 입에 올릴 수 없었고, 4.19혁명 이후 잠시 민주화가 진행되던 시기에 진상조사가 이루어지는 듯했으나, 곧 이어 등장한 군사정권 하에서 중지되고 말았다. 진상조사를 촉구하는 유족 대표를 형장에 보냈고, 유족들은 연좌제에 의해 '빨갱이' 가족이라는 굴레를 쓰고 살아야 했다. 한날한시에 주민들이 몰살당한 마을에서는 온 동네 제삿날이 같았지만, 살아남은 자들은 소리내어 통곡조차 할 수 없었다. 몇몇 사건은 간혹 언론에 오르내리기도 했고 소설화하여 약간씩 알려지기도 했지만, 대부분의 사건은 마

---

4 신기철『전쟁범죄』, 인권평화연구소, 2015, 531-532쪽.

치 아무 일도 없었던 것처럼 물밑에 잠겨 있었다.

6.25전쟁 민간인학살의 전조라고 할 수 있는 1948년의 제주 4.3사
건 등과 함께 민간인학살에 대한 정부의 본격적인 진상 조사는 2000년
이후에야 이루어졌으나, 그나마도 곧 중지되고 말았다. 2005년 '진
실 화해를 위한 과거사정리 위원회'가 발족되어 활동했으나 2010년
연말에 목적달성을 이유로 폐지되고 말았다. 겨우 진상조사에 첫 발
을 뗀 위원회가 수사권과 기소권도 없이 겨우 자료를 모으고 증언을
청취하며 진상보고서를 제출했는데, 사건의 대략을 짐작하는 수준
에서 위원회의 연장을 반대하는 세력에 의해 위원회가 폐지되고 말
았던 것이다. 현재는 학살 관련자들이 거의 죽은 상황인데도 아직
대체적인 상황도 파악하지 못하고 있으니, 처벌은 물론 진상규명조
차 요원한 일이 되어버렸다.

도대체 대한민국 정부가 자기 국민을 백 만이나 죽인 이유가 무엇
일까? 유대인 제노사이드처럼 가해자 독일이 패전국이 되어 본격적으
로 조사할 수 있다고 해도, 학살은 초기 단계, 실행 단계에서부터 관련
사실을 은폐하기 때문에 학살 주모자가 누구인지 피해자가 어느 정도
인지 기본적인 사항조차도 밝혀내기가 쉽지 않다. 그나마 유대인 제
노사이드의 경우는 가해자를 전범으로 재판에 부칠 수 있었기 때문
에, 재판 과정에서 가해자의 의식을 어느 정도 살필 수 있었다.

유대인 학살의 원인은 기본적으로 나치의 인종차별에서 찾을 수
있겠지만, 차별에서 적대로 옮겨가는 것을 이해한다고 쳐도, 또 살
해로 이어질 수 있다는 것을 인정할 수 있다고 해도, 차별에서 학살
을 바로 연결시키기는 문제가 있다. 인간을 벌레처럼 대량 소각시키

는 것은 인간과 벌레를 차별하는 것과는 다른 차원일 수 있기 때문
이다. 그래서 학살의 원인을 다른 곳에서 찾기도 했다. 저명한 홀로
코스트 연구자인 힐베르크는 정부, 군대, 당, 기업의 관료제적 학살
복합체가 '파괴기계'가 되어 학살이 이루어졌다고 보았다.[5] 학살자
들은 무반성적으로 기계의 한 부속이 되어 학살을 자행했다는 것이
다. 한편 역사학자 브라우닝Browning, Christopher R.은 학살 집단에 대한
실제 연구를 통해 대량학살을 수행한 101예비경찰대대를 '평범한
사람들Ordinary Men'이라고 불렀다.[6] 브라우닝은 이들 평범한 사람들이
어떻게 학살을 시작했고 어떻게 살인마로 변해나갔는지 서술했다.
마치 수백만 명의 유대인을 폴란드의 수용소로 옮기는 일을 책임졌
던 아이히만Eichmann, Karl Adolf의 재판 과정을 지켜본 철학자 한나 아렌
트가 『예루살렘의 아이히만』(1963)이라는 책에서 '악의 평범성
banality of evil'이라는 개념을 말한 것과 같다. 아이히만과 같은 대량학
살의 주범자가 흔히 생각하듯 광신자, 반사회적 인격 장애자 등의
악마적 인간이 아니라, 명령에 순응하여 무반성적으로 행동하는 사
람들일 뿐이라는 것이다. '평범성'은 흔히 '진부함'으로 번역하기도
하는데, 반성 없이 행동하는 그저 그런 시시하고 평범한 인간을 가
리킨다. 이처럼 학살이 평범한 사람들에 의해 저질러졌다는 견해에
대해서는 골드하겐Goldhagen, Daniel의 반론이 유명한데,[7] 골드하겐은 브

---

5 라울 힐베르크, 김학이 옮김 『홀로코스트 유럽유대인의 파괴1』, 개마고원, 2008
(원저는 1961년 간행), 11쪽.
6 크리스토퍼 R. 브라우닝, 이진모 역 『아주 평범한 사람들; 101예비경찰대대와 유
대인학살』, 책과함께, 2010(원제는 Ordinary Men : Reserve Police Battalion 101
and the Final Solution in Poland, 1992).

라우닝의 견해를 비판하면서 학살이 단순한 평범한 사람이 아니라 몰살추구적 반유대주의를 내면화한 '평범한 독일인들'에 의해 저질러졌다고 했다. 유대인에 대한 차별과 적대가 대량파괴의 근본 원인이라는 것이다.

6.25전쟁 민간인학살과 같은 자기-제노사이드의 경우 더더욱 학살 동기를 특정 집단에 대한 차별과 적대에서 찾을 수 없다. 더욱 큰 문제는 학살자를 재판대에 세우지 못했기 때문에 학살 동기에 대해 살펴볼 수 있는 기회를 얻지 못했다는 것이다. 제대로 된 재판이 진행된 적이 없으니 가해자에 대해 알려진 것도 거의 없다. 심지어 실제 학살의 하부 책임자를 법정에 세웠던 거의 유일한 사건인 거창양민학살사건의 경우 재판은 있었지만 제대로 된 취조조차 없었다.

거창사건은 1951년 2월초 11사단 9연대 3대대가 사단장 최덕신이 내린 '견벽청야堅壁淸野'의 작전명령에 따라 작전지역 주민 칠백여 명을 학살한 일인데, 학살당한 주민의 절반 정도가 십오세 이하의 미성년이었으며 총검으로 잔인하게 살해했을 뿐만 아니라 휘발유를 뿌려 태우는 만행까지 있었다. 잔악함이 외국 기자들에게까지 알려져 국회에서 조사를 하게 되었는데, 조사가 시작되자 해당 부대는 부대원을 빨치산으로 위장시켜 현장 조사를 온 국회의원들이 탄 트럭에 총격을 가하는 등 조사를 방해했다. 그럼에도 불구하고 언론이 더욱 문제를 삼으면서 관련자가 재판에 회부되어 처벌을 받았다.

---

7 Daniel Goldhagen, *Hitler's Willing Executioners: Ordinary Germans and the Holocaust*, Alfred A. Knopf, 1996.

1951년 12월 대구고등군법회의는 작전을 주장했던 사단장 최덕신에게는 죄를 묻지 않았고, 9연대장 오익경 무기징역, 3대대장 한동석 징역 10년, 경남계엄사령부장 김종원 징역 3년을 선고했다. 그나마 이들은 일 년도 되지 않아 대통령 특사로 풀려나왔고, 오익경과 김종원은 경찰간부, 특히 살인마로 악명이 자자했던 김종원은 현재의 경찰청장에 해당하는 치안국장에까지 올랐다. 한동석은 군으로 복귀하였다가 5.16쿠데타 이후 강릉시장이 되었고, 최덕신은 뒤에 박정희 정권에서 외무부장관이 되었다. 최덕신은 아이러니하게도 나중에 자신이 딱지를 붙여 죽인 '빨갱이'의 모국인 북한으로 월북하여 죽었고 공적을 세웠다고 하여 애국열사릉에 묻혀 있기까지 하다.

이 거창사건의 경우에는 국회의 속기록과 재판기록이 있어서 학살자들의 신상 정보와 의식을 피상적이나마 살펴볼 수 있다.[8] 연대장 오익경과 대대장 한동석은 모두 현재 육군사관학교의 전신이라 할 수 있는 조선경비사관학교 2기와 4기 출신으로, 그 전에 제주도에 근무한 전력이 있다. 말하자면 제주4.3사건에서 이미 민간인학살에 연루되었을 가능성이 높으며, 학살에 둔감해진 상태일 수 있다. 그런데 이런 외면 정보 외에 심문 기록을 통해 동기를 확인할 수는 없으니, 심문 자체가 건성으로 이루어진 것을 볼 수 있다. 남아 있는 문건의 이름도 '청취서'로 범죄를 구체적으로 밝히겠다는 의지가 보

---

8 '거창사건추모공원' 홈페이지에 서울대학교 법과대학 한인섭 교수가 책임 편집한 사건 관련 자료집이 올라 있다. 거창사건은 같은 시기 산청함양사건과 같은 작전에 의한 것인데, 이것이 한 작전에서 저질러진 사건이라는 것도 오랜 후에야 알려졌다. '산청함양사건추모공원' 홈페이지에서 사건 개요를 확인할 수 있다.

이지 않는다. 이들은 학살이 빨치산 토벌 작전의 일부로 벌어졌고 죽인 사람들 중에 아이들과 여자들은 없거나 거의 없었다는 식의 변명으로 일관했다.

앞으로 학살 사례와 당사자 증언, 특히 가해자의 증언을 더욱 깊이 연구해야 하겠으나, 살아있는 사람들이 많지 않고 신뢰도 높은 가해자의 증언이 나올 가능성은 거의 없다. 그나마 학살 동기를 엿볼 수 있는 곳이 피해자 증언집에 나온 가해자 증언과 행태인데, 예를 들면 1950년 연말 태안지역에서 연쇄적으로 벌어졌던 확인된 것만 근 백 명 가까운 희생자를 낸, 학살 피해자 유족인 한원석의 증언이 그렇다. 한원석은 사건 이후 연좌제 이상으로 고통스러웠던 것이 한 동네의 살해자인 의용경찰대원들이 술을 마시고는 자랑스레 총으로 사람들을 쏴죽이던 과정과 희생자들의 마지막 모습에 대해 이야기하는 것이라고 했다.[9] 한 동네 사는 이웃을, 인종적, 민족적 차별 때문도 아니요, 무장 세력이 아닌 사람들조차 공산주의 이념과 좌익 세력이라는 혐의를 씌워 죽였다. 그런 비인간적 학살을 저질러 놓고도 후에 그것을 자랑삼아 떠들고 다녔던 것이다.

이런 사례를 보면 학살의 동기를 차별이나 적대, 혹은 학살복합체 등으로 간단히 정리하기 어려움을 짐작할 수 있다. 이 사건의 이튿

---

9 "제일 분한 게 뭐냐면 의용경찰대로 같이 쏴 죽인 놈들이 그 죽던 현장을 어디 가서 술 먹고 얘기하고 그러더라고요. 그래서 그게 더 분개했었고, 잘했다고 주둥박이를 까고 그래. …총을 쏘니까 어떻더라 어떻더라. 그 말로 표현하지 못할 소리를 하더라고요. 입에 담아서 할 소리가 아닌데. 그런 소리까지 들었고."(신기철『(아직도 못다 한 한국전쟁 민간인 희생자 이야기)멈춘시간 1950』, 인권평화연구소, 2016, 419쪽)

해에 태안에서는 제노사이드라고 부를 수도 없는 집단 살해 범죄가 있었는데, 남면 경찰 지서장과 경찰관 4명, 그리고 의용경찰대원 1명이 피난을 가던 군인가족 18명을 학살하고 재산을 탈취한 사건이다.[10] 죽음이 넘쳐나는 전쟁공간에서 일어난 사건이긴 하지만, 별다른 차별과 적대 없이도 재산약탈을 위해 학살이 가능함을 보여준다. 실제로 홀로코스트에도 재산탈취를 위한 범죄가 적지 않았다고 하지만, 자기-제노사이드, 그것도 자기편을 죽인 범죄에서는 학살로 인간적 유대감이 약화되면서 짐승이 되어버린 학살자를 만날 수 있다.

브라우닝의 책은 101예비경찰대대의 평범한 독일인이 어떻게 살인마로 변해 갔는지 잘 그리고 있는데, 근접 사격을 하면 골수와 피가 살해자의 몸에 튄다고 한다. 그런 과정을 한두 명도 아니고, 수백 명, 수천 명, 수만 명에게 행하는 것은 적대감과 복수심만으로 설명하기도 어렵다. 2011년 수백만 마리의 구제역 돼지를 땅에 묻는 과정에서도 많은 사람들이 괴로워했고 천도재薦度齋 등의 제사를 지내주었다. 학살의 원인을 힐베르크가 말한 파괴기계가 된 학살복합체에서 찾을 수 있지만, 그 기계를 작동시키는 것 역시 사람임을 상기하면 원인은 결국 사람에게서 찾지 않을 수 없다.

안타깝지만 6.25전쟁 민간인학살의 가장 중요한 특징으로 나는 엄청난 학살에도 불구하고 단 한 명도 반성하지 않았다는 사실을 꼽고 싶다. 물론 학살 현장에서 도피를 도운 사람도 있었지만, 학살에

---

10 『동아일보』, 1951. 10. 17.

저항한 지식인이나 종교지도자 등에 대해서도 듣지 못했다. 인간을 인간으로, 존엄한 객체로 보았다면 학살은 일어날 수 없다. 이것이 학살의 원인을 찾는 데 차별과 적대를 논하기 전에 먼저 탈인간화의 타자화 과정부터 설명해야 하는 이유이다. 유대인이라서 차별하고 좌익이라고 적대하면서 학살을 한다고 하지만, 그 근저에는 유대인이나 좌익을 타자화하는 과정이 있으며, 인간을 인간으로 보지 않는 탈인간화가 있는 것이다. 6.25전쟁 민간인학살의 원인을 찾기 위해서라도 전통적으로 전근대의 한국인들이 인간을 어떻게 바라보았는지에 대한 연구가 필요하다. 여기서는 그 일단으로 근대 직전의 조선 후기의 인간관을 문학과 사상을 중심으로 살핀다.

 『구운몽』과 인간담장

차별은 자기 또는 자기 집단이 타인 또는 다른 집단과 근본적으로 차이가 있다고 보면서 상대를 멸시하고 부정하는 사상과 태도를 가리킨다고 말할 수 있다. 말하자면 차별은 인간과 인간 사이의 단절감에서 출발하는 것이다. 이 글에서는 그 단절감의 정도를 '인간담장'으로 명명하고자 한다. 예컨대 인간과 동물의 인간담장은 거의 넘어갈 수 없는 높이를 가지고 있다. 완전히 별개의 존재로 보는 것이다. 그런데 인간 사이에서도 담장이 있으니 귀족이 천민을 대할 때, 어떤 경우에는 낮기도 하지만 어떤 경우는 짐승들과의 관계와 거의 비슷한 정도로 파악하기도 한다. 귀족과 천민 사이에 결혼을 못하는 것은 물론이고 함께 길을 걸어갈 수 없게 하기도 한다. 백인 우월주의자들 중에는 유색인종을 도저히 상종 못할 인간 아닌 인간으로 보는 사람이 없지 않은 것과 같다. 인간담장은 차별이라는 용어가 보여주지 못하는 차별의 정도를 드러내는 개념이므로, 그것을 통해 조선 후기의 인간에 대한 차별적 인식과 탈인간화, 타자화의 문제를 살펴보기로 한다.

인간담장을 살피기 위해 먼저 사상을 연구하는 것이 중요하다고 여길 수도 있으나, 사상은 현실보다는 이념과 지향에 가까워서 실상을 온전히 담지 못한다. 유교에서 인본주의나 민본주의를 내세웠다고 해서 유교를 지배 이념으로 삼은 조선에서 그것이 구현되었다고 말하기 어렵다. 현실에서 인간담장이 어떻게 구축되며 기능하는지 역사를 통해 살필 수도 있으나 앞에서 6.25전쟁 민간인학살에서 본 것처럼 역사 기록은 사건의 이면에 대해 밝히기 어려운 경우가 적지 않으며 대개 사건의 일단을 드러낼 뿐 전체를 유기적으로 총체적으로 드러내지 못한다. 반면 문학은 현실적 인간상을 잘 보여주며, 문학 가운데서도 소설은 인간묘사가 자세하여 사건을 통해 인간관계를 맺고 푸는 방식으로 이야기를 전개하면서 현실의 총체성을 드러낸다.

『구운몽』을 대상작품으로 선정한 이유는 조선의 대표적인 고전소설로 위로는 임금부터 아래로는 기생까지 전국민의 사랑을 받은 작품일 뿐만 아니라, 역설적으로 차별과 적대 등 인간관계의 부정적 측면을 읽어내기 가장 부적합한 작품이기 때문이다. 잘 알려진 것처럼 『구운몽』은 인간 세상의 가난, 무시, 차별, 고통, 소외 등 모든 부정적인 요소를 제거하고 완벽히 조화로운 인간관계를 보여준 작품이다. 주인공 양소유는 인간 세상에서 보기 드문 능력과 자질을 갖추고 있고 가정적으로나 정치적으로 이루지 못한 일이 없다. 부유한 가정에서 태어나지는 않았고 초년에 아버지가 가출하여 순탄히 자라지는 못했지만, 십대 중반에 과거를 보기 위해 집을 나와 순조롭게 과거에 장원 급제했고 고관의 딸과 혼약을 맺었으며 황제의 요구로 공주까지 부인으로 얻었다. 양소유가 얻은 2처 6첩의 부인들은 공주부터 귀족 여성은 물론 자객, 여종, 기생에 이르기까지 신분적으로 최상층부터 최하층까지 퍼져 있지만 이들 8명 여인들은 나중에 의자매를 맺을 정도로 화목하다. 이런 작품에서 인간담장을 찾는 것이 적절치 않다고 생각할 수 있지만, 오히려 이런 작품에서 인간담장을 찾아낸다면 오히려 차별의 뿌리를 더욱 잘 파악할 수 있으리라 생각한다.

실제로 『구운몽』은 피상적으로 보면 조화와 환락의 작품이지만 깊이 들어가 보면 갈등과 슬픔에 깊이 박혀 있다. 작가 김만중이 임금에게 불신임을 당하여 유배 온 상황에서 지었다는 창작배경이 전하는 비참과 울분이 느껴진다. 동화적 성격이 강한 『구운몽』은 줄거리를 따라가며 가볍게 읽으면 인간들 사이의 화해와 조화가 두드러지는 듯하지만, 동화들이 대개 이면에 깊은 갈등과 대립이 있는 것처럼 『구운몽』 또한 완전한 조화와 화해 속에서 균열과 차별을 읽을 수 있다. 『구운몽』은 화해 속에서 상존하는 차별을 보여줌으로써 차별적 인간관계의 근원을 볼 수 있게 하는 것이다. 이제 『구운몽』의 인간담장을 줄거리를 따라 등장인물을 차례로 한 명 한 명 불러올리며 해명

하기로 한다. 대상 자료는 1725년 나주에서 간행된 한문본이다.[11]

『구운몽』은 남악 형산의 승려 성진과 함께 그의 스승인 육관대사가 등장하며 시작된다. 성진과 육관대사는 사제 관계다. 스승은 제자를 후계자로 여기고 제자는 스승을 자기 삶의 모범으로 삼으니 둘 사이에 인간담장은 없다고 볼 수 있다. 이는 성진의 처소 이웃에 사는 도가 선녀인 위부인과 그의 여제자들도 마찬가지이다. 사제 관계는 인간관계로 보면 인간담장이 없다고 할 수 있지만, 그렇다고 층차가 없는 것은 아니다. 육관대사가 성진에게 명령을 하고 벌을 주는 것처럼 권력관계로 보면 차이가 작다고 할 수 없다. 이렇게 보면 성진이 도를 닦는 사원에 있는 여러 불제자도 마찬가지이다. 인간담장은 없다고 할 수 있지만, 권력의 차이는 존재하는 것이다.

성진의 꿈속에서 당나라에서 태어난 양소유는 가정에서는 부모와 자식의 관계를 맺었고 15세에 과거 시험을 보러가면서 진채봉을 만나서 사랑을 나누었지만 전란을 만나 집으로 돌아왔다. 이듬해 다시 과거를 보러가다가 낙양 선비들의 시회에서 기생 계섬월을 만나 첩으로 삼고, 장안에 들어가서는 정경패와 혼약을 맺었다. 부모 자식의 관계에는 당연히 인간담장이 없다고 하겠지만, 양소유의 경우 처첩 역시 인간담장이 없다. 사랑을 나누는 사람이기 때문이다. 객관적으로 보면 자기와 동등한 계급인 진채봉과 정경패에게는 인간담장이 없어도, 기생인 계섬월이나 여종인 가춘운에게는 어느 정도

---

11 나주본 한문본을 번역한 김만중, 정병설 옮김『구운몽』, 문학동네, 2013을 실제 대상 자료로 삼는다.

높이의 인간담장이 있으리라 짐작할 수 있으나, 양소유의 언행을 보면 자기 여자들에게 차별이 느껴지지 않는다. 양소유는 귀신으로 꾸민 가춘운에게도 하등 거리낌 없이 사랑을 바치는 우둔한 남자로 그려져 있고, 이는 뒤에 용왕의 딸 백능파를 만났을 때도 다르지 않다.

양소유는 자기의 여덟 처첩을 전혀 차별하지 않는데, 그만큼 처첩이 처한 신분적 차별을 고치려는 노력도 하지 않는다. 사회구조적 차별에 대해 무감각하다고 볼 수 있다. 이는 귀족의 딸에서 반역자의 딸이 되어 결국 궁궐의 노비인 궁녀가 된 진채봉의 현실을 그대로 받아들이는 데서도 볼 수 있다. 양소유는 어떤 식으로든 진채봉의 몰락한 처지를 되찾아주려고 하지 않는다. 그런데 다른 사람의 차별적 상황을 돌아보지 않던 양소유가 자기를 겨냥한 차별에는 가만히 있지 않는다. 태후가 난양공주의 계급적 우위를 이용하여 정경패의 혼약을 물리려고 할 때는 요구를 단호히 거부하였다. 양소유는 자기보다 아래 계급의 여인들을 인간으로 대우했듯이 자기보다 위 계급인 공주도 자신과 같은 인간으로 대우할 것을 요구했다. 정경패와의 혼약을 지키려는 양소유의 목숨을 건 항거는 정경패를 위한 것이기도 하지만 사실상 자신을 공주보다 낮추어 차별하려는 시도에 저항한 것이라 할 수 있다.

양소유는 신분을 넘어서서 모든 인간을 차별하지 않는 사람처럼 여겨지지만 여기에도 경계가 있다. 양소유에게도 인간담장을 높이 쌓는 대상이 있으니 이들은 유교적 질서 외부의 존재들이다. 유교적 기준으로 볼 때 비도덕적인 존재나 유교적 질서의 하위 또는 외부에 있는 존재이다. 먼저 용왕의 딸 백능파를 핍박하는 남해 용왕과 그

군대를 들 수 있다. 남해 용왕은 자신의 힘을 이용하여 동정호 용왕에게 딸을 자기 아들과 결혼시킬 것을 요구했고 이를 거절하자 백능파를 핍박했다. 양소유는 백능파를 공격하는 남해 용왕의 아들과 싸우는데, "소유가 한 번 깃발을 드니 아군이 적의 목을 베었고, 한 번 백옥 채찍을 휘두르니 백만 용사가 발로 차고 밟았다. 잠깐 사이에 적병의 비늘과 껍질이 땅에 가득했다."(『구운몽』, 150쪽)는 식으로 그려져 있다. 남해 용왕은 물론 그들 군중의 잉어, 자라를 모두 '버러지'와 다를 바 없는 존재로 보면서 그들의 죽음을 '한 번'에 '잠깐 사이'에 모두 파괴된 것으로 그렸다. 이들과의 사이에는 인간은커녕 감정을 나눌 수 있는 동물보다도 높은 인간담장이 있는 듯하다. 이런 높이의 인간담장은 반역의 외적에게도 동일하게 나타나는데, 양소유가 티베트와 싸우는 장면을 "적이 도망가자 소유의 군대가 추격했고, 세 번 싸워 세 번 모두 이겼다. 적의 머리 벤 것이 삼 만이요, 빼앗은 병마가 팔천 필이었다. (『구운몽』, 137-138쪽)"로 서술하여 삼만의 대군을 마치 남해 용왕의 물고기 군사를 죽인 것처럼 대수롭지 않게 그리고 있다. 외적의 죽음에 대해서는 생명에 대한 일말의 외경도 보여주지 않는다. 이는 같은 반역이라고 해도 중화 세계의 일부라 할 수 있는 연왕의 반란과는 큰 차이가 있다. 양소유는 연왕을 무력이 아닌 말로써 항복시켰다.[12] 양소유는 자신이 설정한 문화적

---

[12] 한국 고전소설에서는 내외의 구분이 중요한 잣대가 되는 듯하다. 필자는 『완월회맹연』에 대한 연구(『완월회맹연 연구』, 태학사, 2008, 154-157쪽)에서 부정적 인물들을 주인공을 기준으로 친인척 관계에 따라 내부인물과 외부인물을 나누어 그들이 종국에 어떤 징계를 받는지 살펴본 바 있는데, 내부인물은 개과천선으로 외부인물은 강한 처벌로 귀결되는 것을 볼 수 있었다. 내부와 외부의 분별은 친척인지

정치적 경계 밖의 존재에 대해서는 일말의 인간적 공감도 보여주지 않는다고 말할 수 있다. 이처럼 안팎의 구분이 분명하기에 인간이 아닌 백능파를 결국 인간으로 만들었고, 티베트에서 보낸 자객 심요연은 원래 출신이 중국이라는 것을 굳이 밝힌 것으로 해석할 수 있다. 일반의 상식으로 보게 되면 백능파와 심요연은 양소유의 세계 내에 편입될 수 없기 때문이다.

어쩌면 세계 내적인 것이라도 하더라도 양소유의 인간에 대한 무차별적인 태도는 당시로서는 특출한 일일 수 있다. 양소유는 과거에 나가면 장원이요, 전쟁에 나가면 필승인, 특출한 영웅 재사이니 굳이 다른 존재를 차별해야 할 이유가 없는지도 모른다. 설정 자체가 별세계에서 온 꿈속을 살고 있는 인물이니 사람을 차별하며 살 이유가 없을 수도 있다. 그러나 양소유가 사는 세상은 차별적인 세상이었고 만난 사람들 역시 차별적 시각이 강한 사람이었다. 양소유가 계섬월을 만날 때 본 낙양 선비들은 양소유의 출중한 외모를 보고 자기들의 잔치 자리에 끼워주었지만, 지속적으로 빈부에 따른 차별의 시선을 보냈다. 그 차별에는 일정한 높이의 인간담장이 있었다. 귀천은 물론 빈부를 가지고도 인간담장을 쌓으려고 했던 것이다. 이런 차별적 세상에서 양소유는 자신이 설정한 문화적 정치적 경계 내에서는 차별을 드러내지 않으려고 했지만, 이미 그 세계 내에도 낮지 않은 인간담장이 있었다.

아닌지도 기준이 되지만, 국가도 경계로 작용할 수 있으리라 생각한다. 후속 연구가 필요한 지점이다.

4 유교적 질서의 안과 밖

『구운몽』에서 인간담장이 신분, 빈부, 화이, 충역 등에 의해 작동하고 있음을 보았다. 이제 그것이 어떤 사상적 바탕을 가지고 있는지 살펴보기로 한다. 조선 후기 성리학이 지배이념으로 작동하던 시대에 인간담장과 관계된 논란으로 우선적으로 떠올릴 수 있는 것이 인물성동이논쟁人物性同異論爭이다. 인人과 물物, 곧 사람과 사물의 차이가 논란의 핵심인데, 인성과 물성이 근본적으로 동일하다고 보는 견해도 사람과 사물이 현실적으로 다르다는 사실을 부정하지 않으며, 다만 근본적으로 차이가 있다고 볼 것인지 없다고 볼 것인지에 대해 쟁점이 있다. 최고의 학자들이 논란을 펼칠 정도의 사상사적 의의가 있으니, 그만큼 조선 사회가 이 문제를 중시했다고 볼 수 있다.[13]

인물성동이논쟁 이해의 출발은 인과 물의 범주에 있다. 어디까지가 인간이고 어디까지를 사물로 볼 것인지 논의가 시작되어야 하는 것이다. 그래야 같고 다른 점을 말할 수 있을 것이다. 그런데 실제 논쟁을 보면 비교 대상은 인간과 동물만이 아니라, 성인과 범인, 성인과 도적 등으로 일정하지 않다. 실제로 일반 용례에서도 인과 물의 개념은 분명하지 않은데, 조선 사람들의 문집에 자주 보이는 대인접물待人接物이라는 말에서 알 수 있듯이, 사람에게도 물이라는 말을 사

---

13 조동일『한국의 문학사와 철학사』, 지식산업사, 1996 제3부 "18세기 인성론의 혁신과 문학의 사명"에 경과와 성격이 잘 정리되어 있다.

용하기도 하고, 물아일체物我一體라는 말에서 볼 수 있는 것처럼 물은 때로는 나를 둘러싼 세계 전체를 포괄하기도 한다. 그리고 귀신을 반인半人으로 칭하기도 했고, 노비를 반인반물半人半物의 존재로 보기도 했으며, 중화인에 비해 오랑캐는 반인반수半人半獸의 사이에 있다고도 했다.[14] 이런 것을 보면 인과 물은 상대적인 개념임을 알 수 있으니, 인간이 모두 인이면 동물은 물이 되고, 성인이 인이면 범인이나 도적은 물이 될 수 있다. 그리고 양인이 인이면 천인은 물이 되고, 중화인이 인이라면 오랑캐가 물이 된다.

이렇게 보면 양소유의 눈에는 남해 용왕이나 티베트 사람들이 물로 보였을 것이고, 태후는 자기 황실 식구 외에는 물로 여겼음을 짐작할 수 있다. 그리고 낙양 선비들은 귀족이 아닌 사람들을 물로 보았을 수 있다. 양소유의 인물 차별이 생명에 대한 경시로 이어진 것처럼, 인물을 어디에서 나누느냐가 하나의 심각한 현실 문제가 될 수 있고, 또 인과 물을 근본적으로 다른 존재로 볼지 같은 존재로 볼지 판단에 따라 신분 질서 또는 국제 질서의 근간이 흔들릴 수도 있다. 현실적 차이와 차별을 그 근본에서부터 인정할지는 관계 설정 혹은 상황 판단의 중요한 근거가 될 수 있는 것이다. 이처럼 중요한 문제이자 폭발력이 큰 주제이기에 이 논쟁에 사용된 표현들은 완곡하고 은유적으로 이루어졌다. 따라서 논쟁의 문면만 읽어서는 논쟁의 의미와 의의를 정확히 짚어내기 어렵게 되어 있다.

---

14 夫天之生物, 中夏人物爲首, 夷狄次之, 禽獸次之, 夷狄在半人半獸之間. 안정복, 『순암집』, 「橡軒隨筆(上)」, "華夷正統".

인물성동이논쟁은 그 표현의 모호성으로 인해 공리공론으로 보는 의견이 적지 않다. 도대체 왜 이렇게 치열하게 논쟁을 벌이는지 이해할 수 없는 것이다. 그런데 논제의 엄중함을 고려하고 당시의 엄중한 정치적 제약을 감안하면 언론 자유의 제한 속에 논해진 고도의 정치철학으로 이해해야 할 듯하다.[15] 기본적으로 인물의 차이를 인간과 동물의 본성이 같은지 다른지를 묻는 심오한 철학적 물음이라기보다 오히려 현실적으로 인간들 사이에 나타나는 차이와 차별에 대한 정치적 논쟁의 성격이 더욱 강하다는 말이다. 논쟁이 지나치게 정치적 문제로 비화하지 않도록 인간과 사물로 추상화하였을 것이라는 말이다. 당대 최고의 지성들이 심혈을 기울여 논쟁한 것도 이 문제가 실제적 중요성이 있기 때문일 것이다. 이 논쟁은 특히 성인과 범인의 도덕적 본성에 대한 차이를 중요하게 다루고 있는데, 요순이나 주공과 같은 성인이 범인이나 도적들과 본성이 같은지를 묻는 질문은 인성론에서도 중요한 물음이지만, 임금을 흔히 '성인'이라고 부르는 것으로 볼 때 이는 중의적으로 임금과 신하(또는 백성)의 분별 문제를 아우르고 있다고도 볼 수 있다. 신분적 차별의 근본성에 대한 물음을 내포한다고 볼 수 있는 것이다. 이 문제에 대해서는 17세기에 이미 예송禮訟이라는 현실적 정치적 논쟁도 겪은 바 있다. 임금과 선비가 동일한 예법을 쓸 수 있는지 아니면 다른 예법을 써야 하는지가 문제가 되었는데, 이는 임금과 신하가 근본적으로

---

15 조선의 언론 자유가 엄중한 억압 상태에 있었음은 정병설『조선시대 소설의 생산과 유통』, 서울대학교출판문화원, 2016의 제2장 소설유통의 배경-정치적 제도적 배경 참조.

같은 지위의 사람인지 다른 지위의 사람인지에서 촉발된 것이었다. 인물성동이논쟁에서 동론同論이 옳은지 이론異論이 옳은지, 그리고 그것이 과연 정치적 의미를 지니고 있는지, 정치적 의미가 있다면 어떤 의미가 있는지, 이런 부분도 중요하겠지만, 어떤 쪽으로 보건 분명한 사실은 조선 사람들이 인과 물 또는 대상과 대상 사이의 관계에 깊은 관심을 보였다는 점과 인과 물 사이의 근본적 차이와 차별을 인정하는 의견이 상당히 강했다는 점이다. 인간담장을 상당한 정도로 승인하였다는 말이다.

　인간 내부의 관계와 차이 또는 질서를 다른 어떤 요소보다 중시한 것이 유교이다. 조선 후기의 대표적인 초학서인 『동몽선습』 등에도 첫 머리에 인간의 관계 질서부터 가르친다. 『동몽선습』은 우주, 천지와 인간의 기본적 관계를 말한 다음 바로, 그것에 기반을 둔 인간관계를 언급하는데, 대표적인 인간관계의 형식이 부자유친父子有親, 군신유의君臣有義, 부부유별夫婦有別, 장유유서長幼有序, 붕우유신朋友有信의 오상五常이다. 『동몽선습』은 오상을 모르면 인간이 아니라 짐승이라고 했다. 여기에 군위신강君爲臣綱, 부위자강父爲子綱, 부위부강夫爲婦綱의 삼강三綱을 합친 것이 이른바 삼강오륜이다. 삼강오륜을 알면 인人이요 그것을 모르면 물物이 되는 것이 유교의 기본 강령이라고 말할 수 있다.[16]

---

16 기독교가 신과 인간의 관계를 기본 관계로 설정하는 데 비해, 유교는 인간들 사이의 관계를 기본 관계로 보는 특징이 있음을 알 수 있다. 이러한 유교적 인간관계의 기본틀은 현대 한국에도 그 틀이 거의 달라지지 않고 이어지고 있다. 심리학자 권수영은 『한국인의 관계심리학』(살림, 2008)이라는 작은 책자에서 미국인과 한국인의 특성을 비교하면서, 미국인은 자기 경계를 지키려는 생각이 강한 반면 한국

삼강오륜의 인간관계는 일견 대등한 관계로 보인다. 그러나 역사와 현실을 보면 전혀 그렇지 않다. 임금에게 의義를 요구하고, 아버지에게 친親을 요구하며, 남편에게 별別을 요구한 상고上古 시대의 사례를 들어, 이들 관계의 규약이 상호적이고 평등한 것이라고 말할수도 있겠지만, 이들 덕목이 현실 세계에서 작동하는 양상은 거의 일방적이다. 현실 세계에서 신하는 늘 임금을 위해 목숨을 바치는 의를 지켜야 하지만 임금은 신하에게 관계를 깨는 큰 실수만 하지않으면 되고, 아들은 아버지와 친함을 유지하기 위해 일상적으로 그리고 목숨을 내놓는 효를 요구받지만 아버지는 천륜에 따른 자연스런 사랑이 칭송을 받을 수는 있어도 친함을 위해 억압을 당하는 일은 별로 없다.[17] 그리고 아내는 늘 별別의 덕목을 지켜 가정에 충실해야 하지만, 남편은 자유롭게 밖을 떠돌아다녀도 거리낌이 없다. 유교의 여성 차별 문제를 말할 때 유교가 음양의 구별에 따른 성 차이를 말할 뿐 차별을 말한 것은 아니라고 주장하는 사람들도 있지만, 이는 실제 차별의 작동을 보지 않고 하는 말이다. 여성을 집안에 가두어두고 재가를 하지 못하게 하며, 또 여성에게만 따로 가정을 돌

───

인은 인간관계를 중시하는 사고를 하고 있다고 했는데, 이런 관계적 사고가 유교 사회의 유풍으로 볼 수 있다.

17 유명한 예로 순임금을 들 수 있다. 『맹자』 이루장 상 맨 마지막에 순임금이 아버지 고수에게 고하지 않고 결혼한 이야기를 다루고 있는데, 아버지에게 고했다가는 결혼을 하지 못했을 것이고 그랬다가는 자손을 둘 수 없으니 후손을 얻지 못하는 만큼 큰 불효가 없기에 아버지에게 고하지 않고 결혼을 했다고 한다. 이 부분에 대한 주자의 주석은 천하에 아무리 나쁜 부모나 임금이라도 섬기지 못할 사람이 없다고 하였는데, 여기서 성리학이 말하는 인간관계의 일방성이 극단적으로 드러나 있다.

보고 지키는 특별한 의무를 부여한다면, 부부유별이 차별의 기제로 작용했다고 말하지 않을 수 없다.[18] 이처럼 유교의 인간관이 개인이 거세된 관계 중심적 질서에 기초하는 것이 문제이지만, 그 관계가 일방적이고 억압적이라는 것은 더욱 큰 문제이다.

인과 물을 나누고, 화와 이를 나누며, 임금과 신하를, 아버지와 아들을, 남편과 아내를 나누어 보려는 태도가 종적인 질서를 구축하면서 작동하는 동안, 인간들 사이의 횡적 질서는 약화되지 않을 수 없다. 보통의 인간관계도 다시 노소와 붕우를 나누어 보는 판이라, 친구가 아닌 일반인들과의 관계는 나이로라도 차례를 지으려고 한다.[19] 어떻게든 관계 속에서 자기와 대상을 위치 지으려는 사고 속에서 인간 상호간의 횡적인 유대는 약해질 수밖에 없었고, 횡적 유대의 약화는 결국 인간담장을 높이는 것으로 귀결될 수밖에 없었다.

물론 이 글에서 섣불리 유교적 인간관이 인간담장을 높였고 그것이 결국 학살을 키웠다는 주장을 하려는 것은 아니다. 유교의 핵심에는 분명히 학살로 가는 길과는 다른 지향이 있다. 유교가 가장 강조하는 인仁이다. 인의 덕목 또는 통치원리는 인간에 대한 애정에 기초하고 있으며 이는 어떤 면에서는 학살을 막는 역할을 했을 수 있다. 다만 유교의 근본 원리에 내포된 차별적 질서와 일방성이 인간

---

18 이숙인 「페미니즘과 유교」, 『우리들의 동양철학』, 한국철학사상연구회, 동녘, 1997 외에 적지 않은 논저들이 유교의 여성관이 기본적으로 차이와 구별에 기초를 두고 있어서 근본적으로 차별적이지 않음을 주장한다. 다만 그것이 현실적으로 차별적 질서를 만들었다는 사실에 대해 부정하는 연구는 거의 없다.

19 『맹자』「공손추 하公孫丑下」에는 향당鄕黨에 막여치莫如齒라는 말로 표현되어 있는데, 이는 조선 사회에서도 늘 쓰는 말이었다.

담장을 높이고 그것이 인간의 타자화를 촉진했을 가능성이 있음을 밝히면서 그것이 학살과 연관될 수 있음을 말하고자 한 것이다. 이 것이 인의 덕목과 어떤 관계를 맺고 있으며 현실에서 구체적으로 어 떻게 작동했는지는 다음의 연구 과제로 돌린다.

 맺음말

이 글은 한국에서의 차별과 적대의 연원을 전근대에서 찾아보려 는 시도이다. 우선 적대의 극점에 있다고 할 수 있는 학살의 사례를 통해 적대가 학살로 이어지는 원인을 살피고자 했는데, 그것이 기본 적으로 인간관과 관련되어 있다고 보아 인간적 유대감으로 연구의 방향을 잡았다. 그리고 유대감의 정도를 나타내는 개념으로 '인간담 장'을 설정했다.

구체적인 연구대상으로는 『구운몽』을 잡았는데, 『구운몽』에서 신 분, 빈부, 화이, 충역 등의 차별적 시선을 확인할 수 있었다. 양소유 는 자신의 정치적 문화적 경계의 안과 밖을 엄격히 차별하였는데, 경계 내에서는 차별적 태도를 보이지 않았지만, 경계 밖에 대해서는 철저히 차별했다. 인간담장이라는 개념으로 볼 때, 양소유는 정치적 문화적 경계의 밖과는 높은 담장을 두었지만, 안에는 인간담장이 없 었다. 다만 양소유의 경계 내에 대한 무차별적인 태도는 차별적 질 서에 대한 비판으로 이어지지는 않았는데, 양소유는 자기에게 주어진 차별은 부정하고 배격했지만, 다른 사람에게 겨누어진 차별은 외면했다.

『구운몽』이 보여준 인간담장은 조선의 지배 이념인 유교 사상과 연관되어 있는데, 조선 후기의 대표적 사상논쟁인 인물성동이논쟁을 논의의 출발점으로 삼았다. 유교적 인간관계를 유교의 핵심 사상인 삼강오륜을 통해 살피면서 유교가 인간을 관계 중심으로 본다는 것을 지적했고, 아울러 그것에서 차별적 성격을 찾았다. 유교 사상은 인간을 관계 속에서 나누어보면서, 중화와 오랑캐를 나누고, 성인과 범인을 나누며, 인간관계 속에서도 임금과 신하, 아버지와 아들을 나누어보려고 한다. 나누어 보는 태도에서 차별이 싹트고 그것을 규제하는 힘을 통해 억압이 나타나는데, 이런 것들이 실제 권력관계 위에 올라가면 일방을 향한 폭력이 작동한다.

물론 유교에서 강조하는 통치의 덕목은 인仁이니 그것이 차별, 억압, 적대, 학살을 막는 역할을 할 수도 있지만, 그것이 작동하는 범위는 어디까지나 유교적 질서 내부이다. 질서에서 벗어나는 사람은 언제든지 타자화할 수 있다. 그 사람들이 비인격화, 비인간화할 때 학살은 일어날 수 있는 것이다. 더욱이 타자화는 그들 행위의 결과로만 비롯되지 않는다. 임금에게 불충한 자, 부모에게 불효한 자는, 임금에게 반역을 했다거나 부모를 죽였다거나 하는 큰 범죄를 저지르지 않아도, 충성을 다하지 않고 효성을 다하지 않았다는 이유로도 타자화할 수 있다. 19세기 천주교도가 조선에서 총칼을 든 반역을 한 바 없지만 대역죄인이 되어 학살될 수 있었고, 6.25전쟁 때 좌익 혐의 민간인이 쉽게 학살될 수 있는 것도 충성을 증명하지 못했기

257

때문이라고 볼 수 있다. 유교적 질서 밖에 있는 존재는 중화세계의 오랑캐처럼 주변화하고 타자화하면서 언제든지 차별, 박해, 적대의 대상이 될 수 있는 것이다.

이 연구는 여러 가지 측면에서 한계와 문제점을 지니고 있다. 우선 연구대상 작품을 『구운몽』으로 제한하여 전근대의 다양한 양상을 포괄하지 못한 점이다. 이 때문에서 시론이라는 제목을 붙였으니 앞으로 여러 유형의 작품으로 보완이 필요하다. 또 유교의 특징과 성격에 대해서도 어찌 보면 모순적일 수 있는 내용이 어떤 내적 작동 원리를 가지고 있는지 섬세히 따지지 못한 한계가 있다. 향후 더 깊은 연구가 요망되는 부분이다.

헤이안 왕조의 '이에家'와 여성
―가구야 공주에서 우키후네까지―

고지마 나오코

들어가며

일본의 헤이안平安 왕조에서 '이에家'나 여성에 대한 규범은 어떠한 것이고 또한 모노가타리物語는 그 규범에 관련된 인식을 어떻게 제시하고 있을까.

여기서는 헤이안 시대 초기에 성립한 현존 최고最古의 이야기 『다케토리 이야기竹取物語』와 헤이안 시대 중기에 성립한 『오치쿠보 이야기落窪物語』 및 『겐지 이야기源氏物語』를 다루고자 한다. 가구야 공

주かぐや姫부터 오치쿠보 아가씨, 그리고 우키후네浮舟까지 이들 왕조
의 여인상을 살펴보고 '이에'와 여성에 대한 문제의식의 일단을 부
각시켜보고 싶다.[1]

2 가구야 공주와 구혼자들 – '이에'와 계보로부터의 소외

먼저 『다케토리 이야기』부터 살펴보자. 대나무에서 태어나서 달
로 돌아가는 절세의 미녀 가구야 공주 이야기는 복숭아 속에서 태어
난 용감무쌍한 남자아이 모모타로桃太郎 이야기와 함께 일본사회에
널리 침투한 옛날이야기 즉 판타지이다(텔레비전 광고에도 자주 등
장하는 익숙한 캐릭터이다).

작품의 성립 시기는 분명하지 않지만 대략 10세기 전후일 것이라
고 추정되고 있다. 그 시기는 바로 헤이안 왕조 초기에 해당하는데,
10세기 전후라는 것은 오늘날 일본사회가 안고 있는 여러 문제나 규
범적인 틀이 대부분 갖추어진 시기라고 생각되고 있다. 이 글의 테
마인 '이에'와 여성에 관한 규범화 또한 10세기 즈음이 큰 전환기였
음이 근년의 가족사학·여성사학에 의해 명확히 제시되어 왔다.[2] 『다

---

1 『다케토리 이야기』,『오치쿠보 이야기』,『겐지 이야기』 등 왕조 모노가타리物語에
  보이는 이에家와 여성의 문제에 대해서는 졸저『かぐや姫幻想』, 森話社, 1995, 282
  쪽,『源氏物語批評』, 有精堂, 1995, 365쪽,『王朝の性と生誕—王朝文化史論』, 立教大学
  出版会, 2004, 580쪽 등에서 언급해왔다.

2 服藤早苗『家成立史の研究』, 校倉書房, 1991, 1-334쪽, 関口裕子『日本古代婚姻史の

케토리 이야기』를 독해해 보면 분명히 그러한 시대배경을 읽어낼 수 있다.

대나무 캐는 할아버지는 반짝이며 빛나는 대나무 속에서 가구야 공주를 발견해 기른다. 그녀는 3촌(10센티미터에 못 미치는)의 작은 크기였는데 약 3개월 만에 아름다운 여성으로 성장하는 신비로운 존재이다(작품 속에서는 '특이한 존재變化の人'라고 표현된다). 많은 구혼자(다섯 명의 귀공자에 더해 마지막에는 천황까지 등장한다)를 냉담하게 대하고 결국에는 달로 승천하는 정말 전형적인 옛날이야기 같은 줄거리를 가지고 있다. 그러나『다케토리 이야기』원전 그 자체를 읽어 보면 그 세부에는 의외로 리얼리티가 있고 묘사도 뛰어난 부분이 적지 않다. 작자가 누구인지 알 수 없지만 사회에 대한 날카로운 통찰력을 담고 있는 점에서 당대의 상당한 지식인이었음은 틀림없다. 가구야 공주의 결혼담에서도 그러한 점을 잘 알 수 있다. 예를 들어 할아버지가 가구야 공주에게 결혼을 권하는 부분이다.

> "이 세상 사람이라면 남자는 여자를 만나고 여자는 남자를 만나게 되어 있습니다. 그리하여 가문이 넓어져가는 것입니다."

인간계에서는 원칙적으로 남녀는 결혼을 하는 법이라는 것, 그리고 그 결혼에 의해 가문, 즉 '이에'가 넓어져 간다는 사실을 할아버지는 아가씨에게 깨닫게 한다. 즉 남자와 여자는 결혼을 해서 가문의

研究』上, 塙書房, 1994, 1-475쪽, 同『日本古代婚姻史の研究』下, 塙書房, 1994, 1-437쪽.

번영을 위해 자손을 남긴다. 그것을 책무라고 생각하고 있음을 이 부분으로부터 알 수 있다. 그렇지만 그러한 결혼관에 대해 아가씨는 우선 반발한다.

"왜 그러한 일을 해야 하지요?"

'어째서 그러한 결혼 같은 것을 하는가'라는 의문을 던진다. 그러나 아가씨의 이와 같은 의문에 할아버지는 다음과 같이 응수한다.

"특이한 존재라도 여자의 몸을 가지고 계시니까요."

당신이 아무리 '특이한 존재' 즉 신비로운 존재라고 해도 현실적으로 '여성의 몸'을 가지고 있지 않은가라고. 할아버지의 이 같은 반론은 아가씨의 이율배반적인 본질을 날카롭게 지적한 것에 다름없다. 그 성장부터 보통 사람 같지 않았던 '특이한 존재'이면서도 인간의 '여성의 몸'으로 살고 있는 가구야 공주는 그야말로 모순적인 존재이다. 아가씨는 할아버지로부터 약점을 찔린 셈이다.

구혼자들을 계속 거부할 근거가 박약해진 아가씨는 다섯 명의 구혼자들에게 난제를 제시하는 것으로 겨우 저항을 계속하게 된다. 그리고 다섯 명의 귀공자들의 구혼을 차례차례 물리친 다음에는 천황의 구혼으로부터도 겨우 벗어나는 것에 성공했다. 천황이 그녀를 가마에 태워 데리고 가려고 하는데, 그 막판에 갑자기 그림자가 되어 버렸다.

라고 한다. 모습을 감추어 위기를 벗어난 것이다(이것은 빛을 발하며 몸을 감추었거나 혹은 투명인간이 되었다고 해석된다). 요점은 가구야 공주와 천황의 결혼이 아가씨의 인간으로서의 '여성의 몸'이 소거됨에 따라 성립하지 않게 되었다는 점이다. 이렇게 가구야 공주는 지상적인 결혼을 회피한 채, 그녀를 맞이하러 온 천인들에게 이끌려서 달로 승천하게 되는 것이었다.

이상의 전개를 정리해보면 이렇다. 노부부의 주장은 '이에'의 틀에 근거한, 지상의 결혼관·여성관에 근거한 논리이고 행동원리였다. 천상계로부터 일시적으로 지상에 체재한 가구야 공주란 노부부가 체현하는 원리를 해체하는 이질적인 존재였던 것이다. 이러한 대립적 구도에는 헤이안 초기의 '이에'와 여성을 둘러싼 양극화된 형태가 나타나 있다고 하겠다.

덧붙여 보면 가구야 공주뿐만 아니라 『다케토리 이야기』의 혼인 형태는 다양하다. 우선 통념적인 결혼관을 이야기한 노인은 어떠한 사람인가 하면 노파와는 시종일관 좋은 파트너로 지내고 있는 듯이 보인다. 다만 가구야 공주를 대나무 속에서 발견한 발단에 대해서 야나기타 구니오가 '아이를 얻는' 화형話型(이야기 타입) 계보와의 관련성을 지적했듯이[3], 본래 노인과 노파는 가문을 번영시키기 위한 아이를 낳지 못했던 것이다(그리고 결국에는 양녀로 삼았던 가

---

3 柳田国男 「竹取翁」『定本柳田国男集』6(新装版), 筑摩書房, 1968, 157-202쪽.

구야 공주마저 잃는다). 또한 다섯 명의 구혼자(황자 두 사람과 대신·대납언·중납언 각 한 명씩)에 대해서는 각각의 계급에 상응하는 가신들을 중심으로 대충 그 가문을 유추할 수 있지만, 그들의 친가나 모계, 가계나 인척관계에 대한 깊이 있는 기술은 볼 수 없다. 게다가 각각의 구혼자들의 혼인 상황에 대해서는 거의 언급되지 않는 것이다.

그 중 겨우 오토모노 대납언大伴大納言에 대해서만 아내가 있다는 기술이 보인다. 가구야 공주를 얻기 위해 우대신은 전재산을 쏟아 부을 기세로 난제인 '용의 목의 구슬竜の首の玉'을 얻어 오도록 가신들을 파견한다. 그리고 자신은 저택을 개조하는 등 가구야 공주를 맞아들일 준비에 여념이 없다. 대납언에게는 정실부인이 이미 있었지만 인연을 끊었다는 것이다. 그러나 결국 대납언 스스로 '용의 목의 구슬'을 따기 위해 바다로 나서지만 그것도 실패로 끝나고 크게 다쳐서 귀가하는 처지가 된다. 그 이야기를 들은 본래의 정실부인에 관한 묘사에는

이것을 듣고 헤어지신 본래의 정실부인은 배를 움켜쥐고 웃으셨다.

라고 되어 있다. 헤어져야 했던 원망스러운 마음을 되받아치듯이 쾌재를 부르는 정실부인의 모습이 눈에 보일 듯하다. 거기에 놓여있는 것은 이상적인 결혼과는 거리가 먼, 오히려 파탄적인 부부관계를 희화화하는 날카로운 시선일 것이다.

그렇다면 다섯 명에 뒤이어 등장하는 천황의 경우는 어떨까. 바람

직한 천황의 모습이란 후궁에 후비后妃들을 두고 그녀들을 총애하여 황위계승권을 갖는 여러 황태자를 얻도록 노력하는 점에 있을 것이다. 그런데 『다케토리 이야기』의 천황에게 그러한 이미지는 희박하다. 오히려 가구야 공주를 만나고부터 천황은 구혼을 거절당해도 계절에 맞는 풀과 나뭇가지로 장식한 편지를 3년이나 계속해서 보내는 한편, 많은 후비들을 물리치고 '혼자 지냈다'는 것이다. 고대 천황의 본분이 이로고노미色好み(풍류를 즐김)에 있다고 한다면 정반대로 그리고 있는 셈이다. 황통의 계보를 단절시킨다는 의미에서 천황도 다섯 명의 구혼자와 마찬가지로 계보화로부터 소외되었다고 할 수 있다.

이렇게 보면 『다케토리 이야기』는 가문 의식을 축으로 한 결혼관을 제시하면서도 가구야 공주라는 존재에 의해 그것을 부정할 뿐만 아니라 구혼자들의 묘사에 있어서도 '이에'나 계보라는 통념을 배제하거나, 혹은 상대화하는 경향이 강함을 알 수 있다. '이에'를 위한 결혼이라는 테마와 그 해체를 통해 그려지는 『다케토리 이야기』는 단순한 판타지를 넘어 깊이 있는 세계관을 담고 있다고 할 수 있을 것이다.[4]

---

4 가구야 공주에게는 달의 도읍에 부모가 있다고 되어 있기 때문에 그 계보에 대해 언급되는 일은 없다. 지상세계에서도 천상세계에서도 가구야 공주는 계보화로부터 소외되어 있는 셈이다.

3   오치쿠보 아가씨의 결혼 – 계모담과 여성의 행복

왕조 초기에 쓰여진『다케토리 이야기』는 가문과 결혼의 이상을 다루면서도 동시에 그것을 해체하는 작품이다. 이와 대조적인 것이 헤이안 중기에 성립한『오치쿠보 이야기』이다.『오치쿠보 이야기』는 '이에'나 결혼의 이상을 추구한 작품이다.[5] 주인공 오치쿠보 아가씨는 신데렐라와 같이 계모나 의붓언니들에게 학대를 받지만 귀공자인 소장 미치요리에게 구출되어 축복스러운 결혼을 하고 계모와 언니들에게 받았던 수모를 되갚는다. 이야기의 화형으로는 계모학대담의 전형이라고 파악되어 왔다. 오치쿠보 아가씨가 행복을 얻고, 계모 쪽에 보복을 이루기까지의 과정에 대한 묘사가 이 작품의 백미이다.

그 중에서도 아가씨의 계모를 향한 보복을 이끌어내는 삼조 저택의 소유권 분쟁은 이 작품의 절정이라고 할 수 있다.[6] 삼조 저택은 아가씨의 어머니 쪽으로부터 상속받은 저택이다. 그 소유권에 대해 지권을 둘러싼 공방이 언급된다. 저택의 소유권에 대해 토지의 권리서가 최대의 증거가 되는 것은 예나 지금이나 변함이 없다. 계모 쪽이 먼저 가로채려고 한 삼조 저택을 아가씨 쪽에서 지권을 근거로 돌려받는다는 것이 사건의 대략이다.

5　土方洋一『物語史の解析学』, 風間書房, 2004. 小嶋菜温子, 『源氏物語の性と生誕』(주2).

6　藤井貞和「歌と別れと」(柳井滋 他 校注『源氏物語』③解説, 新日本古典文学大系21, 岩波書店, 1995, 446-472쪽), 室城秀之「地券のゆくえ―『落窪物語』の会話文」『国語と国文学』82(5), 至文堂, 2005, 39-50쪽.

다음 인용부는 삼조 저택의 집의 지권(땅문서)에 대해 소장이 계모 쪽에 대치할 결정적인 주장을 전개하는 부분이다.

"이조二条에 계신 분의 집입니다. 황손인 외조부로부터 전해 내려오는 것으로"

소장의 이 발언에 의해 삼조 저택이 아가씨의 '외조부'인 '황손의 저택'이었던 것을 아가씨가 물려받게 된 것임이 명확해진다. '니조에 계신 분'이란 아가씨를 가리키고 아가씨에게 지권이 있음을 소장은 명언한 것이다. 소장의 아버지 우대신도 아들의 주장을 확인한 후에 지권을 가진 아가씨 측에 소유권이 있다는 판단을 내린다. 일이 여기에 이르자 계모와 아버지 중납언 쪽은 마지못해 삼조 저택을 비워서 내주지 않을 수 없게 되었다. 아가씨의 아버지 중납언의 한탄을 보면 그 또한 지권의 중요성을 충분히 인식하고 있었음을 알 수 있다.

"어찌하여 땅문서를 찾아 받아두지 않으셨습니까. 오늘 밤 이사한다며 장식한 수레라든지, 함께 갈 사람들도 떠들썩하게 정렬시키는 듯 보였습니다만"이라고 하자 중납언은 멍한 상태가 되어 심각한 일이라고 생각하신다. "오치쿠보의 생모가 죽을 때 그 아이에게 남겨준 것을 나도 잊어버리고 찾지 않고 있었는데 이렇게 사라져 버렸구나. 아아, 딸아이가 판 것을 그가 사서 그렇게 한 것이구나. 사람들의 큰 비웃음을 사겠구나."

이 때에 이르러서도 아버지 중납언과 계모는 아가씨가 다만 실종되었다고만 생각하고 있고 소장과 결혼한 것은 모른다. 소장이 우연히 삼조 저택의 지권을 손에 넣고 저택을 비워달라고 재촉하는 줄로 생각하고 있다. 그리고 '오치쿠보 아가씨의 어머니'로부터 아가씨가 받은 지권을 왜 빼앗지 않았는지를 후회할 뿐이다. 마침 이 날은 막 개축공사를 한 삼조 저택으로 계모와 언니들이 이사할 만반의 준비를 해 두었던 때였기 때문에 세상 사람들에게 엄청난 웃음거리가 되었다고 개탄할 뿐이었다. '치장한 수레', '데리고 갈 사람들'이라는 것은 이사할 때의 행렬을 가리킨 것일 것이겠다. 이 부분을 통해 계모 측은 새 저택으로의 이사 의례移徙儀礼의 위엄을 세우고 삼조 저택으로 옮기려고 했음이 명백해진다.

앞에서 본 것처럼 가구야 공주 이야기는 '여성의 몸'을 매개로 구혼자들의 입장도 포함해서 왕조의 '이에' 이념과 그 해체, 게다가 지상의 인간세계 그 자체에 물음을 던지는 이야기였다. 한편 여기서 본 오치쿠보 아가씨의 이야기는 '이에'에서 소외된 의붓자식이 저택의 소유권을 둘러싼 공방에서 역전승리를 얻는 과정을 통해 기존의 '이에'를 흔들어 부수는 드라마가 되어 있다. 가구야 공주와 오치쿠보 아가씨의 이야기를 비교하면 『다케토리 이야기』가 인간계를 밖으로부터의 시점에서 파악하는 데에 비해서 『오치쿠보 이야기』는 어디까지나 인간계의 내측에 시점을 두고 있는 차이가 있다. 『다케토리 이야기』쪽이 규범의 상대화라는 의미에서는 보다 철저하다고 할 수 있을 것이다. 다만 『오치쿠보 이야기』는 『다케토리 이야기』처럼 '이에'나 여성에 대한 사회적인 틀을 둘러싼 갈등을 석출析出해 낸

점에서는 평가할 만하다.[7]

 4 가구야 공주부터 우키후네로 – '죄'와 '여성의 몸'

일단 『다케토리 이야기』로 이야기를 되돌려보자. 가구야 공주는
최종적으로 '여성의 몸'에서 벗어나 달로 승천한다. 그 전환 부분은
상당히 논리적으로 언급되어 있다. 아가씨를 맞이하러 온 천인들에
게 노인은 이렇게 말했다.

> "가구야 공주는 죄를 지으셨기 때문에 이렇게 비천한 당신의 처소
> 에서 잠시 머무르신 것이다. 이제 죄의 기한이 다 되어서 이렇게 마중
> 을 나왔는데 할아범 당신이 울며 한탄하다니, 당치 않은 일이다. 아가
> 씨를 어서 보내드려 주시오."

천인들의 말에 의하면 아가씨는 천상계에서 범한 '죄'를 속죄하기
위해 일시적으로 지상에 내려온 것뿐이었다. 그리고 '죄의 기한' 즉
속죄의 기한이 지났기 때문에 천상계로 귀환해야 한다는 것이다.

---

7 처妻와 지권에 대해서는 『겐지 이야기』의 무라사키노우에紫上 이야기도 참조할 수
있다. 또한 여성이 이에의 재산을 상속하는 문제에 대해서는 아카시 비구니明石尼君
를 중심으로 별도로 논했다. (小嶋 「源氏物語とジェンダー批評」 『源氏物語研究講座』9,
おうふう, 2007, 110-125쪽).

'죄'의 내용에 대해 본문에는 아무런 언급이 없기 때문에 추상적인 관념밖에 없다. 어쨌든 가구야 공주가 지상계에서 천상계로 귀환하기 위해서는 그러한 논리적인 매개항을 필요로 했다는 것이 되겠다. 그리고 그 '죄'의 개입에 의해 지상계와 천상계의 분단이 가속화됨에 유의해야 한다.

천상계에서 아가씨가 범했다는 '죄'가 지상계에서 속죄된다는 인식. 그리고 속죄기한이 다 되었기 때문에 아가씨는 더 이상 지상계에 체류하는 의미가 없다는 선언. 게다가 천인은 아가씨를 향해 다음과 같은 말을 던진다.

"단지에 든 불사약을 드십시오. 부정한 지상의 음식을 드셨으니"

이렇게 말하면서 천인은 '불사약'을 아가씨에게 맛보도록 한 것이다. 천상계는 불로불사의 세계이다. 한편 지상계는 '깨끗하지 않은 곳'이다. 할아버지를 향한 아가씨의 발언도 주목된다.

"천상의 사람들은 정말로 훌륭하고 늙지도 않습니다. 고뇌하는 일도 없습니다."

천상계는 '아주 깨끗하고 늙음'이 없는 세계인 것이다. 그리고 그곳은 '번뇌'도 없는 세계라고 정립되어 있다. 천인이 할아버지를 향해 '비천한 당신'이라고 지칭한 것도 상기된다. '비천한' 자들이 사는 '더럽혀진 곳'이 지상계이다. 그 반대의 세계로서의 아름다운 천상계는 불로불사의 세계이다. 이항대립적인 구조가 여기에 뚜렷하게 드러난다.

또한 아가씨는 '부모님'이 '늙고 쇠퇴해지시는 모습'을 끝까지 지켜보지 못하는 것은 괴로운 일이라고 말했다. 불로불사의 세계인 천상계와 다르게 지상계는 생로병사를 원리로 하는 세계라는 인식도 여기에서 읽어낼 수 있다. '비천하고' '더럽혀진' 지상계는 생로병사의 세계라는 것이다.

한편 승천을 앞둔 아가씨는 노부부나 천황과의 인간적인 애정 때문에 '번뇌'에 빠져 있었는데 천인들이 '날개옷'을 입히자마자 '고민'도 사라지고 불로불사의 천상계로 떠난다는 것이었다. 다음은 아가씨가 천황에게 남긴 노래이다.

> 이제야말로 하늘나라 날개옷 입을 때지요
> 그리운 님 당신을 추억 속에 봅니다

최종 순간에 제시된 '그리운' 감정은 아가씨가 지상에서 끌어안은 '번뇌'의 아름다운 승화라고도 해석된다(그러나 '날개옷'을 입자마자 '번뇌' 즉 '그리움'은 일순간에 사라진다).

이에 대해 천황은 '추억거리'로서 '불사약'과 아가씨의 편지 등을 받아 어떻게 했는가.

> 만나지 못해 눈물로 떠올리는 이내 처지에
> 불사의 약이라도 아무런 소용없네

271

아가씨를 만날 수 없다면 '불사약'도 의미가 없다는 노래를 읊고 난 뒤 천황은 '불사약'을 산에서 태워 버린다. 이 마지막 장면에서는 지상계와 천상계에 대한 최종적인 판단을 읽어낼 수 있겠다.

이상으로 보아 『다케토리 이야기』의 세계관은 아주 명확하게 천상계와 지상계를 둘러싼 대립하는 이원적 구조를 축으로 하고 있음을 이해할 수 있을 것이다. 이러한 지상계 및 천상계의 구조에는 여러 겹의 논리적인 대립이 겹쳐져 있었다. 아래에 도식화해 본다.

> * 천상계 —— 불로불사 —— '번뇌'가 없는 아름다운 세계 ——'죄'
> 의 소멸(신체가 없음)
> * 지상계 —— 생로병사 —— '번뇌'가 있는 괴로운 세계 ——'죄'의
> 체류滯留(신체)

이러한 도식은 헤이안 초기 인식의 양상으로서 정말로 흥미로운 것이 아닐까. 다만 이상과 같은 세계관에 근거한 『다케토리 이야기』에서 '죄'의 테마 그 자체는 단편적이라고 하지 않을 수 없다. '죄'의 테마를 깊이 다루는 것은 『겐지 이야기』의 등장을 기다려야 할 것 같다.

결론부터 말하자면 『겐지 이야기』야말로 규범 속을 살아가는 왕조인의 생애를 이야기하면서도 그들 생의 근저에 있는 '죄'에 대해 계속하여 의문을 던지는 작품이다. 본래 『겐지 이야기』의 주인공들은 규범에 비추어보면 뭔가의 일탈을 피할 수 없는 존재였다. 히카루겐지光源氏는 신분이 높지 않은 갱의更衣가 낳은 둘째 황자이면서

의붓어머니인 후지쓰보藤壷 중궁과 밀통하고 불의의 황자마저 임신해 버린다(그 불의의 황자가 천황으로 즉위한다). 히카루 겐지의 아들 가오루薫 또한 어머니 온나산노미야女三宮가 가시와기柏木와 밀통해서 낳은 불의의 아이이다. 그리고 그 가오루의 연인이자 마지막 히로인 우키후네 또한 혈통이 뒤떨어지는 운명이고(히카루 겐지의 동생에 해당하는 하치노미야八の宮가 잠자리의 시중을 들어주는 여인召人 사이에서 낳은 아이), 그녀는 가오루와 니오우노미야匂宮와의 삼각관계에서 고뇌하여 자살미수 끝에 출가한다(출가 후에도 이성 관계로부터 완전히 자유롭지 못하다).

왕조사회의 이상적 규범인 '이에'나 사회관계로부터 소외된 상황에 놓인 주인공들. 『겐지 이야기』에서는 규범을 상징하는 것보다도 규범으로부터 일탈을 향한 욕망이야말로 드라마를 견인해간다고 할 수 있겠다. '죄'의 문제의 계보는 바로 이것과 관련해서 의미를 가질 것이다. 마지막으로 우키후네 이야기를 통해 가구야 공주의 '죄'의 이야기로부터 계보를 확인하기로 하자.

우키후네 이야기에 보이는 『다케토리 이야기』 인용에 대해서는 고바야시 마사아키의 상세한 논문을 읽고 그 위에 졸고에서도 언급한 적이 있다.[8] 우키후네의 죄의 기원起源 중 하나에는 정토교의 여

---

8 小林正明「最後の浮舟―手習巻のテクスト相互関連性―」, 『物語研究―語りそして引用』 新時代社, 1986, 58-106쪽, 同「女人往生論と宇治十帖」(東京大学国語国文学会 編『国語と国文学』64(8), 1987, 21-38쪽), 同「逆光の光源氏―父なるものの挫折―」(小嶋菜温子 編『王朝の性と身体』森話社, 97-136쪽), 同「浮舟の出家―手習巻」(今井卓爾 他 編, 『源氏物語講座4』, 勉誠社, 1992, 180-190쪽). 일련의 논고에서 고바야시는 우키후네 이야기의 '여성의 죄'에 대해 정토교 왕생사상의 근본원리에 여성배제의 전형이 있음을 지적하는 것으로 '불교 페미니즘 비평'을 전개한다. 고바야시 논문을 참조로

인왕생사상에서 말하는 여인죄장罪障의 근본원리가 관련되어 있다. 그리고 문학사적으로 보면 더욱이 그 심연에 가구야 공주의 이야기가 놓여 있었던 것이다. 고바야시 논문을 길잡이로 삼아 우키후네 이야기에 나타난 '여인의 죄'의 위상을 나름대로 확인해본 적이 있다. 가구야 공주가 '날개옷天の羽衣, 아마노하고로모'을 입었듯이 우키후네도 출가해서 '비구니 옷尼衣, 아마고로모'을 입는다. 그러나 가구야 공주처럼 그것에 의해 지상의 논리로부터 해방될 수는 없는 것이다. 중요한 것은 우키후네 이야기와 『다케토리 이야기』의 차이이다. 졸고의 인용을 이해해 주면 좋겠다.[9]

> 우키후네는 오히려 '사라지는' 것을 금지당한 것 같다. 선녀 이야기와는 이질적인 유리流離의 자기장으로 우키후네는 이끌려가는 것이다. 『다케토리 이야기』와의 대치, 그 귀결이 주시된다고 하겠다. '사라지는 것' 그것은 우키후네에게는 절대적인 금기인 것 같다. 이미 선행연구에서 지적되고 있듯이 우키후네 이야기에는 『다케토리 이야기』의 인용이 반복되고 있다. 그러면 그런 만큼 차이도 눈에 띄

한 발표자 나름의 논고는 다음과 같다. 小嶋『源氏物語批評』(주1), 同『かぐや姫幻想』(주1), 同「浮舟と〈女の罪〉」(『源氏物語批評』同上), 同「かぐや姫の〈罪〉と帝―『今昔物語集』竹取説話の世界観から」(『源氏物語の性と生誕』立教大学出版会, 2004, 82-98쪽), 同「『源氏物語』に描かれた女性と仏教―浮舟と〈女の罪〉」(『国文学 解釈と鑑賞』69(6), 至文堂, 2004, 22-29쪽). 同「〈家〉と結婚――かぐや姫の「女の身」」(前田雅之 他編『新しい作品論へ』,〈新しい教材論へ〉古典編 1』, 右文書院, 2003, 17-33쪽), 小嶋「かぐや姫と〈女の罪〉―浮舟との比較から」(藤本勝義編『王朝文学と仏教・神道・陰陽道』, 平安文学と隣接諸学2, 竹林舎, 2007, 127-137쪽).

9 小嶋『源氏物語批評』(주3), 263쪽, 小嶋「『源氏物語』に描かれた女性と仏教―浮舟と〈女の罪〉」『国文学 解釈と鑑賞』(주8)도 참조하면 좋겠다.

게 될 것이다. 그렇기 때문에 우키후네는 죄의 모티브에 점점 더 속
박되어 간다. 그녀는 승천불가능한 가구야 공주로서 계속 살아갈 수
밖에 없을 것이다. 천상에 귀환할 수 없고 지상에 주박呪縛된 채로 우
키후네 이야기는 끝나는 것이 아닌가. 현실적으로 우키후네는 여러
시련에 직면하지만 그것들의 근원에는 이 절대적인 금기가 가로놓
여 있다.

우키후네에게는 지상으로부터의 완전한 이륙離陸이 허락되지 않
는다. 가구야 공주 이야기와 달리 출가해서 '비구니 옷'을 입은 우키
후네에게는 승천의 계기가 주어지는 일은 없다. 우키후네에게 주어
지는 것은 승천할 때 가구야 공주에게 주어진 망아忘我의 경지 같은
것이 아니다. 어디까지나 지상적인 '여성의 죄'에 우키후네는 계속
해서 짓눌린다.

우키후네가 출가를 희망하는 마음은 자살미수 이후부터 점점 높
아진 것이었다. 그러다 결국 요카와 승도橫川僧都에게 출가를 탄원하
게 된다. 그 때 승도는 우키후네에게 다짐을 받는 일을 빠뜨리지 않
았다.

"아직 살아갈 날이 많은 나이에 어째서 외곬으로 생각하시는지요.
오히려 죄를 짓는 일이 됩니다. 출가하려는 마음을 일으키실 때에는
굳은 결심을 가져도 세월이 지나면 여자의 몸으로 살아가는 일은 정말
로 험난한 것이니" 라고 말씀하시니

실제로 출가 후의 우키후네는 차분한 출가생활을 보낼 수 없었다. 우키후네는 오노小野의 산골에 조용히 은거하고 있었지만 중장에게 새로운 관심을 받고, 게다가 우키후네의 생존을 눈치 챈 가오루로부터도 접근이 시작된다. 우키후네는 출가했지만 여전히 세속의 이성관계의 그물로부터의 자유롭지 못하다. 이렇게 보면 앞에서 승도는 우키후네가 완전한 출가를 행하는 것의 곤란함을 정확하게 예견하고 있는 셈이 된다. 젊고 아름다운 우키후네가 아무리 절실히 탈속의 길을 간구하고 가령 발심했다고 해도 그것은 오히려 '죄'에 해당하는 것은 아닐까. '여자의 몸'을 가진 한 그러한 곤란은 계속되는 것은 아닐까. 요카와 승도의 이 예언은 정말로 그 후의 우키후네의 미망 깊은 인생길과 겹쳐 생각하지 않을 수 없는 것이다.

'여성의 몸'인 것을 재차 확인받은 우키후네. 가구야 공주가 지상에서 일시적으로 밀어 넣어졌던 '여성의 몸'이라는 주박呪縛으로부터 우키후네는 출가를 해도 벗어날 수가 없다. '여성의 몸'이라는 지상적인 신체성에 속박되어 '비구니 옷'을 입은 우키후네는 '번뇌'로 가득한 생로병사의 지상계에 잔류해야 한다. 가구야 공주의 이야기가 남긴 원죄와 같은 '죄'의 테마와 함께.[10]

가구야 공주로부터 우키후네로. 이야기는 규범과 일탈의 양극의 사이를 살아가는 지상의 인간들의 모습을 여러 가지로 시뮬레이트

---

10 승천할 수 없는 가구야 공주로서『겐지 이야기』최후의 히로인의 모습은 모노가타리가 지상성을 테마로 하는 한 영원히 반복될 것임에 틀림 없는 것이었다. 이 계보가 근대문학에서도 면면하게 이어지고 있는 것은 히구치 이치요樋口一葉나 미시마 유키오三島由紀夫의 소설에서도 이미 검증되어 있다. (小嶋,『かぐや姫幻想』(주1), 240-258쪽)

해가며 문학적인 테마로서 착목한 '죄'의 문제를 '이에'와 여성들의 드라마로 심화시켜 나간 것이라고 생각된다. 히카루겐지나 가오루의 예에 대해 앞서 조금 언급했듯이 남성들의 이야기에도 또한 같은 테마를 발견할 수 있음을 마지막으로 덧붙여 두고 싶다.

▍번역 : 이부용(한국외국어대학교)

제10장

일본근세사상의 합리와 비합리

| 스에키 후미히코

1 머리말

　단국대학교 일본연구소는 2014년부터 「한·일고전문학 속 비일상 체험의 형상과 일상성 회복의 메타포」라는 연구를 수행하고 있다고 들었다. 작년에는 「기적과 신이, 경험과 상상의 카니발」이라는 주제로 심포지엄을 개최하고, 올해는 「파괴된 인륜, 문학적 아노미」라는 주제가 설정되어 있다. 당연히 이 두 주제는 떨어뜨려 놓을 수 없다. 인륜의 파괴는 과격한 감정이나 일탈 행위에 의하여 발생되고, 때로는 죽음과 연관되어 사자死者의 활동을 불러일으키거나 신불神仏을 움직이거나 한다. 그리하여 기적이나 신이와 연관 지어 진다.

본고에서는 일본 근세시대에 초점을 맞추어 사상사의 관점에서 이 문제를 생각해 보고자 한다. 본래 근세라는 시대는 세속적인 합리성이 점차 늘어나 그것이 근대로 이어진다고 생각되어져 왔다. 따라서 그러한 합리적인 사상에 초점이 맞추어지게 되었다. 그러나 사실은 근세에 있어서도 그와 같은 합리성으로 이해할 수 없는 다양한 사태가 발생하여 합리성을 넘어선 문제를 어떻게 다루어야 하는가가 중요한 과제로 떠올랐다.

이하, 우선 필자의 일본사상사 구도를 개략적으로 나타내어 큰 사상사의 틀 안에서 근세를 어떻게 다룰 수 있는지에 대한 전망을 세우고자 한다. 그 후에 문예작품이나 사상문헌을 단서로 근세의 합리화되지 않은 이면裏側 세계가 어떻게 다루어져 있는가를 구체적으로 검토하기로 한다.

 ## 근세에 있어서 「顯」과 「冥」

1) 「顯」과 「冥」의 사상사

필자는 중세의 불교사상을 전공하였다. 일찍부터 중세에 관해서 소위 가마쿠라鎌倉 신불교新仏教가 합리적인 사상을 펼치고 있다는 점에서 평가를 받아 왔다. 근래에 이르러 이윽고 이와 같은 치우쳐진 관점은 적절하지 못하다고 명확해 졌다. 필자는 중세 사상을 「顯」과 「冥」의 관계로서 이해하려고 해 왔다. 「顯」은 인간 세계를 말하며 합리성·공공성을 지니고 언어에 의한 상호양해가 가능한 영역을 말한다. 이에 반해 「冥」은 반드시 합리성·공공성을 가질 수는 없는 영역으로서 여기에서는 평범한 언어에 의한 상호양해가 성립되지 않는다. 「冥」의 영역에는 사자나 신불이 포함된다. 「顯」과 「冥」이라는 용어는 일본 최초의 역사론으로 평가받는 지엔慈円(1155-1225)의 『구칸쇼愚管抄』에도 보이며 중세에 널리 사용되었다. 여기에서는 인간 세계는 자립한 것이 아니라 신들의 「冥」에 크게 의존하고 있다는 생각을 찾아볼 수 있다[1].

필자는 이와 같은 「顯」과 「冥」의 개념은 결코 중세 특유의 것이 아니라 근세나 근대에 있어서도 통한다고 생각한다. 그렇게 봄으로써 단순히 현세적現世的·합리적인 시야를 가지고 근세나 근대를 보는 것이 아니라 그 이면에 감추어진 비합리적인 영역도 포함하여 총체적으로 사상사의 흐름을 볼 수 있을 것이다[2]. 본고에서도 이와 같은 입장에서 근세 사상을 고찰하려고 한다. 참고로 필자의 전공인 「사상」의 관점에서 문제를 다루지만 문학 작품을 소재로 많이 활용하겠다. 오늘날에는 문학·사상·역사 등의 경계가 허물어져 인접영역이 서로 돕지 않으면 안 된다[3]. 쓰다 소우키치津田左右吉의 명저『문학에

---

1 末木文美士『鎌倉仏教展開論』, トランスビュー, 2008, 279-284쪽.
2 末木文美士『近世の仏教』, 吉川弘文館, 2010, 219쪽.
3 일본 근세의 문학과 사상의 연구교류의 성과로서 井上泰至・田中康二編『江戸の文

나타난 우리 국민 사상의 연구文学に現われたる我が国民思想の研究』에 볼
수 있듯이, 문학 작품은 사상사의 자료로 종종 이용되었다. 특히 민
중 사상을 알기 위해서는 추상적인 사상문헌보다 문학작품이 유익
할 때가 많다.

2) 근세에 있어서 일탈과 괴기

위에서 말했듯이 기존의 근세 사상은 근대 합리주의를 낳는 원천
으로서 논해지는 경우가 많았다. 즉 중세 사상은 현세를 넘어선 「冥」
의 영역이 지배적이었던 것에 비해, 근세에는 현세적·세속적인 「顕」
의 영역이 확대되어 「冥」의 영역이 점차 축소되었다고 생각되어져
왔다. 과연 생산력 증대로 인해 인간이 제어할 수 있는 영역은 커지
고 사회의 평화와 안정으로 생활이 윤택해져 소비문화가 발달하였
다. 따라서 세속적 영역의 비중이 높아져 다음 생애를 둘러싼 문제
보다도 현 생애를 어떻게 보낼지에 관심이 집중되게 된 것은 사실
이다.

하지만 이러한 사실은 현세를 넘어선 문제에 대한 관심이 사라진
것을 뜻하지 않는다. 오히려 근세는 요괴나 유령 등 「冥」의 세계에
대한 관심이 높아지는 시대이다. 근세의 이론적인 탐구에 있어서는
현세주의·세속주의는 반드시 바로 그것을 넘어선 「冥」의 세계를 부
정하는 것처럼 되지는 않았다. 근세에는 다양한 사상 동향이 서로

学史と思想史』, ペリカン社, 2011, 274쪽이 있다.

맞서 가치관의 혼란도 나타났다. 「冥」의 세계를 가장 적극적으로 받아들인 것은 불교이며, 인과응보설로 전세前世・내세來世를 말하고, 그것에 의하여 현세의 윤리도덕의 확립을 꾀하였다. 근세 초기에는 불교적 인과응보론이 가나조시仮名草子 등의 서민 문예의 세계에서 널리 읽혔다. 근세가 되자 불교는 쇠퇴하는 듯 여겨졌지만, 오늘날에는 그런 관점은 부적절하며 불교적 사고思考는 서민들 사이에 정착되어 있었다고 밝혀져 있다[4].

기리시탄キリシタン 융성기에는 일본의 신불을 부정하는 것과 같은 동향도 보였다. 기리시탄이 탄압을 받은 적도 있어 이와 같은 동향은 반드시 직접적으로 큰 영향을 주지는 않았다. 기리시탄의 영향은 천도설天道説과 같이 형태를 바꾸어 받아들여졌다. 천도설은 태양 신앙과 결합되면서 제교일치諸教一致의 입장을 취하여 서민 사이에 정착한 것으로 「冥」의 세계를 부정하는 것은 아니다.

유교는 본래 현세주의적인 합리주의의 입장에 선 윤리를 말하기 때문에 「冥」의 세계에 대해서 차가운 입장을 취한다. 그러나 조상숭배를 중시하기 때문에 그 점에서는 「冥」의 세계를 받아들이지 않으면 안 되었다. 일본에서는 철저하게 「冥」의 세계를 배제하는 사상은 야마가타 반토山片蟠桃의 유물론唯物論과 같이 극히 한정된 사상에서밖에 볼 수 없었다.

근세 후기에 발전하는 국학国学・신도神道의 흐름에서는 신들의 세계를 전제로 하기 때문에 「冥」의 세계는 적극적으로 받아들여지게

---

4 주석2 앞의 책, 219쪽.

된다. 히라타 아쓰타네平田篤胤는 새로이 「귀신鬼神」을 긍정하고 중시하는 논의를 전개하였으나, 이는 신도의 자립을 꾀하기 위하여 불가결한 의론이었다. 그 흐름을 이어 받아 일본의 근대에도 「冥」의 문제가 발생하게 되었다. 그와 관련하여 민중 사이에서 형성된 새로운 종교는 샤머니즘적인 빙의에서 기인한 것이 많고 「冥」의 세계와 밀접한 관계를 유지하게 되었다.

그럼 근세의 「冥」의 세계에 대한 관점은 중세와 비교해서 어떤 특징이 있는 것일까. 「顯」의 세계가 확대되어 그 질서가 명확해짐으로서 「冥」의 세계에 대한 공포는 중세와 비교하면 작아졌다. 이와 함께 중세 후기 경부터 「冥」의 세계의 존재가 그 모습을 현상세계現象世界에 직접적으로 나타내게 된다. 그때까지는 신불은 어디까지나 그늘에 가려진 존재로서 화현化現된 모습을 나타내는 것이 원칙이었다. 하지만 중세 후기로 오면 덴구天狗나 악마 등 그 자체의 모습을 드러내게 된다. 근세에 이르러 「冥」의 세계는 다양화되어 반드시 강대한 힘을 지니는 것은 아닌 요괴와 같은 자들이 많이 출몰하게 된다. 요괴는 반드시 두려운 존재인 것만은 아니었고, 오락적으로 다루어지고 기발하게 구상된 요괴 그림이 그려지게 되었다[5].

요괴 이외에 죽은 자가 유령으로서 출현하는 이야기도 많았다[6]. 유령은 죽은 자가 이 세상에 미련을 가지고 죽은 탓에 이 세상에 떠돌다 출현하여 산 자에게 해를 끼친다고 생각되었다. 죽은 자의 원

5　小松和彦編『妖怪学の基礎知識』, 角川選書, 2011, 284쪽.
6　諏訪春雄『日本の幽霊』, 岩波新書, 1988. 高岡弘幸『幽霊 近世都市が生み出した化物』, 吉川弘文館, 2016, 244쪽.

념怨念이 사회에 큰 액재厄災를 가져다준다는 말은 헤이안平安 시대의 영혼신앙御靈信仰 이래로 널리 받아들여졌고, 따라서 액재를 초래하는 사자를 신으로 모셔 그 앙화殃禍, 崇り를 없앰으로서 반대로 그 힘이 산 자에게 행복을 가져다주도록 하였다. 스가와라노 미치자네菅原道真를 모신 덴만구天滿宮 신앙은 그 전형적인 예이다. 중세 후기의 노能에서는 원령이 나타나 승려의 독경読経에 의해 구원받는다는 이야기가 전형적으로 다루어졌다. 근세의 유령은 그것이 더욱 통속화된 것으로 생각된다.

근세에는 사회 질서의 안정과 함께 신분이나 공동체의 제약이 강화되어 그것들로부터의 일탈이 엄격히 금지되어 처벌 받게 되었다. 이렇게 되면 도리어 그와 같은 질서의 틀에 가둘 수 없는 여러 사태가 발생하여 그것이 사람들의 공감을 불러일으키는 일도 적지 않았다. 지카마쓰近松의 심중물心中物(정사情死를 다룬 조루리작품)이 널리 지지받은 것은 사회적인 제약을 넘어선 남녀의 사랑이 그만큼 인간 내면의 순수한 진실된 감정을 나타내었기 때문이다. 주인공의 죽음이라는 비극적인 결말을 맞이하는 것으로 그 순수함은 한층 높아진다.

아코로시赤穂浪士의 복수가 사람들의 공감을 불러일으킨 것도 같은 맥락이다. 사회 질서로 보면 그들의 행위는 용서받지 못할 일이지만, 그러한 질서를 넘어서 스스로의 죽음을 담보로 주군을 향한 충성을 다하기 위하여 면밀히 계획을 세우고 실천에 옮긴 로시浪士(영주를 잃은 무사)들의 행위는 사람들로부터 칭찬을 받아『주신구라忠臣蔵』로서 일본인에게 가장 사랑받는 테마가 되었다.

　지카마쓰의 심중물이나 『주신구라』가 죽음으로 귀결된다고 하더라도 그것으로 인하여 주인공의 원망願望은 충족되고, 따라서 사후死後에 문제가 발생하지는 않는다. 하지만 생전에 강한 원망이 충족되지 않는 경우에는 그 원념이나 미련이 사후에도 남겨지게 된다. 그래서 사후에 유령으로서 출현하게 된다. 이전의 원령이 정치적인 권력 투쟁에서 패배한 자와 같이 특수한 경우의 사자였던 것에 비해, 근세에는 서민적으로 바뀌어 강한 애증을 안고 죽은 자가 유령으로 나타나게 되었다. 그 밑바탕에는 불교적인 인과응보관이 있다고 생각된다. 인과응보설에 따르면, 과도한 감정이나 집착은 해탈의 장벽이 되고 윤회의 고통을 낳는 바탕이 된다고 여겨졌다. 그 때문에 유령은 종종 승려의 기도에 의해 구제받게 되었다.

　유령, 요괴, 그 밖의 괴이 현상을 다루는 문학 장르는 괴담이라 불리며 근세에 전성기를 맞이하고 많은 작품이 쓰였다. 이 또한 인과응보의 교훈적 성격을 밑바탕에 깔아두고, 점차 오락성을 더하여 뛰어난 작품이 많이 생겨났다. 그 선구자적인 작품이 1666년(간분寬文 6년)에 출판된 아사이 료이浅井了意의 『오토기보코伽婢子』이다. 이 작품은 13권 68화로 구성되어 있으며 모든 이야기가 중국의 괴이 소설 『전등신화剪灯新話』 등을 바탕으로 하고 있다. 하지만 단순한 번역이 아니라 이야기의 무대나 설정을 모두 일본으로 옮겨 아주 교묘히 번안하여 이후의 괴담소설의 본보기가 되었다. 그 중에서도 제3권 『보탄토로牡丹灯籠』는 유령과 연을 맺은 남자의 이야기인데, 메이지明治 시대에 산유테이 엔초三遊亭円朝(1839-1900)에 의해 이야기물語り物로서 완성되어 오늘날에 이르기까지 괴담의 걸작으로서 사랑받고 있다. 우에다 아키나리上田秋成(1734-1805)의 『우게쓰 모노가타리雨月物語』(1768)도 또한 괴담과 같은 이야기를 풍부한 고전 소양을 바탕으로 그려내어, 고도의 문학적 달성에 의해 후세에 큰 영향을 끼쳤다. 참고로 근대의 걸작인 라프카디오 헌Lafcadid Hearn(고이즈미 야쿠모小泉八雲, 1850-1904)의 『괴담Kwaidan』(1904)은 영문으로 17편의 괴담을 싣고 있다.

이상, 근세에 있어서의 괴이나 일탈의 전개를 개관하였다. 다음으로 문제의식을 좁혀, 우선 근세 초・중기에 있어서 불교적인 인과응보관의 전개를 보고[7], 그 후에 신도적인 것의 형성에 있어서의 명계冥界의 문제를 검토하고자 한다.

3 인과응보와 세속윤리

1) 제교諸教논쟁과 「冥」의 세계

하극상에서 기인한 전란상태가 끝나고 천하가 평정되자 그 질서를 어떻게 유지할지에 관한 이론이 필요해졌다. 그런 가운데 불교가 신앙의 중심이라는 점에는 변함이 없었지만, 사회 전체적으로 이전

---

7 문학작품을 소재로 하여 근세의 불교사상을 고찰한 연구로 大桑斉『民衆仏教思想史論』, ぺりかん社, 2013 이 있다.

과 같이 의론을 필요로 하지 않는 분위기에서는 변화가 일었다. 기리시탄으로부터도, 또 유교를 신봉하는 사람으로부터도 불교에 대한 엄격한 비판이 일어나, 불교의 위신이 흔들려 사람들은 어디에 의지해야할지 망설이게 되었다.

하비안Fucan Fabian의 『묘정문답妙貞問答』(1605)은 일본인 기리시탄에 의한 불교·유교·신도 삼교三教에 대한 비판이며, 그 위에 서서 크리스트교의 교리를 설명함으로서 크리스트교의 우월성을 증명하려 한다. 더구나 무미건조한 교리서教理書가 아니다. 세키가하라関ヶ原 전투에서 남편을 잃은 묘슈妙秀와 기리시탄 수녀 유테이幽貞라는 여성 두 명의 문답 형식은 스즈키 쇼산鈴木正三의 『니닌비쿠니二人比丘尼』 등의 선례라고 할 수 있는 우수한 문학성을 지닌 작품이다. 남편이 죽은 후, 염불만 하며 지내는 묘슈에게 있어서 「현세안온現世安穏, 후생선소後生善所」가 절실한 문제이며, 특히 「후생선소」라는 내세의 문제에 확신을 갖지 못하여 유테이를 찾아가게 된 것이다.

따라서 삼교 비판이라고 해도 불교를 가장 상세히 비판하고 있으며 세 권 중 상권은 모두 이와 관련된 내용으로 구성되어 있다. 그 결론은 「불법仏法이라 함은 팔종八宗, 구종九宗, 십이종十二宗 셋 다 이제까지 말했듯이 모두 후생後生을 없던 것으로 한다. 가사의袈裟衣를 입거나 불사仏事, 작선作善이라함도 단지 평소의 세제世諦, 세간의 겉보기이다. 후생의 도움, 후세의 평판沙汰이라함은 기리시탄 외에는 없다고 명심해야 한다[8]」는 점에 있다. 즉 불법仏法에 따르면 후생은 결

---

8 末木文美士編『妙貞問答を読む』, 法蔵館, 2015, 198쪽.

국 무無로 돌아가 아무것도 없는 상태가 되어 버리고, 진정한 후생선
소는 크리스트교의 가르침에 의해서만 달성할 수 있다는 것이다. 이
는 극단적으로 보이지만 불교의 공空이나 무無의 입장을 극단적으로
고려해보면 이런 비판도 있을 수 있다.

그러나 불교가 비판을 받는 것은 오히려 반대의 경우가 많은데,
현세화·세속화 속에서 내세를 논하는 불교는 도움이 되지 않는다는
면에서 비판을 받는 경우가 많다. 예를 들어 초기 가나조시의 대표
작인 아사야마 이린사이朝山意林斎의 『기요미즈 모노가타리清水物語』
(1638)는 기요미즈데라清水寺에 참배를 간 여러 사람들의 의론이라
는 형태로 여러 종교의 논쟁을 다루고 있는데, 현세주의적인 입장에
서 불교를 비판하는 전형적인 표현이 나타나 있다. 즉 「덧없는 이 세
상 일로 마음을 애태우기보다 내세의 긴 여정을 준비하고 후세를 기
원하라. 불법에서는 삼강三綱도 오상五常도 필요 없는 것을 논하여 들
려주는 것이 틀림없다[9]」라고 말하는 승려에게 한 남자가 「내세의 일
을 기도하라고 해도 내일 걷는 길이라면 지당한 말이로다. 목숨이
끊어지지 않는 한 이 세상을 살아가는 것이다. ……삼강오상조차 다
루지 못하면 내세는 가깝든 멀든 위험한 일인 것이다[10]」라고 반론한
다. 내세의 일보다 현세가 우선이라는 말로 새로운 사회 질서 형성
기의 합리주의·현세주의 지향이 명확히 보인다.

그러나 이와 같은 현세주의가 전부는 아니다. 작자미상의 『미누

---

9 渡辺守邦·渡辺憲司校注『仮名草子集』, 新日本古典文学大系74, 岩波書店, 1991, 167쪽.
10 주석9 위의 책, 168쪽.

쿄노 모노가타리見ぬ京物語』(1659)는 유불일치의 입장에 선 가나조시이며 흥미로운 논의가 전개된다. 상권에서는 젊은 유학자의『논어』강의를 듣고 있던 정토종淨土宗・일향종一向宗・일련종日蓮宗의 승려들이 그것을 비판하고 그에 대해 유학자가 반론한다. 불교도들은「이세상에 태어나 죽지 않는 자가 있는가[11]」라고 사후死後의 문제를 정면으로 받아들이는 것에 대해, 젊은 유학자는「유학은 다시 태어나는 일도 없고, 죽어서 고락苦楽도 없다[12]」라며 사후를 부정한다. 그런 입장에서「금은사백金銀糸帛으로 된 물품을 보시물布施物이라 하고 절에 바쳐라. 절에 바치면 죽은 자도 고통을 면하고 그 몸도 이번 생애 다음 생애 모두 잘 될 것이다[13]」라고 금품을 뜯어내는 불자의 행위를 비판한다.

중권・하권에서는 두 사람이 언쟁을 벌이는 곳에 늙은 유학자가 찾아와 두 사람을 중재하고 타이른다. 늙은 유학자의 기본적인 입장은「지옥이라 함도 극락이라 함도 모두 우리 마음속에 있는 것으로 밖에 있는 것이 아니다[14]」라는 유심론적唯心論的인 입장에 섬과 동시에,「누구나 한 번은 목숨을 잃기 때문에 저승길을 모르는 일이 있어서는 안 된다[15]」라고 유학자의 입장에서도 사후「저승길」을 소홀히 해서는 안 된다고 말한다. 늙은 유학자는 이런 입장에서 중국의 고

---

11 朝倉治彦校注『仮名草子集』, 古典文庫, 1966, 117쪽.

12 주석11 위의 책, 144쪽.

13 주석11 앞의 책, 121쪽.

14 주석11 앞의 책, 147쪽.

15 주석11 앞의 책, 150쪽.

전에 나오는 내세나 유령의 이야기를 몇 가지 인용한다. 그 마지막에 옛날이야기가 아니라 눈앞에서 본 관동関東 이누마飯沼(이바라키현 죠소시茨城県常総市) 구교지弘教寺의 규톤发頓과 도쵸道超라는 두 명의 승려가 논쟁을 벌여, 배에서 사고로 죽은 도톤道頓의 망혼이 규톤의 목을 비틀어 잘라 죽였다는 이야기로, 「눈앞에서 본 것은 나다[16]」라고 그 실화성実話性 강조한다. 이러한 실화적인 괴담은, 뒤에서 말하겠지만, 에도기江戸期에 사람들 입에 오르내리게 되고 그만큼 설득력을 가지게 된다.

늙은 유학자는 그런 가운데 일향종·일련종·정토종도 각각 좋은 점이 있으므로 그 신앙을 등한시해서는 안 된다고 말한다. 그리고 마지막 결론으로 「옛 고승이 말하는 '천하에 삼교三教 있다'는 말은 세발솥에 세 발 있음과 같다. 하나라도 빠지면 서 있을 수 없다[17]」라고 유석도儒釈道(유교·불교·도교를 뜻함-역자 주)의 삼교일치(실제로는 유불일치)를 설파한다. 또한 본서의 특징은 삼교화합뿐만 아니라 불교 내에서 여러 종파가 나뉘어 다투는 것도 비판하여 「만법万法은 모두 완전히 같다. 어느 종파인지 다투지 말고 그냥 석가종釈迦宗이 되어라[18]」라며 불교의 여러 종파의 통일을 설파하고 있는 점도 흥미롭다.

이와 같이 『미누쿄노 모노가타리』는 유불일치를 주장하면서 전체 논조로서는 불교에 가까우며, 「저승길」을 긍정하고, 불교뿐만 아니

---

16 주석11 앞의 책, 174쪽.
17 주석11 앞의 책, 186쪽.
18 주석11 앞의 책, 187쪽.

라 유교에서도 저승세계를 인정해야 한다고 논한다.

이상과 같이 보면 근세 초기 17세기의 사상계에 있어서 제교諸教 다툼 속에서 저승계를 인정하느냐 마느냐가 큰 문제임을 알 수 있다. 사회가 세속화되고 합리화되어 가는 가운데, 상식적으로 생각하면, 저승계를 인정하는 사상이나 종교는 후퇴한다고 여겨질 법하다. 하지만 사상은 그렇게 단순하게 한 방향으로 나아가는 것이 아니다. 특히 불교는 크리스트교로부터 그 후생론後生論의 약한 점을 지적받으면서도 나중에는 오히려 인과응보와 결부시켜 내세를 인정하고 있음을 강점으로 주장하게 되었다.

유학자인 하야시 라잔林羅山과 문학자이자 일련종신자인 마쓰나가 데이토쿠松永貞徳의 유불 논쟁에서도 이 문제는 데이토쿠의 의견이 받아들여졌다. 라잔이 「필경 불교는 음양개합변화취산陰陽開闔変化聚散의 이치(음양이 열리거나 닫히거나 해서 세계가 변화한다는 이법理法-인용자 주)를 모른다」고 비판하는 것에 대해, 데이토쿠는 유학자 쪽이 「삼세三世가 있음을 모른다」고 반론한다[19]. 즉 불교측은 삼세의 인과야말로 불교의 뛰어난 점이라고 생각하고 있었던 것이다.

2) 스즈키 쇼산鈴木正三의 인과응보설

이러한 삼세인과설三世因果説을 적극적으로 채용한 불교자仏教者는 스즈키 쇼산(1579-1655)이었다. 쇼산은 미카와三河 무사 출신으로 세

---

19 大桑斉・前田一郎編『羅山貞徳『儒仏問答』註解と研究』, ぺりかん社, 2006, 178-179쪽.

키가하라의 전투나 오사카 겨울의 진·여름의 진에도 출진하였다. 그러나 42세에 돌연 출가하여 조동종曹洞宗에 속해 있으면서 독자적으로 엄격한 수행을 거듭하여 자칭「니오젠二王禅·仁王禅」이라는 독자적인 선풍禅風을 세웠다. 동시에 불교의 사회적인 활동에도 적극적으로 관여하여 시마바라의 난島原の乱 이후의 아마쿠사天草 지방의 교화教化에 나서고, 또 직분불법설職分仏法説을 내세워 사농공상의 각 직분에 충실히 임하는 것이 불법의 실천이라고 주장하였다. 이러한 주장은 아직 확립기에 머물던 근세 질서를 불교 쪽에서 기초화시키는 것이었다[20].

쇼산은 인과설 입장에서 그것을 입증할 사례를 각지에서 모아 기록하였다. 이를 집성한 것이『인가 모노가타리因果物語』가타카나본 3권이다. 본서는 제자 운포雲歩에 의해 1661년에 출판되었는데, 그 이전에 히라가나본 6권이 출판되었다. 히라가나본의 서문에는「인가 모노가타리는 쇼산 도인道人이 모으신 것, 칠부서七部書 중 하나이다[21]」라고 쇼산이 모은 것이라는 것을 밝히고 널리 보급하였지만 출판에 문제가 있었다. 가타카나본의 서문에 의하면「현존하는 사람의 가나仮名가 여기에 있어 문인門人이 이를 굳게 비밀로 부쳐 세상에 나오지 않았다. 요즘 몰래 베끼고 마구 찍어내는 자가 있다. 더군다나 내밀히 서문을 만들어 마음대로 다른 이야기를 끼워 넣어 사람들을 속이는 일이 적지 않다[22]」라고 있는데, 원래 비밀로 해둔 것을 몰래

---

20 ヘルマン·オームス『徳川イデオロギー』, 黒住真他訳, ぺりかん社, 1990, 429쪽. 大桑斉, 『日本近世の思想と仏教』, 法蔵館, 1989, 338쪽.
21 朝倉治彦編『仮名草子集成』4, 東京堂出版, 1983, 201쪽.

베끼고 간행하고 더구나 멋대로 서문을 만들고 다른 이야기도 집어 넣는 일이 발생하고 있다는 말이다. 따라서 쇼산의 오리지널 정본正本을 출판하게 되었다는 것이다. 히라가나본과 가타카나본을 비교 해 보면 히라가나본 4권 이후는 가타카나본에 없는 내용이며, 3권까지도 이야기의 순서를 완전히 바꾸어 문장도 읽기 쉽게 바꾸고 있다.

이와 같이 가타카나본은 쇼산이 쓴 것을 제자가 편집하여 출판한 것인데, 서문에 「쇼산 노인이 인과가 명백한 이치나 닥친 일 모두 기록하여 그것으로 여러 사람의 발심発心에 도움이 되고자 다짐하였다. 옛날에 스승에게 한 사람이 찾아와 그러한 일을 말하고 '그런 일을 듣고 흘려버리는 것은 도심道心이 없는 것이다. 후세의 사람을 이런 일을 가지고 구원하지 않으면 무엇을 가지고 구원하겠느냐'고 하여 이를 모은다[23]」라고 있듯이 여러 사람이 말하는 인연이야기因縁話 (어떤 결과에 이르기까지 원인이나 복잡한 사정을 늘어놓은 이야기 -역자 주)를 들을 때마다 교화용으로 적어 둔 것이다. 『인가 모노가타리』 가타카나본 상권의 목차 앞쪽을 보면 다음과 같은 이야기가 있다.

1 망자亡者가 사람에게 조의를 부탁하는 일
2 유령이 꿈속에서 승려에게 고하여 탑파塔婆를 다시 쓰는 일
3 유령이 꿈속에서 사람에게 고하여 승려를 청하는 일

---

22 神谷満雄・寺沢光世編輯校訂『鈴木正三全集』上, 鈴木正三研究会, 2006, 136쪽.
23 상동.

4 사람을 저주하는 승려가 금세 응보를 얻는 일

5 질투심 많은 여자가 죽어서 남자를 죽이는 일

6 질투심 많은 여자가 죽어서 후처를 죽이는 일

7 하녀가 죽어서 본처를 죽이는 일

8 애집愛執이 심한 여자가 금세 몸뚱이가 뱀이 되는 일

이와 같이 유령이 현세에 근심이 있어 생자生者 앞에 나타나거나, 또 현세에서의 질투가 사후에 남아 생자를 죽이는 이야기가 계속된다. 이들 이야기를 통하여 인과응보로 권선징악을 설파한다는 의도가 보여 진다. 그 때에 본서가 픽션이 아니라 논픽션 실화집이라는 점에서 설득력이 강해진다. 이와 같은 기록은 훗날의 『시료게다쓰모노가타리 기키가키死靈解脫物語聞書』부터 히라타 아쓰타네平田篤胤의 『센쿄이분仙境異聞』, 나아가서는 근대에 와서 야나기타 구니오柳田国男의 『도노 모노가타리遠野物語』로 계승되어, 문학임과 동시에 민속학적인 기록으로서의 역할을 다하고 있다.

그런데 쇼산 자신은 인과응보를 이론적으로 어떻게 이해하고 있었던 것일까. 여기서 주목되는 것이 『니닌비쿠니二人比丘尼』나 『넨부쓰조시念仏草紙』이다. 이들은 가나조시라는 문학적 형식을 띠고 문답체를 사용하며 평이하게 불교의 가르침을 전하는 입문서를 의도하고 있다. 여기서는 『니닌비쿠니』를 살펴보겠다. 시모쓰케下野의 스다야혜須田弥兵衛가 25세에 전사하고 아내는 17세에 홀로 남겨졌다. 남편의 죽음의 흔적을 찾아 떠나고 전장戰場 근처의 묘지에서 해골들로부터 무상無常의 가르침을 얻는다. 그 후에 인신매매범에게 속아

295

팔려가기 직전의 의지할 데 없는 여성과 함께 살며 출가를 생각하던 때에 그 여성도 죽어 시체가 썩어가는 것을 보고 더욱더 무상감이 깊어진다. 출가하여 떠돌아다니는데 어느 산 속에서 늙은 비구니를 만나 가르침을 얻고 염불의 지극한 뜻을 깨닫는다.

이상과 같이 『니닌비쿠니』는 모노가타리적物語的인 구성으로 불도仏道를 설파하는데, 주인공인 젊은 비구니가 밟는 궤적은 매우 과혹한 면이 있다. 전란戰亂을 거친 후 겨우 안정을 되찾은 시대 상황 속에서 이런 운명에 놓인 여성은 현실에서도 많이 있었을 것이다. 『묘정문답』의 주인공도 이 정도로 과혹하지는 않더라도 전쟁에서 남편을 잃었다는 점에서 비슷한 운명을 지니고 있었다.

쇼산의 불교론은 늙은 비구니의 마지막 설법에 집중적으로 나타난다. 그것은 「생사윤회生死輪廻의 근본은 이 몸이 완성되는 것을 잊고 유상有相에 집착하는 망설임의 마음보다 탐진치貪瞋痴 삼독三毒의 마음이 생겨나 밤낮으로 스스로를 책망하는 것이다[24]」라며 생사윤회를 전제로 그 근본을 「망설임의 마음」에서 찾고 있다. 이러한 「마음」을 중핵中核으로 삼는 이론은 유심론적인 경향을 강하게 띤다. 즉 「육도윤회유시일심六道輪廻唯是一心[25]」이며, 성문声聞·연각緣覚·보살菩薩·부처仏의 사성四聖을 더한 십계十界에 대해서도 「일심一心 속에 십계가 있다[26]」라며 「일심」에 집약되고 있다.

이렇게 보면 쇼산의 불교관의 근본은 한편으로 인과응보의 윤회

24 주22 앞의 책, 102쪽.
25 주22 앞의 책, 103쪽.
26 상동.

를 설파하면서 다른 한편으로 그것을 마음에 귀착시킨다는 이중성
을 지닌다. 이와 같이 망설임의 마음이 윤회의 고통을 낳는다는 것
은 불교의 근본 원칙으로 봤을 때 적절하다고 할 수 있으나, 동시에
근세 초기에는 이렇게 마음에 모든 것을 귀착시키는 이론이 광범위
하게 보이기 때문에 시대적인 특징이라고도 할 수 있다는 점에 주의
해야 한다. 『니닌비쿠니』의 마지막에서 실천법으로서 염불을 주장
하는데, 그 염불은 「신심용맹信心勇猛의 일념심一念心[27]」에 바탕을 둔
것으로, 모든 집착에서 떠나 오직 「없음, 없음, 없음[28]」을 철저히 하
는 것에 귀착한다. 쇼산의 독자적인 선적禪的 염불이라고 할 수 있다.
이와 같은 중층적인 이론 구성은 『묘정문답』에서 지적된 바와 같이 '
결국 불교에서 내세는 무無로 돌아가는 것이 아닌가'라는 비판이 타
당할 여지를 남기게 되는 것이다.

　『니닌비쿠니』에 보이는 이론과 실천은 이와 같이 최종적으로 인
과응보를 뛰어넘은 세계를 지향한 것인데, 그렇다면 『인가 모노가타
리』에 놀라울 정도로 많은 인과응보담을 모아둔 것은 어째서일까.
물론 초심자를 위하여 이해하기 쉬운 인과설을 말한다는 의도에 따
른 것이라고 생각되지만, 쇼산의 실화 수집에는 그것만으로는 부족
한 정열이 보인다. 쇼산의 언행록인 『로안교驢鞍橋』를 보면, 첫 부분
에 「용맹심을 익혀 불법의 원령이 되어야 한다[29]」라며 「불법의 원령」
이 되기를 요구하고 있다. 또한 「유령은 망설이는 자가 될 수 있느냐

27　주22 앞의 책, 104쪽.

28　주22 앞의 책, 105쪽.

29　神谷満雄・寺沢光世編輯校訂 『鈴木正三全集』下, 鈴木正三研究会, 2006, 20쪽.

깨달은 자가 될 수 있느냐」라는 질문에 「유령은 염念이 있으면 될 수
있다. …… 망설이는 자는 망설임의 염이 있고, 깨달은 사람은 깨달
음의 염이 있다³⁰」라며, 깨달은 사람에게도 불법을 널리 알리고 싶
다는 생각이 있으면 유령이 되기도 한다고 말한다.

이와 같이 쇼산이 바란 것은 그럴듯하게 깨닫는 것이 아니라 유령
이 될 정도의 강렬한 깨달음에의 희구希求였다. 그곳에 상식이나 사
회 규범을 벗어난 한 가지 길이 성립되는 것이고, 현세적인 이법理法
을 뛰어넘은 유령 등의 초현실적인 세계에 대한 관심은 거기에서 유
래한 것이라고 생각할 수 있다.

3) 빙의와 악령퇴치 – 『시료게다쓰모노가타리 기키가키死靈解脱物語聞書』의 세계

근세 초기 불교의 인과응보설의 전개상 하나의 귀결이라고도 할
수 있는 작품이 잔주殘壽의 『시료게다쓰모노가타리 기키가키』(1690)
이다. 쇼산의 『인가 모노가타리』가 단편집성인 것에 반해, 본서는 상
하 두 권에 이르는 상당한 장편으로 독자를 끌어당기는 박력 넘치는
작품이다.

「지난 간분寬文12년 봄, 시모우사노쿠니下総国 오카다군岡田郡 하뉴
무라羽生村라는 마을에 요에몬与右衛門이라는 농민의 딸 기쿠菊에게
어머니 가사네累의 죽은 영혼死靈이 씌여 인과의 이치를 나타내고 천

---

30 주29 위의 책, 119쪽.

하의 사람들 입에 오르내리고 만민의 귀를 놀라게 하는 일이 있었는데[31]」라는 첫머리의 기술대로, 1672년(간분12년) 1월부터 4월에 걸쳐 시모우사의 하뉴무라(현재의 이바라키현茨城県 죠소시常総市)에서 발생한 실화를 바탕으로 하고 있다.

요메몬의 딸 기쿠에게 죽은 어머니 가사네의 영혼이 씌어 남편인 요메몬에 의해 강에서 살해당한 사실을 밝힌다. 마을의 명주名主인 사부로자에몬三郎左衛門, 도시요리年寄인 쇼에몬庄衛門이 불려와 염불로 일단 가사네의 원령을 물러가게 하고, 기쿠는 가사네한테 끌려가서 본 지옥의 모습을 이야기한다. 하지만 가사네의 영혼이 다시 나타나 석불石仏의 건립과 염불의 흥행을 요구한다. 그것을 승낙하자 영혼은 명주의 요구에 따라 이미 죽은 마을사람들의 후생後生의 모습을 이야기한다. 가사네의 영혼이 다시 기쿠에게 내려오니 결국 그 사실이 구쿄지弘経寺의 유텐화상祐天和尚에게 전해져 유텐이 나서서 기쿠에게 십념十念의 염불을 내려 그것으로 인해 가사네의 영혼은 성불한다. 이렇게 하여 「간분12년 3월 10일 밤 해亥시 경에 가사네의 26년의 원망과 집착이 사라져 생사득탈生死得脱의 숙원을 달성한 일[32]」이 확인되고 석불도 개안開眼하여 일단락된다.

그런데 또다시 기쿠가 고통스러워하기 시작한다. 유텐이 불려와 도대체 누구의 영이 빙의한 것인가 하고 물으니, 「스케助라고 하는 아이다[33]」라고 답한다. 마을 사람들에게 물으니, 61년 전에 요에몬

---

31 小二田誠二解題·解説, 広坂朋信訳『死霊解脱物語聞書』, 白沢社, 2012, 22쪽.

32 주31 위의 책, 102쪽.

33 주31 앞의 책, 125쪽.

의 아버지인 선대先代 요에몬이 부인이 데리고 온 스케를 강에 빠뜨려 죽였다는 사실이 밝혀진다. 유텐이 스케에게 계명戒名을 내리자 모여든 사람들 앞에 스케가 모습을 드러낸다. 「5, 6세 되는 아이가 그림자처럼 언뜻언뜻 번뜩이고 지금 쓴 계명에 달라붙은 것과 같이 보였다[34]」고 한다. 그리고 주변이 빛으로 가득 찬다. 「사방을 살펴보니 불분명한 빛이 빛나고 나무들의 나뭇가지는 보수보림宝樹宝林으로 보여」, 그것은 마치 극락과 같은 정경情景이었다. 이렇게 하여 이야기는 클라이맥스에 도달한다. 그 후는 후일담이라고 할 수 있는데, 기쿠는 출가를 바라지만, 유텐은 「재가在家에게는 재가의 일이 있고, 출가한 사람에게는 그 사람의 일이 있다[35]」라며 그것을 부정하고, 기쿠는 그 후에 집이 번영하고 두 아이도 낳아 행복하게 살고 있다고 한다. 참고로 『기키가키』가 출판되었던 때에 기쿠는 아직 살아있었다.

이렇듯 『기키가키』는 관계자가 살아있을 때에 20년도 채 안 된 일을 저자인 잔주残寿가 관계자를 취재하여 쓴 생생한 르포르타주Reportage이다. 물론 거기에 작가의 각색이 많이 포함되어 있다고 하여도, 당시 농촌의 심하게 가난한 생활 모습과 그 불교신앙이 생생하게 그려져 있다. 또한 거기에 나타나는 정토종 승려 유텐(1637-1718)은 후에 조조지增上寺의 법주法主가 된 고승高僧인데, 뛰어난 귀신 쫓는 능력을 가지고 활약했다[36]. 거기에는 17세기 후반 신앙세계의 실정이 있는

---

34 주31 앞의 책, 133쪽.
35 주31 앞의 책, 145쪽.
36 高田衛『江戸の悪霊払い師』(1991), 角川ソフィア文庫版, 2016, 400쪽. 大桑斉『近世の

그대로 그려져 있다.

여기에서 흥미로운 것은 두 가지 범죄가 명백해 지면서 세속의 법에 의해 심판을 받는 일 없이 최종적으로 희생자가 염불에 의해 구원받아 순조롭게 결말을 맞이하고 있는 점이다. 두 범죄 모두 목격자가 없으므로 촌락공동체 속에서 발생한 일로 그대로 묵인된다. 최종적으로 공동체 속에서 해결되지 못하게 되었을 때, 찾게 되는 것은 세속 권력이 아니라 불법仏法의 힘이었다. 「冥」의 세계의 소리를 들을 수 있는 유텐의 염불의 힘으로 해결된다. 공동체의 질서는 법률도 아니고 유교적 윤리도 아니고 유명계幽冥界와 통하는 불법에 의해 유지된다.

거기서는 인과응보가 설명되고 죽은 마을 사람들 대부분은 생전의 죄업罪業에 따라 지옥에서 고통 받고 있다고 한다. 그러나 기쿠를 통하여 구제를 바라는 것은 살인자가 아니라 피해자 가사네나 스케이다. 어째서일까. 가사네는 지옥 중에서도 입구의 등활지옥等活地獄에 있었으며, 다른 죽은 사람들이 더욱 무서운 지옥으로 끌려가는 것을 봤다고 한다[37]. 즉 가사네나 스케는 다른 사람들과 비교하면, 비교적 용이하게 구제될 수 있는 자들이었던 것이다. 확연한 인과응보의 이치에 사람들은 소름이 끼쳐 염불을 함과 동시에 앞으로 올바르게 살지 않으면 안 된다고 마음속으로부터 생각했을 터이다. 「冥」의 세계와 통하는 인과를 설명하는 것으로 불법은 현세의 「顕」의 사

王権と仏教』, 思文閣出版, 2015, 1-338쪽.
37 주31 앞의 책, 77쪽.

회질서 안정에도 기여하게 되는 것이다.

　이러한 신앙은 근세 사회의 변화 속에서 과연 계속 통용되었던 것일까. 이 이야기는 나중에 가부키歌舞伎나 바킨馬琴의 요미혼読本으로도 만들어지고, 마지막에는 산유테이 엔초三遊亭円朝의 『신케이가사네가후치真景累ヶ淵』에 이르게 되는데, 점차 오락화 되고 그 신앙성은 옅어진다. 하지만 그렇다고 해서 사람들한테서 「冥」의 세계를 향한 신앙심이 사라진 것은 아니다. 사람에게 들린 영혼의 신앙은 그 후에도 서민들 안에서 살아남아, 특히 천리교天理教의 개조開祖가 된 나카야마 미키中山みき와 같이 신이 씌는 것으로 새로운 종교가 생기기도 하는 것이다.

4　일본적인 것의 탐구와 비합리성

1) 연애와 여성 – 마스호 잔코增穂残口에서 모토오리 노리나가本居宣長로

　『시료게다쓰모노가타리 기키가키』가 출판된 것은 1690년(겐로쿠元禄 3년)이다. 근세 초기의 혼란이 일단락되고 평화로운 시대가 이어져 생산이 많아지고 도시에서는 새로운 소비문화가 꽃피었다. 유교적 세속주의, 합리주의도 점차 뿌리내리게 되었다. 그런 가운데『기키가키』와 같은 불교적인 인과응보담이 출판되어 꽤 많은 독자를 확보한 것이 흥미롭다. 가사네・스케의 사건을 보기 좋게 해결한 유텐은

그 후에 쇼군将軍 쓰나요시綱吉의 생모인 게이쇼인桂昌院의 귀의를 받아, 1711년 조조지 36대 법주까지 된다. 게이쇼인의 불교신앙은 두텁고 특히 류코隆光(1649-1724)를 향한 신뢰는 깊었다. 살생금지령生類憐みの令이 류코의 발안発案인지 어떤지는 의문의 여지가 있지만, 적어도 게이쇼인·쓰나요시의 불교신앙에 바탕을 둔 것임은 틀림없을 것이다.

이와 같이 불교신앙의 흐름은 계승되어 가는데, 점차 세속주의, 합리주의적인 발상이 강해져 성과를 올리게 되었다. 겐로쿠기의 불교 우대의 반동反動으로서 후에 유교의 현세적 합리주의가 힘을 얻게 된다. 오규 소라이荻生徂徠(1666-1728), 아라이 하쿠세키新井白石(1657-1725) 등이 대표적이다. 그런 가운데 현세를 넘어선 「冥」의 세계로의 관심은 희박해진다. 그러나 유교적 합리주의가 전면적으로 받아들여진 것도 아니었다. 불교에도 유교에도 만족하지 못하고 새로운 길을 찾는 움직임도 생겨났다. 여기서는 이와 같은 관점에서 새로운 신도神道를 고취시킨 마스호 잔코增穂残口(1655-1742)의 경우를 살펴보자.

잔코는 원래 일련종日蓮宗의 승려였는데, 세속으로 돌아가 독자적인 신도설神道説을 일반 사람들에게 들려주어 인기를 얻게 되었다. 그 기본적인 입장은 불교나 유교를 전면적으로 부정하는 것이 아니라 시대나 지역에서 각각 통용되는 가르침이 다르며, 그 때문에 일본에는 일본의 길이 있다는 것이다.

> 석가도 공자도 일본에 태어나면 일본류의 시키시마의 길しきしまの道
> (일본 고래古来의 와카和歌의 길-역자 주) 외에는 설명해서는 안 된다.

303

나라와 장소에 따르는 응화이기물応化利物이다. 천축인天竺人의 길은
불법仏法이다. 지나支那 사람의 길은 유법儒法이다. 일본인의 길은 신神
의 길이다.[38]

천축·지나·일본에서 각각 다른 길이 필요하다는 인식이 나타나
있다. 즉 단순한 일본우월론이 아니라 오히려 절대적, 보편적인 진
리를 부정하고 상대주의라고도 할 수 있는 입장을 나타내고 있다.
그 때문에 일본에 있어서도 절대적으로 불교나 유교가 부정되는 것
은 아니다. 『오조요슈往要集』까지는 지옥·천도天道의 업보에 의한
권선징악도 의미 있는 것이었고, 호넨法然·신란親鸞·니치렌日蓮·잇펜
一遍 등 제사諸師도 「불법을 왕법의 외호外護로 하고, 불도는 신도의
치구治具이다[39]」라며 신도에 포함된 것으로 인정하고 있다. 그러나
그 근본인 신도가 충분히 이해되지 않은 점이 문제이다.

어리석은 세속의 남녀는 우리나라 가르침의 근본, 다카마가하라高
天が原의 귀혼帰魂, 귀백帰魄의 길을 말하는 자 없기 때문에, 의소依所없
이 깊은 지옥, 극락의 감보感報만 듣는 데 익숙해져 거짓이나 진실의
분별도 못한다. 유교의 심혼산멸心魂散滅은 완전히 고매하여 납득하지
않는다. 유교에도 의하지 않고 불교에도 의하지 않고 양쪽에 떠도는
자가 있다.[40]

---

38 『神路之手引草』, 『神道大系』論説編22「増穂残口」, 神道大系編纂会, 1980, 340쪽.

39 『濃科死出乃田分言』, 『神道大系』論説編22「増穂残口」, 神道大系編纂会, 1980, 381쪽.

40 『神国増穂草』, 『神道大系』論説編22「増穂残口」, 神道大系編纂会, 1980, 411쪽.

이와 같이 유불 양쪽 사이에서 사람들의 가치관은 흔들렸다[41]. 불교측은 지옥·극락의 내세를 설명하는 것에 대해, 유교는 「심혼산멸」이며 궁극적으로 내세를 부정하는 것으로 받아들여지고 있다. 그 어느 쪽도 아닌 곳에 신도의 내세관이 있다는 것인데, 잔코는 그것을 적절하게 이해하고 있지 못하다. 신도의 유명관이 확립되는 것은 더 나중의 시대에 이르지 않으면 안 된다.

잔코라고 하면 연애철학이 유명하다. 「무릇 사람의 길은 부부에서 시작된다[42]」라는 선언은 정애情愛를 번뇌로서 부정하는 불교로부터 벗어나는 커다란 한걸음이었다. 확실히 그것은 세속화를 진행시키는 것인데, 「근본인 부부 사이가 원만하지 않은 것으로부터 부자父子간 좋지 않고 군신君臣간 평탄하지 않고 형제간 맞지 않고[43]」라는 점에서 같은 세속성 중시라고 말하면서 유교적 윤리와는 구분 짓고 있다. 잔코는 이성理性에 바탕을 둔 윤리가 아니라 정적情的인 사랑에 근본 원리를 두어 「예礼」보다 「화和」를 중요시하는 점에서 일본의 도道를 보려고 하고 있다. 즉 「남녀의 교제는 강하고 친밀한 것으로 백팔번뇌의 첫째[44]」이며, 「망설이면 한평생 잘못된다[45]」는 일도 있을 수 있다. 일탈 가능성을 지닌 남녀의 정에 근본 원리를 두면서 그 균형을 맞추어 「진정한 길[46]」을 실현시키자는 것이다.

---

41 前田勉「神·仏·儒の三教と日本意識」『シリーズ日本人と宗教』2, 春秋社, 2014, 111-143쪽.

42 『艶道通鑑』, 『神道大系』論説編22「増穂残口」, 神道大系編纂会, 1980, 8쪽.

43 주42 위의 책, 9쪽.

44 주42 앞의 책, 1980, 33쪽.

45 상동.

이와 같은 잔코의 연애지상주의는 모토오리 노리나가(1730-1801)의 「모노노아와레もののあはれ론」에 계승된다. 노리나가가 『겐지모노가타리源氏物語』에서 읽어낸 일본의 정신은 결코 용감한 무武의 정신도 아니고 이치에 따른 윤리적인 정신도 아니었다. 「모노노아와레もののあはれ, 物の哀れ」는 「자, 그 보는 것 듣는 것에 더하여 불쌍하다거나 슬프다고 생각하는 것이 마음의 움직임이다. 그 마음의 움직임이 즉 모노노아와레를 안다는 것이다[47]」라고 정의된다. 즉 「모노노아와레」는 무엇보다도 감정적인 마음의 움직임이며 그곳에는 이성적인 판단이나 도덕적인 선악의 구별이 없다. 유불의 길은 「사람의 정이 가는 대로 행하는 일을 악惡으로 삼고, 정을 억누르며 하는 일을 선善으로 삼는 일이 많다[48]」는 말 대로이며, 결코 「모노노아와레」 그대로는 아니다. 「모노노아와레」는 일탈을 포함한다. 이러한 「모노노아와레」는 무엇보다도 남녀관계 속에 나타난다. 「남녀 간의 일이 아니면 깊은 모노노아와레는 나타내기 어렵기 때문에 특히 호색好色을 많이 썼다[49]」는 것처럼 여기서는 「호색」도 또한 긍정적으로 받아들여진다. 사이카쿠西鶴의 호색물로부터 시작되는 근세문학의 도덕일탈 흐름은 여기에서 이론적 근거를 얻게 된다.

더욱이 주목할 점은 이와 같은 「모노노아와레」를 안다는 것에서 남성보다 여성이 우위에 있다고 여겨진다는 점이다. 「대개 사람의

---

46 상동.

47 子安宣邦校注 『紫文要領』, 岩波書店, 2010, 46쪽.

48 주47 위의 책, 63쪽.

49 주47 앞의 책, 68쪽.

실제 정이라는 것은 여자아이와 같이 미련하고 어리석은 것[50]」이라고 한다. 진정한 인간성은 「남자답고 빈틈없이 현명한[51]」 것이 아니다. 「그것은 겉을 장식하는 것[52]」이다. 여기서 흥미로운 것은 남성을 「현명한」, 여성을 「어리석은」이라 하여 언뜻 보기에 남성우위의 가치관에 서는 것처럼 보이면서, 그것을 근저根底부터 뒤집어, 「현명한」 남성성은 겉을 장식한 것이고 「어리석은」 여성성 쪽에서 진실을 보고자 하는 교묘한 레토릭을 사용하여 가치관의 전환을 꾀하고 있는 점이다. 마치 신란이 「현선정진賢善精進」을 외관만의 것으로 하고, 거짓된 내면에서 진실을 보고자 하는 논법과 비슷하다.

잔코에서 노리나가로 이어지는 「일본적인 것」의 탐구는 이와 같이 정서적인 연애 속에서 중국과 다른 일본적인 특징을 발견하였다. 그것은 무武의 길에서 일본의 특징적인 삶의 방식을 보는 무사도적인 관점과는 전혀 다른 것처럼 보인다. 그러나 무사도의 전형典型으로 받아들여지고 있는 야마모토 조초山本常朝(1659-1719)의 『하가쿠레葉隱』는 무사도의 진수를 「인내하는 사랑忍ぶ恋」에 빗대어 「한평생 인내하고 그리다 죽는 일이야말로 사랑의 본뜻이다[53]」라고 설명하고 있다. 『하가쿠레』의 무사도는 이성적인 합리성이 아니라 감정적인 비합리성을 중시하고 연애와 같은 일탈을 숨긴 데에 이상理想이 보여 진다. 그런 점에서 잔코에서 노리나가로 이어지는 계보와 관련

---

50 주47 앞의 책, 154쪽.

51 주47 앞의 책, 154-155쪽.

52 주47 앞의 책, 155쪽.

53 和辻哲郎・古川哲史校訂『葉隱』上, 岩波書店, 1940, 91쪽.

이 없는 것은 아니다.

2)「冥」의 세계의 복권復權

근세에 큰 세력을 지녔던 유교는 신이나 죽은 자에 대해서는 냉담하였고 세속화·현세화가 진행되었다. 나아가 서구의 새로운 학문이 도입되었다. 쇄국에 의해 서양으로의 창구는 나가사키長崎의 데지마出島에 오는 네덜란드인뿐이었지만, 전통적인 학문이 성에 차지 않은 연구자들은 근대과학의 성과에 눈을 돌려 나가사키에 가서 네덜란드어를 배우고 네덜란드인 의사 등으로부터 새로운 과학을 들여오려고 진지하게 배웠다. 그 중에서도 프란츠 본 지볼트Franz von Siebold (1796-1866)는 1823년에 일본으로 건너 와 큰 영향을 끼쳤다.

이와 같이 난학蘭学을 통하여 근대적·합리적인 사상의 훈련이 쌓여갔는데, 그런 흐름이 점차 확대되어 비합리적인 사고를 구축했느냐고 하면 그렇지는 않다. 현세적인 합리적·과학적인 사유思惟의 발전과 동시에 그와 전혀 반대인 비합리적인「冥」의 영역으로의 탐구도 진행되어 갔다. 위에서 말했듯이, 근세에 점차 강해지는 일본적인 것에 대한 탐구는 합리적인 이성으로 이해할 수 없는 비합리적인 것의 발견이라는 측면을 가지고 있었다. 하지만 잔코나 노리나가에 있어서는「冥」의 세계의 해명이라는 면은 아직 충분하지 않았다.

「冥」의 세계를 정면에서 고찰한 것은 히라타 아쓰타네平田篤胤 (1776-1843)였다. 아쓰타네는 노리나가의 국학을 발전시켜 복고신도復古神道로서 확립시켰다. 그 유파는 각지에 흩어져 큰 영향을 미

쳐, 막부 말기의 존왕양이론尊王攘夷論의 원천이 되어 메이지유신明治
維新의 원동력이 되었다. 아쓰타네의 사상의 핵심은 귀신의 복권復權
이라는 점에 있다. 그 점을 조금 고찰해 보겠다. 참고로 신도계神道系
에서는 「冥」보다 「幽」를 즐겨 사용하고 「幽冥」이라는 숙어도 사용
된다.

아쓰타네는 『귀신신론鬼神新論』(1805)을 저술하여 유교적인 합리
주의나 귀신 부정을 비판하였다. 귀신은 일본 다신교의 신들과 함께
죽은 자의 영혼도 포함한다. 유교적 합리주의를 철저히 하는 입장에
서는 신들이나 사자死者의 영혼 문제는 음양의 변화로 설명하지만,
아쓰타네는 그것을 비판하고 다신교의 다양한 신들의 존재를 인정
한다. 신들은 선신善神이 나쁜 일을 하거나 악신惡神이 좋은 일을 하
는 경우도 있어 반드시 합리적으로 행동하는 것은 아니다.

『귀신신론』에는 사자의 영혼은 「유계幽界」에 가는 것으로 되어 있
으나, 그 이상의 깊은 탐구는 없다. 이에 대한 검토는 『다마노미하시
라靈能真柱』(1812)에서 행해진다. 스승 노리나가는 사후의 혼은 황천
에 가고 그곳은 「더럽고 나쁜 곳」이어서 「이 세상에서 죽는 것만큼
슬픈 일은 없다[54]」고 하였다. 그 후에 노리나가의 제자인 핫토리 나
카쓰네服部中庸는 『산다이코三大考』를 저술하여, 이 세상을 천天·지地·
천泉의 세 영역으로 보고 그 생성을 검토하여 사자는 천(황천黃泉)으
로 간다고 생각하였다.

아쓰타네는 나카쓰네의 설을 바탕으로 하면서도 사자는 황천에

---

54 村岡典嗣校訂 『鈴屋答問録』, 岩波書店, 1934, 90쪽.

가는 것이 아니라 이 세계에 머문다고 생각하였다. 단, 같은 세계에 있으면서 사자의 「幽冥」의 영역은 산 사람에게는 보이지 않는 다는 것이다. 「명부冥府라 하는 곳은 이 세상을 두고 따로 있는 것이 아니라 이 세상 어느 곳에나 있는데 어렴풋하여 현세와 격리되어 보이지 않는다[55]」라고 하였다. 같은 세계를 공유하면서 산 자가 보는 세계와 죽은 자가 보는 세계는 다르다.

이와 같이 아쓰타네는 이 세계 안에 「冥」의 이계異界가 있음을 인정했다. 거기에서 그와 같은 이계의 정보를 얻으려고 노력했다. 1820년 아쓰타네는 한 소년을 만난다. 도라키치寅吉라는 15세 소년은 7살 때에 덴구天狗한테 잡혀가 산 속의 유계幽界에서 수행했다는 것이었다. 아쓰타네의 저서 『센쿄이분仙境異聞』은 도라키치한테서 들은 내용을 기록한 것으로 주위 사람들의 반응까지 상세히 기록되어 있는 기록문학이다. 거기에는 '아쓰타네의 이웃 사람이 높은 나뭇가지에 끈끈이를 발라 새를 잡았는데 도라키치가 주술을 사용하여 놓아준 것을 실제로 보았다'는 이야기도 나와 아쓰타네가 도라키치의 이야기를 믿고 있는 것을 알 수 있다. 아쓰타네는 합리성으로는 이해할 수 없는 세계를 실제로 검증하는 데에 열중하였다.

3) 합리와 비합리 – 일본적 근대의 형성

아쓰타네의 사상이 그대로 메이지유신으로 이어지는 것은 아니

55　子安宣邦校注『靈の真柱』, 岩波書店, 1998, 166쪽.

고, 그 제자들에게 있어서는 아쓰타네가 열중한 「冥」의 세계로의 관심은 줄어든다. 그러나 일본의 신들을 인정하는 이상, 합리성으로는 해결할 수 없는 신들의 세계를 인정하지 않을 수 없었다. 아쓰타네와 같은 복고신도가 큰 힘이 되어 형성된 메이지유신 신정부新政府는 처음에는 근대적인 정치체제가 아니라 고대 율령제로 돌아가는 것을 이상理想으로 여기고, 일반 행정을 맡는 태정관太政官과 함께 신들의 제사를 맡는 신기관神祇官을 동급으로 삼았다. 시대 상황에 맞지 않는 신기관 제도는 곧 해체되었으나, 천황제와 결부된 신도는 일본 근대의 중핵을 이루게 되었다. 거기에 단순한 근대국가라고 할 수 없는 근대일본의 특수한 정치체제가 생겨나게 되었다.

복고신도와 함께 메이지유신을 낳은 또 하나의 이상적 원천은 미토학파水戸学派의 유학이었으며, 특히 아이자와 야스시会沢安(세이시사이正志斎, 1782-1863)의 천황중심 국체론国体論이 큰 영향을 미쳤다. 미토학파의 흐름은 복고신도와 비교하면 현세주의적이며 아쓰타네와 같은 유명계로의 관심은 적다. 하지만 천황을 신의 자손으로 보는 이상, 그곳에 신화적 요소가 들어가지 않을 수는 없었다.

아쓰타네와 같은 비합리적인 신화 세계로의 관심은 민중 속에 널리 보여 그와 같은 토양 속에서 다양한 민중 신앙이 퍼지게 되었다. 일존여래 키노一尊如来きの(1756-1826)로부터 시작되는 여래교如来教, 나카야마 미키中山みき(1798-1887)로부터 시작되는 천리교天理教 등, 둘 다 교조教祖인 여성에게 신이 내려와 신의 말씀을 전하는 것에서 시작되고 있다. 『시료게다쓰모노가타리 기키가키』의 빙의신앙이 모습을 바꾸어 이어져온 것이다.

311

5 맺음말

　이상 본고에서는 일본근대가 결코 합리주의적·현세주의적인 근대적 사고만으로 이해되는 것이 아니고, 비합리적·현세초월적인 사상을 크게 전개시키고 있음을 논하였다. 에도시대 전·중기에는 주로 불교적 인과응보론 속에서 내세 사상이 전개되었고, 중·후기가 되자 일본의 독자적인 발상을 비합리적인 감정론에서 찾음과 동시에 고대신화의 재해석 속에서 새로이 「冥」의 세계를 불러오게 된다. 이렇게 전개되어 온 근세 사상을 받아들여 일본의 근대도 또한 근대적 합리성만으로는 해결할 수 없는 문제를 그 이면으로 끌고 가게 된 것이다[56].

　　　　　　　　　　　　　▌번역 : 홍성준(단국대학교 일본연구소)

56　末木文美士, 「近代の来世観と幽冥観の展開」『シリーズ日本人と宗教』3, 春秋社, 2015, pp.227-257.

『剪燈新話』의 惡鬼와 超越의 倫理
― 「牡丹燈記」를 中心으로 ―

윤 채 근

머리말

　『剪燈新話』所載의 「牡丹燈記」는 언뜻 평범해 보이는 惡鬼小說임에도 동아시아, 특히 일본 소설가들에게 창조적 영감을 준 대표작으로 손꼽힌다. 그 매력의 원인은 어디에 있었을까? 너무 당연하지만 악귀가 된 符麗卿이란 미소녀의 존재에 해답이 숨겨져 있을 것이다. 그녀의 어떤 특징이 이 작품을 그토록 강렬한 아우라로 감싸게 됐는지 그 一端을 살펴보려는 게 이글의 목적이다.

우선 부여경이 惡鬼이므로 그녀가 지닌 惡性의 본질을 파악하기 위해 惡의 근본 의미를 검토하고 이를 상식적, 도덕적 통념과 다른 윤리적 초월성의 지평에서 재평가해 보겠다. 아울러 윤리의 초월적 차원이 규범적 善惡觀을 넘어서는 데에서 나아가 새로운 實在의 倫理를 선포할 가능성을 정신분석 담론을 응용하여 증명하도록 하겠다.

이상에서 언급한 '실재의 윤리'의 지평이 열리게 되면 도덕적 금기나 규범화된 사랑의 방식을 거부한 부여경의 광포하고 사악한 욕망, 혹은 현실원칙을 超過한 열정의 과잉이 새로운 시각에서 재해석될 여지가 생긴다. 그 변별적 특징을 드러내기 위해 『剪燈新話』속 다른 작품들과 비교분석하는 장을 따로 마련했다.

2　惡과 倫理

倫理 차원에서의 惡은 사회적 관습이나 규범에 의거한 道德 차원의 그것과 반드시 일치하지 않는다. 사회적 관습이나 규범은 결국 법률로 문서화되어 고정되기 마련인데 이런 成文法 차원의 악의 문제라면 별도의 논의는 불필요할 것이다. 악의 문제가 법의 지평에서 어떤 모호성도 남기지 않고 깔끔하게 해결되기 때문이다.

악에 대한 본질 질문, 다시 말해 악의 존재 기원에 대한 질문은 관습 규범에 입각한 도덕 판단을 초월해야만 인간 운명에 대한 윤리적 통찰로 발전해나갈 수 있다. 악이 인간성 내부에 착상되어있는, 아니 인간성 자체를 구성하는 성분이며 따라서 주체 외부의 질서인 법의 범위를 벗어나있다는 깨달음으로부터 인간성을 근원적으로 사색하려는 어떤 제로 지점이 발생하기 때문이다. 이 지점에 대한 탐색으로부터 본격적인 윤리의 고민이 출현한다.

법률 차원에서 악을 바라보려는 관점은 행위 주체로서의 개인을 타율적 존재로 소외시키려는 경향이 있고 당연히 윤리적 주체도 전제되지 않는다. 예컨대 소포클레스의 고전 비극 『안티고네』에서 보듯, 윤리적 주체는 규범적 사회법으로부터 개인이 분리되려는 순간 발생한다.[1] 규범에 입각한 도덕 판단이 세계에 이미 존재하는 법을 주체에 적용하는 과정의 산물이라면 윤리 판단은 주체의 자유에 의한 자기 결단이라는 특징을 갖는다. 이처럼 윤리적 주체는 선과 악을 자유에 정초해 해석함으로써 스스로의 자유를 증명하는 존재다. 이 문제는 칸트의 정언명령의 세계로 우리를 소환한다.

---

1 윤리적 주체의 탄생을 문학적으로 대표하는 사례로 『안티고네』를 들 수 있다. 권력투쟁의 와중에 폴리스의 반역도로서 사망한 오빠의 시신을 매장하려는 안티고네가 이를 국법으로 저지하려는 섭정 클레온과 벌이는 쟁투를 그린 이 비극은 헤겔에 의해 '인륜성Sittlichkeit'의 의미를 성찰하는 계기로 작용한다. 법률이 지배하는 인륜 영역으로 진입하지 못한 안티고네는 혈육을 매장해야 한다는 친족법의 입장에 서서 폴리스의 법에 대항한다. 이 대항은 人間法과 神法 사이의 아이러니를 만드는데, 안티고네는 인륜으로 구성된 국법의 세계로 넘어가려는 시점에서 갈등하는 초인륜적 인간, 즉 윤리적 주체를 상징하게 된다. 헤겔의 관점은 라캉, 이리가레이, 버틀러 등에 의해 계속 수정되지만 안티고네가 규범에 대한 위반, 즉 죄와 그 죄에 대한 자기의식을 통해 정체성(라캉에 따르자면 죽음 혹은 실재)을 추구하는 인물이라고 보는 점에선 일치한다. 주디스 버틀러/조현순 역 '제2장 불문법, 혹은 잘못 전달된 메시지', 『안티고네의 주장』, 東文選, 2005, 53-96쪽.

여기서 칸트가 윤리학에 있어서 중요한 전환을 하고 있음에 주의하기 바란다. 그것은 자유라는 관점에서 도덕성을 본 것이다. 그에게 있어 도덕성은 선악보다는 오히려 자유의 문제다. 자유 없이 선악은 없다……중략……지금까지의 윤리학은 선악이 무엇인가에 대해 논해 왔다. 앞에서 말한 것처럼 그것에는 두 가지의 사고방식이 존재한다. 한편에 선악을 공동체의 규범으로 보는 견해가 있고, 다른 한편에 그것을 개인의 행복(이익)이라는 관점에서 보는 견해가 있다. 그러나 칸트에 따르자면 그것은 모두 타율적인 것이다. 공동체의 규범에 따르는 것이 타율적이라는 것은 명백하다……중략……그에 비해 칸트는 도덕성을 오직 자유에서 찾는다.[2]

칸트는 도덕성 성립의 근원을 관습적 판단이 소멸해버리는 지점에서 발견하며, 나아가 선악에 대한 인식론적 단절 속에서 오직 자유의지만으로 당위적으로 살라고 요청한다. 이 요청은 인간이 저절로 선해질 수 있는 선험적인 윤리의 동력 따위 없으며 마찬가지로 인간을 악의 구렁텅이로 내모는 절대악도 존재하지 않는다는 회의주의에 기반하고 있다. 우주는 인식론적으로 그러했듯이 윤리적으로도 거대한 어둠에 지나지 않으며 이 어둠에 윤리의 빛을 비추는 것은 주체의 자유로운 결단, 즉 스스로 자연의 이상에 합목적적으로 부응해야 한다는 자기소명에 지나지 않는다.

---

2 가라타니 고진/송태욱 역 '04 자연적·사회적 인과성을 배제한다', 『윤리21』, 사회평론, 2001, 73쪽.

그런데 선과 악을 파악할 수 있는 자유를 개인에게 줘버린다면 결국은 도덕적 상대주의가 들끓어 마침내 인류는 무정부 상태로 절멸하는 것은 아닐까? 그렇지 않다. 자유란 어떤 행동의 동기를 자기 자신에게서 찾는 것이며 따라서 책임의 소재도 분명히 자기에게 귀속된다. 자유는 책임을 동반하지 않는다면 전혀 무의미하다. 그렇다면 이 책임성은 어떻게 현상해 오는가? 칸트나 라캉식의 용어로 말하자면 물자체Ding an sich, 동양사상의 차원에서 보면 物, 레비나스에게는 타자라 불리는 어떤 존재다.

타자는 언뜻 모호한 상태로 존재인 척 하는 존재론적 불일치 혹은 차이이며, 주체 입장에서는 자신의 자유를 제한하는 불편함이다. 무엇보다 타자는 저 자신의 고유성을 주장함으로써 나의 獨存을 부정한다. 이러한 타자의 존재론적 자기주장은 주체로 하여금 타자의 자유를 부정할 수 없도록 하는 딜레마에 빠트리고 마침내 주체의 절대자유는 기각된다. 나의 자유만큼 상대의 자유도 소중하다. 그리하여 인식론적으로는 그 존재를 확신할 길 없는 타자의 존재를 상정해 그들의 자유를 믿으며 그들과 더불어 공동존재의 세계를 구성하는 단계에 이르게 된다. 이렇게 윤리적 주체는 타자를 통해 완성된다.

이 지점에서 칸트가 제시한 윤리적 주체의 삶이 신이 없는 종교에 근접해 있다는 사실을 깨닫게 된다. 실은 칸트의 비판철학이야말로 우주의 존립 근거를—각기 다른 방식으로—주관이 통치하는 무의미의 왕국에 헌납했던 두 조류, 데카르트의 악마적 회의주의와 흄의 경험론적 세계부정에 대한 객관 측의 대응이었다. 객관의 세계가 유지되지 못하면 인륜세계가 부정되고 윤리적 주체가 존립할 여지도 사라진다. 이 객관 세계를 증명해주는 존재가 바로 타자인 것이다.

> 영혼 불멸이나 사후 세계, 심판과 같은 사고는 부처나 예수라는 인물이 등장하기 전부터 있었다. 그들이 말한 것은 타자에 대한 윤리(사랑 및 자비)였고, 저 세상에서의 구원이나 해탈에 대해 특별히 부정하지는 않았지만 무관심했다……중략……부처는 영혼을 부정하고 윤회를 부정하며, 따라서 수행을 부정했다. 그런 의미에서 종교 비판이라 볼 수 있다. 그런데 많은 사람들은 (승려조차도) 불교가 윤회의 사상이라고 믿고 있다. 부처는 수행에 의해 윤회로부터 해탈한다는 발상을 부정하고 단지 타인에 대해 윤리적이어야 한다고 말했을 뿐이다……중략……결국 이것은 칸트에 대하여 서술했던 것처럼 윤리적인 한에서 종교를 긍정한 것이다.[3]

위의 설명은 불교 이전의 자아주의, 즉 브라만교의 아트만atman 사상이나 혹독한 고행을 중시한 자이나교를 염두에 둔 것인데, 윤리적 주체의 존립 근거가 불교의 자비심, 즉 카루나에 있음을 명확히 하고 있다. 자아만이 존재하는 고독한 우주에선 윤리가 불필요하다. 내가 상대할 누군가가 우주 속에 확실히 존재하며 그들이 나와 동일한 의미의 소유자임을 인정할 때 우리는 비로소 자유롭게 윤리적 선택을 할 수 있게 된다.[4] 결국 근본불교의 통찰인 자비 — '네가 있어야

---

3 가라타니 고진 '06 종교는 윤리적인 한에서 긍정된다', 위의 책, 2001, 98-99쪽.

내가 있다'는 緣起의 사상—야말로 윤리적 주체의 목적이며 그 핵심은 타자의 존재에 있다.

동아시아 고전소설을 압도적으로 지배한 사상적 원천이 타자의 종교였던 불교였다는 것에는 깊은 의미가 담겨있다. 이는 동아시아 고전소설의 주인공들이 어떤 방식으로건 '타자'라는 윤리 문제에 결부된다는 점과 아울러 그들이 동아시아 세계에 초래된 다양한 윤리적 분규를 해결하려는 존재들이었음을 상징하고 있다.

그런데 동아시아 고전소설 주인공들이 제시하는 善에는 대부분 분명한 규범적 근거가 있게 마련이다. 忠·孝·烈로 대표되는 중세 도덕이념들이 그것들이다. 그렇다면 그들이 추구하려는 윤리적 목적이라는 게 고작 도덕규범의 재확인일 뿐이므로 우리가 상정했던 윤리적 주체는 실종된 것으로 보아야 하는가? 서사의 최종결과만 본다면 그럴 수 있다. 하지만 선이 승리하기까지 주인공들이 겪는 惡體驗을 고찰하면 다른 시각을 얻을 수 있다.

소설에 등장하는 대표적인 악의 양상들로 타자의 명예나 신체에 대한 훼손, 타자와의 부당한 관계 단절이나 왜곡, 또는 타자와 만든 공동체 전체의 파괴 등이 예거될 수 있을 것이다. 하지만 이 모든 사항들은 '他者의 否定'으로 요약 가능하다. 악은 타자가 존재하지 않거나 불확실하게 존재한다는 판단에 기원하며 선이란 이처럼 불확

---

4 타자가 없다면 우주의 다양성은 상실될 것이고 다양성이 없는 우주엔 필연[一者]만이 존재할 것이다. 주체의 자유에 대한 의지는 존재의 다양성과 이를 통한 우연성[사건성]이 가능해질 때에야 성립될 수 있는 개념이다. 알랭 바디우/조형준 역 '성찰13 무한성: 타자, 규칙, 타자', 『존재와 사건』, 새물결, 2013, 239-251쪽.

실한 타자의 존재를 자유의지로 승인하고 나아가 확신하려는 윤리적 결단, 즉 慈悲에서 출현한다. 악의 가능성에 저항하는 이러한 인식론적 분투야말로 윤리적 주체의 존재론적 승리일 터인데, 이를 정신분석의 파쎄passe나 불교의 자비 또는 칸트의 실천이성으로 규정하는 데에 아무런 논리적 장애가 없다. 아래에서 이를 기독교의 '사랑'이라는 관점을 통해 구체적으로 논의해 보겠다.

폴 리쾨르는 서구문화에 등장하는 악의 상징적 모습을 흠, 죄, 허물이라는 세 종류로 분류했다.[5] 흠은 병이나 죽음처럼 부정타게 만드는 두려운 물질적 현상들을 지칭한다. 이 현상들에 대한 금기로부터 윤리 이전 단계의 다양한 신앙 형식과 제의가 형성되고 마침내 응보의식이 출현한다. 흠에 인격적 신이 개입하면 죄가 되는데―물질적 현상인 흠과 달리―이는 실존의 한 형식이며 신과의 계약과 그 파기라는 원형적 믿음이 전제된다. 따라서 죄로서의 악은 신과의 관계 훼손과 대화의 단절에 기인한 종교적 위반이라는 의미를 띠는데, 이는 신의 무한한 요구와 이에 따르려는 율법의 증식이라는 악무한으로 귀결된다.[6] 마지막으로 허물은 인류 공동의 실체적 악인 죄와 달리 개인 안에 내면화된 죄악이다. 그것은 자기 행위의 주인이 된 인간이 종교의 차원을 벗어나 스스로를 벌하려는 내밀한 자의식의 소산이다.

---

5 폴 리쾨르/양명수 역 '제 I 부 일차 상징: 흠, 죄, 허물', 『악의 상징』, 문학과지성사, 1994, 17-156쪽.

6 이 신의 무한한 요청을 자기소명에 의한 주체적 요청으로 수정하면 칸트 도덕론 [윤리학]이 된다.

리쾨르가 제시한 세 가지 악의 상징들은 서로 뒤섞이며 삶에 영향을 미치는데 그 근저에는 공통적으로 두려움이 존재하며[7] 그 두려움 안에는 징벌자로서의 아버지-신이 자리 잡고 있다. 이 아버지-신의 육화가 법인데, 기독교가 사랑의 종교가 되는 것은 그리스도 사건을 탈율법적[초월적]인 은총으로 재해석한 바울의 혁명이 있고서야 가능했다.

> 바울의 계획은 보편적인 구원론은 어떠한 법—사유를 코스모스에 연결짓는 법이든 아니면 [신의] 예외적 선택의 결과들을 고정시키기 위한 법이든 상관이 없다—과도 화해가 불가능하다는 것을 보여주는 것이다. 전체가 출발점일 수도, 또 이 전체에 대한 예외가 출발점일 수도 없다. 총체성도 표징도 맞지 않다. 오히려 사건 그 자체로부터, 비-우주적이며 탈-법적인 사건, 어떤 총체성에의 통합도 거부하며, 어떤 것의 표징도 아닌 사건 그 자체로부터 출발해야 한다.[8]

바울에게 세속의 법은 구분하고 차이 짓는 인간적 행위에 지나지 않으며 따라서 그리스도 은총이라는 기적-사건을 무력화시킨다. 기적은—아버지가 아닌—아들의 구원으로부터 느닷없이 도래해 법의 세계를 파국으로 몰아넣는다. 이 파국은 전체와 예외 혹은 이 사이를 중재하는 총체성의 어떤 요구로부터도 자유롭다. 시간은 단절되

---

7 '사람은 두려움을 통해 윤리 세계에 들어가는 것이지 사랑을 통해 들어가는 것이 아니다.' 폴 리쾨르 '2. 윤리적인 두려움', 위의 책, 1994, 41쪽.

8 알랭 바디우/현성환 역 '04 담론들의 이론', 『사도 바울』, 2008, 새물결, 85쪽.

었고 새로운 법이 포고되었으며 이 새로운 아들-신의 희생[9] 속에 만인은 평등하게 되었다. 마침내 율법이라는 이름의 죽음은 사랑이라는 이름의 은총으로 대체되어 버린다.

바울의 기독교는 사랑의 종교이자 이방인들을 위한 우애의 종교다. 율법으로 고정되어 硬化된 주체의 종교가 아니라 기적으로 빚어진 타자의 종교다. 타자를 감내하고 나아가 사랑해버리는 것이 이 계시 종교의 목적이다.[10] 이러한 무차별의 평등애로부터 자비[이타]행으로 나아가는 건 종이 한 장 차이에 불과하다. 주체의 존재 이유가 타자를 사랑하는 데에 있다면 이는 大乘의 菩薩이 추구하는 行 중의 行, 바로 菩薩行과 어떤 차이도 빚지 않는다. 이처럼 他者愛를 실현하는 윤리적 주체[11]의 추구라는 점에서 기독교와 불교 사이엔 간극이 없다.

앞서 악의 등장에는 아버지-법을 위반하는 것에 대한 두려움과 죄의식이 전제되어 있고 이를 청산한 것이 아들의 사랑과 희생이라고 했었다. 따라서 윤리적 주체는 법의 준수와 집행이 아니라 법을 초월한 이타적 自己棄投에서 생성되는 것이다. 놀라운 것은 이런 이타적 사건의 기적이 신의 아들에게서 뿐만 아니라 대중들에게도 일상

---

9 아버지는 타자를 위해 희생하지도, 누군가를 사랑하지도 않는 완성된[닫힌] 존재다. 따라서 아버지는 사망한 자이며 율법이며 사랑 없는 자이다.

10 신의 은혜가 나의 믿음에 의해 지금 여기서 단숨에 실현된다는 바울의 관점으로부터 도덕적 선이 나의 자유로운 선택으로 즉시 실현된다는 칸트 철학의 맹아를 발견하는 건 어렵지 않다.

11 이는 윤리적 타자-주체라고 표현해야 적절할 듯하지만 '타자성을 실현하는 주체'라는 의미로 계속 사용하도록 하겠다.

적으로 벌어진다는 사실이다. 그게 바로-법률의 수호자인 아버지
는 더 이상 할 수 없는-아들[인간]의 사랑이다.

모든 사랑은 윤리적인데, 이는 사랑이라는 존재론적 상황이 결국
은 이타적 희생과 자기 포기 그리고 타자의 발견[의미화/주체화]으로 귀
결되기 때문이다. 낭만적 사랑의 기저에는 기독교적 사랑과 불교적
자비행이 농축되어 있다. 사랑에 빠진 자는 법을 초월하여 아버지를
거역하며 자기마저 포기해 타자를 주체의 자리에 봉헌한다.[12] 이는
사도 바울과 초기 대승교단이 선택했던 윤리적 결단을 반복하는 것
인데, 이처럼 누구나 사랑에 빠지는 순간엔 윤리적 주체가 될 수밖
에 없다. 따라서 『剪燈新話』의 주인공들이 사랑이라는 일상의 파국
에서 윤리적 선택을 강요받는 것은 너무나 당연한 일이다.

「牡丹燈記」: 사랑의 윤리와 慾望으로서의 惡鬼

「牡丹燈記」의 표면적 주제는 사랑이라는 '자아 혼란'이 과도한 욕
망과 결합됐을 때 폭력이 되고 마침내 도덕의 경계를 벗어난다-악
으로 전화한다-는 교훈을 드러내고 있다.[13] 줄거리를 살펴보자. 아

---

12 '낭만적 사랑에 빠진 개인에게 그 사랑의 대상인 타자는 단지 그가 딴 사람 아닌 바
　로 그 사람이라는 이유 하나만으로도 자신의 결여를 메꾸어줄 수 있는 그런 존
　재이다.' 안소니 기든스/배은경·황정미 역 '3장 낭만적 사랑 그리고 다른 애착들',
　『현대사회의 성 사랑 에로티시즘』, 새물결, 1996, 86쪽.
13 이러한 과도한 욕망에 대한 경계는 사랑이라는 윤리적 행위 배후에 잠재된 위험성

내를 잃은 喬書生은 어느 날 밤 우연히 符麗卿이라는 미녀와 조우해 사랑에 빠진다. 하지만 그녀는 이미 오래 전 죽은 귀신이었고 둘의 애정행각에 의구심을 품은 옆집 노인에게 정체를 들킨다. 노인의 권고에 따라 부여경이 湖心寺라는 절에 안치된 무연고 시신이라는 사실을 알아챈 교서생은 玄妙觀의 魏法師로부터 받은 부적을 대문에 붙여 여경의 방문을 봉쇄하고 호심사를 멀리한다. 하지만 술에 취한 교서생은 무심결에 호심사 인근 길을 지나가게 되고 마침내 원한을 품은 여경에 의해 살해된다. 악귀가 된 두 남녀는 인근을 출몰하며 사람들에게 해를 끼치는데 위법사의 부탁을 받은 鐵冠道人이 등장해 이들을 징치하여 지옥으로 압송한다.

이 작품에 대한 해석 시각은 다양할 수 있겠지만 여기선 교서생과 부여경 사이에 발생한 사랑이라는 사건에 초점을 맞춰보도록 하겠다. 이미 줄거리에서 드러났듯 교서생의 사랑은 상대 부여경이 사람이기만 했다면 아무 문제가 없었다. 모든 문제는 부여경이 죽어서도 사랑을 포기하지 않았던 존재, 즉 악귀라는 사실로부터 비롯된다. 따라서 귀신이라는 그녀의 신분 속에 이 작품을 읽어낼 키가 숨어 있다. 그녀는 어쩌다 귀신이 됐는가? 또 살해당한 교서생은 왜 그녀와 함께 유령처럼 이승 주변을 배회하고 있는가? 이것이 관건이 되는 질문들이다.

을 경고하면서도 그 위험함이 동반하는 유혹을 드러낸다는 장점 때문에 동아시아 소설의 주요 모티브가 되었다. 특히 「모란등기」는 일본에서 애호된 작품이다. 김영호 「『오토기보코伽婢子』의 비교문학적 고찰─권3의 제3화 보탄토로牡丹燈籠를 중심으로」, 『日本學硏究』35輯, 단국대 일본연구소, 2009, 169-190쪽.

　　라캉이 말하는 '오브제 프티 아'라는 것은 바로 이 보이지 않는 '죽지 않는' 대상, 그리고 욕망의 과도함과 욕망의 탈선을 유발하는 잉여의 대상이다. 이와 같은 과잉은 없앨 수 없다. 왜냐하면 이 과잉이라는 것은 인간의 욕망 그 자체와 한 몸 속에 있는 것이기 때문이다……중략……악은 영원히 되돌아와 우리를 위협하는 것이며, 육체적으로 소멸했어도 마치 마술과 같이 살아남아 우리의 주위를 배회하는 유령과 같은 것이다. 바로 이런 이유에서 선이 악을 상대로 승리를 한다는 것은 죽을 수 있는 능력이고, 자연의 순수성을 되찾을 수 있는 능력이며, 외설적인 악의 무한성으로부터 벗어나 평화를 찾을 수 있는 능력을 의미한다.[14]

　　부여경이 귀신으로 이승을 떠도는 것은 그녀의 불가능한 숙원, 즉 인간처럼 사랑하겠다는 욕망에 기인한다. 이 욕망 충족이 달성될 수 없는 것이기에 그녀는 교서생을 희생양으로 삼아 현세를 활보하는 악의 화신이 되기에 이른다. 물론 이성을 향한 그녀의 욕망 자체는 애초 순수한 것일 수 있었지만 불사의 존재가 되어 幽明의 분계를 넘는 순간 이 욕망은 진작 소멸됐어야 할 과잉이 된다. 사라져야 할 것이 사라지지 않으면 그것은 다른 존재를 침해하는 폭력, 즉 악의 作因이 되는 것이다.

　　그런데 죽기 전의 여경은 이미 악귀로 전화될 소지를 충분히 지니

14　슬라보예 지젝/이현우 외 역 '2 네 이웃을 너 자신처럼 두려워하라!', 『폭력이란 무엇인가』, 난장이, 2011, 104-105쪽.

고 있었던 것은 아닐까? 이 의문에 대한 유일한 단서는 철관도인의 최후 판결문에 언뜻 등장하는 한 구절이다.

> 교씨 집안의 아들은 살아서도 깨닫지 못했으니 죽었다한들 무에 불쌍하겠으며, 부씨녀는 죽어서조차 음란함을 탐하였으니 살아있을 때도 알만 하겠구나.[15]

부여경의 생전 행실은 철관도인의 추측을 통해 재구할 수 있을 뿐인데, 이때 욕망의 과잉을 뜻할 '음란함을 탐했다貪婬'는 발언이 남성과의 교제 횟수를 의미하지 않음은 그녀의 다음과 같은 진술로 확인된다.

> 생각하옵건대 저는 젊은 나이에 세상을 떠나 대낮에도 이웃이 없었습니다. 여섯 혼백은 비록 흩어졌지만 하나의 영혼이 없어지지 않아 등불 앞 달빛 아래에서 오백년토록 이어질 부부의 업원을 짓고 말았나이다.[16]

호심사 승려의 말에 따르면 부여경은 17세에 요절해 시신이 절에 안치된 채 버려졌다.[17] 따라서 죽기 전에 남성 편력을 했을 가능성이

---

15 '喬家子, 生猶不悟, 死何恤焉, 符氏女, 死尙貪婬, 生可知矣.' 瞿佑 著(垂胡子 集釋) 「牡丹燈記」, 『剪燈新話句解』卷之上(高大 薪菴文庫本).
16 '伏念, 某, 靑年棄世, 白晝無隣. 六魄雖離, 一靈未泯, 燈前月下, 逢五百年歡喜寃家.' 위의 글, 위의 책.

희박하다. 그렇다면 철관도인이 지적한 '貪婬'이란 이웃 없는 상황을 견디지 못하는 그녀의 참람한 외로움, 그리고 이 외로움의 비정상적 충족 형식을 뜻할 것이다. 귀신의 성욕은 그 자체가 과잉이기 때문이다. 그녀는 남성과의 성적 교제를 간절히 열망한 나머지 冤鬼가 되었고 교서생이라는 어리석은 숙주를 발견하자마자 그에게 단단히 달라붙었다. 그렇다면 외로움의 화신인 그녀는 상대를 가리지 않는 욕망 그 자체를 상징하는 것이며 이 욕망 속엔 사랑이 없다.

사랑은 욕망의 이기적 충족 과정이 아니다. 그것은 자신의 욕망을 타자의 욕망에 양보하는 행위, 즉 사랑의 감정을 태동시킨 최초의 욕망을 배반하려는 아이러니한 욕망이다. 따라서 사랑은 상대를 가린다. 부여경이 원귀가 된 것은 특정한 상대에 대한 사랑 때문이 아니라 그녀를 외로움에 빠트린 그녀 특유의 과잉, 누군가와 맺어지지 않으면 견딜 수 없는 팽창된 자아 그리고 이에 따른 과도한 자기실현에의 욕구 때문이다. 그녀의 성욕이 그녀를 불사의 존재로 만들었고 자신이 악귀임을 부정하게 했으며 여전히 사람인 척 행세하며 생을 영속시키도록 이끌었다. 따라서 그녀의 존재 자체가 바로 악이다.

타자에게 지향되지 못한 욕망은 사랑으로 승화되지 못하며 자기를 향한 광포한 에너지 과잉, 즉 악귀로 상징되는 이기적 보존본능으로만 구현된다. 부여경은 사랑이 너무 많아서 또는 사랑의 대상인 연인들을 지나치게 많이 두어서 징벌되는 존재가 아니다. 타인을 상처 입히지 않는 사랑이라면 많아서 나쁠 게 없다. 오히려 그녀는 사

---

17 '寺僧曰, 此, 奉化州判符君之女也. 死時, 年十七.' 위의 글, 위의 책.

랑이 너무 없어서, 오직 욕망만으로 이승에 남아 타자를 착취했기에 징치되는 존재다.

그렇다면 교서생 쪽은 어떠한가? 이 역시 철관도인의 앞의 언급[18]에 의지해 보도록 하자. '살아서도 깨닫지 못한' 교서생은 중요한 무언가를 죽어서조차 깨닫지 못하는 어리석은 존재다. 그가 깨달았어야 할 건 무엇이었을까? 위의 철관도인의 판결문이 작성되기 직전에 교서생은 다음과 같이 자신의 죄를 고백한다.

생각해 보옵건대 저는 아내를 잃고 홀아비로 지내며 문간에 기대 홀로 서있는 적적한 삶을 살아왔습니다. 그러다가 색에 대한 경계를 어기는 죄를 범하였고 너무 많은 것을 가지려는 욕망에 마음이 흔들렸나이다.[19]

교서생의 자아비판은 두 가지로 요약된다. 첫째, 色戒로 대표되는 율법을 어겼다. 따라서 그는 법을 어긴 犯人이다. 둘째, 자기 분수를 넘는 욕심을 부렸다. 홀아비로선 기대할 수 없는 미녀를 탐했고 비현실적으로 찾아온 행운을 의심 없이 누린 그는 과욕을 부린 자다. 이 정도면 꽤 깨달은 수준이라 할 만하지 않은가? 하지만 앞서 본 바와 같이 철관도인은 그를 '살아서도 깨닫지 못해 죽어도 불쌍히 여길 필요 없는' 자로 폄하했다. 부여경은 비난받을 죄목이 분명한 적

---

18 주석13 참고.
19 '伏念, 某, 喪室鰥居, 倚門獨立. 犯在色之戒, 動多慾之求.' 위의 글, 위의 책.

극적 행동 주체였지만 교서생은 그녀의 욕망에 포획당한 우둔한 피해자일 뿐이거나 기껏 從犯에 불과하다는 뜻이다.

철관도인이 교서생을 자신이 무얼 하고 있는지도 모르는 얼간이쯤으로 무시한 데에는 이유가 있다. 교서생은 살아있을 때 파악했어야 할 무언가를 놓쳤고 죽어서는 이를 더더욱 알 수 없는 처지에 놓여버렸다. 그렇다면 여경은 그게 뭔지 알고 있었을까? 그녀는 분명히 알고 있었다. 그녀는 비록 죽은 몸이었지만 살아있는 교서생보다 더 활동적으로 살아있었으며 끝내 자기 삶을 선택했다. 그것이 잘못된 선택이었을망정 그녀는 자신의 운명을 선택했고 기꺼이 대가를 치렀다. 희생하고 손해 본 건 실은 그녀였다. 교서생을 살해하기 직전 그녀는 이렇게 말한다.

> 첩은 당신과 평소 알지 못하는 사이였지요. 모란 등불 아래에서 우연히 한번 보고 (나를 좋아하는) 당신의 마음에 감동받아 마침내 온몸으로 당신을 모셔서 저녁이면 찾아갔다 아침에 돌아오곤 했었어요. 당신에게 박절하지 않았거늘 어쩌다 요망한 도사의 말을 믿고 갑자기 의혹을 품어 영원히 우리 만남을 끊으려 하신 건가요?[20]

생자의 삶을 완벽히 구현한 여경은 사랑마저도 철저히 모방했다. 물론 교서생에 대한 욕망이 진정한 사랑이었다면 그를 살해하진 않

---

20 '妾與君素非相識, 偶於燈下一見, 感君之意, 遂以全體事君, 暮往朝來, 於君不薄, 奈何信妖道士之言, 遽生疑惑, 便欲永絶?' 위의 글, 위의 책.

았을 것이다. 하지만 상대가 먼저 배신하기 전까지 그녀는 교서생에게 지극히 충실했으며 그를 되찾을 단 한 번의 기회가 찾아오자 망설이지 않고 살해했다. 그녀는 적어도 자신의 운명을 '아는' 자였고 알기에 선택할 수도 있는 자였다.

교서생이야말로 율법에 얽매인 겁보로서 '살아있는 죽은 자'이자 바울이 말한 죽음 편에 선 자다. 죽음에 빠진 자는 선택할 운명이 없기에 주어진 조건에 따라 흘러갈 뿐이다. 따라서 교서생은 세상의 계율을 눈치 보며 자신에게 엄습할 불이익에 예민했던 못난 사내다. 사랑이 없기는 그도 마찬가지였는데 이는 그의 자백문이 증명하는 바다. 교서생이 자신을 범죄자요 과욕을 부린 자라 실토한 것은 여경과의 로맨스를 모조리 부인하는 것으로서 자신이 – 뭣도 모른 채 – 선택한 욕망의 운명을 회피하려는 자세에 지나지 않는다. 그가 정직하며 용기 있는 자였다면, 나아가 사랑의 영웅이었다면 여경과의 관계를 범죄 행위로 모독해가면서까지 훼손하진 않았을 것이다. 오히려 죽음의 세계로 건너간 여경을 구하려 하거나 그녀와 함께하기 위해 '사랑의 죽음'을 선택했을 것이다. 그러므로 산 자의 사랑을 더 가깝게 구현했던 것은 여경 쪽이었다.

이제 후대 독자들이 왜 교서생이 아니라 부여경에 끌렸는지, 그리고 이 작품의 인기를 견인하는 존재가 왜 악의 화신인 여경이었는지 밝혀졌다. 우리가 윤리적 파국을 초래한 여경의 사악한 열정에 매혹되는 이유는 그녀의 과도한 욕망이 일상의 윤리를 초월해버리지만 율법에 얽매인 소극적 존재보다 욕망의 실재에 더 가깝게 접근하기 때문이다. 율법을 눈치 보는 자는 왜곡되고 은폐된 형태로만 사랑을 넘볼 뿐이다. 반면에 열정의 과잉은 제대로 된 사랑의 대상을 만나지 못했을 뿐 사랑의 문턱에는 이른 것이다. 예컨대 부여경이 일찍 죽지만 않았다면 그녀의 욕망은 안식처를 찾았을 것이며 그 대상에게 지극한 정열을 쏟아 부었을 것이다. 말하자면 부여경은 烈女의 뒤집어진 표상에 다름 아니다.

사랑의 힘은 세속의 법률, 심지어 생사의 경계마저 넘어서는 과잉에 있다. 물론 보통 사람들은 안전한 율법의 한계 안에서 사랑을 나누지만 이를 초월해 사랑을 실현해버리는 영웅들을 남몰래 선망한다. 그런 숨은 선망을 대신 실현해주는 존재가 소설 속 부여경 같은 인물이다. 이처럼 규범을 넘어서서 욕망의 과잉을 실현하고 스스로 윤리의 주체임을 선포하는 자가 바로 사랑의 영웅인데 놀랍게도 그들의 삶의 메커니즘의 본질은 그리스도와 붓다에 닿아있다.

주체는 종교적 깨달음을 얻기에 앞서 우주의 실재에 직면해 그것을 본다. 상징 질서에 가려져 은폐된 삶의 진상을 그 모습 그대로 목도한다. 이 지점은 율법을 초월하는 覺醒의 단계이고 따라서 超人倫的 혼란 상황이 찾아온다. 라캉은 이를 상징계와 실재계의 충돌로 묘사했다. 상징들로 이뤄진 일상 아래, 언어로 축조된 '환상의 현실[메트릭스]' 아래에 날것으로서의 진짜−不立文字로서의−實在界가 버티고 있다. 문화의 상징 질서가 파열된 틈으로 섬광처럼 등장하는 이 실재계는 과충전된 욕망으로서의 사랑이나 일상을 단절시키는 죽음과 같은 사건을 계기로 현실에 침입한다. 그리고 이 순간 하는 주체의 선택에 따라 해당 존재는 聖人이나 超人이 될 수도, 근본악을 실현하는 악마나 범죄자가 될 수도 있다. 선과 악이 동전의 앞뒷면

331

처럼 맞물린 이 위태로운 지점이 니체가 말한 '선과 악의 저편'인 셈이다.

> 악마적인 악, 최고악은 최고선과 구별할 수 없으며, 그것들은 성취된 (윤리적) 행위에 대한 정의들에 다름아니다라는 것을 명시적으로 단언할 것을 제안한다. 다시 말해서, 윤리적 행위의 구조라는 층위에서, 선과 악의 차이는 존재하지 않는다. 이 층위에서 악은 형식적으로 선과 구별할 수 없다……중략……여기서 선과 악의 구별불가능성이라는 것은, 행위라는 이름의 가치가 있는 어떠한 행위건 정의상 '악한' 것이거나 '나쁜' 것이라는 것을 (혹은 그와 같은 것으로서 보여질 것이라는 것을) 단순히 가리키고 있을 뿐이다. 왜냐하면 그것은 언제나 어떤 '경계 넘기'를, 주어진 상징적 질서(혹은 공동체)의 제한들에 대한 '위반'을 나타내기 때문이다. 이는 루이 16세의 처형에 대한 칸트의 논의에서 분명하다. 이는 또한 안티고네의 경우에서도 분명하다.[21]

루이 16세의 처형이나 안티고네의 국법에 대한 도전은 형식적으로는 순수한 폭력이나 위법에 불과하다. 이 행위들엔 악의 모든 조건들이 포함되어 있다. 그럼에도 두 행위는 선을 목적으로 하고 있는데, 그건 두 행위가 추구하는 향유, 즉 주이상스jouissance에 따른 결과다. 주이상스란 자기를 넘어선 타자신/무한의 요청을 묵묵히 수행

---

21 알렌카 주판치치/이성민 역 '5. 선과 악', 『실재의 윤리-칸트와 라캉』, 도서출판b, 2004, 147-151쪽.

하려는 욕망 실현 방식이다. 이는 욕망을 왜곡하거나 욕망 자체를 인정하지 못해 병적으로 굴절시킨 충동 실현 — 잘못된 향유 — 이 아닌 윤리적인 향유다. 그런데 이러한 향유는 외면적으로는 절대악과 구별이 불가능하다. 따라서, 라캉의 표현을 따르자면, 칸트와 함께 사드를 발견해야만 한다. 칸트와 사드는 동일한 열정과 의지로 규범 너머의 어떤 요청을 자기화하여 이를 도덕적 의무로 수행[주이상스] 하고자 한다. 절차적으로 두 사람 사이엔 차이가 없다. 욕망의 방향 만 달랐을 뿐이다. 이 방향을 결정하는 것이 바로 주이상스의 방식 이고 주이상스가 수행되는 초월적 지평에서 발견되는 윤리가 실재 의 윤리다.[22]

결국 부여경은 교서생이 포기했거나 실패한 주이상스를 시도했 던 인물이며 그런 점에선 안티고네적 인물이다.[23] 다만 그녀의 주이 상스는 사랑이 아닌 죽음 쪽으로, 욕망의 승화가 아닌 욕망의 무한 반복[增殖/不死] 쪽으로 방향을 잡았을 뿐이다. 또한 주이상스라는 관점에서 본다면 그녀야말로 교서생보다 훨씬 더 실재의 윤리에 접 근했던 존재였다.[24] 사랑은 율법을 넘어서는 주이상스이므로, 그녀

---

22 주이상스 차원의 실재의 윤리에서 볼 때 기존의 윤리적 동기주의는 저절로 붕괴된 다. 수많은 악행이 선의 구호 아래, 신의 명령이라는 허울을 입고 행해졌다. 선한 도덕적 동기가 존재하며 이를 경험적으로 구별할 수 있다는 잘못된 논리적 전제야 말로 인류사에 등장한 최고악의 빌미가 되어 왔다. IS 사례가 그러하다.

23 그런 의미에서 부여경에게는 교서생이라는 욕망의 대상 a[타자]가 — 끝내 이 타자 를 부정하려 했지만 — 확실히 존재한다. 욕망의 대상이 모호한, 그래서 오히려 더 동물적인 교서생에게는 타자 자체가 부재해 있다. 그래서 욕망의 진실에 무지한 교서생이야말로 윤리적으로 더 위험한 인물이다. 그리고 이것이 그가 허깨비처럼 부여경을 수행하며 이승을 떠도는 이유다.

24 종교적 성인이나 현자들이 대부분 초기엔 부여경과 같이 초도덕적인 실재계에서

가 교서생보다 더 절실히 사랑에 임한 셈이며 윤리의 문턱 앞으로 더 정직하게 돌파해가고 있었던 것이다.[25] 단적으로 이 매력적인 정염의 화신은 '사랑과 죽음'이라는 실재계의 비밀을 알고 있었으며 그런 만큼 더 위험한 유혹자였고 따라서 그녀의 위험성을 봉쇄하기 위해 소설은 위법사와 철관도인이라는 부수적 인물들을 길게 끌어들여 거창하지만 생기 없는 도덕적 결말을 맺어야만 했다.

「愛卿傳」과 「滕穆醉遊翠景園記」
: 律法의 승리 혹은 봉인된 慾望

사랑이 주이상스의 형식으로 타자를 승인하고 어떤 동기나 목적 없이 자신을 희생하는 윤리적 행위라면 사랑의 반대말은 증오가 아니라 바로 악이다. 악이란 주이상스 자체의 불가능성이나 잘못된 주이상스에 다름 아니므로 결국 타자를 부정하거나 착취하는 형식으로 발현된다. 거꾸로 세워진 열녀의 모습을 한 부여경의 崇高한 욕망이 사랑의 비밀에 극단적으로 다가갔으면서도 결국 사랑 그 자체에는 실패한 이유가 여기에 있다. 따라서 대부분의 동아시아 고전소설에 등장하는 악은 주체의 욕망이 주이상스를 상실하거나 왜곡된 주이상스를 선택하며 비롯되는 것들이다.

방황한 존재들이었다는 점을 염두에 두어야 한다. 사도 바울이나 성 어거스틴이 그런 예였다.

25 따라서 안티고네처럼 숭고한 인물이기도 하다.

『전등신화』에서 악으로 화한 사랑의 주이상스를 보여주는 애정소설은 「모란등기」가 거의 유일하며 그 만큼 희소가치가 높다. 다른 작품들은 이미 도덕적으로 완성된 주체를 보여주는 데만 골몰해 있으며 그들을 박해하는 악인들은 그저 추상적 허수아비들에 지나지 않는다.

「愛卿傳」을 보자. 애경이란 별칭으로 알려진 嘉興의 명기 羅愛愛는 그녀의 천한 신분을 무시하고 구애한 명문가 자제 趙生과 결혼한다. 路柳墻花의 삶을 살던 그녀는 예상과 달리 사대부가 출신 못지않은 현숙한 부인 역할을 제대로 해낸다. 마침 조생은 벼슬을 구하러 大都로 떠나게 되는데, 이 와중에 張士誠의 난이 일어나 애경은 마을을 점거한 劉萬戶라는 자에게 겁탈당할 위기에 처한다. 정절을 지키고자 자결한 애경은 반란이 진압된 후 돌아온 조생 앞에 귀신으로 출현한다. 둘은 마지막으로 동침한 뒤 영별하는데 애경은 자신이 이미 輪廻에 들어 無錫 땅 宋氏 집안 아들로 태어났음을 고지한다. 애경과 헤어진 조생은 무석의 송씨 집안을 방문해 자신을 향해 미소 짓는 사내아이와 감격스러운 상봉을 이룬다.

이 작품에 등장하는 악인 유만호는 그야말로 허접한 쓰레기에 불과하다. 주제를 실현하고 있는 건 기녀 애경의 숭고한 정절이다. 한낱 기녀 출신이 일반인은 범접 못 할 의리를 실현하고 죽는다는 설정은 도덕의 화신인 그녀의 존재를 더욱 돋보이게 한다. 귀신으로 출현한 그녀는 조생에게 자신의 죽음을 이렇게 회고하고 있다.

몸뚱이 하나뿐인 천첩이 살기를 욕심내야 편안해지고 치욕을 참아야만 오래 살 수 있다는 걸 왜 몰랐겠어요? 그럼에도 옥처럼 부서지는 것을 달게 여기고 물에 잠긴 구슬처럼 되기로 결심하여 등불에 뛰어드는 나방이나 우물로 기어가는 어린아이처럼 목숨을 버렸나이다. 이는 저 스스로 취한 일이요 남들에게 받아들여지지 않을까 해 저지른 일은 아니었어요. 대개 남의 아내가 되어 남편을 등지고 집을 버리며 남이 주는 작록을 받고도 주군의 은혜를 잊고 나라를 배신하는 자들을 부끄럽게 여겼기 때문이랍니다.[26]

애경은 부여경과 같은 귀신이지만 주이상스의 대상과 방식을 확고히 지닌 채 죽은 자다. 그녀는 자신의 욕망을 정당하게 투하할 남편이 있고 따라서 이를 지키기 위한 투쟁은 욕망의 발산이 아니라 제거다. 자신의 생명을, 보존욕망을 포기하고 상실함으로써 애경은 선한 주이상스를 구현한다. 심지어 그녀의 목표는 主君에 대한 남성적 忠節을 모방하기까지 한다. 어디서 이런 차이가 빚어졌을까?

부여경과 달리 애경의 주이상스는 율법을 향하고 있다. 애경은 기녀라는 자신의 천한 신분을 벗어나고자[27] 소망했고 조생을 통해 이를 실현했다. 때문에 결혼 이후 그녀가 보인 현숙함은 과도할 정도로 엄밀하다. 그녀는 남들의 시선 때문이 아니라 스스로의 가치관에 입각해 죽음을 취하는데, 율법을 완벽히 체화한 존재가 아니라면 엄

---

26 '賤妾一身, 豈不知偸生之可安, 忍辱之耐(奈)久. 而甘心玉碎, 決意珠沈, 若飛蛾之撲燈, 似赤子之入井, 乃己之自取, 非人之不容. 盖所以愧夫爲人妻妾而背主棄家, 受人爵祿而忘君負國者也.' 「愛卿傳」, 앞의 책. *(奈)는 규장각 선본에 의해 교정함. 주릉가 교주/최용철 역, 『전등삼종(상)』, 소명출판, 2005, 240쪽.

27 기녀인 자신을 아내로 받아준 조생에게 감사하는 구구절절한 표현이 소설에 길게 등장하고 있다.

두룰 못 냈을 일이다. 그녀가 귀신이 된 이유 역시 부여경과는 현격히 다르다.

> 첩은 당신과의 정 깊은 인연이 소중하여 반드시 당신이 오기를 기다렸다가 한 번 만나 속마음을 펼쳐보이고자 원했기에 세월을 지체하고 있었던 거랍니다.[28]

애경은 부부로서의 의리를 끝까지 지키기 위해 귀신이 되었다. 그녀는 자신이 대의를 위해 욕망을 끊어냈음을 남편에게 자랑스럽게 선포하고 나아가 남편에게 善業을 닦을 것을 권면하기 위해 귀신으로 남은 존재다. 그리고 이 임무를 마치자 곧바로 남자 아이로 환생한 자기 육체로 돌아간다. 애경의 이러한 행동들에는 심각한 悲感이나 망설임이 없으며 당연히 윤리적 갈등도 없다. 이로 인해 율법에 토대를 둔 강박적 주이상스로만 무장한 애경에겐 부여경에게 생동하던 것과 같은 윤리적 박진감이 나타나지 않으며 소설적 인물로서의 매력도 현저히 감소해 있다.

이처럼 애경이 도덕적으로 고분고분하게 순화된 인물이 된 것은 그녀가 선과 악의 피안으로 돌파해갈 욕망이 거세된 상태로 주이상스를 수행하기 때문이다. 예컨대 애경은 결혼하자마자 기녀 시절 지녔던 활력과 매력을 잃어버린 채 婦德의 코드에 최적화된 '비욕망'의 인물이 되는데, 이처럼 욕망에 시험당하지 않는 강박적인 소설 주인

---

28 '妾, 以與君情緣之重, 必欲俟君一見, 以敍懷抱故, 遲之歲月爾.' 앞의 글, 앞의 책.

공이 흥미로울 순 없다. 그렇다면 애경이 욕망 없는 율법의 상징이 된 이유는 뭘까? 그녀가 남성들의 꿈이 펼쳐지는 팔루스적 상상계와 가부장질서의 율법적 상징계가 조합되어 만들어진 인물이기 때문이다. 따라서 애경에겐 율법에 기초한 남성도덕의 주체성은 존재하지만 실재의 윤리로 나아갈 여성 주체성은 존재하지 않는다.

결국 「애경전」은 철저한 남성적 서사인 셈인데, 그런 점에서 조생이 동아시아 고전소설 태반을 장식할 전형적인 사랑의 남성-영웅을 구현하고 있는 건 당연하다. 보통 중세의 상징계를 구축한 남성들이 사랑의 영웅이 되는 방식은 무[비존재]였던 여성을 유[존재]로 변화시켜줌으로써 완성된다. 예컨대 천한[납치된] 여성이나 짐승 혹은 귀신을 온전한 사람으로 대우하거나 해방시켜줌으로써 남성은 성적, 윤리적으로 영웅에 등극한다. 조생이 귀신인 애경과 첫 대면하는 장면은 이러하다.

> 홀연 어둠 속에서 곡하는 소리가 점점 다가오는 걸 듣고 이상한 일이 벌어지고 있음을 깨달은 (조생은) 급히 일어나 축원하였다.
> "혹시 아가씨의 영혼이라면 어찌 한번 만나 지난 일 이야기하지 않으려 하십니까?"[29]

조생은 귀신이 된 애경을 두려워하지 않으며 그녀와 거리낌 없이

---

29 '忽聞, 暗中哭聲, 初遠漸近, 覺其有異, 急起祝之曰, 倘是六娘子之靈, 何悋一見而敍舊也?' 위의 글, 위의 책.

사랑을 나눈다. 조생의 이런 대범함은 어디서 오는 걸까? 물론 애경이 한때 자신의 아내였기 때문이기도 하지만 무엇보다 상대를 신뢰하는 그의 자신감 때문이다. 즉 애경이란 존재가 애초 자신이 귀신임을 상대에게 숨기면서까지 실현해야 할 은밀한 욕망이 없는 인물로 설정되었기 때문이다. 죽음까지 초월한 그녀는 그저 아내로서 출현했을 뿐이며 따라서 자신의 정체를 은폐할 필요도 느끼지 못한다. 윤리적 선택에 직면한 건 오히려 남성 쪽이다. 한때 아내였던 귀신을 사람으로 대우할지 여부는 그의 손에 달렸으므로 윤리적으로 주체 자리를 차지한 건 바로 조생이다.

이는 「滕穆醉遊翠景園記」의 경우도 마찬가지다. 줄거리는 다음과 같다. 원나라 선비 滕穆은 臨安의 翠景園을 방문했다가 송나라 시절 궁녀였던 귀신 衛芳華와 조우하여 사랑을 나눈다. 그녀를 고향으로 데리고 가 부부로 살던 등목은 과거를 치르러 길을 떠나려던 차에 임안에 다시 가보고 싶다는 방화의 청을 뿌리치지 못한다. 재차 취경원에 당도한 방화는 이승의 인연이 끝났다며 저승으로 사라져버리고 절망한 등목도 세상에 뜻을 잃고 산으로 들어가 버린다. 이 작품에서 등목이 귀신 위방화와 처음 조우하는 장면은 이러하다.

등생이 그녀의 성명을 물으니 미녀가 말했다.

"첩은 인간 세상을 버린 지 이미 오래되었습니다. 스스로 사정을 말씀드리고자 했지만 진실로 낭군님을 놀라게 할까 두려웠습니다."

이 말을 한 번 듣자 (등생은) 그녀가 귀신임을 확인했지만 또한 두려

워하지 않았다.[30]

애경과 달리 위방화는 남자 주인공과 아무 연고 없는 낯선 인물이다. 그럼에도 등목은 상대에게 어떤 두려움도 느끼지 못할뿐더러 심지어 심각한 고민 없이 귀신과의 부부생활을 결심한다. 이는 위방화가 어떤 성적 권능도 소유하지 못한, 즉 욕망의 뇌관이 제거된 비활성 상태의 존재임을 증명한다. 게다가 위방화는 애경처럼 정절을 구현하는 탁월한 도덕적 인물도 못된다. 어쩌면 그녀는 등생의 풍류인생에 찬조 출연하도록 소환되는 과정에서 자의적으로 창조된 인물일 수 있다.

위방화에게 도덕성이 요구될 필요가 없었던 이유는 무엇일까? 그녀가 부여경처럼 사람처럼 사랑하기를 욕망하지 않는 한 그녀가 귀신이라는 사실은 ─ 부여경과는 달리 ─ 그녀 자신에게 회복불능의 치명적 결핍이 되며, 따라서 그녀가 남성에게 성적으로 종속되는 순간 일말의 정절에 대한 필요성조차 소멸되기 때문이다. 위방화는 등목을 떠나면 갈 곳 없는 길 잃은 귀신에 불과한 것이다.

그렇다면 유독 애경에게만 도덕성이 부여됐던 까닭은 무엇인가? 앞서 설명한 바처럼 그녀의 도덕적 위상은 그녀의 신원이 '여성'이 아니라 '아내'임을 지시하는 표지자다. 여성의 욕망을 상실한 아내는 정숙성으로만 자기 가치를 주장하며 그러한 한 남성에게 위협적

---

30 '生, 間其姓名, 美人曰, 妾棄人間已久, 欲自陳敍, 誠恐驚動郎君, 生(一)聞此言, 審其爲鬼, 亦無懼.' 「滕穆醉遊翠景園記」, 위의 책. *(一)은 규장각 선본에 의해 교정함.

이지 않다. 하지만 이 역시 애경이 귀신이 되는 순간 그 필요성이 사라질 것인데, 산 자들의 세계로 침범해오지 못하는 여귀란 욕망이 봉인된 존재에 지나지 않기 때문이다. 그렇다면 애경이 지녔던 정절은−윤리 차원으로 발전될 가능성은 고사하고−동아시아 고전소설 여주인공에게 '있으면 좋지만 반드시 있을 필요 없는', 형식적으로 부가된 도덕성이었음에 분명하다.[31]

 ## 맺음말

애경과 위방화에겐 있지만 부여경에겐 없었던 것, 또는 애경과 위방화에겐 없었지만 부여경에겐 있었던 건 무엇일까? 무엇이 이들을 대하는 남성들의 태도에 차이를 빚은 것인가? 그건 바로 욕망의 주이상스다. 애경과 위방화에겐 아내로서의 성적 역할이 주는 도덕의 주이상스는 있었지만 욕망의 주이상스는 없었다. 같은 말이지만 앞의 두 여성에겐 욕망의 주이상스가 거세되어 있거나 위험하지 않은 수준으로 순화되어 있으나 부여경에겐 그것이 도덕 너머로 분출해 있다. 때문에 같은 귀신이지만 애경과 위방화는 남성들이 두려워할 존재가 아니며, 오히려 남성들이 윤리적 승자가 될 수 있는 손쉬운 파트너가 되어버린다.

---

31 그런 정숙성 혹은 도덕성은 남성 입장에서 장식적으로 덧붙여진 扮裝에 불과하다.

　수많은 동아시아 고전소설 속에서 여성은 남성 파트너의 인정에 의해서만 정상적인 인간으로 존재할 수 있었다. 이를 상징하는 윤리적 사건이 죽은 여성과의 만남이었는데, 이때 죽은 여성을 대하는 남성의 자비를 통해 작품 속 사랑이 실현되곤 했다. 그런데 악으로 전화할 위험성을 내포한 위험한 열정이나 욕망의 초도덕적 분출 과정 없는 사랑이란 하나의 의례적 관계로서 죽음에 가깝다. 그런 죽음 속에서 욕망을 잃은 여성과 전형적인 부부생활을 하려는 남성은, 은유적으로 표현해보면, 屍姦을 하고 있는 셈이다.

　「牡丹燈記」는 성적 충동은 지녔지만 열정은 없는 무능한 남성이 강렬한 욕망의 주이상스를 실천하는 악귀로부터—비록 악의 방향으로 전도되긴 했지만—진정한 사랑의 세례를 받는 이야기다. 이렇게 전도된 사랑이 아름답고 일견 숭고한 것은 여주인공 부여경이 보여준 놀라운 삶이 윤리의 본질에 매우 가깝게 접근했기 때문이다. 따라서 통속적 사랑에 안주하는 우리 독자들은 그녀보다 더 도덕적일 수 있을지는 몰라도 더 윤리적이지는 않다.

제12장

문학적 주술과 욕망 서사
―「뱀 여인의 애욕」을 중심으로―

김 경 희

1 머리말

18세기 일본에서는 중국의 백화 단편소설과 지괴소설이 유입됨에 따라 『기이잡담집奇異雑談集』과 같은 번안물 등이 등장하면서 사회적으로 괴기소설의 붐이 일어났다. 그 가운데 우에다 아키나리上田秋成(1734-1809)가 쓴 괴담 『우게쓰 이야기雨月物語』(1776)는 간행된 이후 재간再刊에 이어 삼판三版이 간행되는 등 당시 대중에게 호평을 받았다. 또한, 동 시대를 살아간 산토 교덴山東京伝(1761-1816), 교쿠테이 바킨曲亭馬琴(1767-1848)과 같은 요미혼読本 작가뿐만 아니라 후대의 미시마 유키오三島由紀夫, 사토 하루오佐藤春夫 등과 같은 근대 문학 작가들에게도 영향을 끼쳤다. 『우게쓰 이야기』가 높이 평가받은 이유로는, 『겐지 이야기源氏物語』, 『곤자쿠 모노가타리슈今昔物語集』, 요쿄쿠謠曲 등의 일본 고전작품과 중국의 괴기소설을 절충한 간결하고도 감각적인 문체와 풍부한 고전 지식이 돋보이는 점을 들 수 있다. 또한, 하이카이俳諧를 통해 배양된 문예적 작가의 기량이 지적인 구성력 등과 어우러져 번역·번안을 뛰어넘어 아키나리의 소설로서 환골탈태한 점 등이 주목된다.

본 작품은 중국 명대의 문어체 소설집인 『전등신화剪灯新話』(1378)의 직접적인 영향과 더불어, 『전등신화』의 영향권 하에서 창작된 조선의 『금오신화金鰲新話』(15세기)와 『전등신화구해』(1559), 일본의 『오토기보코伽婢子』(1666) 등과의 영향관계가 확인되면서 출전연구의 많은 성과가 있었다. 또한 한편으로는 괴담으로서 지니는 환상성에 대한 논의와 함께 일찍부터 괴기소설 연구가 이루어진 가운데, 작품 속 주제의 명쾌함과 소설적 구성의 탁월함으로 일본 괴기소설사 상 최고의 걸작으로 평가된 바 있다.[1]

주제에 관하여는 아사노 삼페이浅野三平씨가 『우게쓰 이야기』를 집착의 문학으로 파악했듯이 본 작품을 구성하는 아홉 편의 이야기에 나타나는 가장 공통적인 주제는 인간의 집착이라고 할 수 있다.

---

1 高田衛「雨月物語」, 『日本古典文学大辞典』第一巻, 岩波書店, 1983, 269쪽. 그 밖에, 스나가 아사히코須永朝彦씨도 '翻案怪異小説의 걸작으로, 근세 작품 중 最高의 成果'라고 평한 바 있다. 須永朝彦 『日本幻想文学史』, 平凡社ライブラリー, 2007, 180쪽.

그 중 세 편의 이야기에는 남녀의 사랑과 집착을 소재로 하여 인간의 본성과 강한 욕망이 비현실세계의 환상을 통해 극명하게 그려진다. 그 가운데「뱀 여인의 애욕蛇性の婬」은 몽상가적인 남자와 인간이 아닌 이계異界의 여인과의 조합이라는 점에서 다른 이야기들에 비해 전기성이 강한 작품이라 할 수 있다. 남녀 주인공은 다른 작품들과 마찬가지로 현실 세계에서 가족들을 비롯한 주변의 인물들과 소통하지 못하는 인물로 등장한다. 그들은 첫 만남에 서로를 원하게 되지만, 여자의 정체가 뱀이라는 사실이 드러나자 둘의 관계는 깨어지고 이야기는 비극으로 치닫게 된다. 결국 사내대장부의 마음을 회복하는 남자주인공의 변화로 인해 고승高僧의 힘을 빌려 요괴를 물리치게 되는 내용으로 끝이 난다.

이러한 내용에 대하여 다카다 마모루高田衛씨는 '작품 전체적으로 볼 때, 이류異類의 사악한 욕망을 물리친 인간세계의 윤리와 도덕의 승리라고 볼 수 있다. 그러나 쇠 주발 속에 봉인되어 땅 속 깊이 영원히 묻히게 된 백사白蛇 마나고가 인간세계의 규칙을 모른 채 오로지 정욕만을 추구한 것이 그대로 그녀를 파멸로 이끈 애절함도 엿볼 수 있다. 이야기가 던져주는 다양한 문제들은 적지 않다'[2]라고 언급하였다. 남자주인공의 인간적 성장과 요괴의 퇴치라는 점에서 인간세계의 윤리와 도덕의 승리를 작품의 주제로 꼽을 수 있겠지만, 마나고라는 뱀 여인을 등장시켜 남녀의 욕망과 집착을 그려낸 이야기에는 작가의 어떠한 의도가 있는지 살펴봐야 할 것이다.

---

2 高田衛「蛇性の婬」『英草紙西山物語雨月物語春雨物語』, 小学館78, 1995, 387쪽.

한편 본 작품을 읽어내는 문학적 장치에 관계에 관한 연구로서 이노우에 야스시井上泰至씨는 '각 각의 장면에 대한 전거 지적이나 비교 검토는 있어도 각 장면과 문장의 횡적인 관계에 대해서는 충분한 논의가 이루어졌다고 보기 어렵다. (중략) 오히려, 모노 가타리物語·와카和歌·요쿄쿠謠曲 등의 전거가 횡적으로 관계하고 있다면 거기에서 하이카이의 쓰케아이付合를 연상하는 것은 당연하다.'[3] 고 논하면서 본 작품 속에 하이카이 문예의 언어적 연상 수법이 작용한다고 지적하였다.

본 글에서는 이러한 점들에 주목하여 「뱀 여인의 애욕」에 등장하는 비현실적인 남녀 주인공을 통해 작가가 이야기하고자 하는 인간상은 어떤 것인지, 특히 뱀 여인을 통해 보여주고자 한 욕망은 어떤 것인지에 대해 살펴보고자 한다. 또한 거기에는 어떠한 문예적 장치의 주술이 있는지 함께 생각해보겠다. 결국 욕망 서사의 분석을 통해 인간에게 있어 욕망이란 무엇인지, 욕망은 인간을 살게 하는 원동력인지, 아니면 인간을 파멸로 이끄는 광기이자 폭력인지에 대해 이야기해보고자 한다.

---

3 「個々の場面の典拠指摘や比較検討はあっても、各場面・文辞の横のつながりについては、十分に論じられているとは言い難い。(中略) むしろ、物語・和歌・謡曲の典拠が横に連絡をしていたとすれば、そこに俳諧の付合を連想するのは、当然のことであろう」「「蛇性の婬」と物語・和歌・謡曲・俳諧」井上泰至,『雨月物語論ー源泉と主題ー』, 笠間書院, 1999, 86쪽.

2 고전 문학 속 뱀의 표상

「뱀 여인의 애욕」은 제목에서부터 뱀의 화신인 여인의 사랑과 욕망에 관한 이야기임을 보여준다. 그런데 한 가지 색다른 점은 고전 작품 속에 등장하는 뱀 여인의 사례는 대개가 여자가 질투나 집착에 의해 뱀으로 변하는 경우가 많은 것에 비해, 본 이야기의 여자주인공은 뱀이 여자로 변한 경우이다. 물론 「뱀 여인의 애욕」 이야기의 모티브인 중국 『경세통언警世通言』의 제28권에 나오는 「백낭자영진뇌봉탑白娘子永鎭雷峰塔」(이하, 「백낭자」)의 여자주인공이 흰 뱀이었던 점에 기인하는 것이 크겠지만, 본 작품이 일본 고전을 수용하고 있는 점을 감안할 때에 본시 정체가 뱀인 여자주인공이 보여주는 것은 어떻게 다른지 주목해 볼 필요가 있다. 또한 본 작품에는 아무런 잘못을 하지 않았음에도 죽게 되는 도미코富子라는 여자가 등장한다. 도미코는 남자주인공이 새로 결혼하여 맞이한 여성으로 결국 여자주인공인 마나고의 질투로 인해 죽음을 맞이하는 존재이다. 이것은 남편에게 버림받은 아내가 첩에게 복수를 한다는 전형적인 '우와나리우치後妻打ち'[4]의 형태를 띠고 있다. 일명 '후처 혼내주기'의 양상으로 볼 수 있는데, 이미 헤어진 남편의 새로운 여자에 대한 본처의 질투에서 비롯된 행동의 결과라고 해석할 수 있다. 그렇다면 이러한

---

4 전처가 친척 여자들을 데리고 후처의 집에 쳐들어가서 혼을 내주는 풍습으로, 무로마치室町 시대부터 에도江戸 시대에까지 이어졌다.

마나고의 질투와 관련하여 먼저 일본의 고전 작품들 속에 등장하는 뱀과 여인의 이야기를 통해 뱀의 표상이 어떤 것인지 살펴보겠다.

일본 고전 작품에는 『고지키古事記』『니혼쇼키日本書紀』를 비롯하여 『니혼료이키日本靈異記』『곤자쿠 모노가타리슈』등을 통해 뱀이 등장하는 이야기를 쉽게 찾아 볼 수 있다. 중세의 설화집 가운데 질투의 마음이나 애욕이 심하여져 뱀으로 변했다는 이야기가 나온다. 13세기의 불교설화집인 『홋신슈発心集』(1215) 제5의 3화에 나오는 「어머니가 딸을 질투해 손가락이 뱀이 된 이야기」를 인용해본다.

> 어느 곳에 자신은 몸이 한창 때이지만 나이 든 여자를 아내로 삼아 함께 살고 있는 남자가 있었다. 이 아내에게는 전 남편의 자식이 한 명 있었다. 무슨 생각에서였는지 아내는 남편에게 말했다. "저에게 휴가를 좀 주세요. 이 집 안에 방 한 칸 정도 마련해 한가로이 염불이나 외면서 있으려 합니다. 그나저나 어디 밖에서 (저를 대신할) 사람을 구해 오는 것보다, 이 집 안에 있는 젊은 사람(내 딸)과 배필이 되어 그 애에게 세상만사 여러 일들을 돌보게 하세요. 전혀 상관없는 사람보다는 저를 위해서도 그 편이 좋을 듯합니다. 전 이제 나이가 들어서 이런 부부관계도 내키지가 않습니다."라고 여자가 말하자 남자는 놀라워했다. 딸 역시 말도 안 되는 일이라고 말했지만, 그 뜻이 어지간히 확고한 것이 아니었다. 틈만 나면 열심히 끈질기게 설득하는 일이 거듭되자 남자는 "그렇게까지 바라는 일이라면 승낙하리다."라는 식으로 답하고 여자를 집 안 쪽에 기거하게 한 후 의붓딸과 부부가 되어 살았다. 이리하여 남자는 가끔씩 여자를 들여다보며 "별 일은 없습니까?" 라며 안

부 등을 물었다. 새 아내나 남편이나 매사에 소홀함 없이 여자를 돌보며 세월을 보냈다. 그러던 어느 날, 남자가 외출한 틈에 새 아내가 어머니에게 가서 한담을 나누던 중, 어머니가 깊은 상념에 빠져있는 모습을 이상히 여겨 말했다. "제게 거리낄 것이 무엇이 있겠습니까? 걱정거리가 있으시면 말씀해주세요" "아무 걱정 없단다. 다만 요즘 기분이 좋지 않아서…"라고 얼버무리는 모습이 더 이상하고 심상치 않아 한층 강하게 물었다. 그 때 어머니가 대답하기를 "더 이상 무엇을 감추겠느냐? 사실 너무 괴롭구나. 이 집의 상황은 모두 내 맘에서 우러나 먼저 제안한 일이지 않느냐. 그러니 그 누구를 원망할 수도 없지만 밤중에 자다 일어나 곁에 아무도 없을 때는 외로움에 마음이 조금 흔들릴 때도 있단다. 그래서 또 낮이 되면 나도 모르게 그만 너희들의 모습을 엿보게 될 때가 있어. 이렇게 될 줄 몰랐느냐고 해도 어쩔 수 없지만 가슴 속이 요동치는 것을 '이것이 남의 탓인가? 아아 나는 어찌 이리 어리석은가!'하고 마음을 다잡으며 지내려 해도 이런 생각 때문에 죄가 깊어져가는 것인지..정말이지 참담한 일이 벌어졌단다."라고 말하며 내민 양손을 보니, 좌우 엄지손가락이 모두 뱀으로 변해 끔찍하게 혀를 내밀며 날름거리고 있었다.[5]

위의 이야기로부터 아내가 남편에게 자신의 딸과 결혼하라는 여자의 의도를 정확히 파악하기는 어렵다. 이야기의 제목에 나와 있듯이 어머니가 딸을 질투하여 그러한 행동을 했을 수 있다. 아무리 어

---

5 三木紀人『方丈記 発心集』, 新潮日本古典集成, 新潮社, 1976, 208-211쪽.

머니일지라도 나이든 여자가 젊은 여자를 볼 때마다 나이를 먹고 변해가는 자신과 비교하며 인생의 무상함을 느꼈을 수 있고, 몸이 한창 때인 젊은 남편을 대할 때마다 자기도 모르는 불안감이 여자를 괴롭혔을 수도 있다. 그런 마음에 인간의 부부관계를 끊고 차라리 염불이나 외면서 부처에 귀의하는 게 낫겠다고 마음먹게 된 것일지 모른다. 그러나 여자는 실제로 가족의 정을 끊은 것도 인간의 관계를 끊은 것도 아니다. 여자는 비록 전남편의 딸이라고 하더라도 자신의 딸을 남편의 새 여자로 맞게 하려고 '전혀 상관없는 사람보다는 저를 위해서도 그 편이 좋을 것' 같다는 이야기를 한다. 남편에게 아주 남이 아닌 자신의 딸을 내어주는 여자의 의도를 생각해보면 그렇게 해서라도 남편을 가까이에 두고 싶은 집착이 도사리고 있는 것으로 짐작해볼 수 있다. 그러나 그것은 여자를 이전보다 더 큰 상념에 빠트리게 하고 고통의 나락으로 떨어지게 만들고 있다. 남편과 자신의 딸이 부부가 되어 사는 모습을 엿보며 자초해서 벌인 상황을 괴로워하는 가운데 둘에 대한 질투와 애욕이 너무나 깊어져 그만 엄지손가락이 뱀으로 변하고 만 것이다. 인간이 마음에 품는 질투와 집착이 얼마나 무서운 것인가를 뱀의 형상을 통해 묘사하고 있다고 할 수 있다.[6]

다음에 보이는 설화집 『고콘초몬주古今著聞集』(1254)의 제720단에는 「어느 승려의 아내가 질투하여 뱀으로 변해 남편의 성기를 문 이야기」가 등장한다.

---

6 高田衛『女と蛇』, 筑摩書房, 1999, 296쪽.

유녀 후토다마오 밑에 있는 여자에게 어떤 승려가 드나들었는데 본
처가 지독하게 질투가 심했다. 그 아내는 어찌해야 하나 애태우며 질
투했지만 승려는 여전히 모른 체하며 유녀의 집에 다녔다. 겐초 6년
(1254년) 2월 2일 밤, 이 승려는 또 그 여자의 집에 묵으며 동침하려 했
다. 그런데 분명 그 여자와 관계를 맺고 있음에도 어쩐지 본처와 자는
것 같은 느낌이 들었다. 괴이하고 두렵게 느껴져 여자를 떼어놓고 보
니 애첩이 맞았다. 다시 관계를 하니 역시 본처와 하는 느낌이었다. 더
욱 소름이 끼쳐 여자의 몸 위에서 내려와 보니 5, 6척 가량 되는 뱀이
어디에서 왔는지 나타나 정확히 음경의 귀두를 물고 떨어지지 않았다.
뱀을 뿌리치며 떼어내려 하면 이번에는 더 강하게 들러붙어 그 입을
찢어도 떨어지지 않았다. 승려는 어쩔 수 없이 칼을 뽑아 뱀의 입을 베
었다. 뱀은 결국 칼에 베어 갈라진 후에야 죽었다. 그 후 승려는 음경이
부어오르고 심신에 병이 들어 살아갈 정신도 없었다. 음경을 물었던
뱀은 호리카와 堀川 강물에 떠내려 보냈는데 온 도읍의 아이들이 몰려
들어 구경했다. 정말인지는 알 수 없지만 승려의 본처도 그 일이 일어
난 밤부터 병이 들어 결국 죽고 말았다고 한다. 무서운 일이다.[7]

남편은 아내가 짐작하고 있음을 알면서도 모른 체하며 유녀에게
드나들었다. 그러나 남자 역시 무의식중에도 질투가 심한 아내를 의
식한 것인지, 애인과 동침하는 자리에서 어쩐지 본처와 자고 있는
것 같은 느낌을 받는다. 두려워진 남자가 잠자리에서 일어나 살펴보

---

7 西尾光一, 小林保治 校注『古今著聞集 下』, 新潮日本古典集成, 新潮社, 1986, 408~409쪽.

니 뱀이 자신의 성기를 물고 있는 것이었다. 승려는 칼을 뽑아 뱀을 죽였는데, 아내도 그 날 밤부터 발병하더니 죽게 되고 승려도 병을 얻어 쇠약해졌다는 내용이다. 앞의 『홋신슈』설화와 마찬가지로 이 설화도 어찌 보면 상황의 설정 자체는 매우 현실적인 이야기로 읽힌다. 질투와 정념에 불타서 남편과 애인의 동침 현장에 가 있는 뱀을 현실의 뱀이 아닌, 아내의 마음 상태를 표현하는 상징으로 본다면 동서고금과 남녀노소를 불문하고 누구에게나 있을 법한 이야기다. 상대에 대한 지나친 집착과 과한 애욕이 뱀의 형상을 만들어내고, 삼각관계에 빠져 있는 모두를 피폐하게 만들고 파멸에 이르는 상황을 초래한 것이다.[8]

다음의 불교설화집 『샤세키슈沙石集』(1283) 제9권의 1화에는 여자의 질투하는 마음이 깊어지면 원령이 되거나 뱀이 될 수 있으니 그러한 고통에서 벗어날 것을 가르치고 있다.

(전략) 세상 일이 늘 그렇듯, 대부분의 여자들은 질투하는 마음이 깊으면 분노하고 화내며 공연히 의심하고 추측하여 사람(상대 여자)을 구속해 죽게 하며, 낯빛을 바꿔 벌겋게 된 얼굴로 눈을 무섭게 부릅뜨면서 험악한 말을 퍼붓는다. 이래서야 (남자들은) 점점 (여자가) 싫어져서 귀신같이 보일지언정 어찌 사모하는 마음이 들겠는가. (질투에 눈이 멀어) 혹은 원령이 되기도 하고, 혹은 뱀이 되기도 한다. 아무리 생각해도 소용없는 일일 뿐이다. 그런 까닭에 옛 사람들의 이 사려 깊

---

8 이경화 『한일 龍蛇 설화의 비교 연구』, 한국외국어대학교대학원, 박사논문, 257쪽.

은 행적을 배워 현생에는 경애의 덕을 베풀어 내세에는 반드시 사도蛇
道의 고통에서 벗어나야할 것이다. (후략)⁹

여자가 질투가 깊어지면 어떠한 행동을 하게 되는지를 자세히 설
명하고 있다. 뿐만 아니라 질투의 결과로 여자는 원령이 되어 떠돌
게 되고 뱀으로 환생하는 고통을 받게 될 것을 일러주며 거기에서
벗어나려면 사려 깊은 행동과 덕을 쌓아야 함을 주의시키고 있다.

뒤에 나오는 2화 「애집으로 인해 뱀이 된 이야기」에는 연모하는
정이 깊어져 죽어 뱀이 되어서도 집착을 버리지 못하는 여자의 이야
기가 등장한다.

가마쿠라에 사는 어떤 사람의 딸이 와카미야若宮 승방의 동자를 연모한
나머지 병이 들었다. 딸이 어머니에게 병이 든 사연을 털어놓자, 그 아이
의 부모와도 아는 사이였기 때문에 이런 사정을 함께 의논하였다. 그래서
가끔씩 남자 아이로 하여금 딸이 있는 곳에 다녀가도록 했지만, 남자 쪽에
는 마음이 없었는지 찾아오는 발걸음이 소원해지자 딸은 상사병으로 죽
게 되었다. 부모는 슬퍼하며 그 유골을 젠코지善光寺라는 절로 보내려고
상자에 담아 두었다. 그 후 이 남자 아이 역시 병이 들었는데 중태에 빠져
정신을 잃을 지경이 되었다. 그래서 방 한 곳에 밀어 넣어 두었는데, 누군
가와 이야기를 하는 소리가 들렸다. 이를 이상히 여긴 부모가 틈새로 살펴
보니 아들이 커다란 뱀과 마주보며 말을 하고 있었다. 그 후 이 아이도 죽

---

9 小島孝之『沙石集』,新編日本古典文学全集 52, 小学館, 2001, 445-446쪽.

게 되었는데 입관해서 와카미야의 서쪽 산에 장사지내려 하자 관 속에 커다란 뱀이 아이를 휘감고 있었다. 결국 그대로 뱀과 함께 매장했다.[10]

여자는 남자의 마음이 전과 같지 않자 상대에 대한 집착이 마음의 병을 만들어 결국엔 죽음을 맞이하게 된다. 그러나 죽음도 여자가 가진 애욕의 집착을 끊어내지 못한다. 아니 끊어버리지 못할 뿐만 아니라 커다란 뱀이 되어 더욱 강력하게 상대에게 집착하여 결국에는 상대를 죽여서라도 자기 것으로 만들고 있는 것이다. 앞에서 살펴본 중세의 문학 작품들을 통해 설화 속에 등장하는 뱀의 이미지를 확인할 수 있었다. 뱀은 여성이 가진 강력한 애욕과 질투의 표상으로 나타나고 그 욕망의 결과는 죽음으로 귀결되고 있었다. 또한, 작가는 그러한 남녀의 욕망 서사를 구성하는 데에 작품 속에 문학적 주술을 장치하여 이야기를 전개해가고 있음을 살펴볼 수 있다. 다음에서 자세히 살펴보고자 한다.

3 언어유희를 통한 문학적 주술

앞에서 언급했듯이, 「뱀 여인의 애욕」 이야기는 중국의 「백낭자」 이야기를 모티브로 하고 있다. 「백낭자」의 대강의 줄거리는 다음과

---

10 상계서, 449-450쪽.

같다. 송나라 때 허선이라는 남자가 있었는데 그는 아름다운 여인 백낭자에게 우산을 빌려주는 것을 계기로 서로 사모하는 사이가 된다. 그 후 백낭자가 결혼 자금으로 준 것이 장물로 밝혀지면서 허선은 두 차례나 귀양을 가게 된다. 귀양지까지 좇아가 혼례를 올리고 함께 살게 되지만, 백낭자는 법해法海 스님이 가지고 있던 항아리를 뒤집어쓰게 되어 그만 흰 뱀의 정체가 밝혀진다. 법해스님은 백낭자가 들어간 항아리를 땅속에 묻고 나서 그 위에 탑을 건립해서 봉인했다고 전해진다.

이와 같이 「뱀 여인의 애욕」이 보여주는 전체적인 이야기의 소재와 구성은 「백낭자」와 유사하다고 할 수 있다. 하지만, 두 작품은 주인공들의 성격과 서사 전개에 커다란 차이를 보인다. 「뱀 여인의 애욕」에는 전거가 되는 작품들로부터 주요 모티브를 취하면서도 인물이나 무대설정 등에 일본 고전 작품을 바탕으로 한 연상어들이 삽입되었기 때문이다. 작가가 작품을 집필하는 데 있어서 주인공 인물들의 출신이나 성격을 설정할 때 그것이 작품 전개나 구성상에 어떠한 역할을 하도록 하는 작가의 의도가 있었음을 생각해 본다. 본 작품뿐만 아니라 작가의 다른 작품에서도 등장인물의 성격과 무대설정 등이 사건 전개에 큰 작용을 하고 있는 것을 살펴볼 수 있다.[11]

---

11 다음의 논고를 통하여 아키나리의 작품 속 등장인물의 성격 및 무대설정이 사건전 개에 영향을 주고 있음을 고찰하였다. 「吉備津の釜」試論ー俳諧的連想に注目してー, 『近世文芸』,84, 2006. 「浅茅が宿」に見られる俳諧的手法ー, 『일본연구』38, 2008. 「宮木 が塚」試論ー伝承に根拠した連想語に注目してー, 『일본연구』44, 2010. 「시쿠비노에가오 死首の咲顔」고찰ー전승의 재탄생ー, 『일어일문학연구』77, 2011. 등을 참조 바람.

도요오豊雄는 우연히 마나고真女児라는 미모의 여성을 만나 그녀로
부터 청혼의 징표로 받은 보검을 가지고 집에 돌아온다. 여기서 작
가는 등장인물의 이름과 사건을 구성하는 요소에 설화 등 일본 고전
의 세계를 연상하게 하는 단어를 설정함으로써 내용에 있어서 중층
의 이미지를 떠올리도록 유도하고 있다. 예를 들어 본 이야기의 전
거가 되는 일본 고전 작품 중 하나인 '안친安珍·기요히메清姫 전설'로
잘 알려진 도조지道成寺 절 관련 설화[12]를 살펴보면 기요히메와 마나
고가 뱀의 화신이라는 점에서 유사성을 살펴볼 수 있다. 『도조지엔
기에마키道成寺縁起絵巻』(15세기 후반)의 다음 부분을 인용한다.

> 다이고醍醐 천황[13]의 치세, 엔초延長 6년(928) 8월 어느 날, 오슈奥州
> 로부터 구마노熊野로 참배를 가는 승려가 있었는데 용모가 아름답고
> 흰 승복을 입고 있었다. 기이紀伊 지방 무로군室郡 마사고真砂라는 곳
> 에 숙소가 있었다. 이 집의 주인인 기요쓰구 쇼지清次庄司라는 사람의
> 딸(또는 아내)로 따르는 이가 많았다.[14]

여기에 등장하는 여자 인물의 이름이 '기요히메'라고 명시되어 있
지는 않지만, 여인의 아버지가 '기요쓰구 쇼지'이며, 기요히메의 출

---

12 안친·기요히메 전설은 일본 기슈 지방紀州国에 전해지는 이야기로 승려 안친에게
　 마음을 주었으나 배신당한 기요히메가 격분한 나머지 뱀으로 변한 후에 도조지 절
　 의 범종 안에 숨은 안친을 태워 죽인다는 줄거리의 설화이다.

13 일본의 제60대 천황. 재위 897-903.

14 『続日本の絵巻24 桑実寺縁起 道成寺縁起』, 中央公論社, 1992.

신지가 '마나고真砂'라는 점을 확인할 수 있다. 즉, 「뱀 여인의 애욕」의 모티브가 된 일본 작품 속 주인공의 출신지를 본떠서 본 작품의 여자 주인공 '마나고'로 명명했음을 추측해 볼 수 있다. 그렇다면 여자 주인공 '마나고'라는 이름으로부터 독자들은 도조지 절 설화의 이야기를 떠 올리며 남자로부터 배신당한 여자가 뱀으로 변하여 무시무시한 복수를 하게 되리라는 것을 예감할 수 있을 것이다.

다음 인물설정을 살펴보면, 남자 주인공인 도요오는 기슈 지방의 미와사키三輪崎라는 곳에 오야노 다케스케大宅竹助의 아들로 등장한다. 오야노 다케스케는 어업에 수완이 좋아서 어부들을 많이 거느리면서 바다에서 물고기와 해산물을 대량으로 수확하며 풍족하게 살고 있었다. 도요오는 크게 어업을 하고 있는 이 집안의 차남으로 등장한다. 도요오의 출신이 어업을 하는 집안으로 설정되었다는 점은 여러 상징적인 의미를 가진다. 먼저, 어업을 한다고 하는 것은 여러 종류의 물고기들을 잡는 것을 뜻하는 것이므로 마나고의 정체인 뱀과는 천적天敵의 관계라고 할 수 있다. 그러므로 처음부터 도요오와 마나고의 만남은 비극적 결말이 예견되는 조합으로 서로 만나서는 안 되는 인물들인 셈이다. 이러한 유사한 예는 『우게쓰 이야기』의 다른 작품 「기비쓰의 가마솥 점」의 인물설정에서도 확인된다. 기비쓰 신사 신관의 딸인 이소라와 남자주인공 쇼타로의 집안은 역사적으로 적대적인 관계였다. 두 사람의 만남과 결합은 신의 뜻이 아니었기에, 기비쓰 가마솥 점에서 가마솥이 소리를 내지 않았던 것은 바로 기비쓰 신의 경고였던 것이다. 결국 신의 뜻과 경고를 무시하고 결혼한 두 사람 모두에게 파경이라는 결과가 기다리고 있었음을 살펴볼 수 있다. 마찬가지로 「뱀 여인의 애욕」에서도 결국 마나고는 죽음을 맞이하게 된다. 다만, 작가는 집안의 가업을 성실히 이어받은 장남과는 달리 차남인 도요오를 어업이나 가업에는 전혀 관심이 없는 인물로 설정하여 뱀의 화신인 마나고가 접근 가능하게 했음을 알 수 있다.

다른 한편으로는, 어부에게 있어서 바다의 신과 관련 있는 뱀은 어떤 의미에서는 숭배의 대상이 되는 유기적인 긴밀한 관계를 가지고 있다고 할 수 있다. 이러한 도요오와 마나고의 인물설정은 서로 만나서는 안 되는 관계를 암시하면서도 서로에게 끌릴 수밖에 없는 상황으로 이끌고 가는 것이다. 즉, 이야기는 비극적인 결말을 감지하면서도 두 사람이 만나 사랑에 빠지게 되는 문예적 장치를 걸어두고 있는 셈이다. 다음에서 좀 더 살펴보도록 하자.

도요오가 마나고를 처음 만나는 장면에서는 '갑자기 동남쪽에서 검은 구름이 몰려와 빗방울을 뿌리기 시작했다暴に東南の雲を生して、小雨そぼふり来る'고 서술되면서 그것이 도요오와 마나고가 만나는 계기가 되었다. 풍수지리학에서 동남쪽은 진사辰巳의 방위에 해당하므로 그것은 다름 아닌 도요오가 뱀의 화신과 만나게 된다는 것을 암시하고 있는 것이다. 또한, 도요오가 마나고에게 우산傘을 빌려주고, 자신은 도롱이삿갓蓑笠을 쓰고 돌아가는 상황에서 이야기의 전개상 우산은 마나고와 재회하는 구실을 만들어 준다. 당시의 우산이라면 뱀의 눈 모양을 형상화한 '자노메가사蛇の目傘' 우산을 연상하게 되므로, 두 사람을 이어주는 역할을 하는 도구가 된다. 도롱이삿갓도 야자과 식물인 포규蒲葵의 이파리로 만드는 경우가 많았는데, 포규는

일본 문학이나 문화적 측면에서 볼 때, 뱀의 표상으로서 잘 알려진 식물이므로 그러한 포규 이파리로 만든 도롱이삿갓을 뒤집어쓰고 간다는 점에서 마나고와의 만남과 앞으로 전개되는 두사람의 관계를 예고하는 장치적 역할을 하고 있다고 볼 수 있다. 주술이 초자연적이고 신비적인 힘을 빌어서 여러 가지 현상과 사건을 일으키는 기술이라고 할 때, 문학적 주술은 작품 속에서 구성된 언어를 통한 연상과 암시에 의해 주인공들의 만남을 이끌기도 하고, 그들의 운명을 예고하기도 하는 장치 역할을 한다고 할 수 있다. 다음 장에서는 본 작품의 남녀 주인공의 욕망이 어떠한 서사적 구조를 가지고 있는지 살펴보겠다.

4 그 남자와 뱀 여인의 욕망 서사

그렇다면 여기서는 도요오와 마나고의 욕망을 중심서사로 하여 이야기를 분석해보기로 하겠다. 전체적으로 이야기의 전개를 나눠보면 첫째, 이상과 현실의 괴리에서 꿈틀거리는 욕망, 둘째, 갈등하며 집착하는 욕망, 셋째, 파멸로 치닫는 삐뚤어진 욕망의 서사구조를 보이고 있다.

첫 번째, 이상과 현실의 괴리에서 꿈틀거리는 욕망에 대하여 살펴보자. 남자 주인공과 여자 주인공은 모두 이상세계와 현실세계에서 커다란 괴리를 보이는 인물이다. 남자 주인공 도요오의 인물설정은 다음과 같다.

> 셋째는 도요오라고 하는 아들이었다. 그는 날 때부터 부드러운 성
> 격을 타고났으나 오로지 풍류만을 즐기고 세상일에는 도통 관심이 없
> 어 스스로 살아가고자 하는 자립심이 없었다.[15]

　고상한 것을 좋아하고 풍류를 즐기는 도요오의 성격은 어업으로
생계를 꾸려가는 공동체 속에서는 아무런 쓸모가 없는 무용지물과
같은 존재일 뿐이다. 더구나 성실한 장남이 있는 덕분에 아무런 노
력을 기울이지 않고도 살아갈 수 있는 책임감이 없는 인물이다. 실
제로 도요오가 가족들에게 어떠한 존재로 인식되고 있는가는 아버
지의 생각을 통해 더욱 잘 알 수 있다. '재산을 나누어 줘봤자 저런
성격으로는 즉시 재산을 탕진해버리고 말 것이다. 그렇다고 다른 집
의 가업을 잇는 데릴사위로 보낸다 한들 결국은 잘 해내지 못해 걱
정거리만 안겨줄 것이 뻔하다. 차라리 제 마음대로 내키는 대로 하
게 하여 그가 나중에 학자가 되고 싶다면 학자가 되게 하고, 승려가
되고 싶다면 승려가 되게 하자. 어차피 그는 일생 동안 형의 도움을
받아 살아갈 수밖에 없다'[16]고 판단하고 있다. 어머니로부터도 도요
오는 인정받지 못한다. 마나고로부터 보검을 받아가지고 돌아왔을

15　紀の国三輪が崎に、大宅の竹助といふ人在りけり。(中略)三郎の豊雄なるものあり。生
　　長優しく、常に都風たる事をのみ好みて、過活心なかりけり。

16　家財をわかちたりとも即人の物となさん。さりとて他の家を嗣しめんもはたうたてき事聞くら
　　んが病しき。只なすままに生し立て、博士にもなれかし、法師にもなれかし、命の極は太
　　郎が羈物にてあらせん。

때 그가 들은 말을 살펴보자.

> "그런 귀한 물건을 어디에 쓰려고 샀느냐? 우리 집안의 쌀도 돈도
> 모두 형의 재산이다. 네가 가진 게 도대체 무엇이 있단 말이냐? 요즘에
> 는 네가 하고 싶은 대로 내버려두었는데 이런 일로 형에게 미움을 받
> 고 눈 밖에 난다면 앞으로 어떻게 살아갈 셈이냐. 이 넓은 세상에서 네
> 가 맘 편히 지낼 곳이 이곳 말고 달리 어디에 있단 말이냐. 성현의 가르
> 침을 배운다던 녀석이 어찌 이다지도 분별이 없단 말이냐!"[17]

그야말로 가족들에게 인정받지 못하고 환영받지 못하는 주제에
남들이 모두 땀 흘려 일할 때에 책이나 끼고 다니는 한심한 지식인
의 모습을 보이고 있다. 그렇다면 도요오가 가족 공동체에서 인정받
지 못하는 그의 부드러운 성격, 즉 고상한 것을 좋아하고 풍류를 추
구하는 그의 성격이 현실 속에서 어떻게 나타나는가에 대해서 살펴
보자. 작가는 도요오가 욕망하며 추구하는 것이 무엇인지에 대하여
작품 속에서 계속적으로 암시하고 있다. 도요오는 우연한 기회에 아
름답고 신비한 여인인 마나고를 만나게 되면서 첫눈에 반하여 그녀
를 욕망하게 된다. 다음의 문장들을 보면 세상의 일이나 가업에는
도통 관심이 없는 도요오가 눈에 보이는 마나고의 아름다운 모습에
온통 마음을 빼앗겨버린 것을 알 수 있다. 마나고를 처음 보게 된 장

---

17 母豊雄を召て、「さる物何の料に買つるぞ。米も銭も太郎が物なり。吾主が物とて何をか
　持たる。日来は為まヽにおきつるを、かくて太郎に悪まれなば、天地ちの中に何国に住ら
　ん。賢き事をも学びたる者が、など是ほどの事わいためぬぞ」といふ。

면에서 '그 우아하고 아름다운 모습에 도요오는 자신도 모르게 가슴이 설레이고'[18] 있었고, 곧 '이 세상 사람이라고는 생각되지 않을 정도로 아름다운 모습에 마음을 빼앗겨버렸다'[19]고 하였다. 도요오의 현실과 그가 꿈꾸는 이상 세계는 너무나도 커다란 차이를 가지고 있었던 것이다. 어쩌면 도요오는 현실세계에서는 욕망할 수 없기에 더욱 더 이상 세계를 욕망하는 것인지 모른다.

그렇다면 여자 주인공인 마나고는 어떠한가? 그녀는 아직 스물이 채 안 되어 보이는 수려한 용모에 단정하게 머리를 빗은 아름다운 자태의 여인으로 등장한다. 그녀가 도요오를 만나서 마음을 고백하는 이야기는 남자의 마음을 흔들기에 충분하다.

저는 원래 교토에서 태어났습니다만 아버님, 어머님과 일찍 사별하고서 유모의 도움으로 성장했습니다. 그리고 이 지방 수령의 밑에서 관리로 일하던 아가타라고 하는 이의 처로 시집와서 이 마을에 살게 된 지도 벌써 삼 년이나 되었습니다. 그런데 남편은 임기를 채 마치지도 못하고 금년 봄에 사소한 일이 병이 되어 그만 세상을 뜨고 말았기에 저는 의지할 곳 없는 외로운 몸이 되고 말았습니다. 전에 교토에 있던 유모는 이미 출가한 여승이 되어 정처 없는 전국 수행의 길에 나섰기 때문에 고향인 교토도 이제는 전혀 낯선 타향 땅이 되어버렸습니다. 그러한 사정이오니 부디 저의 딱한 처지를 헤아려주시기 바랍니

---

18 貴やかなるに、不慮に心動きて、
19 世の人とも思はれぬばかり美しきに、心も空にかへる思ひして、

다. 어제 비를 피할 때 보여주신 친절한 말씀과 행동에 당신이 성실하신 분이라는 것을 알고 사모하게 되었습니다. 앞으로도 일생 동안 당신을 모시려고 굳게 마음먹고 있으니 저를 더러운 계집이라고 생각하지 않으신다면 제가 드리는 이 잔을 물리치지 말아주십시오. 이 잔을 서로 나눠 마시고 부부의 인연을 맺어 백 년 천 년 해로할 수 있기만을 바라옵니다.”[20]

이러한 마나고의 애절한 사연과 모습들은 모두 거짓인 것이다. 그러므로 그녀의 현실은 이해받을 수 없고 받아들여지지 않는다. 인간이 아닌 이물은 인간들에게서 배제될 수밖에 없는 악한 존재이다. 그럴수록 뱀인 그녀가 가진 남자에 대한 집착과 애욕은 깊어져갈 뿐이다.

두 번째는 갈등하며 집착하는 욕망이다. 이것은 상대의 본심을 알아차린 이후에도 집착을 버리지 못하고, 상대의 정체를 알고도 갈등하는 모습이다. 도요오는 마나고로부터 청혼의 징표로 받아온 것이 도난당한 보검으로 밝혀져 누명을 쓰게 되는 등 마나고와 관련하여 기이한 일로 고초를 겪게 된다. 그리고 그러한 일을 통해 마나고 일행의 정체를 알게 된다. 그럼에도 불구하고, 도요오는 그녀에 대한

---

20 故は都の生なるが、父にも母にもはやう離れまいらせて、乳母の許に成長しを、此国の受領の下司県の何某に迎へられて伴なひ下りしははやく三とせになりぬ。夫は任はてぬ此春、かりそめの病に死給ひしかば、便なき身とはなり侍る。都の乳母も尼になりて、行方なき修行に出しと聞は、彼方も又しらぬ国とはなりぬるをあはれみ給へ。きのふの雨のやどりの御恵みに、信ある御方にこそとおもふ物から、今より後の齢をもて御宮仕へし奉らばやと願ふを、汚なき物に捨給はずば、此一杯に千とせの契をはじめなん」といふ。

의혹이 풀리지 않은 상황임에도 불구하고 끈질긴 마나고의 구애를 저버리지 못한다. 드디어는 '도요오의 마음도 조금씩 풀어지고 마나고의 아름다운 용모에 빠지게 되어 부부간의 백년해로를 약속하고'[21] 마나고와 결혼을 하기에 이른다. 그리고는 매일 밤 깊은 부부의 정을 나누면서 서로가 이제야 하나된 것을 한탄할 뿐이다.

　이후 요시노에서 만난 노인도사를 통해 도요오는 마나고의 정체를 다시 한번 확인하게 되지만, 요물이라는 정체를 알고도 아름다운 것에 유혹되는 마음을 어찌하지 못한다. "자네 역시 미인으로 변한 잡귀의 거짓 모습에 반하여 사내대장부로서의 마음가짐을 전부 잃어버렸네"[22]라는 노인도사의 지적에서도 알 수 있듯이, 도요오의 성격과 성향은 자신 스스로의 강한 반성과 회심이 일어나지 않고서는 좀처럼 바뀌지 않는 것이다. 마나고로부터 멀리 떠나고자 도미코와 결혼을 하게 될 때에도, 도요오는 '도미코의 용모가 매우 뛰어나 매우 만족스러워'[23]하고 있음을 알 수 있다. 남자주인공인 도요오의 성격이 고상한 것을 좋아하고 풍류를 즐긴다고 묘사된 것은 다름 아닌 용모의 아름다움에 지배받고 있다는 것을 뜻한다. 그러나 도요오가 마나고의 지속적이고도 강렬한 유혹을 뿌리치지 못하고 욕망이 원하는 대로 따라갈수록 그의 현실세계 또한 붕괴되어 현실로부터 영원히 분리될 뿐이다. 인간은 욕망을 해소하고자 그것을 초현실의 세계를 통해 암묵적으로 드러내고 환상 속에서 자신의 억압된 욕망을

21　豊雄も日々に心とけて、もとより容姿のよろしきを愛よろこび、千とせをかけて契る。

22　畜が仮の化に魅はされて丈夫心なし。

23　此富子がかたちいとよく万心に足ひぬる

재구성하며 가공하기도 한다.

　마나고 또한 도요오의 마음이 돌아섰음을 알고 나서도 그를 향한 마음을 멈출 수가 없다. 그녀는 서로의 사랑을 확인하고 부부로서 백년가약을 맺었음에도 불구하고 새로운 아내 도미코를 맞은 남편 도요오에 대하여 강한 집착을 드러내며 남자의 사랑을 갈구하는 여인의 본성을 보여주고 있다. 마나고를 통해 그려지는 여자의 욕망은 어떠한 것인가. 상대의 마음이 이미 떠났음을 알고도 여전히 그를 붙잡으려하고 그에게 집착하며 더 이상 자신의 처지나 합리적인 선을 찾아보려는 분별력을 잃고 마는 모습을 보이고 있는 것이다. 작가는 이것을 통해 상대의 애정을 얻기 위해서는 어떤 것도 불사하겠다는 무서운 본성과 애욕에 대한 집착이 여성 내면에 숨겨져 있음을 인간이 아닌 음욕을 지닌 뱀의 화신을 통하여 여실히 그려냈다고 할 수 있다. 인간의 질투와 집착이 격화되어 뱀으로 변하는 일본 고전 작품의 이야기들로부터 본 이야기의 여자주인공인 뱀 여인을 통해서 마나고가 보여준 욕망에 대한 집중과 집착이 그야말로 여자가 가지고 있는 본성임을 말하고자 했던 것일지도 모른다.

　셋째는 파멸로 치닫는 삐뚤어진 욕망의 서사구조를 보여주고 있다. 먼저, 도요오와의 애정을 이루고자 집착하는 마나고의 모습을 살펴보자. 신통력 있는 스님을 통해 마나고의 정체를 알게 된 도요오가 그녀로부터 벗어나려 하자, 마나고는 남자와의 애욕에 집착하며 위협하기에 이른다.

　마나고는 방긋 웃으면서 "당신, 너무 이상하게 여기실 것 없습니다.

천지신명께 약속한 우리의 사랑을 당신은 빨리도 잊으셨지만, 이렇게

될 운명이었기에 다시 또 만나게 된 것이지요. 다른 사람들이 말하는

것을 진실이라 생각하고 또 다시 나를 멀리하려 하신다면 그 원한을

반드시 갚아드릴 것 입니다."[24]

마나고의 욕망은 오로지 도요오만을 향해 있다. 서로의 사랑을 확인하고 부부로서 백년가약을 맺었음에도 불구하고 새로운 아내 도미코를 맞은 남편이지만 마나고는 여전히 도요오를 사랑하고 그의 사랑을 갈구하고 있다. 그러나 그러한 욕망의 대가로는 비극적인 결말이 기다리고 있을 뿐이다. 다음에 인용하는 본 작품의 결말부분에는 남자주인공 도요오의 인간적 성장과 함께 오로지 욕망만을 추구해 온 뱀 여인 마나고의 죽음이 그려진다.

'자네 역시 짐승의 거짓 모습에 반하여 사내대장부의 마음가짐을

전부 잃어버리고 말았네. 이제부터라도 장부다운 용기를 가지고 마음

을 잘 진정시킨다면 이들 잡귀를 물리치는 데 이 늙은이의 힘을 빌리

지 않아도 될 걸세. 아무쪼록 마음을 굳게 먹고 잘 진정시키도록 하게.'하

고 진심어린 충고를 해 주었다. (중략) 스님은 도조지에 돌아와 사람들을

시켜 본당 앞을 깊게 파서 쇠로 만든 주발을 묻게 하고 뱀들이 영원히 밖

으로 나오지 못하도록 하였다. 지금까지도 도조지에는 뱀이 묻힌 무덤이

---

24 女打ちゑみて、「吾君な怪しみ給ひそ。海に誓ひ山に盟ひし事を速くわすれ給ふとも、さるべき縁にしのあれば又もあひ見奉るものを、他し人のいふことをまことしくおぼして、強に遠ざけ給はんには、恨み報ひなん。

남아 있다고 한다. 그 후 쇼지의 딸은 병이 나서 죽게 되었지만, 도요오는 무사히 목숨을 건졌다고 하는 이야기가 전해 내려오고 있다.[25]

앞에서 서술한 바와 같이, 도요오는 가족들과 공동체 속에서 존재감이 없을뿐더러 아무런 쓸모가 없는 인물이었다. 그는 타고난 부드러운 성격으로 풍류만을 즐기고 세상을 살아가는 일에는 도통 관심이 없었다. 그러기에 마나고라는 신비스런 여인에게 이끌릴 수밖에 없었고, 결국엔 인간과 이물(異物)이 함께 하지 못하는 인간세계의 도리와 규칙을 어기게 되어 도요오 자신의 목숨이 위협받는 상황에 이르렀다. 그리고 자신으로 인해 주변 사람들이 희생당하는 것을 경험한 후에야 사내대장부의 마음을 회복하기로 결심하고 인간적인 성장을 하게 된다. 이러한 과정을 통해 비로소 도요오는 가족들과 공동체 속에서 인정을 받게 되고 소통하는 인간으로 거듭나게 된 것이다. 반면, 비록 인간은 아니었지만, 인간들의 세계에서 적극적으로 때로는 당당히 인간과 관계하며 정욕과 욕망을 추구하고자 했던 마나고는 결국 파멸을 맞이한다. 그러나 마나고의 행동은 인간이 아니라고 하는 이유만으로 인간세계로부터 배척당하고 제거되기에는 너무나도 인간이 가진 본성의 모습을 여실히 보여주었다고 할 수 있다. 그것은 어쩌면 여성이 순수한 본성에 충실할 때에만 행동할 수

---

25 儞又畜が仮の化に魅はされて丈夫心なし。今より雄気してよく心を静まりまさば、此らの邪神を逐はんに翁が力をもかり給はじ。ゆめゆめ心を静まりませ」とて実やかに覚しぬ。(中略) 蘭若に帰り給ひて、堂の前を深く堀せて、鉢のまゝに埋させ、永劫があひだ世に出ることを戒しめ給ふ。今猶蛇が塚ありとかや。庄司が女子はつひに病にそみてむなしくなりぬ。豊雄は命恙なしとなんかたりつたへける。

있는 모습일 수 있고, 인간세계를 지배하고 있는 윤리와 도덕, 그리고 체면 아래에서는 추구할 수 없는 불가능한 행동일지도 모른다.

5 맺음말

『우게쓰 이야기』의 애정소설에 등장하는 남자주인공들은 한결같이 문제점을 지닌 인물로서 그들이 속한 가족공동체과 사회공동체 속에서 인정받지 못하는 존재임을 살펴볼 수 있었다. 그들과 조합을 이루는 여성들 또한 자신이 처한 현실세계의 붕괴를 통해 초현실적인 세계를 경험하게 되는 부조화의 인물들이라고 할 수 있다. 「뱀 여인의 애욕」에 등장하는 도요오도 현실세계에서 자신의 존재감을 나타내지 못하는 인물이기에 비현실적인 이상세계를 추구하고 있는 것일 수 있다. 마나고는 비록 인간이 아닌 뱀의 화신이었지만, 뱀의 이미지를 통해 인간이 가진 욕망과 본성을 순수하게 드러낼 수 있었다.

앞에서 살펴본 고전 작품 속에서는 여자의 질투와 애욕이 심하여졌을 때에 뱀으로 변신하는 용례가 자주 등장하였다. 그런데 본 작품에서는 인간이 뱀이 된 것이 아닌 뱀이 인간으로 변신하여 등장하고 있다. 그것은 전거 작품으로부터 모티브를 취한 부분도 있겠지만, 무엇보다도 마나고가 보여준 애욕을 추구하는 모습과 욕망에 집중하고 집착하는 성질과 심성이 여성의 본성임을 이야기하고자 했다고 생각된다.

또한 도요오와 마나고가 보여준 욕망의 서사 구조는 설화문학을 넘어서 근대 문학에 가까운 인간들의 군상을 보여주고 있음을 알 수 있다. 첫째, 이상과 현실의 괴리에서 갈등하고 욕망하는 구조를 볼 수 있다. 그리고 두 번째로, 그 욕망의 허상이 깨지고 현실을 인식한 후에도 여전히 욕망으로부터 벗어나지 못하는 구조이다. 즉, 알고도 끊지 못하는 인간의 정념의 굴레에서 실패와 후회를 반복적으로 되풀이하고 있었다. 마지막으로 욕망의 결과로서 파멸로 치닫는 삐뚤어진 욕망의 서사를 보여준다. 결국 욕망은 결핍에 대한 욕구로서, 상대방에게 인정받고자 하는 욕구, 사랑받고자 하는 인간의 욕구가 욕망으로서 드러나는 것일 것이다. 그러나 그러한 욕망이 받아들여지지 않을 때, 채워지지 않을 때, 욕망은 죽음까지 이르는 경험을 되풀이하고 있었다. 그런 의미에서 죽음은 또 다른 욕망의 모습이라고 할 수 있다. 그렇다면 욕망은 인간을 살게 하는 원동력이 되기도 하지만, 인간을 파멸로 이끄는 광기를 지닌 폭력의 양날을 지니고 있다고 할 수 있을 것이다. 작가는 작품 곳곳에 문학적 주술을 장치함으로써 작품의 등장인물에 이야기를 부여하고 욕망의 서사 구조에 중층적인 의미를 갖게 하는 점 또한 본 작품이 오래 평가받아 온 이유일 것이다. 이러한 문학적 장치와 욕망의 이야기를 통해 작품의 전거가 되는 중국의 고전이나 일본의 고전작품들과는 다른 풍성한 이야기를 만들어내고 있음을 살펴볼 수 있었다.

참고문헌

제1장 한국고전문학에 나타난 불륜의 사랑

김경미·조혜란(역주)『19세기 서울의 사랑』, 여이연, 2003.
게르티 쟁어 저, 한미라 역『불륜의 심리학』, 소담출판사, 2009.
김정숙「조선후기 대하소설의 서사구조-〈천수석〉과 〈화산선계록〉을 중심으로」,
　　　『반교어문연구』 34, 반교어문학회, 2013.
김홍규『근대의 특권화를 넘어서』, 창비, 2013.
송기호「패륜과 불륜」,『문화 예술』 54권 7호, 2006.
안대회「19세기 희곡 〈북상기〉 연구」,『고전문학연구』 33, 한국고전문학회,
　　　2008.
윤채근「〈포의교집〉에 나타난 근대적 욕망 구조」,『청람어문교육』 35, 청람어문
　　　교육학회, 2007.
이수곤『조선 후기의 탈중세적 징후들』, 서강대출판부, 2014.
정우봉「미발굴 한문희곡 〈백상루기〉 연구」,『한국한문학연구』 41, 한국한문학
　　　회, 2008.
정해은「조선전기 어우동 사건에 대한 재검토」,『역사연구』 17, 역사학연구소,
　　　2007.
조혜란「〈포의교집〉 여성 주인공 초옥에 대한 연구」,『한국고전여성문학연구』
　　　3, 한국고전여성문학회, 2001.
_____「19세기 애정소설의 새로운 양상 고찰」,『국어국문학』 135, 국어국문학
　　　회, 2003.
_____「악행(惡行)의 서사화 방식과 진지성의 문제」,『한국고전연구』 23집, 한
　　　국고전연구학회, 2011.

최기숙 「'관계성'으로서의 섹슈얼리티; 성, 사랑, 권력-18·19세기 야담집 소재
　　　'강간'과 '간통' 담론을 중심으로」, 『여성문학연구』 10, 한국여성문학학
　　　회, 2003.
최수현 「〈임씨삼대록〉 여성인물 연구」, 이화여대 박사학위청구논문, 2010.
홍나래 「간통 소재 설화의 연구」, 이화여대 박사학위청구논문, 2010.
황수연 「자결을 통해 본 욕망의 문제」, 『한국고전여성문학연구』 16, 한국전여성
　　　문학회, 2008.
한국고전번역원DB　http://www.itkc.or.kr/itkc/Index.jsp

제2장　일본고전문학에 나타난 불륜의 사랑

秋山虔·阿部秋生·今井源衛·鈴木日出男　校注·訳 『源氏物語』, 新編日本古典文学全
　　　集20-25, 小学館, 1995.
三角洋一 校注 『とはずがたりたまきはる』, 新日本古典文学大系50, 岩波書店, 1994.
氏家幹人 『不義密通―禁じられた恋の江戸―』, 講談社, 1996.
勝俣鎮夫 『戦国法成立史論』, 東京大学出版会, 1979.
小学館国語辞典編集部編集 『日本国語大辞典』, 小学館, 2006, JapanKnowledge,
　　　http://japanknowledge.com (検索日 2016.2.28)
増田繁夫 「密通·不倫という男女関係」, 『平安貴族の結婚·愛情·性愛』, 青簡社, 2009.
吉野瑞恵 「『源氏物語』が『とはずがたり』にもたらしたもの」, 『源氏物語煌くことば
　　　の世界』, 翰林書房, 2004.
＿＿＿＿ 「「執着の恋の系譜―『とはずがたり』の『源氏物語』柏木受容を通して―」, 『国語
　　　と国文学』 93(4), 東京大学国語国文学会, 2016.

제3장　한국 고전문학에 나타난 人鬼交驩

김용옥 『삼국유사 인득』, 통나무, 1992.
김정배 교감 『삼국사기』, 민족문화추진회, 1973.
강은해 「〈도화녀 비형랑〉 설화에 나타난 두두리 신앙의 지역화와 진지왕계 복
　　　권신화적 기능」, 『어문학』 제120집, 한국어문학회, 2013.
권도경 「〈도화녀(桃花女) 비형랑(鼻荊郎)〉 텍스트의 적층구조와 진지왕·도화

녀·비형랑 관련 설화의 결합원리」,『한민족어문학』66집, 2014.

김기흥「도화녀 비형랑 설화의 역사적 진실」,『한국사론』41·42, 서울대 국사과, 1999.

김덕원「眞智王의 즉위에 대한 재검토」,『백산학보』63, 백산학회, 2002.

金杜珍「新羅 眞平王代 初期의 政治改革-三國遺事 所載〈桃花女·鼻荊郎〉條의 分析을 中心으로-」,『진단학보』69, 1990.

김민혜「桃花女·鼻荊郎說話를 통해 본 新羅 六部統合過程」, 한국교원대 대학원 석사학위논문, 2007.

김선주「신라 선덕왕과 영묘사」,『한국고대사연구』71, 한국고대사학회, 2013.

김수미「신라 炤知王代의 牧民官 천거와 정치 세력의 변화」,『歷史學研究』41, 2011.

김홍철「桃花女鼻荊郎說話考」,『교육과학연구』제11집 제3호, 청주대 교육문제연구소, 1998.

문아름「도화녀 비형랑조의 서사구조와 의미 연구」, 한양대 석사학위논문, 2012.

김성룡「비형 이야기에 나타난 귀신 이야기의 구성 원리」,『선청어문』제24집, 서울대 국어교육과, 1996.

박은용「木榔攷」,『한국전통문화연구』2집, 효성여대 전통문화연구소, 1986.

박홍국「와전자료를 통한 영묘사지와 흥륜사지의 위치비정」,『신라문화』20, 2002.

신재홍 역주『화랑세기』, 보고사, 2009.

신재홍『향가의 해석』, 집문당, 2000.

양희철「문어의 향가 풍요」,『삼국유사 향가 연구』, 태학사 1997.

엄기영「三國遺事〈桃花女鼻荊郎〉의 신화적 특징과 그 의미」,『한국문화연구』25, 2013.

이근직「신라 흥륜사 위치관련 기사 검토」,『신라문화』20, 2002.

이순근「신라시대 성씨 취득과 그 의미」,『한국사론』6, 서울대국사과, 1980.

이완형「도화녀 비형랑 조의 제의극적 성격 시고」,『한국문학논총』제16집, 한국문학회, 1995.

유종국「풍요론」,『국어국문학』103.

정연식「모량(牟梁), 잠훼(岑喙)의 뜻과 귀교(鬼橋)의 위치」,『인문논총』30, 서울여대인문과학연구소, 2016.

조한정「신라 소지왕대의 정치적 변동: 사금갑설화를 중심으로」,『한국학연구』27, 2012.

지헌영「풍요에 관한 제문제」,『국어국문학』41, 1968.

제4장 오토기조시에 보이는 이류혼인담

市古貞次『中世小説の研究』, 東京大学出版会, 1955.

稲田浩二責任編集『日本昔話通観 研究編1 日本昔話とモンゴロイド』, 同朋舎, 1993.

_____『日本昔話通観 研究編2 日本昔話と古典』, 同朋舎, 1998.

小沢俊夫『世界の民話―ひとと動物との婚姻譚―』, 中央公論社, 1974.

関敬吾『日本昔話集成』, 角川書店, 1950-58.

_____『日本昔話大成』, 角川書店, 1978-80.

_____『関敬吾著作集2 昔話の歴史』, 同朋舎, 1982. [←『昔話の歴史』, 至文堂, 1966]

德田和夫編『お伽草子事典』, 東京堂出版, 2002.

柳田国男『柳田国男全集6』, 筑摩書房, 1998. [←『桃太郎の誕生』, 三省堂, 1933]

_____『柳田国男全集9』, 筑摩書房, 1998. [←『昔話と文学』, 創元社, 1938]

柳田国男監修『日本昔話名彙』, 日本放送協会, 1948.

제5장 파괴와 복원의 변증

『三國遺事』

『高麗史節要』

『高麗史』

고운기『삼국유사 글쓰기 감각』, 현암사, 2010.

_____『우리가 정말 알아야 할 삼국유사』, 현암사, 2002.

_____「13세기 여성의 삶과 그 인식」,『일연과 삼국유사의 시대』, 월인, 2001.

_____「문화원형의 의의와 삼국유사」,『한문학보』24집, 우리한문학회, 2011.

김운회『몽골은 왜 고려를 멸망시키지 않았나』, 역사의아침, 2015.

민영규『四川講壇』, 又半, 1994.

석지현 엮고 옮김『선시』, 현암사, 2013.

성철『百日法門』, 장경각, 1990.

송준호『우리 한시 살려 읽기』, 새문사, 2006.

_____『한국명가한시선 I』, 문헌과해석사, 1999.

조동일『한국문학통사2』(제4판), 지식산업사, 2005.

中村元 외 편집『岩波佛教辭典』(제2판), 岩波書店, 2002.

제6장 한문현토체 신문소설『신단공안』으로 보는 범죄서사의 상업화

계만영 저, 박소현 외 역『당음비사』, 세창출판사, 2013.

김광영「〈용도공안〉소고」,『중국문학』15, 한국중국어문학회, 1987.

김영민「19세기 말 이후 20세기 초반 한국의 근대문학」,『국어국문학』149, 2008.

김찬기「근대계몽기 전(傳) 양식의 근대적 성격 -『神斷公案』의 제4화와 제7화를 중심으로」,『상허학보』10, 상허학회, 2003.

凌濛初 撰『初刻拍案驚奇』2, 世界書局, 1968.

박소현「과도기의 형식과 근대성- 근대 계몽기 신문연재소설「신단공안」과 형식의 계보학」,『중국문학』63, 한국중국어문학회, 2010.

반재유『神斷公案』의 문체 연구 - 평어와 협비를 중심으로- 열상고전연구회, 열상고전연구 제46집, 2015.

石玉昆 述『包公案』下, 中國致公出版社 , 2001.

심재숙『근대 계몽기 신작 고소설연구』, 월인, 2012.

윤성룡「1906년도 신문연재 한문체소설 연구-『황성신문』과『대한일보』를 중심으로」, 고려대 국문과 박사학위논문, 2014.

이헌홍『한국송사소설연구』, 삼지원, 1997.

임성래「신문소설의 입장에서 본 〈혈의 누〉」,『신문소설이란 무엇인가?』, 국학자료원, 1996.

정환국「애국계몽기 한문소설의 현실인식-『어복손전』의 경우」,『민족문학사연구』8호, 민족문학사연구소, 1995.

정환국「송사소설(訟事小說)의 전통과『신단공안(神斷公案)』」,『한문학보』, 우리한문학회, 23권, 2010.

조상우「애국계몽기 한문소설 〈어복손전〉 연구」,『국문학논집』18, 단국대, 2002.

조혜란「한국고전문학에 나타난 불륜의 사랑」,『일본학연구』49, 단국대 일본연구소, 2016.

曾天富「韓國小說의 明代擬話本小說 受容의 一考察」, 부산대학교 박사학위논문, 1987.

최현주「신소설의 범죄서사 연구」, 서강대 박사학위논문, 2004.

한기형·정환국 역주『역주 신단공안』, 창비, 2007.

황수연「19-20세기 초 규훈서 연구」,『한국고전여성문학연구』24, 한국고전여성문학회, 2012.

한국 고신문자료 http://www.kinds.or.kr/mediagaon/goNewsDirectory.do(검색일: 2016.9.1.)

제7장 사이카쿠의 불효담에서 보는 자연

정형『西鶴浮世草子研究』, 보고사, 2004.

정형『일본근세소설과 신불』, 제이앤씨, 2008.

정형『일본일본인일본문화』, 다락원, 2008.

정형『일본영대장』, 소명출판, 2009.

倉地克直『江戸文化をよむ』, 吉川弘文館, 2006.

西山松之介『江戸学事典』, 弘文堂, 1984.

川村博忠『近世日本の世界像』, ぺりかん社, 2003.

桂島宣弘『自他認識の思想史』, 有志舎, 2008.

伊藤俊太郎編『日本人の自然観 縄文から現代科学まで』, 河出書房新社, 1995.

松田修「西鶴における自然」『国文学解釈と教材の研究』15巻16号, 1970.

梅原猛『日本人の自然観』, 科学技術政策研究所, 1989.

『日本の近世 5』「商人の活動」, 中央公論社, 1992.

斎藤善之編『新しい近世史 3』「市場と民間社会」, 新人物往来社, 1996.

信濃千曲『仏教の伝来と日本人の対応・自然観』文化書房博文社, 2011.

暉峻康隆訳注『現代語訳西鶴全集第8巻』「本朝二十不孝」小学館.

谷脇理史, 江本裕編『西鶴事典』, おうふう, 1996.

『日本国語大辞典』, 小学館.

『角川古語大辞典』, 角川書店.

『本朝二十不孝』, 対訳西鶴全集, 明治書院.

『井原西鶴集 2』「本朝二十不孝」, 新編古典文学全集, 小学館.

『御伽草紙集』『二十四孝』, 日本古典文学全集, 小学館.

『近世町人思想』, 日本思想大系, 岩波書店.

『本朝二十不孝』, 新日本古典文学大系, 岩波書店.

제8장 조선시대 차별과 적대의 이해를 위한 시론

스탠포드대학 온라인 철학사전. http://plato.stanford.edu/

거창양민사건 재판관련 자료집. 거창사건추모공원 홈페이지.
　　http://www.geochang.go.kr/case/

김만중, 정병설 옮김『구운몽』, 문학동네, 2013.

조동일『한국의 문학사와 철학사』, 지식산업사, 1996.
이숙인『우리들의 동양철학』, 한국철학사상연구회, 동녘, 1997.
최봉영『한국사회의 차별과 억압』, 지식산업사, 2005.
권수영『한국인의 관계심리학』, 살림, 2008.
신기철『전쟁범죄』, 인권평화연구소, 2015.
_____,『(아직도 못다 한 한국전쟁 민간인 희생자 이야기)멈춘시간 1950』, 인권
　　　평화연구소, 2016.

라울 힐베르크, 김학이 옮김『홀로코스트 유럽유대인의 파괴1』, 개마고원,
　　　2008(원저는 1961년 간행).
크리스토퍼 R. 브라우닝, 이진모 역『아주 평범한 사람들; 101예비경찰대대와
　　　유대인학살』, 책과함께, 2010(원제는 *Ordinary Men : Reserve Police
　　　Battalion 101 and the Final Solution in Poland,* 1992).
Daniel Goldhagen, *Hitler's Willing Executioners: Ordinary Germans and the
　　　Holocaust,* Alfred A. Knopf, 1996.

제9장 헤이안 왕조의 '이에'와 여성

阿部秋生 他 校注·訳『源氏物語』6, 日本古典文学全集17, 小学館, 1976.
阪倉篤義 校注『竹取物語』日本古典文学大系9, 岩波書店, 1957.
室城秀之 訳注『落窪物語』上, 角川ソフィア文庫, 角川書店, 2004.
小嶋菜温子『かぐや姫幻想』, 森話社, 1995.
_____「浮舟と〈女の罪〉」『源氏物語批評』, 有精堂, 1995.
_____『源氏物語批評』, 有精堂, 1995.
_____「かぐや姫の〈罪〉と帝—『今昔物語集』竹取説話の世界観から」『王朝の性
　　　と生誕—王朝文化史論』, 立教大学出版会, 2004.
_____『王朝の性と生誕—王朝文化史論』, 立教大学出版会, 2004.
_____「『源氏物語』に描かれた女性と仏教—浮舟と〈女の罪〉」『国文学 解釈と鑑
　　　賞』69(6), 至文堂, 2004.
_____「源氏物語とジェンダー批評」『源氏物語研究講座』9, おうふう, 2007.
_____「かぐや姫と〈女の罪〉—浮舟との比較から」(藤本勝義 編,『王朝文学と仏
　　　教·神道·陰陽道』平安文学と隣接諸学2, 竹林舎, 2007.)
_____「〈家〉と結婚—かぐや姫の「女の身」」(前田雅之 他 編,『〈新しい作品論

へ),〈新しい教材論へ〉古典編1 』,右文書院, 2003.)

小林正明「最後の浮舟―手習巻のテクスト相互関連性―」『物語研究―語りそして引用』, 新時代社, 1986.

_____「女人往生論と宇治十帖」(東京大学国語国文学会 編,　『国語と国文学』64(8), 1987.

_____「逆光の光源氏―父なるものの挫折―」(小嶋菜温子 編,『王朝の性と身体』, 森話社, 2004.)

_____「浮舟の出家―手習巻」(今井卓爾 他 編,『源氏物語講座4』, 勉誠社, 1992.

関口裕子『日本古代婚姻史の研究』上, 塙書房, 1994.

_____『日本古代婚姻史の研究』下, 塙書房, 1994.

土方洋一『物語史の解析学』, 風間書房, 2004.

服藤早苗『家成立史の研究』, 校倉書房, 1991.

藤井貞和「歌と別れと」(柳井滋 他 校注,『源氏物語』③解説, 新日本古典文学大系21, 岩波書店, 1995.)

室城秀之「地券のゆくえ―『落窪物語』の会話文」『国語と国文学』82(5), 至文堂, 2005.

柳田国男「竹取翁」『定本柳田国男集』6(新装版), 筑摩書房, 1968.

제10장 일본근세사상의 합리와 비합리

井上泰至・田中康二編『江戸の文学史と思想史』, ぺりかん社, 2011.

ヘルマン・オームス, 黒住真他訳『徳川イデオロギー』, ぺりかん社, 1990.

大桑斉『日本近世の思想と仏教』, 法蔵館, 1989.

大桑斉『民衆仏教思想史論』, ぺりかん社, 2013.

大桑斉・前田一郎編『羅山貞徳『儒仏問答』註解と研究』, ぺりかん社, 2006.

小二田誠二解題・解説, 広坂朋信訳『死霊解脱物語聞書』, 白沢社, 2012.

小松和彦編『妖怪学の基礎知識』, 角川選書, 2011.

末木文美士『鎌倉仏教展開論』, トランスビュー, 2008.

末木文美士『近世の仏教』, 吉川弘文館, 2010.

末木文美士「近代の来世観と幽冥観の展開」『シリーズ日本人と宗教』3, 春秋社, 2015.

末木文美士編『妙貞問答を読む』, 法蔵館, 2015.

諏訪春雄『日本の幽霊』, 岩波新書, 1988.

高田衛『江戸の悪霊払い師』, 1991 (ちくま学芸文庫版、1994) .

高橋弘幸『幽靈 近世都市が生み出した化物』, 吉川弘文館, 2016.
前田勉「神·仏·儒の三教と日本意識」『シリーズ日本人と宗教』2, 春秋社, 2014.

제11장 『剪燈新話』의 惡鬼와 超越의 倫理

주디스 버틀러/조현순 역 '제2장 불문법, 혹은 잘못 전달된 메시지', 『안티고네의 주장』, 東文選, 2005.

가라타니 고진/송태욱 역 '04 자연적·사회적 인과성을 배제한다', 『윤리21』, 사회평론, 2001.

알랭 바디우/조형준 역 '성찰13 무한성: 타자, 규칙, 타자', 『존재와 사건』, 새물결, 2013.

폴 리쾨르/양명수 역 '제Ⅰ부 일차 상징: 흠, 죄, 허물', 『악의 상징』, 문학과지성사, 1994.

알랭 바디우/현성환 역 '04 담론들의 이론', 『사도 바울』, 새물결, 2008.

안소니 기든스/배은경·황정미 역 '3장 낭만적 사랑 그리고 다른 애착들', 『현대 사회의 성 사랑 에로티시즘』, 새물결, 1996.

김영호「『오토기보코(伽婢子)』의 비교문학적 고찰ㅡ권3의 제3화 보탄토로(牡丹灯篭)를 중심으로」, 『日本學硏究』35輯, 단국대 일본연구소, 2009.

슬라보예 지젝/이현우 외 역 '2 네 이웃을 너 자신처럼 두려워하라!', 『폭력이란 무엇인가』, 난장이, 2011.

瞿佑 著(垂胡子 集釋)「牡丹燈記」, 『剪燈新話句解』卷之上(高大 薪菴文庫本).

알렌카 주판치치/이성민 역 '5. 선과 악', 『실재의 윤리-칸트와 라캉』, 도서출판 b, 2004.

주릉가 교주/최용철 역 『전등삼종(상)』, 소명출판, 2005.

제12장 문학적 주술과 욕망 서사

이경화『한일 龍蛇 설화의 비교 연구』, 한국외국어대학교대학원, 박사논문, 2014.
井上泰至『雨月物語論ー源泉と主題ー』, 笠間書院, 1999.
_____『雨月物語の世界ー上田秋成の怪異の正体』, 角川選書444, 2009.
鵜月洋『雨月物語評釈』, 角川書院, 1969.

大輪靖宏『上田秋成文学の研究』, 笠間書院, 1976.

小島孝之『沙石集』新編日本古典文学全集 52, 小学館, 2001.

須永朝彦『日本幻想文学史』, 平凡社ライブラリー, 2007.

高田衛「雨月物語」, 『日本古典文学大辞典』第一巻, 岩波書店, 1983.

_____「幻語の構造―雨と月への私注」, 『江戸幻想文学誌』, 平凡社選書106, 1987.

_____校注, 『英草紙西山物語雨月物語春雨物語』, 新編日本古典文学全集78, 小学館, 1995.

_____『女と蛇』, 筑摩書房, 1999.

長島弘明「男性文学としての『雨月物語』」, 『秋成研究』, 東京大学出版会, 2000.

中村幸彦『上田秋成集』, 日本古典文学大系56, 岩波書店, 1959.

_____「読本の読者」, 『中村幸彦著述集』第五巻, 中央公論社, 1982.

西尾光一他校注『古今著聞集 下』, 新潮日本古典集成, 新潮社, 1986.

三木紀人『方丈記 発心集』, 新潮日本古典集成, 新潮社, 1976.

저자약력

공저자 프로필

▎정형鄭澄, Jhong Hyung
단국대학교 문과대학 일어일문학과 교수, 동교 일본연구소장.
일본문화론, 일본종교사상, 일본근세문학을 전공하였다.
쓰쿠바대학과 국제일본문화연구센터 초빙교수, 한국일어일문학회 회장, 한
국일본사상사학회 회장 등을 역임하였다.
대표논저로『西鶴 浮世草子研究』(보고사, 2004),『일본근세소설과 신불』(제이
앤씨, 2008, 대한민국학술원우수도서),『일본일본인일본문화』(다락원, 2009),
『일본문학 속의 에도도쿄표상연구』(제이앤씨, 2010, 대한민국학술원우수도
서),『日本近世文学と朝鮮』(勉誠社, 2013),『슬픈 일본과 공생의 상상력』(논형,
2013, 대한민국학술원우수도서) 등 20여권이 있고, 역서로는『일본인은 왜 종
교가 없다고 말하는가』(예문서원, 2001),『천황제국가 비판』(제이앤씨, 2007),
『일본영대장』(소명출판, 2009),『호색일대남』(지만지, 2017, 세종도서선정우
수도서) 등이 있으며, 학술논문으로는 일본근세문학 및 문화론에 관한 40여
편의 학술논문이 있다.

▎윤채근尹采根, Yoon Chae-Keun
단국대학교 사범대학 한문교육과 교수.
한국 한문학을 전공하였다.
대표 저서로『한문소설과 욕망의 구조』(소명출판, 2008) 외 다수가 있다.

필자 프로필

▌**조혜란**趙惠蘭, Cho Hae-Ran

이화여자대학교 국어국문학과 부교수. 대학원에서 고전소설로 박사논문을 썼고, 이후 고전여성문학으로 연구의 관심을 확장하고 있다. 대표 논저로『삼한습유-19세기 서얼 지식인의 대안적 글쓰기』(소명출판, 2011),『고전서사와 젠더』(보고사, 2011),『고전소설, 몰입과 미감 사이』(소명출판, 2013),『옛 소설에 빠지다』(마음산책, 2009),『옛 여인에 빠지다』(마음산책, 2014) 등이 있다.

▌**요시노 미즈에**吉野瑞恵, Yoshino Mizue

스루가다이대학 명예교수, 아오야마가쿠인대학 외 강사. 일본고전문학 전공. 대표저서로『王朝文学の生成―『源氏物語』の発想、「日記文学」の形態―』(笠間書院, 2011),『三十六歌仙集(二)』(明治書院, 2012) 등이 있다.

▌**박일용**朴逸勇, Park, Il-Yong

홍익대학교 국어교육과 교수. 한국 고전산문을 전공하였다. 대표 논저로『영웅소설의 소설사적 변주』(월인, 2003),『조선시대의 애정소설』(집문당, 1993) 등이 있다.

▌**이시이 마사미**石井正己, Ishii Masami

도쿄가쿠게이대학 교수. 일본문학·민속학 전공. 대표 저서로『柳田国男 遠野物語』(NHK出版, 2016),『日本の昔話百科』(河出書房新社, 2016),『昔話の読み方伝え方を考える』(三弥井書店, 2017), 편저로『博物館という装置』(勉誠出版, 2016),『昔話を語り継ぎたい人に』(三弥井書店, 2016),『現代に生きる妖怪たち』(三弥井書店, 2017) 등이 있다.

▌**고운기**高雲基, Ko Woon-Kee

한양대학교 문화콘텐츠학과 교수. 일본 게이오(경웅)대 방문연구원, 메이지(명치)대 객원교수 역임. 한국고전문학을 전공하였다. 대표 논저로『일연과 삼국유사의 시대』(월인, 2001),『우리가 정말 알아야 할 삼국유사』(현암사, 2002),『스토리텔링 삼국유사 1~5』(현암사, 2009~2016) 등이 있다.

▌김정숙金貞淑, Kim Jeong-Suk

고려대학교 대학인문역량강화사업단 연구교수. 한국한문소설을 전공하였다. 대표 논저로『조선후기 재자가인소설과 통속적 한문소설』(보고사, 2006),『일본 한문괴담집 야창귀담』(도서출판 문, 2008),『곡강루기우기·상사동전객기』(단국대 출판부, 2015) 등이 있다.

▌정병설鄭炳設, Jung Byung-Sul

서울대학교 국어국문학과 교수. 한글고전소설로부터 출발하여 다양한 문학작품을 통해 조선시대의 인간과 문화를 탐구해 왔다. 대표 논저로『나는 기생이다』(문학동네, 2007),『구운몽도』(문학동네, 2010),『조선의 음담패설』(예옥, 2010),『권력과 인간』(문학동네, 2012),『죽음을 넘어서』(민음사, 2014),『조선시대 소설의 생산과 유통』(서울대 출판문화원, 2016) 등이 있다.

▌고지마 나오코小嶋菜温子, Kojima Naoko

릿쇼대학 문학부 교수. 일본고전문학, 왕조문학·문화사 전공. 대표 논저로『源氏物語の性と生誕』(立教大学出版会, 2014),『源氏物語批評』(有精堂, 1995),『かぐや姫幻想』(森話社, 1995),『源氏物語と儀礼』(共編, 武蔵野書院, 2014) 등이 있다.

▌스에키 후미히코末木文美士, Sueki Fumihiko

도쿄대학·국제일본문화연구센터 명예교수. 방송대학 객원교수. 불교학, 일본사상사 전공. 대표논저로『思想としての近代仏教』(中央公論新社, 2017),『日本思想史の射程』(敬文舎, 2017),『日本の思想をよむ』(角川書店, 2016) 등이 있다.

▌김경희金京姬, Kim Kyoung-Hee

한국외국어대학교 미네르바 교양대학 조교수. 일본 괴담소설과 하이카이를 전공하였고, 한일 대중문화콘텐츠 분야로 연구의 관심을 넓혀가고 있다. 대표 논저로『에로티시즘으로 읽는 일본문화』(제이앤씨, 2013),『공간으로 읽는 일본고전문학』(제이앤씨, 2013),『그로테스크로 읽는 일본문화』(책세상, 2008) 등을 함께 썼다.